易湘玲／著

当生米遇上熟饭

重庆出版集团
重庆出版社

图书在版编目（CIP）数据
当生米遇上熟饭/易湘玲著.—重庆：重庆出版社，2011.6
ISBN 978-7-229-03935-6

Ⅰ.①当… Ⅱ.①易… Ⅲ.①长篇小说—中国—当代Ⅳ.①I247.5

中国版本图书馆CIP数据核字（2011）第063518号

当生米遇上熟饭
DANG SHENGMI YUSHANG SHUFAN
易湘玲　著

出 版 人：罗小卫
策　　划：李　子
责任编辑：郑　玲
装帧设计：一亩花田

重庆出版集团
重庆出版社　出版
重庆长江二路205号　邮政编码：400016http://www.cqph.com
重庆华林天美印务有限公司印刷
重庆出版集团图书发行有限公司发行
E-MAIL:fxchu@cqph.com　邮购电话：023-68809452
全国新华书店经销

开本：720mm×1 000mm　1/16　印张：17.5　字数：314千
2011年6月第1版　2011年6月第1版第1次印刷
ISBN 978-7-229-03935-6
定价：26.80元

如有印装质量问题，请向本集团图书发行有限公司调换：023-68706683

目 录

01 生米熟饭剩牛排

熟饭之所以必须不断地进行翻炒，很大一部分原因是为了保鲜，否则它很容易馊掉。这也许就是为什么男人女人一旦开了荤之后，就会对炒饭这事乐此不疲的原因——他们是为了替他们的爱情保鲜。

从这一点来说，熟饭们是值得同情的。

以上观点是我坐在住所楼下的便利店门口一边剥花生一边喝牛奶一边吹冷风所得出的结论。今夜，我又被室友阿彩关在了门外。

她男友来了。

我掏出手机看了一下时间，九点半，根据以往经验而做出估计，我应该在十点半之前有幸回家。

说实话，对于这种把房间让出来而成全他人的行为，我是越来越无法高尚下去了，或者说是对室友阿彩的男友越来越不屑：为了满足自己的私欲而三天两头地把另一个单身女子于夜晚关在门外，这样的男人，实在看不出他的品德能有多高尚，要知道，那房子是我出了租金的，而他却没有掏一毛钱。然而，室友阿彩常常在我面前把他夸得天花乱坠，那个五短身材肥得流油游手好闲甚至还缺了一颗门牙却一直拖着不去补的男人，似乎在她的心里已经无法替代。

这让我明白了一个道理：情人的眼里，不但出西施，还出潘安。

风越来越冷，便利店内买的牛奶也越来越冻，我在一连打了三次喷嚏之后悲惨地预感到——我牺牲自己成全他人“性福”的结果是：我会感冒，并且这治病的钱还得我自己掏，一旦请假，还会被扣薪水。

那对欲情男女省出自己去外面酒店开房的钱，却害惨了我的钱包。

我开始更加鄙视那个男人。

秋天已经来了，冬天还会远吗？我真的不希望自己在风雨交加的冬夜，把自己冻成冰棍。我助人为乐的境界还没有升华到那种极致的高度，不希望在搭上了自己的时间、空间、金钱之后，再搭上自己的命。

仁慈的上帝啊，请赐予我一个无论在什么时候都可以好好休息不被人打扰的窝吧，阿门!

自我介绍一下，我叫申谜，出生于一个家教偏向于传统的家庭，从小父母亲给我灌输的观念简直可以拿来当道德规范的教材，而我一直是个听话的好孩子，恪守教训，以至于到现在都还是一个雏儿，被相识的姐妹戏称为“生米”。

我反对大家这么叫我，这个名字让我很尴尬，尤其是在大庭广众之下常常会引起人们的窃窃私语。然而，反对无效，她们依然这么叫我，不知道是在取笑我的名字，还是在取笑我的“雏”身。

其实我并不想做什么道德典范，只是偶像剧看得太多，以至于常常分不清现实与电视剧之间的差距，尤其是爱看帅哥的毛病屡教不改，常常幻想着自己在某天与哪位风度翩翩的白马王子浪漫地相遇，从此坠入爱河。

只可惜现实中长得帅的男人很少，又帅又有风度的男人更少，又帅又有风度再加上品德高尚的男人简直可以当成熊猫拿去动物园展览了。

所以我只好继续奋斗在屏幕前，把那个常常交到狗屎运的平凡女主角想象成是自己，YY一番。

江山代有帅哥出，各领风骚好几年。电视剧真是个好东西，它可以把男主角打造得完美无缺，痴情、善良、帅气、有魅力，对你不离不弃，可以抛开一切，最重要的是，他们绝对不会有脚臭味，否则他们怎么敢光着脚丫子抱着女主角在沙滩上奔跑，又或者常常有事没事地去那种必须脱鞋进去的日式料理店请女主角吃饭?

我曾经与一个外型还不错的男生去吃日式料理，当他脱下那双昂贵的皮鞋盘腿而坐、得意扬扬地向我介绍这家店的特色料理的时候，我非常谦虚地问了一句:“日式料理中也有臭豆腐吗?”

结果那天的饭钱是我付的。

古人云:“知之为知之，不知为不知，是知也。”古人还云:“不耻下问。”那是因为古人常穿的是草鞋，没有脚气之说。

我之所以絮絮叨叨地在这里讲了一通废话，并不是在这里取笑男人们的隐疾，而只是想说明一个道理:现实与电视剧之间的距离是天上地下。我就是因为一直没有调适好这之间的落差，所以才会单身至今。

这是我的愚蠢。

当面前的花生几乎要被我吃光，而我在考虑还要不要再买一些的时候，我接到了一个电话——天使打来的电话。

我高中时期的同桌安琪，她那青梅竹马的男友在去年出国留学，而她今年打算去那边陪读，家里的那套房子没人居住，想我去帮他们看家。

半小时后，我站在某高档小区的某居室里，看着那套装修精致、一应俱全的房子发出了由衷的感慨："安琪，你的名字没有取错，果然是天使。这房子和我那租的地方比起来，可以称得上是天堂了。"

安琪将一串钥匙递到我手中："我这次出国，至少也要一年后才能回来。房子这东西，一定要有人住，沾着人气才行。这里装修还不到一年，租给别人的话，怕那些人不爱惜，到时候搞得乌烟瘴气，收的房租钱还不够我重新装修的。所以想你来帮我看看家，一可以防贼，二可以不用担心这里会变成蜘蛛蟑螂的天下。"

"其实你不一定要出国镀金的，你现在的工作很不错，许多海归还不一定能达到你这样的层次。"安琪在一家外企当部门经理，待遇与福利好得足够让我这个在小公司打拼的小白领眼红到滴血。

"你以为我真的是为了去镀金啊？我只不过是去那边看着他别被那些身材火暴的洋妞给拐跑了，青梅竹马，不容易呢。"一丝无奈涌上安琪的脸庞。

我真的有些怀疑是不是上帝听到了我的祈祷，所以派了个天使送套房子给我暂住一段时间，我几乎没有推辞就接下了这个任务——看家。

搬家的那天，我遇上了一件很戏剧性的事件，当我拎着大包小包按开电梯门的时候，看到一对男女正在里面激吻，场面热辣得赛过电视里的某些镜头。感谢阿彩，在她和她男友的调教之下，我已经有了非凡的定力与承受能力。房间都让过了，何况电梯乎？于是我很友好地将已经踏进去的脚收了回来，打算成全这对激情男女。

不料，那个男人竟然抽出空来向我丢了一句话："进来吧！"然后又埋头抱着怀里的女人猛啃，继续他们的真人秀。

既然人家都不介意我在一旁当观众了，我若再推三阻四反而显得我不够大方，于是我毫不客气地拎着大包小包挤进了那间充满了高温的电梯，并且非常体贴地没有让我的行李碰到他们衣服，若无其事地按下十五这个数字，气定神闲地到达楼层之后，向那对黏在一块的男女大声说了句："谢谢。"（接受了别人的好意之后要表示感谢，这是礼貌，而我向来是个讲礼貌的人，即便是非常时刻也会遵守。）

离开。

安琪曾对我说过，这个小区内住了不少海归，要我好好把握机会，从中挑选另一半。从今天的经历来看，我可以断定，刚才在电梯里遇到的那个男人应该是从法国回来的熟饭，哦，不对，应该是被法国妞啃过的剩牛排。至于那女人是谁，很可惜，因为目光回避得太快，我没有看清楚。

很快地，我就忘记了这段小插曲，开始了我的新生活。新的居住环境无可挑剔，幽静、舒适，尤其是那张两米宽的大床让我倍感满意，倒下去就可以呼呼大睡，一直到第二天早上——迟到。

当我手忙脚乱略显狼狈地按开电梯的门时，又看到了昨天晚上那客剩牛排，西装很挺，皮鞋很亮，身上还有一种古龙水的味道，眼神明亮而放肆，还是那句话："进来吧！"

我平静地说了一声："谢谢！"走了进去，然后转过身背对着他，呆呆地看着电梯内的楼层显示，心里却在很八卦地想象着昨晚与他激情的女人哪儿去了。

一路电梯搭下来，彼此静默不言，相安无事。

老板朱总是一个四十岁的老男人，前不久刚刚和妻子离婚，肝火正旺，阴阳失调，以致这段时间的脾气不太好，常常把离婚事件引起的怒气发泄到我们身上。

我今天的迟到好死不死地被他逮了个正着。

"申谜！"以我非专业性的测试，我敢肯定朱总的声音已经超过了五十分贝，"今天为什么迟到？"

"昨天搬家，收拾到很晚，今天睡过头了。"我小声地回答。

惊涛骇浪般的口水一下子将我淹没。

朱总平时最喜欢用"男人的胸怀是大海"来标榜与要求自己。在我看来，自从他被前妻抛弃之后，他的这片海洋就成了海啸多发地区。

我是灾民。

将我骂够了的朱总终于放我回岗位，不过另外命令我写一篇检讨上交给他，并且要求字数在一千字以上。

朱总要的这篇检讨从严格的意义上来讲不能称之为"检讨"，因为他还为之命名了一个让我比较震撼的标题——《幸福与家庭》，当我听到这个名字的时候，有点怀疑自己待的是学校而不是公司，自己要交的是论文而不是检讨，而朱总活像了当年那个总是对我的论文百般挑剔的迂腐教授。

幸福与家庭，一个结了婚又离了婚、在追求幸福的道路上摸爬滚打多年的老男人竟然叫一名年轻的单身女子写一篇有关于幸福与家庭的检讨，这不得不让我联想到古代皇帝将自己玩剩的女人赐给身边太监时的别有用心，更要命的是那个皇帝还要求这个太监畅谈洞房花烛夜的心得。

呀呀呸。

我上网连看了数个当红偶像男明星的俊美照片才让我的心情多云转晴，然后打开搜索网页，寻寻觅觅，见到合眼的句子就摘录下来，东拼西凑，挤出一千字，打印出来，交了上去。

日子一天天过去，简单地重复着。

那客剩牛排住在十八楼，常常会带不同的女人回家，也许我的作息时间与他泡妞的时间有所重叠，我隔三差五地就会在搭电梯的时候看到他抱着女人在那里卿卿我我，而我已经觉悟得不必再等到他对我说“进来吧”就走进电梯，到达十五楼之后大声说句“谢谢”然后离开。

这天，同事小马过生日，大家帮她庆祝，最后商定去酒吧坐坐。

说实话，我对酒吧这类的场所不是很感兴趣，总觉得这类型的地方总是暗潮涌动，埋伏着许多为了猎艳而来的男人女人，我点了一杯牛奶，安分守己地猫在一个不引人注意的角落，看那些男人和女人是怎样进行调戏与反调戏。

忽然，我看到了一个熟悉的身影，是住在我楼上的那客剩牛排，只见他独自坐在吧台前喝酒，专心致志，与那些眼神四处乱瞄的男人形成了鲜明的对比，也更加容易吸引到别人的眼光，一个女人端着高脚的红酒杯走到他身边坐下来，搭讪……

正当我看得兴致颇浓的时候，一个男人挡住了我的视线，我抬起头来，看到了一张戏谑的脸：“申小姐，我已经叫了你三次。”这人是小马的远房表哥，刚从外地出差回来，晚上吃饭的时候我们见过面，好像是姓舒。

“哦，对不起。”我收回自己的眼光，有些抱歉地说，“舒先生，请问有什么事？”

“我表妹说等下还会有几个她的同学过来，她可能要晚点回去，如果你觉得太累的话，让我先送你回家。”

“哦。”我嘴上应着，眼睛却又往剩牛排的方向瞟。

舒先生顺着我的目光也往那边看，忍不住问：“你认识那男的还是认识那女的？”

“都不认识，不过那男的是我邻居，我在我住的那栋楼里见过他几次。”剩牛排每次都带不同的女人回家，我想这些女人应该都是他在酒吧里遇到的吧。

“没想到你还有偷窥别人私生活的嗜好。”舒先生把身子往旁边挪了挪，方便我看得更清楚。

“我这哪是偷窥？是明目张胆地看。”真是的，剩牛排和他的那些女人们的近距离真人秀我都看过了，我还有必要偷窥这种程度的戏份吗，“等我看看这女人能不能钓到他，我就回家。”

舒先生又瞟了那边一眼，很肯定地说：“小白菜，没戏。”

“什么意思？”

“我是说这女人是棵小白菜，你那邻居不会看上她的。”姓舒的见我还没有听懂，干脆坐下来向我解释，“这女人啊，分为四种：第一种是身材火辣、脸蛋漂亮、风骚而又迷人的女人，她就像是圣诞节晚餐中的火鸡，单从视觉上就能带给人很强烈的冲击效果，至于吃不吃得下，这就看男人能力了；第二种是模样生得好、但身材一般，或者身材好、模样一般的女人，这种女人就像是特色餐厅里的乳鸽，称不上极品，但还算有特色；第三种就是这种模样与身材都一般的女人了，称之为‘小白菜’。”

“这都是一些什么烂比喻啊？小白菜很有营养啊！”

“男人都是肉食性的动物，有肉吃的时候，他们是绝对不会吃素的。你这个邻居的条件不错，他的胃口也绝对很挑剔。”

果然，那个女人在剩牛排那里没达到目的，悻悻地走开了。

“那第四种是什么女人啊？”我问。

“第四种女人是上帝这个厨子不小心把菜炒糊了。”

我还是头一次听到有人用菜来形容女人，觉得新奇而又荒诞不经：“女人是菜，那男人是什么？”

一抹坏笑自他嘴边泛开：“筷子和刀叉。无论女人是什么菜，男人都可以让她们支离破碎。”

我拒绝了这个满脑子怪想法的男人的好意，决定自己打车回家，因为我不能肯定他在看我的时候，是不是也把我想像成了一盘菜，我更担心他会说我是一盘小白菜。那样会有伤我的自尊。

女人，即便长相再平凡的女人，也希望有人夸她美丽。

男人,最在乎的也是女人的美丽,即便他在骂某个女人“胸大无脑”的时候，表面上目不斜视，可他心里面想的还是那个女人的波涛汹涌，否则，他就不会把“胸”字说在“脑”字的前面了。

情况非常的不对劲，回家的路上我总觉得有人在跟踪我，一辆黑色的车子总是跟随在的士的后面，的士向右转，它也向右转，的士向左转，它也向左转，我在小区门口下了车，那辆黑色的车子径直开进了小区的地下停车场。

电梯门开了，一张面孔笑嘻嘻地出现在我面前——那个怪男人："嗨，真巧。"

他竟然跟踪我，我不免有些紧张："舒先生，我已经到家了，您可以回去了。"

"不行，我表妹说了，一定要我把你送到家门口。"姓舒的笑容还是那么灿烂。

"我这已经到家门口了。"

"这是电梯门口不是家门口。"对方和我玩起了文字游戏。

"不必了，很晚了，您早点回家吧。"

"不在乎这一时半会嘛。"那人简直就是死缠烂打。

正当我进退两难的时候，那客剩牛排领着一只火鸡级别的女人回来了，我也不好再争执下去，只得进了电梯，四个人站在狭小的空间里，除了那只火鸡不时地发出轻笑之声外，其他三人都沉默不语。

到了十五楼，我连忙走了出来，正打算把姓舒的男人赶回去呢，他却比我快走一步，径直朝我的家门口走去。

"舒先生，您可以回去了。"

这家伙只是一个劲地看着我笑，没有要走的意思。

"真的，很晚了。你的家人会担心的。"

"申小姐，我帅不帅？"对方突然冒出这么一句话。

"啊？"

"听我表妹说，你特别喜欢看帅哥，你觉得我帅吗？"

我艰难地咽了一下口水："别开玩笑了，舒先生。"

"看得出来你很紧张。"

"没有。"才怪。我的背上已经在流汗了。

"你很怕我，担心我是色狼。"

"没有。"才怪。我的心里已经在默念报警电话了。

男人的表情越来越认真："嗯，看出来了，你是个好女孩。我们以后再见吧！"

"听说你工作挺忙的，我相信我们以后应该很难见面了。拜拜！"再不走，我难保自己不会翻脸。

这个姓舒的家伙低下头嘿嘿直笑，越笑越大声，最后掏出一串钥匙，转过身，打开了我隔壁的那张防盗门："我们一定会见面的。晚安，邻居！哦，生米小姐，忘了告诉你我的全名，我叫舒凡，绰号'熟饭'。记住了！"

我终于明白为什么小马会让她的这个嬉皮表哥送我到“家门口”，因为实在是太顺路了，而我却一直以为人家对我图谋不轨。

面子丢大了。

舒凡——熟饭。我是生米都不敢大声说话，他一个熟饭却在那里全世界嚷嚷，原因只有两点：第一点是出于对我的信任，认为我不会介意或者告诉他人；第二点是出于自信，认为像他这样的男人无论被女人反复翻炒过多少次，也不会降低身价，说白了就是脸皮厚或者干脆没有脸皮。

人若无脸，天下无敌。我敢肯定这个把女人看成是菜的男人应该是笑傲情场的杀手，并且还是高手。

有了这么一个邻居，我的日子开始不清静起来。每个上班的早晨，八点过十分，熟饭先生都会很准时地按响我家的门铃，把我从床上挖起来，然后阳光灿烂地冲着我挑三拣四。

“生米小姐，你有眼屎。”

“生米小姐，你有黑眼圈。”

“生米小姐，你睡衣的款式太老了，容易捂出痱子。”

“生米小姐，我每天早上这么辛苦地跑来‘叫床’，能不能给我一个笑脸？”

笑脸？一个刚刚被吵醒、脸没洗牙没刷、全身的神经有一大半还在沉睡、魂魄还没有回来的人怎么有可能挤得出笑脸？

电梯内的乘客，也变得更加趣味横生，一把生米，一碗熟饭，外加一客剩牛排，有时候还会有火鸡乳鸽之类的外卖加入，我越来越怀疑这部电梯快成某餐厅的厨房了。往往这时，某人会继续皱着眉毛对我挑三拣四。

“米，你没有化妆。”

“米，你穿的裙子太长了，短一点才好看。”

“米，你好像该减肥了，手里的那个汉堡给我吃吧。”

“米，你要请我吃饭，我每天‘叫床’很辛苦的。”

暧昧的字眼让人侧目，我可以感觉得到剩牛排和他的火鸡乳鸽们会对我与熟饭之间的关系想入非非，但是我无从辩解，我只好无数次地对那位熟饭先生怒目而视，然而他一概视若无睹。

我曾经向小马投诉她这个表哥的不良行为，她却对此无动于衷：“不错啊，至少你现在不会迟到不用写检讨了。我哥这人挺好的。你们一个生米，一个熟饭，同属一个系列，没事自相残杀一番，日子过得也没那么无聊。”

生米与熟饭相拼，会是什么结果？夹生饭。吃了会肚子痛的。

小马这丫头，摆明了是想利用我来转移她这个啰嗦表哥的注意力，以免影响到她自己谈恋爱。

不知道小马和那位熟饭先生又说了些什么，每天晚上十点左右，这家伙都会拨打我客厅里的那部电话（电话号码肯定是小马告诉他的），看看我有没有在，理由说得冠冕堂皇："在这个欲望纵横的时代，有这么一名生米小姐存在，这是奇迹，我想我有义务来保护你的贞操，否则，万一哪天你也被人煮熟了，别人会认为你是近墨者黑，而把所有的过错统统堆砌在我的头上，这个责任我负不起。"

而那时的他却常常在外面，听他那讲电话的声音，活像是背着哪个女人躲在洗手间偷偷打过来的，因为我常常在电话里听到马桶冲水的声音。

后来我干脆申请了一个来电显示，一看到是熟饭的手机号码，就直接挂掉，因为我实在无法忍受一个男人一边如厕一边和我说话。虽然那情景看不到，但是想起来也令人万分恶心。

然而，我挂断了他的电话，恰恰证明了我在家。每每这时，他又会紧接着发个短信过来："嗯，我家生米今天还是那么乖。"

什么时候我成他家的了？我崩溃。

我一直不知道熟饭是干什么的，曾经问过小马，那丫头只会抿着嘴直笑装傻充愣，就是不告诉我答案。

日子还在继续。

这天，前室友阿彩突然打了个电话给我，并且约我在一家比较高档的西餐厅，说是要请我吃饭。

江山易改，本性难移。我不相信一个守财奴会毫无原因地突然变成一个慷慨者，然而，我还是去了，因为我实在找不到拒绝的理由，并且我也很好奇阿彩为什么要请我吃饭。

到了那家西餐厅之后，我才明白，原来请吃饭的另有其人。阿彩要把我介绍给她的一个客户做老婆，这男人离过一次婚，还有一个孩子，比我大十多岁。

"申谜，你就当是帮帮我好了，和他交往一段时间看看嘛。"

我真的快要生气了："你为了做生意，竟然送我去给别人续弦？"

"唉呀，不是的，这人条件不错的，又有钱，他还不一定看得上你呢。"

"那你就让他别看上我吧。"

我起身要走，阿彩连忙拖住我："都已经来了，就看一眼嘛，他一会儿就到。你也不小了，一直单身也不是个事儿啊。放心，我和你认识那么长时间了，不会害你的。”

“我不要。你要觉得他好，那你去当他老婆好了。”真是岂有此理！

正当我们两个女人拉拉扯扯的时候，阿彩的眼睛突然闪了一下：“来了。”然后拼命地朝着门口处挥手，一个四十来岁头发稀少的男人朝我们走来，当我看到他的时候，觉得整个心都在往下沉，恨不得立即逃离现场。

这男人竟然是朱总，我的顶头上司。

我坐在那里愁眉不展，欲哭无泪，更要命的是还不能当场表现出自己的不满，也不能说自己是被人骗过来的。

朱总连连夸我那篇《幸福与家庭》的检讨写得好，立意明确，观点鲜明，从这篇文章一看就知道作者将来会是一个贤妻良母。

“朱总，那篇检讨是我上网抄的。”坦白从宽，希望老天爷能善待我。

“你抄它，说明你认同它嘛，认同这种观点的女人也一定会是一个贤妻良母。”

我十分担心自己会成为朱总眼里的西施。朱总平静的海洋比海啸时更让我觉得害怕。

谁来救救我？

“米，你怎么会在这里？”有人叫我，回头一看，是剩牛排。

“我……”我脑子一片空白。

“你不会是在和别人相亲吧？”剩牛排表情严肃地质问，“米，我知道是我错了，我向你道歉，我保证我以后会改的。”

阿彩开口问道：“这位先生你是谁？”

“我是米的男朋友，这几天我们吵架了。”剩牛排说得煞有介事，拉着我的手就往外面走，“我们回家。”

如果我没有记错的话，这应该是偶像剧中被我批过无数次的烂剧情，没想到也会发生在我的身上，以致我半天都没有办法进入角色，不知道是该配合剩牛排的卖力演出还是挑明自己与他毫无关系。

很快地，剩牛排拉着我离开了那家西餐厅，车上，他语重心长地说：“以后离你那个朋友远点，像这种为了自己的利益而出卖你的朋友，不要也罢。”

“哦。”我脑子里还在回忆着刚才朱总脸上那阴晴不定的表情，思索着自己明天的结局会是怎样，“你怎么知道我叫‘米’？”

“那个与你同住十五楼的男人不是常常这么叫你吗？我有听到。”

“他不是我男友。”我终于逮住机会申明这一点。

“我知道。真正的情侣不会像你们那样相处。一个每天独自回家的人，一定单身。”

一个每天带不同异性回家的人，也一定单身吧。

“谢谢你今天出手相救。我叫申谜。”

“我叫韩忆。”剩牛排看了一眼我满怀心事的模样，“在想什么？那么不开心。”

我叹了口气：“我在想我的辞职报告该怎么写。”

虽然在电梯里遇过韩忆许多次，但这一次我是头一回把他看了个清楚。如果可以用计分的方法来评定一个人的长相的话，那么他的分数是A+。

他的手指指甲修得很平整，衣领和袖口很干净，没有半点污垢，说明他很讲个人卫生。

他身上的衣服颜色搭配得极好，让人看起来很舒服，说明他很有品味。

我在上车的时候，他都会主动替我开门和关门，说明他很有绅士风度。

只可惜他太滥情了一点，不然……

我把即将流出来的口水又吞了回去，这样的男人虽然我不屑于吃掉他，但不妨碍我拿来养养眼。

“你回国多长时间了？”我问，实际上我并不知道他会不会真的是海归。

韩忆表现出轻微的讶异：“你怎么知道我出过国？”

“我不但知道你出过国，我还知道你去的是法国。”根据我多次偷看得出的评价，他那热情火辣的法式热吻一点都不像是盗版的。

“没错，你怎么知道？”韩忆更讶异了，“我从来都没有和小区里的任何人提到过。”

果然是一个被法国妞啃过的剩牛排，我不免有些失望，然而口头上表现得很诙谐：“我会替人看相，看出来的。”

对方当然不会相信我的这番说辞，但是也没有再继续问下去。他找出一张CD，放进音响，随即，一首舒缓英文歌曲倾泻而出——《Close to you》。

很经典的一首情歌，但我一想到它曾被无数的女人坐在这台车上聆听过，立马失去了兴致。

办公室恋情里，最复杂的就是和老板暧昧不清。这次相亲让我万劫不复，不管朱总有没有相中我，我都没有办法在以后的工作中平静地面对他，这意味着我即将失业，无可挽回。

阿彩没有再占用我的房间，却直接砸了我的饭碗。我只好认为是自己前世与她有怨，这辈子来还她。

我喜欢用“命中注定”来解释自己所遭遇的不幸，这在别人眼里也许有些荒诞，但我喜欢。如果说世间的不如意是因为自己愚蠢或者不够努力造成的，听起来该多让人伤心、颓废?

我是个乐观主义者。每次困难降临的时候，我都能够坦然面对，并不是因为我勇敢，而是我懒得去挣扎。

打个比方吧，乌龟和兔子赛跑，兔子不小心输了。如果我是那只倒霉的兔子，就会承认这次失败是命中注定，这样我就可以心安理得地继续回去啃胡萝卜、睡觉、打开电视看选美大赛，对着那些漂亮的泳装兔子大流口水，生活依然美好得冒泡泡。绝不会因为自责而垂头丧气地被那只笨乌龟笑话那么多年，生活灰暗得像地狱。

天堂和地狱相隔很近，只在你一念之间。

当熟饭收到我辞职的消息之后忧心忡忡地敲开我的门打算对我安慰一番时，发现我竟然无比快活坐在沙发上边吃零食边看电视，没有半点心情不好的迹象。

他对我看的偶像剧大皱眉头:“你都多大了？还看这种东西。看你的样子，应该成年了啊，怎么尽看些小女生才看的片子。”

“那不然我应该看些什么？”

“黄片啊……”

我对他的口无遮拦表示不满:“熟饭先生，你在教坏别人。”

对方表情严肃地纠正道:“生米小姐，你想你是误会了，所谓皇片者，乃皇宫大片是也，皇片是简称。比如《康熙王朝》。”

如果说偶像剧里的男主角满足了我对白马王子的一切幻想，那么邻居熟饭就是专门来破坏我幻想的人。

“熟饭，你说话的时候能不能文雅一点？”

“同是天涯沦落人，相逢何必太狗腿？”这家伙开始乱改古文。

“你沦落什么？你也辞职了？”

“不，是我今天晚上拒绝了一个女人的约会，也坐在这里和你聊天。”他毫不客气地抢过我手中的薯片，吃得咔嚓咔嚓响。

“你为什么不去？”

“风萧萧兮雨水寒，帅哥一去兮不复返。”

我拉开窗帘看了一下窗外，外面果然下起了小雨。“你还是正常一点说话吧，我担心那些古人会被你这些改得面目全非的诗句气得从地里面跳出来。”

他递给我一张纸条：“我一个朋友的公司下星期要招人，你可以去试试，这上面是地址和电话。”

“不是吧？你动作比我还快。”我还想借此机会好好休息一段时间再说呢，哪知道已经有人开始替我张罗了。

“先美女之忧而忧，后美女之乐而乐。”熟饭又在开始瞎掰，但看在他夸我是美女的分上，我决定不计较。

我接下了那张纸条，为了表示感激，我挑出一张皇片的碟片出来放。

“惨了，快十二点了，我得赶紧回家了。”熟饭突然叫了起来。

“你是吸血蝙蝠吗？到了午夜十二点就会变形？”

“我还是灰姑娘呢，到了十二点一切就变回原位了。”熟饭到处找着他的拖鞋，“如果我把一只拖鞋留在这里，你会拿着它去找我吗？”

“我会把它扔到垃圾堆里去。”

“别啊，如果你找到它的话，一定要拿给我，这是我最喜欢的一双拖鞋。”

我没有找到熟饭不小心留下来的那只拖鞋，熟饭借此吹嘘说那是一只具有人性的拖鞋，虽然比不上童话故事里的那只水晶鞋珍贵，然而它的心灵却比水晶还要脆弱，因为听到我要把它丢到垃圾堆里去，所以躲着不肯出来，以免小命不保，等哪天我同意带着它去寻找他，那么这只拖鞋就会心甘情愿地显身了。

带着一只沾有男人脚汗味的拖鞋去寻找它的主人，这不是童话，这是疯人院里跑出来的病人。

熟饭是我见过的最能瞎掰的男人，他可以对任何一个话题有所回应，把任何一件严肃的事情评价得让你啼笑皆非，把任何一档神圣的话题误导向庸俗。

曾经有个女性网民在网上发了一个这样的帖子：“男人和女人都有胸部，女人的胸部是为了哺乳下一代，那男人的胸部是用来干吗的？”

熟饭在后面跟帖：“为了区别男人的正反面。”

此回答雷死网民无数，然而他却坐在电脑屏幕前正经得像个正在讲学的谆谆善诱的老夫子。

我不止一次指责过熟饭的庸俗，说他的言论有伤风化，他却说：“人之初，性本俗。你我皆俗人，又何苦充什么狗屁高雅？我庸俗，故我存在。现实原本就是那样的恶俗，我不过最真实地把它表现出来而已，这是我把你当成朋友的一种诚实。只有心怀不轨的男人才会用那些美丽的词汇来粉饰这种庸俗，而女人总喜欢这种虚伪的粉饰。”

我请他举例。

熟饭问：“假设你遇到一个男人，你问他：以前有过多少女友？如果他回答：几十百把个。你会怎样？”

“估计我会当场跑掉。”被那么多女人使用过的男人谁还敢要？我这又不是废品回收中心。

“那如果这个男人换一种说法，回答：梦里寻她千百度呢？”

我不语，这么浪漫深情的句子，每个女人听到时，不管她有没有对这个男人是否有意思，心里至少都会动一下。

“作为女人，每每听到这句话的时候，第一反应：会以为自己是这个男人‘灯火阑珊处的’那个女人，并且还沾沾自喜。而事实呢，她也许同样是个被这个男人千百度的女人之一。”熟饭叹了一口气，“女人啊，与其说被那些男人骗了，不如说是被自己的耳朵出卖了。”

星期一上午，我带着个人资料按照熟饭给我的地址去那家公司应聘，当我到达这个名叫“三水”的公司的人事部门口的时候，应聘者早已排起了长龙。没想到现在的就业压力这么大，区区一个经理助理，竟然有这么多人争破了头。不少女人打扮得花枝招展，妆容无懈可击，感觉不太像来应聘，更像是来选美的。

我摸了摸自己素面朝天的脸，硬着头皮找了一个位子坐了下来，对这次招聘已经完全不抱希望。

终于有人叫我的名字了，面试我的那个主管拿着我的简历连连摇头：“学历才大专，不是很高。参加工作才一年多的时间，经验也不足。申小姐，如果单从你的个人资料上来看，你的条件并不是很好。这样吧，你先回去，如果有希望，我们会打电话通知你。”

等了一上午，早就饿了，我在三水公司的楼下找了一家看上去比较干净的餐厅，走了进去，点了一杯牛奶、一份炒饭、一份甜点，吃得兴高采烈。

“申小姐，你怎么会在这里？”有人跟我打招呼，是剩牛排韩忆，看我的时候依然是那种明亮而放肆的眼神。

“来这里当然是为了吃饭啊。”我丝毫没有放缓进食的举动。

韩忆在我的对面坐下，叫来侍者，点了一杯黑咖啡和一份意粉，他看到我狼吞虎咽的样子时不免哑然失笑：“很少有女人像你这么好胃口的。我们公司的女职员有很多为了减肥午饭只吃两片面包。”

“女为悦己者容。”

“你在暗示你没有悦己者是单身吗？”韩忆轻笑。

“放心吧，就算我不是单身，我依然不会亏待我的肚子。美食是上天赐给人类的好东西，也是我今生的追寻之一。如果某个男人为了满足他的视觉效果，而让我吃不饱的话，我宁愿把他踹了。只有连你身上的脂肪一起爱的男人，才是好男人。”

许多女人为了男人而减肥，付出的努力与心酸都可以写出一本血泪史了，可男人并不会因此而感动，他们照样会上网去看那些身材更好的女人的图片。在男人的眼里，女人的美，只有更多，没有唯一。

这话也是熟饭告诉我的，真实得让女人心痛，但也让人清醒。

韩忆的微笑就像黑咖啡一般浓郁，芬芳扑鼻。侍者很快将他要的食物端了上来，他拿起叉子低头吃东西。

他的吃相极有教养，让人赏心悦目。他看起来就是一个非常有内涵的男人，嘴巴里绝对不会蹦出熟饭说的那种庸俗到底的言论。

如果说熟饭可以把任何高雅的事情说得很庸俗的话，那么这客剩牛排可以把任何庸俗的事情升华到一种艺术的境界。我终于明白为什么那些酒吧内的火鸡与乳鸽们会争先恐后地奔向他的怀抱。

大家不要以为我对这客剩牛排动心了，虽然他的确秀色可餐，让我口水欲滴，但是我真的没有在一大票女人啃过的牛排上再加上一口的意思。

养养眼还是可以的。

韩忆看到了我放在桌面上的个人简历，问：“你今天也是来面试的？”

我有点不好意思地回答：“是。”

“三水公司？”

“是。听说这里招人，我来碰碰运气。不过好像没戏，面试的主管认为我没有过人之处。”

韩忆轻笑：“那一定是你没有告诉他你会看相。不然他一定会录取你。”他还记得我那日的戏言。

我开玩笑地问：“如果你是那个主管，会从那一大帮美女之中录取我吗？”

韩忆眼中的笑意更浓了，“那如果我真的录取你了，你会去上班吗？”

我把最后一口甜点塞进嘴里：“不会。”

“为什么？”

“因为我怕别人说我走后门。”我更怕别人说我是被他潜规则过。

晚上，熟饭过来串门，他很仔细地过问完我的面试情形之后，一脸赞同地说："我也认为你没有什么过人之处。"

"那你还要我去面试干吗？"

"有句俗话：死马当成活马医。万一那个面试你的主管的眼睛被牛屎 A 到，点了你的名字呢？"你别指望这家伙的嘴里能吐出象牙来。

我暗暗觉得这次面试理应没有这么简单："你不是说你的朋友也在这家公司吗？他势力怎样？"

一提起这个朋友，熟饭又忍不住开始洋洋得意："那是，我这朋友的势力范围遍布全公司，'三水'的每一寸地方都是她的地盘。"

"他是高层管理人员？"

熟饭摇摇头："不是。"

"股东？"

"也不是。"

"他不会是三水公司的老板吧？"

"更不是。"

"那他是干吗的？"

"她在'三水'当清洁工，公司的每一寸地方都归她打扫。"

我真想掐死面前这个嬉皮笑脸的男人，我甚至怀疑他之所以让我去三水公司面试，主要目的是为了看我出糗，借此报他的拖鞋之仇。

令人感到意外的是，我真的接到了三水公司打来的电话，那个面试我的人事部主管非常客气地叫我第二天去上班。

莫非他的眼睛真的被牛屎 A 到了？

三水是一家中法合资公司，主要生产各式各样的电动仿真玩具，主要市场在海外，以西欧为主。

中方代表的负责人叫李莎，英文名叫 Lisa，一个很精明能干的年轻女人，身材高挑，五官精致，骨子里透露出一种贵族气，是美国高校出来的高材生。这样的女人，天生就是高贵的天鹅，相比之下，我连丑小鸭都算不上，起码她那口流利的英文就让我望尘莫及。

她是我的偶像。

而办公室内那些女人的偶像却另有其人，就是公司的法方代表，法文名字很绕口，众位美女一提起那个传说中的帅哥，就会春心荡漾，眼含秋水，激动得小脸通红。

这让我明白了一个道理：再温柔可爱、再矜持冷漠的女人犯起花痴来都一个德性，和我看偶像剧时冲着男主角大流口水的模样差不多。

这天，据说那位法方代表要来公司开会，众美女从很早就开始忙碌开了，平均每五分钟就会从抽屉或者包包里拿出一面镜子，看自己脸上的妆有没有花，平均每半个小时就会去一趟洗手间，把发型整理一遍，再对原本没有任何瑕疵的妆容锦上添花一番，希望自己能引起那位帅哥的惊鸿一瞥。

她们一开小差，很多事情就都落在了我的头上，我是新人，就算内心有所不愿，也没有反抗的份。

于是，一整天，我都没有停下来休息过。复印，传真，收查邮件，分发档案，订单跟踪，厂商电话……累得我四肢无力、口干舌燥，好不容易喘口气，跑到茶水间想打杯水来润润嗓子，饮水机却没水了。

我精疲力竭地拖着一大桶饮用水往饮水机的方向走去，嘴里小声地嘀咕："该死的法国佬，你若是天天来公司，我岂不是会累死？"

一只强有力的臂膀接过了我手中的东西，转眼，那桶差点把我压趴下的饮用水已经稳稳当当地倒立在了饮水机之上。

来人给了我一个漂亮的转身——剩牛排韩忆。

"谢谢啊！咦，你怎么在这里？"我瘫坐在椅子上，用力地搓揉着有些发软的双手。

"渴了，所以进来讨杯水喝！"韩忆说。

"公司的前台小姐没有拦你？"

"前台那里没人。"

"哦，对了，肯定补妆去了，让你钻了一个空。"我大方地招呼着他，"看在你帮我换水的分上，我请你喝茶。我这里有私人珍藏的茶叶，要不要试试？"

韩忆也坐下来："别人都在忙，你却在这里偷懒，不怕被炒鱿鱼？"

"是，她们都在忙，不过不是在忙公事，而是忙着怎么见那位法国帅哥。"我从一个隐蔽的地方掏出一个小铁罐，从里面倒出一些茶叶，放到茶杯里，再往里头注开水，"这是今年的新茶，我特意找人从茶乡带过来的。你看喝不喝得习惯？"

韩忆端起茶杯细细赏玩："很漂亮的杯子，这应该不是公司的吧？也不像商场里卖的，像是手工艺品。"

"我自己去陶艺店里买的。"不得不承认，这家伙真的很有眼光。

韩忆把茶杯凑到鼻尖，轻轻闻了一下，然后抿了一口茶水："果然是好茶。

怎样，你对新的工作环境还满意吗？”

“满意，如果那个法国佬不来的话，我会更满意。”

“哪个法国佬？”

“我们公司的那个法方代表，据说是一帅哥，办公室里有好多女同事都喜欢他，听说他要来，个个都把自己打扮得可漂亮了。”

“你不喜欢他？”

“我还是比较喜欢中国式帅哥，至少在语言沟通上没有那么麻烦。否则一个说蹩脚中文，一个说蹩脚洋文，怎么听怎么别扭。”

“这么说，你还是喜欢帅哥的。”

“爱美之心人皆有之。没事看看帅哥，并没有错啊。你不也喜欢美女嘛！”并且他还喜欢一天换一个美女。

韩忆笑着问：“那意思是说如果那个法方代表是位中国帅哥的话，你也会像别的女同事一样，忙着去打扮自己了？”

“是我看帅哥，又不是帅哥看我。我为什么要打扮？”

“你说得很对。”

我抬手看了一下表，叹了口气：“我没有时间陪你了。你在这里慢慢喝，怎么出去应该不用我告诉你吧？”

韩忆好修养地冲我点点头：“你先忙。”

我刚跨出茶水间的门又折了回来：“待会儿记得把你喝茶的那个杯子洗干净，然后放在茶架的最后一格上。”说是请人喝茶，却要人自己洗茶杯，这似乎有些不太合适，但我也顾不得这么多了。

“我很喜欢这个杯子。”韩忆说。

他不会是想找我要这个杯子吧？我脱口而出说：“不行。这个杯子我也很喜欢，我不会送给你的。”

“小气的女人。”韩忆口头上虽然这么说，却是满眼的笑意，没有丝毫生气的意思，“我是想说你能不能告诉我这个陶艺店在哪，有空的话，我也去逛逛，看能不能找到我自己合意的东西。”

“我从来都不大方。”我又看了一下表，“时间真的来不及了，改天我再告诉你那个陶艺店的具体地址吧。”

我刚回到办公室没多久，就听到办公室的女人们开始兴奋地窃窃私语：“他来了。”

“在哪？”

"茶水间。我刚刚路过时看到他一个人坐在那里。"

"真的啊？呃，今天我还没有喝水呢，去倒杯水喝吧。"

于是，我又看到那帮花枝招展的女人们开始一个个找借口往茶水间跑。

茶水间有法国帅哥？不会啊，那里好像只有……我的天，那个法方代表不会是那家伙吧？

果然，没多久，剩牛排韩忆从茶水间走了出来，从容地走过我的桌前，轻声说了一句："杯子我洗好了！"然后径直走进了那间专门为法方代表准备的那间办公室。

在那扇门关上的一刹那，办公室所有的女人统统涌向我。

"你认识他吗？"

"他是你的谁？"

"为什么他会替你洗杯子？"

……

口水，女人的口水，太可怕了。

02 女人是菜，男人是酒

托剩牛排的福，他只在我耳边低语一句，我就明白了被一大堆美女包围着是什么样的感受，并且，还成为了她们艳羡的对象。

公司的众美女们从此以后又多了一个毛病：都抢着去给茶水间的那台饮水机换水，只可惜高跟鞋碍事，已经有三个人为此扭伤了自己的脚。

很快，我的办公地点转移到了剩牛排的办公室内，原来三水公司这次就是在替他招助理。我私下里揣测自己能得到这份工作是不是因为有他暗中帮忙。

剩牛排在公司里待的时间并不多，一个星期才来两三次，更多的时候我一个人坐在偌大的办公室内埋头苦学。即便他来公司了，我们也是各忙各的，偶尔会有交流，讲的全都是公事，标准的上下级之间的关系。

这份差事最大的好处，就是能够收到很多零食。很多女同事常常趁剩牛排不在的时候，托我把一些小礼物放到他桌面上，当然也不忘贿赂我一下，每每这时，我也会毫不避嫌地告诉对方我比较喜欢吃巧克力和牛肉干，并指定了品牌和口味。

不得不说一下，这帮女人真的很大方，一送就是一大包，乐得我眉开眼笑。

这天，我在上班时间一边算报表一边啃牛肉干，被突然来公司的剩牛排撞见。

“哪来的？”他也很感兴趣地尝了一片，“味道不错。”

“同事送的。”

“哦？你什么时候人缘这么好了？”

“她们要我帮忙送礼物给你，这些零食是我的报酬。”

剩牛排看到了桌面上的礼物，随手拆开一包，看了一眼，然后放到一边：“你竟然受贿？”

我的头皮有些发麻：“只是一些牛肉干和巧克力，算不上受贿吧？”

“收了多少？”剩牛排的表情很严肃，“都交出来。”

我心不甘情不愿地把一个抽屉里的零食拿了出来，占据了我半张办公桌：“其它的已经被我吃掉了。”

剩牛排挑了挑眉毛，指着另一个抽屉：“还有呢？”

我无奈地把另一半也交了出来，桌面上堆成了小山：“这回真没有了。”

“数量还真不少。”

“这说明你的人气很旺。”

“统统没收！”剩牛排打开一个空柜子，把那些牛肉干和巧克力全都塞了进去。

我眼睁睁地看着那些零食变为了泡影，心如刀割：“我以后再也不敢了。”

正当我的心里七上八下，准备接受批评和处罚的时候，剩牛排突然笑了，指着他桌子上那些包装精美的礼物说：“我拿这些东西跟你换。”

啊？

剩牛排又说：“我这些东西比你的牛肉干和巧克力贵多了，你不亏。”

我终于反应过来，立即冲向那个柜子，想把我的零食抢回来，哪知道却被锁得死死的，气得我回过头撅起嘴抗议：“还我！”

剩牛排无视我的抗议，将那些礼物全部收到一个袋子里，然后递给我：“交易已完成，不能反悔。”

“你这属于霸王条款，我不同意。”

“如果你能找到上诉的地方再来和我谈判。”剩牛排是生意场上的谈判高手，又是我的上司，我根本就争不过他。

我只能自认倒霉。

回到家里，我把众美女们送给剩牛排的礼物一件件拆开来看：男式钱包，男式皮带，男式领带，男式香水，还有一条豹纹的男式丁字裤。

呀呀呸，没有一件我用得上的东西，这笔交易我真是亏大了。

熟饭来访，看到沙发上散乱的那些东西，惊讶不已："米，你思春了？"

我恶瞪他一眼："别惹我！"

"啧啧啧，买这么多东西，打算送给哪个男人啊？还全都是名牌。哇，居然还有一条丁字裤。"熟饭作伤心欲绝状，"天啊，我们家纯洁的米被人带坏了，学会明白张胆地给男人性暗示了！"

本来我就为了那些失去的牛肉干和巧克力正郁闷着，熟饭这么一搅和无疑是使我火上浇油，我一把冲过去掐住他的脖子，逼得他直告饶："嗯，我错了。我们家米长大了是一件好事，我不该失望，而应该为她终于被人煮熟了感到欣慰才对……啊，松手，轻点轻点！会出人命的。"

"你才被人煮熟了呢！"

"我本来就被人煮熟了啊，不然怎么会叫'熟饭'？啊哟，轻点。买礼物送男人是一件很正常的事嘛，你干吗生那么大气。"

"你还乱讲，还乱讲！这些都不是我买的。"场面十分混乱，熟饭已经从沙发上滚到地上去了，而我依然不肯放手。

"不是你买的，那是哪来的？"

"用我的牛肉干和巧克力换的。"真是越想越伤心啊，那么多的零食，够我吃上整整一个月呢，就换回来这么一些破东西。突然我想到了一个主意，松开了熟饭，把他从地上拉了起来："要不我们也来做笔交易吧！"

五分钟后，熟饭终于明白了这一大堆男性用品是从哪来的了，也明白了我的意图："你想我用同量的牛肉干和巧克力来换你这堆东西？"

"是啊，好不好？"我满心期待，"你也看到了，这些都是名牌，并且这些东西你也都用得着。如果你要买的话，要花好几倍的钱才能买到这么多的东西呢！"

熟饭嫌弃地背过脸去："不要，我这又不是废品回收中心，你们都不要的东西，我干吗收着？我的个人用品，一直都用的同一个牌子，这些牌子我都不喜欢。"

"帮帮忙嘛！"

"不帮！"熟饭说，"你去找十八楼的那个人换去。"

"好熟饭！"

这家伙没皮没脸笑嘻嘻地说："除非你叫我'亲爱的熟饭'，我就同意考虑看看。"

“死熟饭，臭熟饭，不要拉倒。我把这些东西挂到网上卖去，我就不信我卖不出那些牛肉干和巧克力的钱来。”

“已经那么胖了，还吃巧克力，小心肥死你。”

“就算肥死，也和你没关系。”我开始逐客。

“怎么会没有关系？这会直接影响到我的居住环境，降低我的生活质量！”都这当口了，这家伙还不忘记打击我。

我一气之下把他推了出去，关在了门外。

半小时之后，门铃又响，熟饭拎着两个大袋子出现在我面前，笑容满面地说：“下周我有个朋友过生日，我想买点便宜的名牌送他，请问生米小姐这里有卖的吗？”

熟饭说我的前世一定是只蚂蚁，看似弱小实际上却强大得很，一旦看中某样食物就会不惜一切代价，直到食物被我搬回家或者被我就地吞噬干净为止。

而他不幸地当了一回被蚂蚁咬住不放的大青虫。

我心满意足地抱着失而复得的牛肉干和巧克力傻笑，问：“没有女人送你东西吗？”

“不是没有，而是没要。”

“想不到你这么高尚。”

“我不是高尚，而是在回避麻烦。”熟饭纠正我的看法，“男人可以接受女人的身体，但最好是不要接受她物质上的礼物。”

“为什么？”我听不懂。

熟饭老夫子又开始谆谆善诱：“女人一旦看到那个男人收下了她的礼物之后，往往就会在后面的约会中有所要求。比如，某个女人送了一件衬衣给我，那么她一定会说：下次见面的时候记得穿上它。作为一个桃花运极好的男人，当然会有很多女人送礼物给我，我若是全部收下这些东西，就必须记得哪件东西是哪个女人送的。你看看这多累，完全是在给自己添麻烦嘛，并且容易混淆，弄不好就会出错，万一我去赴A女人的约会，却不小心穿了B女人送的衬衣去，估计那场约会我也就不用混了。所以干脆统统不收礼物，以绝后患。”

他果然是女人的噩梦。我不禁有些害怕地说：“熟饭，你把自己说得像个魔鬼。”

这家伙一点都不在意我这么说他，反而有点沾沾自喜：“你对我的评价真高。对于魔鬼而言，无论他穿不穿衣服，都只是魔鬼，不会有另一种说法。并且在如今的情场上，魔鬼是魅力的代名词，对异性有着致命的诱惑力。”

熟饭看着听得目瞪口呆的我，又说：“很多男人，没穿衣服的时候都是禽兽，和魔鬼比起来根本就不是一个档次。”

“那他们穿上衣服呢？”

“穿上衣服就成了衣冠禽兽。”熟饭看到我越来越泄气，乐呵呵地说，“我这是给你打预防针，万一哪天你被人煮熟了，可以死得瞑目。”

“熟饭，你有过多少女人？”一个男人需要经历过多少女人才会有这么多心得，也才会对女人如此硬得起心肠。

“梦里寻她千百度。”

我呸，拿这招来对付我。我冲他翻白眼，他冲我大笑。

“熟饭，你爱那些女人吗？”

熟饭有些玩世不恭地说：“爱？这玩意早戒了。”

我从他那痞气十足的眼神里分明看到了一丝隐藏在深处的纯真，一闪而过。

周六的晚上，我上网看偶像剧，一直看到凌晨两点半，第二天早上九点，还没有起床手机就响了。

“还在睡呢？”一个很温柔的男声，好听得就像昨晚偶像剧里的男主角。

“嗯。”我迷迷糊糊地回答。

“那你先睡吧。待会我再找你。”不知道是不是没睡醒，我似乎听到了一丝宠溺的错觉。

“你是谁？”我半梦半醒地问道。

“韩忆。”

忽然一下，我整个人都变清醒了，从床上弹坐起来，精神气爽地问：“经理，你找我什么事？我已经起床了。”上司打电话过来，可不能马虎。

剩牛排在那头非常抱歉地说：“对不起，打扰到你睡觉了。”

“没关系。”

“我想问你今天有没有空，能不能带我去一趟你上次提到过的那个陶艺店？”

“好啊。”答应过的事，迟早都要兑现的。

这家陶艺店开在一个并不起眼的小巷子里，店主叫饱经余伯，是一个六十多岁的老人，那些精致而有灵魂的陶艺品全部出自他那双饱经岁月的手。

看得出剩牛排很喜欢这个地方，他久久地伫立在各种陶艺品面前，细细赏玩，止不住地赞叹：“太漂亮了！在巴黎也有这种类似的工艺品店，不过从风格上而言，完全是两回事。中国五千年的文化底蕴赋予了这些陶瓷器更加深隧的灵魂，有一种历史沉淀的质感。下次回法国的时候，买些回去送人，肯定大受欢迎。”

我听不懂这些，也不知道所谓的历史沉淀的质感是什么感觉。我看一种东西，只有喜欢或者不喜欢，至于为什么喜欢，完全说不上来。

对于艺术，我也不是很懂得欣赏，就比方说在西方的绘画中，为什么那么多人热衷于绘画人体，并将人体美学崇尚到一个无可替代的高度，而普通人如果拍个裸照的话，却会被视为色情。一大堆人在大街上裸奔是行为艺术，一个人在大街上裸奔则是违反了社会秩序。

这些我都不明白。

熟饭曾经说过这么一句话：色情是艺术未遂。他说他对这些没有取得成功的弱势群体非常同情，所以他从来不去看画展，只在家里看 Playboy 之类的色情画册。

我还在那里胡思乱想的时候，剩牛排已经挑好了几件他喜欢的东西，让余伯打包好，准备离开。

门外走进一个女人，大呼小叫：“生米，真巧，在这里遇到你。”

是阿彩。

她的眼神一下子就瞟向了剩牛排：“和你男朋友一起出来逛街呢？”

我尴尬地站在那里，不知道如何回应她的话，只好站在那里傻笑。剩牛排客气地冲她点点头，算是打招呼。

阿彩接着说：“我还以为那天你只是随便找了一个人骗我呢，没想到他真的是你男朋友。”不等我介绍，她就直接问剩牛排：“帅哥，你叫什么名字？”

“韩忆。”

阿彩大大咧咧地拍着我的肩膀：“喂，有了男朋友却一直瞒着我，要罚！”

“你想怎样？”

“要你们家帅哥请我吃饭啊！”

我更加为难了：“阿彩，改天吧。”

剩牛排把话题接了过去：“好啊，择日不如撞日，就今天吧，正好我和申谜也饿了，大家一起。”

“我要吃龙虾。”阿彩狮子大开口。这家伙真能宰，我让房间那么多回，她和她男朋友连半点表示都没有过。

我开始盘算着今天带了多少钞票出门。

“好啊，我们走吧。”剩牛排很自然地牵起我的手，冲我微微一笑，然后拉着我朝外面走去，羡煞了跟在身后的阿彩。

原来，男人的笑容也可以倾国倾城的。

阿彩对剩牛排的那辆黑色跑车有些眼红，忍不住问：“韩先生，你在哪行高就？”

我抢着回答说：“他是司机！”

“司机？”阿彩并不是很相信我的这个回答，韩忆身上散发出来的气质与司机这个身份太不匹配。

“是啊，今天头叫我们出来给客户挑一些礼物，所以就把公司的车开出来了。”我今天才发现自己撒起谎来也可以不打草稿。

我看到剩牛排在抿嘴偷笑。

“阿彩，你男友还好吧？”我问。

阿彩的心里一下子变得舒坦起来，她有些炫耀地说：“我男友刚升了职，现在是课长，大家都说他很有发展前途。”

我故作惊喜地说：“哇，升职加薪是好事啊，改天要他请客。”

一说到请客阿彩又推脱起来：“他现在的事情很多，每天都很忙，连和我吃顿饭的时间都没有。”这女人还是那么抠门，一毛不拔。

但她吃我的血汗钱的时候却一点都不含糊，一顿下来，花了一千八，还嚷嚷着要把剩下的没吃完的东西，全部打包回去给她男友当下午茶。

如果说我是蚂蚁，那么阿彩就是食蚁兽。

吃人的嘴短，可阿彩却不然，她在吃饭的时候大肆爆料，专挑我以前的糗事来讲，说我爱看帅哥，爱睡懒觉，思想幼稚，行为迷糊，做菜难吃……

“我跟你说，”阿彩在滔滔不绝地揭我的短的时候还不忘把一大块龙虾肉塞进嘴里，“生米她有一次煮鱼，当时电视里在放W演的偶像剧，她看W看得忘记了时间，结果那条鱼被烧成了焦炭，大家都不肯吃，她就拿到楼下去喂流浪猫，结果那只流浪猫闻了一下，‘喵’的一声就跑开了，无论怎么叫它就是不肯回来。哈哈哈，连流浪猫都不吃她做的鱼，真是太好笑了……”

“她每次去肯德基或者麦当劳，哪怕要排很长时间的队，都一定会找那个最帅的工作人员点餐。有一次她拿着一堆优惠券去吃东西，结果那个她一直很心仪的工作人员绿着脸对她说：‘小姐，这是肯德基的优惠券，我们这里是麦当劳。’当时人家还以为她是去踢馆子的……”

我曾几次三番试图阻止阿彩继续说下去，转移话题，而她却越讲越兴奋，根本就无视于我的存在。

完了，我的形象全毁了，希望剩牛排听到之后，不会认为我在工作上也是一个差劲的员工。

剩牛排静静地听着阿彩所讲的一切，像是在听什么有趣的故事，时不时地抬起头看我一眼，笑意盈盈。

虽然我听到阿彩在外人面前那么说我让我心里很不舒服，但是没有办法，因为她讲的都是事实，只不过经她一描绘，我怎么听怎么都觉得她是在故意把我说得一无是处。我终于明白了什么叫做“交友不慎”。我保证下次见到阿彩时绕道走。

我悲痛地掏出信用卡付账，早已有人比我抢先一步，剩牛排接过侍者递给他的消费凭证，漂亮地签上了他的大名。阿彩对剩牛排的大方更是刻骨铭心。

回家的路上，剩牛排问我：“为什么要对你朋友说我的职业是司机？”

“我不想被她误认为我是在傍大款。”阿彩向来喜欢以小人之心度君子之腹，人言可畏，多一事不如少一事。

“呵呵，我又不是什么大款。”剩牛排说，“我也只不过是替公司卖命的职员而已。”

“可她肯定不会那么想啊！就算你是司机，她都认为我高攀了。”我越想越亏，“花一大把钱请人吃饭，换来一个损友说了我整整一个半小时的坏话。”

我掏出钱包看了一下，现金不够：“回到家之后，我会通过网上银行把饭钱打到你的账户上。”

一千八百块，我的心在滴血。

“这顿饭是我说要请的，你不必给我钱。”

“不行。一定要还。”

“你不是说你不是一个大方的人吗？”

“我小气得很有原则。阿彩是我认识的朋友，请她吃饭就必须由我来掏钱。”

汽车缓慢地行驶过一家咖啡厅门口，我看到熟饭和一名女子坐在落地窗前聊天，表情严肃，没有半点平日里的痞子气。长发遮住了那名女子的脸，我看不清楚她的长相，但从她那身不俗的衣着，可以推想到她的容貌必定差不到哪里去。

如今这年头，鲜花都是偏爱牛屎的。我暗暗地想。

回到小区的地下停车场，还没有进电梯，我们就遇到了一个女人，指甲被涂成很时尚的浅紫色，眉眼间尽现万种风情：“忆，你怎么才回来，我等了你好久。”

剩牛排对她的到来感到有丝意外：“你怎么来了？”

女人走到一辆红色的跑车旁边，打开后备箱，提出两个袋子，冲他晃了晃：“今天休假，我来煲汤给你喝。请问这位小姐是……？”

“我是韩先生的邻居，住十五楼的，今天搭他的顺风车回家。”我忙不迭地置身事外，然后撇下他们，离开。

一个人的晚餐很简单，我给自己煮了一包泡面，刚吃上两口就觉得没有味道，放下了筷子。

此刻，剩牛排应该在喝那个风情万种的女人煲的汤吧，熟饭也在和那个咖啡厅的女子吃饭吧？

忽然之间，一向喜爱安静的我，也觉得屋子里过于冷清起来，淡淡的愁思涌上心头。我开始挨个地给朋友打电话，约人出来玩，结果他们不是在陪家人吃饭，就是在陪恋人散步，根本没工夫理会我这个孤单的灯泡。

小马那丫头讲得更是露骨：“喂，生米啊，这冬天快到了，天气一天比一天冷了，你赶紧找个男人暖被窝吧……”

“死丫头，有你这么说话的吗？”我笑骂。

“我没说错啊，男人就是一件床上用品，他们不同的地方在于，这件床上用品是用一夜还是用一辈子。”小马说话的口气像极了熟饭，仿若得到了她表哥的真传，“你这把生米要是再不煮熟，就得发霉了。如果你实在找不到合适的人选，就先拿我哥凑合一下吧。”

男人是件床上用品，可关键是这件床上用品此刻是多少个女人在同时使用，一个还是几个？还有一点，这件床上用品长着嘴巴，他既能在你耳边讲出许多动人的情话，也能讲出让你伤心的蠢话。

如果找个男人只是为了温暖自己的被窝，我宁愿买条电热毯。

十点，客厅的电话没有响，今夜我正在被所有的人忽略。细细回想，在每个夜晚能想到我的人也只有这个无聊的邻居而已，即便他人在外面鬼混，也不忘叮嘱我乖乖在家。

十点半，电话依然没有响，熟饭已经彻底将我遗忘，看来白天我见到的那个女子对他的意义非同凡响。

剩牛排呢？他总是带不同的女人回家，缠绵之后不会留人在家里过夜，而这个女人却能登堂入室地煲汤给他喝，她对他而言意义也是非同凡响的吧？

那我呢？我会是谁心目中非同凡响的女人？那个人是在前方等待着我，还是在四处找寻着我？

酒吧的灯光依然很昏暗，单身久了，会有点怀疑自己对异性的魅力还存不存在，所以我来这里测试一下。

我坐在吧台前看着那位年轻的调酒师以一种让人眼花缭乱的手法进行着调酒表演，口水流了一地。

"小姐，这个请你喝。"调酒师将一杯彩虹般美丽的饮品推到我面前，杯沿处嵌着一颗红艳的樱桃。

"我不喝酒。"

调酒师看着我手里的那杯白色饮料发笑："我知道，我还是头一回见到有女孩跑到酒吧来点牛奶的。放心，我的这杯'那年岁月'酒精含量很低，不会醉的。这是我新想出来的东西，你帮我尝尝味道怎样？"

"那年岁月"，也许我是被这个美丽的名字打动了，我没有再拒绝调酒师的请求。这杯东西入口很甜，甜味散尽之后有微微的酸涩，杂糅着丝丝的酒精，滑向心中的那片海洋。

我趴在大理石的吧台上，问那个等待我评价的调酒师："那年你怎么了？又甜又酸又涩的。"

"恋爱了，也失恋了。"

"哦。"我笑着说，"这东西应该适合失恋的女孩子喝。"

调酒师笑着摇摇头："失恋的人才不喜欢喝这种饮品，她们需要的是烈酒，越烈越好，最好是一滴下去就能醉生梦死、不省人事的那种。"

我没有失恋过，所以我不清楚他说的是对是错。

"回去吧，小姐，你不属于这里。"调酒师善意地说，"下次来这种地方，不要一个人。"

"嗯，等我把牛奶喝完了就走。"

一个满身酒气的男人挤了过来，将一瓶XO往吧台上一放："这位小姐，一个人呢？请你喝杯酒，怎么样？"

"不了。谢谢。"我打算离开，却被对方拉住。

"那你请我喝奶吧。"男人意有所指地看向我的胸部，目光猥琐。

我挣脱他的脏手："我要回家。"

他再次拦住我："回家？好。去你家还是我家？"

“让开。请你放尊重一点。”

“尊重？”男人极为不屑地说，“装什么清纯？从你进门开始我就注意到你了。你来这里无法就是想钓男人嘛，怎么，觉得我不够好？”

我开始后悔了，熟饭说得没有错，这世上的男人不仅仅有魔鬼，还有禽兽，不是每个男人在泡 MM 的时候都会遵守你情我愿这个游戏规则。

来酒吧这种地方测试自己的魅力，是我的愚蠢。遇上这个酒鬼，我只能骂自己活该。

年轻的调酒师试图劝说这个酒鬼放开我，然而无效，那个下流的男人大有借酒装疯的意思，嘴中还骂骂咧咧：“老子最看不惯你们这种女人。装什么装？老子要你们的时候，把自己装得像个圣女，老子不要你们的时候，死皮赖脸抱着我的腿不放。表面上跟贞节烈女似的，一转眼就去勾搭别的男人……”

“放开她！”一个男声喝道，插到我的眼前，将我挡在身后，“先生，你喝醉了，认错人了。”

“我有没有认错人关你什么事？英雄救美？算了吧，说白了，你的目的和我的一样，五十步笑百步，没有谁比谁更高尚。”

“她是我的女人。”我听出这人是谁了，是剩牛排。

“笑话，我比你先到，凭什么说她是你的女人？”

剩牛排说：“出来玩，图的是高兴，强人所难就不太好了。这位先生，看得出来，你今天的心情好像不是很好，这样吧，我陪你喝一杯，大家就当什么事情都没有发生过，好不好？”

那个男人不说话，直愣愣地看着剩牛排，暗自掂量着对方的分量，半晌，他咬牙说：“喝酒就喝酒，不过，我不要你喝，我要这个女人喝。”

剩牛排笑着说：“她不过是一个没见过什么世面的小女孩子，还希望这位仁兄大人有大量，别和她计较，这酒嘛，我替她喝，行不行？”

“你喝？”那个男人笑得很阴险，“你要是想替她出头，要喝的就不是一杯，而是整瓶。怎么样？英雄救美？必须要有点本事才能唱这出戏。”他把整瓶 XO 摆在剩牛排的面前，深褐色的液体滚动着阴冷的光泽。

剩牛排深吸了一口气，二话不说，抓起酒瓶仰头就灌，咕嘟咕嘟，很快见了底，那架势把在场的所有人都震住了

剩牛排的脸色有点发白：“怎么样？大哥，这个女人我可以带走了吧？”

那个男人点点头：“好，算你小子狠。走吧！”

剩牛排抓起我的手，离开了那个是非之地。他的手心很凉，冰冰的。

"你还好吧？"我问。

"快，快回家。"他的脚步开始打飘，看得出酒劲开始慢慢上来了。

我拦住一辆的士，两人上了车，剩牛排长长地吁了一口气："我从来没有一次性喝过那么多酒。"

"对不起，是我不好。"我难过地低下头去，不敢看他。

没有回应。

"谢谢你救我。"

还是没有回应。

"你在生气吗？那你骂我吧！"

依然是一阵沉默。

的士司机忍不住插嘴到："小姐，他好像睡着了。"

我回头一看，果然，剩牛排的头靠向一边，早已进入了梦乡。

在小区保安的帮助下，我把剩牛排拖回了家，这家伙四仰八叉地躺在那里，一动也不动，就像是沉睡了百年的王子。

在今天以前，我一直认为自己根本就没有机会能够如此近距离地观看一名帅哥，一名不亚于任何一名电影或电视剧里男主角的帅哥。

现在这名帅哥正躺在我的床上，如果我愿意，就可以将他从头到尾看光光，连一个毛孔都不放过。万一他醒来之后追问起来，我可以说他喝醉了，吐得全身都是，我非常好心地替他洗了个澡，责任就此推脱得一干二净。

请不要叫我色女。对异性的身体感到好奇，这并不是一件很丢脸的事情。我也很想知道这个面孔俊朗的男子会不会有一副同样让人赞叹的好身材，就像我们平日里走在大街上，看到一个有着魔鬼般身材的丽人时，会忍不住回头看看她的面孔会不会如天使般动人一样。

只不过老天爷常常会和我们开开玩笑。我不止一次在大街上看到那种有着魔鬼般身材的长发丽人竟然是个长着胡子的大老爷们。天堂到地狱之间的落差常常让我受惊不止。我最多只不过以为自己会看到一只恐龙，没想到却遇到了一只癞蛤蟆。

这么具有王子般气质的男人，不应该出现在我的生活圈子里，并且还接二连三地救我于水深火热之中。

我不是公主，这个事实在我七岁那年就有一个小男孩非常残忍地告诉了我。

那是个多雨的夏天，我生病住院，同病房有个比我年纪稍大的男孩，每次护士小姐替他打针的时候都会哭得很大声。有一回，我和他一起玩过家家的游戏，我要当公主，他不同意，他说童话中的公主不可能像我一般缺了两颗大门牙（那时候我正在换牙齿）。

我已经忘记了那个爱哭鬼叫什么名字、长什么模样，但是我一直记得他说过的那句话：你不是公主。

我从卧室里退了出来，拿了一床毯子，打算在沙发上窝一宿。

这时候，门铃响了。熟饭醉意熏熏地出现在我面前："米，看到你真好。我忘了带钥匙，在你这里借住一晚。"说完，根本不等我同意不同意，就大咧咧地闯了进来。

当他看到沙发上的毯子时，笑呵呵地说："原来你早就替我准备好了啊，我们真是心有灵犀，谢谢！"

"不行。"我一把推开他，"沙发是我睡的。"

"那我睡哪？"

"你睡房里去！"反正那里已经有了个喝醉酒的男人，不在乎多一个。

"米，你对我真好，居然把床让给我睡，自己睡沙发。米，你是这世上对我第二好的女人。"这家伙醉得不轻，眼神发散，走起路来一步三摇。

我思量着该如何解释剩牛排也在我家这件事，哪知道熟饭根本就没有发现那张床上还睡着另一个人，直挺挺地倒了下去，很快就响起了阵阵呼噜声，睡容让人不敢恭维。

唉，同样是男人，同样是醉酒，怎么就相差那么远呢？我摇摇头，回客厅睡下。

第二天早上，我是被两个男人的惊叫声吵醒的，当我打开房门的时候，看到剩牛排和熟饭两个人各自抱着被子的一角，两两相望，惊恐地质问对方："你怎么会在这里？"转头看到了一旁的我，又同时问道："这是怎么一回事？"

我解释道："你们昨天晚上都喝醉了，回不了家，只好住我这，而我这里只有一张床，所以只好让你们一起挤一晚。"

熟饭捶着胸脯苦笑："我好像从来没有和男人睡过同一张床。"

剩牛排的脸色也好不到哪里去："我也是。睡一觉醒来发现一个男人睡在自己身边——实在太恐怖了。"

熟饭附和："没错，比睡一觉醒来发现自己心爱的女人不见了更恐怖。"

我有些八卦地问："那你们昨天晚上有没有谁不小心把对方当成女人了，然后……"我的脑子里开始春色无边。

两个男人同时对我暴喝："怎么可能？"

“那你们有什么好恐怖的？古人还常常和好友抵足而眠呢。”

“我们不是古人。”

我转过身去：“既然都醒来了，就赶紧起床吧。我来做早点。”

“不必麻烦了。”剩牛排说，“我回十八楼，收拾一下自己，今天上午还要去加工厂那边看看。”

熟饭也拒绝了我的好意：“我要去我姐家拿一下钥匙。去晚了，怕她已经上班去了。”

两个人快速地整理好自己的衣服，逃命似的冲出了我家。

我难得有兴致做回早点呢，这两个家伙却不领我的情，难道我做的食物就真的这么没有吸引力吗？

在假日里拒绝了我的邀请的小马，约我一起吃晚饭，我跟她谈起了那晚的“艳遇”。

“什么？！两个大帅哥在你床上睡了一夜，你竟然无动于衷？生米，你可以算得上女版柳下惠了。”小马的唾沫直接喷了我一脸，“那么多偶像剧，你简直白看了，枉费你在看到电视里的那些帅哥犯花痴的时候，小尖牙闪亮闪亮的，恨不得将人生吞活剥，活脱脱的一个女色狼整装待发的模样。”

我比较善于纸上谈兵，缺乏实际操作经验。再者，这两个男人，都各自有过太多女人，虽然我不指望自己的第一次能失身给一个和我同样奇货可居的处男，但是从心底里还是盼望我嘴下的男人身上别沾有太多其他女人的口水。

另外，我不知道自己在那些男人的眼里到底算是哪种女人，火鸡是不可能了，那会是乳鸽还是小白菜呢？我那点可怜的自尊也不允许自己对这两个挑剔的男人有任何非分之想。

小马说我应该属于鸡蛋，介于荤素之间，不在她那熟饭表哥所说的四种女人之列。

另一层深意是说我属于女人中的异类。

小马的情场造诣已经达到了让我望尘莫及的地步，我曾经想破头都没有找到合适的说法来还击熟饭讲的女人是菜的理论，而她却张口就来：“这男人啊，也可以分为四种：第一种男人，就像包装精美、年份特别、产地尊贵、口感醇厚的红酒，这种酒是所有酒客的梦想，但可遇而不可求，就算遇到，自己也不一定有那个能力可以将它们拿下，就像女人心目中的白马王子，长得好、家世好、背景好，即便你能遇到也不一定能得到；第二种男人，是名牌白酒，既能在台面上宴客，也能私下里小酌，然而这种酒的缺点是烧心，度数高得甚至可以呛出你的眼泪，这样的男人在长相、家世、背景这三方面占有其中的一项或者两项，已经算得上优秀了，不过这样的男人总让女人放心不下；第三种男人，是大众化的啤酒，四处可见，经济实惠，就像那些平凡的男人。据我初步分析，你那十八楼的邻居剩牛排，应该是属于第一种男人。”

“那你表哥熟饭呢？”

小马笑着不做评价：“这个要你自己去判断了。”

“第四种男人是什么酒？”

“第四种男人，是不法商贩勾兑出来的假酒，人人喊打。”

“如果男人是酒，那女人是什么？”

小马叹了口气：“女人是酒客，无论她遇上哪种男人，也无论她喝哪种酒，最后都会喝醉——这是唯一的结局。只不过有些女人喝醉了，依然能保持清醒的头脑，有些女人喝醉了会被人牵着鼻子走，还有些女人喝醉了会耍酒疯，更可怕的是有些女人明明已经酒醒了，却依然认为自己还醉着，不肯清醒过来。”

听完小马的这番高谈阔论，我简直为她倾倒，并且很期待哪天她能与熟饭辩论一场，看看这对伶牙俐齿的表兄妹究竟孰高孰低。

日子继续，熟饭还是会在我要上班的每个清晨，八点十分准时叫我起床，晚上十点的时候清点我有没有在家。剩牛排却不再带不同的女人回家，那个涂着浅紫色指甲油的女人也没有再看到过她。

剩牛排来公司的次数越来越勤，办公室众美女们打扮起自己来也越来越不惜血本，我的工作也越来越轻松，因为现在的我和剩牛排同一个办公室，不少美女为了接近他，都抢着来帮我的忙。

曾经有个女同事穿着一件低胸的礼服，硬是夺过我手中的文件拿去给剩牛排签。

初冬了呢，穿这么露也不怕感冒。我想起小马所说的男人是酒的理论，为这些争得头破血流的女人们报以同情的目光。

办公室里没有其他人的时候，我也问过剩牛排：“为什么你可以接受酒吧里的那些女人，却对这些女同事拒之于千里之外呢？”

剩牛排听完我的问题后，只是微笑，并不回答。

熟饭后来知道了这件事，说我这个问题问得太笨，俗话说“兔子不吃窝边草”，想要干坏事，自然是找那些离自己越远的人越好，可以神不知鬼不觉，啃人于无形。

和熟饭讨论男女之事，你永远都不可能得到你所希望的答案。

这天，我下班回家，在楼下遇到了那个涂着浅紫色指甲油的女人，似乎在等人。

“你好。”她跟我打招呼。

“你好。”我回应，“来找韩忆啊？”

“不，我是来找你的。”

“找我？有事吗？”

女人的笑容有些卑微而谄媚：“我想请你吃饭。”

是不是全世界的人都已经知道我的厨艺不好，所以接二连三地有人请我吃饭？“哦，你是想和韩忆一起吃饭吧？那你们去好了，不必拉上我。”

“不，我只请你一个人，韩忆不知道。”

“为什么？”我很惊讶。

“我们边吃边聊。”女人的热情让人不忍拒绝，我稀里糊涂地跟着她走进了一家泰国菜馆。

席间，我没喝一滴酒，这女人却把自己灌了个半醉。

“小姐，慢点喝。”我可不想她把自己灌醉了，最后要我买单。

“我叫罗兰。”

罗兰，又喜欢紫色，加起来就是紫罗兰了。紫罗兰的花语是永恒的美，不知道眼前的这个女人向往哪一种美能得到永恒。

“我叫申谜。”

“我知道。”

她怎么知道的？

罗兰看到我疑惑的眼神，又说：“我还知道你就在韩忆所在的公司上班，是他的助理，和他同一个办公室。”

“哦。”我似乎有点明白她今天找我的目的了，“不知道你这么破费地请我，有何贵干？”

“你离开韩忆吧！”罗兰请求。

我不禁哑然失笑：“罗小姐，我想你误会了，韩经理是我的上司，是我的邻居，可我和他之间也仅此而已，并没有其他的关系存在。”

“我知道你们现在并不是恋人。”罗兰说，“但我还是希望你能离开他。”

如果我也可以算得上是这个女人的情敌的话，那她的情敌足够组成一个红粉军团了。我对罗兰的请求觉得有些不可思议："对不起，我很冒昧地问一句：你了解韩经理吗？"

罗兰从她的包里掏出一支细长的女式香烟，点燃，白烟袅袅："我知道你想问什么，你想问我知不知道韩忆的私生活状况。我跟他已经认识两年了，自认为至目前为止，没有哪个女人比我更了解韩忆。我知道他的身边从来不缺女人，还经常带不同的女人回家过夜。"

这女人如果要应聘邦女郎的话，估计都不用面试。"那你有私下里去见那些女人请她们离开韩忆吗？"

淡紫色的指甲轻轻地将烟灰弹入桌上的烟灰缸里，动作优雅而迷人："没有。她们都不重要。"

"啊？"我听迷糊了。

"那些女人和韩忆之间不过是一场你情我愿的游戏，天亮之前就会结束。但你不同，看得出来，你在他心里和那些女人不一样。他最近变了很多，听人说，他已经很久没有沾惹那些女人了。我查过他最近的动向，和他走得最密切的女人只有你。"

我苦笑："罗兰小姐，你会不会太抬举我了？我可不认为自己有这样的魅力。也许他韩经理最近的改变是因为别的原因呢，比如身体不好，工作太累，或者在哪遇上了某个高人对他指点了一番，让他浪子回头……"

"我也不能肯定，但毕竟有可能。"罗兰把烟头掐熄，"我不能冒这个险。如果你愿意离开韩忆，我可以替你安排一份更好的工作，职责和你现在的差事差不多，薪水是你现在的两倍。"

两倍？我心里小小地激动了一把，不过依然保持着表面的镇定："可我还住这里呢，你总不能让我搬家吧？"

"这倒不必。"女人有些紧张地问我，"你看怎么样？"

她的想法没有错，第一，我住的这个地方是暂时的，等安琪回国了，就要搬走。第二，我和韩忆见面最多的地方是在办公室，而不是住宅区，平日里在电梯内遇上也只是点点头打个招呼而已。第三，如果一个男人真想见一个女人，无论她在这个城市的哪个角落，都不是一件难事。

"罗兰小姐，你很爱韩经理吗？"我问。

女人的脸上有了一丝落寞："是。否则的话，我又怎么可能会这么卑微地去请求另一个女人？"

尤其是来请求像我这么一个处处不如她的女人。

我对她不免同情起来："好吧，我答应你考虑一下。"

回到家，我将此事告诉了熟饭，他问我："你不会真想辞职吧？"

"想。但是不会。"我和那个女人又不熟，干吗要听她的话？两倍的薪水，听上去的确很诱人，然而如果新工作是她安排的话，那也意味着她随时可以把我给撤了，我凭什么为了一个没有保障的承诺而放弃我现在的东西？

新工作肯定没有人向我贿赂巧克力和牛肉干。这点我很在意。

熟饭舒了口气："你看上去很同情她的样子。"

"没错，我是很同情她，不过我更同情我自己。好好地上个班，又没去招谁惹谁，竟然会被人视为情敌。"

"你不是答应她考虑一下吗？"

"考虑不代表答应啊。刚才你没看见，那个紫罗兰一副伤心不已的模样，我担心如果我一口拒绝她的话，她有可能会情绪失控，我可没有把握能打得过她。"

熟饭笑嘻嘻的："原来你还不是很笨。喂，两倍薪水呢，就这么放弃，一点都不心疼吗？"

"我更心疼刚刚买单的钱。"因为明知道自己不可能答应那个女人的要求，所以我也不好意思让她请客，偷偷地抢先买了单，四百块又没了。

为什么一连几次都是别人请吃饭，最后破费的却是我？

"喂，熟饭，如果哪天有哪个你的女人要请我吃饭，最后是我买单的话，我会找你报账的。"

熟饭得意扬扬地说："放心吧，不可能有那么一天的。我的那些女人没有一个知道我住这里。"

"为什么？"

"有很多女人的男人，当然不能让那些女人知道你的窝在哪里，否则她们哪天搞突然袭击，正好撞见你和别的女人在一起怎么办？或者有哪个女人总是对你念念不忘，死缠烂打，没事就上你家门口守着，心血来潮就在你家窗外大喊爱的宣言，这不就成了扰民吗？家是最后的堡垒，是心灵休息的地方，它的安全很重要。"

怪不得我从来没有见过熟饭带哪个女人回来过夜。

"熟饭，你太无情了。"

熟饭一副语重心长的样子："无情即是有情，拖泥带水的行事方式，浪费的还是女人的光阴。"

我冲他翻了个白眼："明明是绝情客，却把自己说得跟个多情郎一样。"

熟饭冲着我直乐："我听表妹说，你之前的那个老板朱总似乎对你还一直念念不忘，不如这样好了，我把你的住址告诉给朱总，让他没事上这里来走动一下，联络一下同事情谊，你说好不好？"

"不要！"我惊恐地大叫，"我和他不可能的，没必要走动什么，最好是老死不相往来。"

熟饭立即将了我一军："生米同学，明白了吧？无情即是有情。我很高尚的！"

高尚？这词用在熟饭身上，容易使人联想到一个又老又丑的老巫婆硬说自己是位美丽的公主。

熟饭不承认自己是巫婆，他说他是个兢兢业业的老菜农，守候着他的那一亩菜地，希望能有个好收成，然后再卖个好价钱。

而作为邻居的我，是他筐子里卖不出去的蔫萝卜。

生活就像熟饭的那张嘴，你永远不知道他下一句打击你的话是什么。

"喂，你在怀疑我的魅力吗？"我十分介意他把我看成是"卖不出去的蔫萝卜"。

"哦，对于那些四五十岁的老男人而言，你的确是很有魅力的，比如朱总。"

我再一次把这个不知死活的家伙赶出了门。女人，最恨别人说她没有魅力，就好像男人最恨别人说他没有钱一样。

"男才女貌"这个词，我一度怀疑正确的写法是"男财女貌"，只是古人总喜欢把自己对金钱的渴望遮掩起来，所以把"财"字改成了"才"字。否则，如果他们真的那么爱"才"，又怎么会说"百无一用是书生"呢？

熟饭已经在欺负我没有"貌"了，我实在没有必要再和他客气下去。

手机响了，是阿彩打来的，她在电话的那头哭哭啼啼，语不成句："生米，我……好恨……"

我听得莫名其妙，自认为并没有什么地方对不起她。

"那家伙他要和我分……手。天杀的，他竟然背着我……女人……"

听了老半天，我终于明白了事情的始末，那个坏蛋并不是我，而是她那个五短身材肥得流油游手好闲甚至还缺了一颗门牙却一直拖着不去补的男友，这个缺德鬼升了课长之后，和他的一名女下属勾搭上了，然后开始嫌弃阿彩，要和她分手。

我个人认为这是好事，可阿彩不这样认为，她哭得昏天暗地，差点背过气去。

"生米，今晚我能不能睡你那里？"阿彩可怜巴巴地说，"我不想回家，他和那个女人在我那里。”

什么？还敢带女人上前女友的房子里鬼混？真是太过分了！这种男人应该就属于小马所说的那种假酒。

我气愤不已地骂阿彩：“你不会把他们两个人赶出来啊？”

“我不敢，我怕他打我。”原来那个男人私下里对阿彩动过暴力，没想到一向看起来很强势的阿彩在他面前竟然会这么懦弱。

我在那套房子里也住过一段时间，我和阿彩也算是相识一场，心中不免义愤填膺：“我去把他们赶出来，你等着我。”

说完，我挂了电话，跑到隔壁把门敲得震天响，熟饭穿着一件浴袍跑了出来，全身湿漉漉的，头发还在滴水，看样子刚刚应该正在洗澡。他看到我一副气愤不已的模样，紧张地问：“出什么事了？”

我打量了一眼他算是比较健硕的胸肌，问：“你会打架吗？

“啊？”

“穿上衣服，陪我打架去。”

“啊？”

“啊什么啊？赶紧啊！一分钟之内把衣服换好，跟我走！”我命令道。

计程车上，熟饭已经大概了解了事情的经过，他叹了口气：“米，从理论上讲，人家被窝里的事情，我们这些外人不方便插手。”

“你要是不想去，那就下车。”我作势就要叫司机停车。

熟饭赶紧拉住了我：“你别心急啊，我刚讲的是理论上。实际上呢，像这种垃圾男人，的确丢尽了我们男人的脸面，应该清理门户才对。”

“这还差不多。”

等我们赶到的时候，阿彩正坐在那里无力地捶打着大门：“我求求你，出来好不好？只要你能回到我身边，以前的事情就当什么都没有发生过。”

那个浑蛋的骂声从里面传来：“哭哭哭，有什么好哭的？我们已经分手了，我不想再见到你，你走吧！”

我上前一把拉起阿彩，冲着里面喊：“笑死人了，这房子是阿彩租的，你凭什么要阿彩走？就算是要走，也是你走。你给我滚出来！”

“我就不出来，你们能把我怎么样？”

防盗门很坚实，根本就撞不开，我和阿彩都没有了主意。

熟饭把我们两个女人都拉到身后，不急不缓地冲里面说：“我数三声，你就给我滚出来。不然，我就报警，告你私闯民宅，让你尝尝蹲班房的滋味。一、二……”

里面响起了急促的脚步声，哗啦一声响，门开了，我们气势汹汹地冲了进去，阿彩的男友比熟饭矮了差不多半个头，他有些心虚地质问我们：“你们想干吗？想动手打人吗？我也可以报警的！”

有个女人坐在床边，低着头，不敢看我们。

熟饭一把抓住那个浑蛋的前襟，狠狠地啐了他一口：“我呸！跟我玩这套，你还嫩了点。讲法律是吧？好啊，把警察叫来啊，我倒要看看，你之前动手打你女友那么多次，够不够判你一个故意伤人罪。”

浑蛋男人开始面露怯意，语气却依然很强硬：“我认识许多黑道的兄弟，你要是敢动我一根手指头，我保证让你们吃不了兜着走。”

熟饭冷笑不已：“好啊，你现在就叫他们来啊，要是你手机卡上没钱，我借你！”说着他掏出手机，递到对方面前，“打啊！”

浑蛋男人一下子软了，开始告饶：“兄弟，有话好好说！”

“我呸！谁跟你这种烂人是兄弟？你能泡到女人，那是你的本事，我们无话可说，可你为了省几个开房的钱，跑到这里来鬼混，这是禽兽才干的事。还动手打女人？我呸！简直就是禽兽不如！”

“是是是，我知道错了。”浑蛋开始服软，“阿彩，你原谅我吧！我只是一时糊涂，上了这个女人的当。”

一直不说话的女人听到他这么说，立即冲了过来，对他拳打脚踢：“你胡说，明明是你害我的。你说如果我和你好，就能加薪，不然就炒我鱿鱼，你这个人渣……”

阿彩也冲了过去，揪住那个女人不放：“你这个狐狸精……”两女一男扭在一起，难分难解。

我担心阿彩吃亏，上去劝架，结果不小心被他们之中谁的指甲伤到，脖子上抓出几条红印，火辣辣地痛。

熟饭赶紧将我拉了回来，然后冲那三个人一声暴喝：“都给我住手！”

那三个人果然停了手，直愣愣地看着处于愤怒中的熟饭。

熟饭板着脸：“阿彩，你还要和这个男人在一起吗？别怪我没有提醒你，这种男人，他不会改过自新的。”

阿彩犹豫了好一会，摇摇头：“不了，我要和他分手。”

“行，那现在就让他收拾东西，从这里搬出去。至于他这和女人之间的恩怨，你也别再插手了。”接着熟饭对那两个人说，“你们要打架也好，要在一起也好，都出去吵，别在这里闹。”

浑蛋男人讶异地看着熟饭，没有想到对方会这么轻易地放过自己，站在那里一动也不动。

“还不快滚！”

浑蛋男人赶紧翻出一个包，将自己的一些衣服和日用品放了进去，赶紧跑了。那个女人在他身后紧追，不知道会怎样。阿彩倒地痛哭，悲叹她已经逝去的爱情。

熟饭看了阿彩一眼，不知道是安慰还是感叹地说：“出来混，迟早要失恋的。不如收起你的伤心，找一个好点的男人吧。”

03 交友不慎

阿彩担心那个浑蛋会回头找她，还是不敢在自己家睡，要求上我那里住几晚，等她找到了新房子再搬出去。我无可奈何地答应。

回到我家，阿彩对我住的地方连连咋舌：“哇，生米，怪不得你要抛下我跑来这里住，原来这里的条件这么好。她有没有收你房租？”

拜托，我会搬家并不是因为贪图安琪的房子，而是受不了自己三天两头被人赶到外面吹冷风。我避开这个话题：“你睡床吧。我睡沙发。”

“不必呀，这床很大啊，足够睡三个人。”

我从小到大都不习惯和别人同睡一张床：“我睡觉不安分，怕打到你。”

“生米，那位舒先生人真好，他就住你隔壁吗？”阿彩问。

舒先生？我差点没有听懂她指的是谁，叫熟饭的绰号太久，快要把他的真名给忘掉了。

“是。”

“他是干什么的？”阿彩查起了户口。

“不知道，我从来都没有问过他。”

阿彩惬意地环顾了一下四周：“能住上这样的房子的人，收入应该不错吧。”突然她又想起了一件事，问我，“你男朋友呢？”

我不能再让剩牛排继续冒充我的男友下去了，这只会越来越麻烦：“分手了。”

“为什么？”

“性格不合。”我找了一个最模棱两可的回答。

阿彩突然紧张起来：“你不会是因为看中了这位舒先生，觉得他的条件比较好，所以把你那个司机男友给踹了吧？

我看中熟饭？阿彩真会异想天开。如果她知道剩牛排并不是一个司机，而是我的上司，她还会不会认为熟饭要比他优秀？“当然不是，我和他只是邻居而已。”

“你确定？”

“确定。”

阿彩长吁了一口气，好像心里面放下了一块大石头：“那如果我要追他，你应该不会跟我争吧？”

我吓了一大跳：“你刚失恋呢。”

“那意味着我有资格开始一段新恋情了啊。”阿彩说。

我的头皮开始发麻：“不过他好像有女朋友。”

“没关系，只要他没有结婚，那就意味着我还有机会。”这个刚刚被别人抢了男友的女人，现在竟然想做一名抢别人男友的女人，角色替换得真快。

“随便你。洗洗睡吧！明天还要上班。”折腾了大半晚，我已经很累了，不愿再和这个思想上与我有很大分歧的女人再讨论下去，只想早点休息。然而，一整晚，我躺在沙发上翻来覆去，睡不着觉。阿彩要追熟饭，不知道是阿彩的悲哀，还是熟饭的悲哀。

第二天早上，我、阿彩、熟饭、剩牛排，四个人在电梯内撞到，阿彩张大了嘴巴问剩牛排：“你也住这里？”

“是啊，我住十八楼。”剩牛排回答，然后用询问的眼光看着我，似乎是在问为什么她会在这里出现。

阿彩却完全误会了这个眼神，她大大咧咧地说：“生米告诉我说，你和她分手了。”此话一出，电梯内的其他三个人的脸色各有千秋，我的是尴尬，剩牛排的是戏谑，熟饭的是莫名其妙，不过我们三个人保持着相同的默契，全都不说话。

阿彩继续叨唠个没完：“韩先生，我也知道生米她身上有很多毛病，但两个人能走到一起是缘分呢，你多迁就一下她吧！”

凭什么认为我是一个必须让别人迁就的女人？我干脆找块豆腐把自己撞死

算了。

剩牛排微笑着说："是申谜她不要我了，要不你帮我劝她回心转意好不好？"

"生米，你……"阿彩还想继续喋喋不休下去，幸好电梯到楼层了，我拉着她逃命似的离开了那里。

阿彩并没有急着去找房子，而是忙着找机会与熟饭套近乎，而熟饭这段时间似乎很忙，晚上不再来我家串门了，早上的Morning-Call和晚上的点名也没有再坚持下去。

不得不佩服阿彩，她的精神非常好，在天天想办法怎么追熟饭的同时，还有闲心来管我的私事，甚至还替我和剩牛排安排了一次"复合旅行"，地点安排在离市中心两小时车程的某个休闲度假村。她以调解人员的名义随行，又以只有她一个灯泡不太好意思为理由，邀请熟饭也加入这次旅行。

让人百思不得其解的是，剩牛排和熟饭居然同意了阿彩的这次旅行计划，齐齐出了门。

一路上，阿彩和熟饭的兴致似乎很高，很聊得来。熟饭再次表现出他的无厘头风格，把大笑逗得哈哈大笑。

"舒先生，你看上去好像很有学问，是不是念过很多书啊？"阿彩又开始调查熟饭的户口。

熟饭："没有啊。我从小就不是很会念书，考试常常考不好。有一天，我放学回家，我爸问我：'今天考试你得了多少分？'我回答，'六十分。'结果我爸气坏了，说，'以后要是再考这么差，就不要再叫我爸爸。'"

"那后来你有没有奋发图强？"

"等不到后来，第二天我们又考试了。"熟饭的表情越来越严肃。

"那你得了多少分。"

"那天我一进家门，就冲我爸叫了声——大哥。"

全车的人都狂笑起来，剩牛排差点握不住方向盘，而我捂着肚子直不起腰："熟饭，你太能掰了。"

熟饭却一本正经地说："这不是掰的，是事实，那次我被我爸打得好惨，现在想起来我都觉得屁股还在痛呢。"

我从车子的后视镜里看到阿彩眼中对熟饭的爱意越来越浓，暗自祈祷熟饭好运。

一到度假村，我们先去订房间，阿彩跑得比谁都积极，没多久，她回来告诉我们只有两间房了。

“嗯，韩忆和舒凡一间，我和你一间，刚刚好。”我说。

阿彩似乎对这个安排不太满意，她冲着我和剩牛排挤眉弄眼：“你们是情侣，当然是住一间房比较好。”

我的脑子还没有转过弯来：“那怎么行？”

我的话还没有说完，剩牛排接过阿彩手中的一张房卡，然后拉着我就走：“就这样吧！申谜，我们先回房间整理一下，半个小时之后再去游泳池那里与他们会合！”

“喂，不行啦！”

剩牛排把头凑到我耳边低声说：“我和你住哪里并不是重点，重点是你的这个朋友她想和舒凡同住一间房，明白了吗？”

熟饭微笑着看着我被剩牛排带走，似乎并不反对这种安排，而阿彩一脸期盼地站在他的身边……

在远离都市喧闹的夜晚，大家可以暂时不必惦念平日工作上的琐碎，外面是怡人的风景，室内是浪漫柔和的灯光……这一切都是促进同处一室的男女内心情愫疯长的有利条件。因此在外出旅行的时候，想方设法把自己同心仪的异性安排在同一间房，这往往是男人用来追女人的手段，没想到阿彩也会用这一招。

让我郁闷的是，她自己想钓凯子也就算了，还非得摆出一副凡事为我着想的模样。被人卖了而没有发觉，乐呵呵地在那里数钞票，是无知。明明知道被人卖了却使不上力，还必须装得乐呵呵地数钞票，是无奈。

现在的我很无奈。

房间很漂亮，站在阳台上可以看到泳池，再远一点是草地和农场，几只花白色的奶牛安静地一边吃着草一边晒着太阳，悠然自得。

我的眼睛看着外面的风景，心里却想到了别处。

“你在想什么？”剩牛排问。

“我在想今天晚上他们两个究竟会谁吃了谁？”

剩牛排轻笑出声：“阿彩想吃掉舒凡，但舒凡肯定不会让她吃。”

“你怎么知道？你刚刚没有看到他们两个那副你情我愿的样子吗？”虽然别的人私生活与我无关，但私下里八卦一下还是无伤大雅的。更何况熟饭天生就是个痞子，别人怎么说他，他根本不在乎，至于阿彩，以目前的情况来看，她应该巴不得和熟饭闹出绯闻来。

“要不然我们打个赌。”剩牛排提议道。

“赌什么？”

“如果他们今天晚上成其好事了，那么就算我输，我会把办公室里的那些牛肉干和巧克力全都还给你。”

“真的？”我开始两眼发光，“那如果他们今天晚上没有成其好事呢？”

“那你就帮我干一个月的家务，做做晚饭，洗洗衣服，打扫打扫卫生。”

“一个月？你懂不懂怜香惜玉啊？”

“你可以不赌。”剩牛排提醒道。

“赌就赌，谁怕谁。”我被他这么一激，满口答应下来，“万一，我说的只是万一，我要是输了，到时候别嫌我做的东西难吃。”都已经听阿彩说过我的厨艺很糟糕了，却还有胆量让我给他做晚饭，不得不佩服他的勇敢。

剩牛排的嘴角弯成一道非常好看的弧度：“放心，只要是你做出来的，哪怕是毒药，我都会把它吃下去。”

晚餐设在泳池边，波光粼粼的池水像一块巨大的蓝宝石，让人忍不住想去亲近它。我坐在池边，用手试了一下水温，大惊小怪地叫：“哇，是温的！”

熟饭没好气地看了我一眼：“现在都已经是初冬了，如果这池水是冰的，那谁还敢下去？”

“不是有冬泳吗！”我反驳道。

“那你冬泳一下给我瞧瞧。”

我懒得理他，回到餐桌前，晚餐吃的是牛排，我看了看盘子里的食物，又看了看坐在我旁边的“剩牛排”，将两者联想到一起，有点下不了嘴。

“怎么了？”剩牛排问，“是不是不习惯吃这种食物？还是你不习惯用刀叉？”

阿彩插嘴道：“她喜欢吃牛肉的。”

剩牛排把我的盘子端了过去，他仔细地将食物切成一小块一小块，再端回我面前，然后递给我一个叉：“这样你可以吃了吧？”

阿彩在一旁看得眼红，她侧过头冲着正在大快朵颐的熟饭说：“舒先生，我也不太习惯用刀叉，你能不能帮我一下？”

熟饭满口答应：“好啊！”随即他叫来侍者，吩咐道：“请厨房帮个忙，把它切成小块，然后拿双筷子给这位小姐。”

做完这些，他语重心长地对我们说：“这点小事，何必自己动手？让厨房做就好了嘛。我们是消费者，花了钱的，享受他们的服务是天经地义的事。对不对，阿彩？”

阿彩马上点头附和：“对，你说得太对了。我们是上帝！”然而我却从她的眼神中见到了一丝失望。

“舒先生，你酒量好不好？”阿彩又问。

熟饭的脸一下子就红了：“说起来真是惭愧，我酒量很浅，一小杯就会头晕。”

“那你少喝一点。”说着，阿彩在他面前倒了半杯红酒，“难得我们今天聚在一起，大家一起干一杯吧！”说完，将自己杯中的酒一饮而尽。

其他三个人都不好意思拒绝，也将各自杯中的酒喝完。

阿彩又给大家添酒，同样的只在熟饭的杯子里添了小半杯红酒，再次举起酒杯：“为了我们的友谊干一杯！”

如此的情形一而再，再而三地重复下去，阿彩找出种种借口与大家干杯：为了友谊，为了爱情，为了大家的美好未来，为了今夜美好的月光，为了这为了那……

我的眼皮越来越重，眼前的景物也越来越模糊，阿彩的笑声离我越来越遥远，熟饭的身子也在那里摇摇晃晃，那个漂亮的玻璃杯明明就在我的面前，我伸过手去，却抓不住它，抓住它时，却又将里面宝石般红艳的液体洒了一地。

有人将我手中的酒杯接了过去，拭去溅在我脸上的液体，剩牛排的叹息声隐隐约约地传来，烟波般浩渺：“你醉了！”

“不，她没有醉。”熟饭在反驳。

“你也醉了。”阿彩说。

……

醉了，醉了，都醉了，既然醉了，那就睡吧。我身子一软，进入了梦乡……

有人在摇我：“米，醒醒，快醒醒，女人，是不可以随便喝醉的。”

我没有随便喝醉啊，可是我没有想到自己随便一喝就醉了。

“米，你还记得我吗？记不记得我？”

你是谁？想让我知道你是谁，你直接说不就好了么？还要我猜来猜去的，太费脑筋了，我懒得去想。

“十六年前，你给我讲过故事，还给我唱过歌，还记得吗？”

拜托，你都说了那是十六年前了，十六年前我还是个孩子，天真活泼，又很爱在外人面前表现自己，逮到谁就给谁讲故事唱歌，我怎么可能记得住那么多人？

让我睡吧，我真的好困，有什么事情，等我醒来之后再和我说。

半夜里，我被渴醒了，挣扎着起来找水喝，却发现窗户的平台上蜷缩着一个人，凑近去一看，是剩牛排。

我回头看了看自己睡的那张大床，又看了看他那极不舒服的睡相，笑了。

月光如水，倾泻而下，照耀在剩牛排如大理石般华美的脸庞上，精致的五官如刀刻一般，像是雕刻家手下精雕细琢出来的艺术品。我忍不住伸出一根手指轻轻地触摸着他脸上细腻的肌肤，喃喃轻叹：“像你这样的男人，对女人而言，是灾难。”

看够了，我站起身来，打算再回去睡，手指却被人握住，剩牛排闭着眼睛如梦话一般轻问：“既然我是灾难，那为什么祸害不到你？”

我急中生智地回答：“就算是再大的灾难，也总会有幸存者。我这人胆小怕死，所以逃生能力很强。”

剩牛排坐了起来，抓住我的食指晃了晃：“那你为什么刚才又对我毛手毛脚的？”

“我是在判断灾难的级别，好相应做出防范措施。”我简直有点佩服自己竟然能脸不红心不跳地讲出这么漂亮的借口出来，甚至怀疑自己是不是跟熟饭邻居久了，沾惹上了他的痞子气。

“哦，那我能不能问一下，你最后的判断结果是怎样？”

我艰难地咽了一下口水，硬着头皮继续瞎掰下去：“如果你是台风，那么应该属十二级，如果你是冰雹，那么应该有拳头大，如果你是沙尘暴，那么应该可以淹没整个城市。建议所有雌性动物与你保持三米以上的距离，以确保自身安全。”

剩牛排笑着说：“你想与我保持三米以上的距离吗？好像有点不太可能。首先我们是同事，在同一个办公室里上班。还有，我们打了一个赌，万一你输了，要给我做一个月家务的。”

对哦，我把这事给忘了。

“他们两个人呢？都喝醉了吗？”

“醉了一个。”

“舒凡？我醉之前就看到他已经喝得差不多了。阿彩的酒量一直都很好，就算是舒凡一比二和她拼也一定拼不过的。唉，看来舒凡是被阿彩吃定了。”我替熟饭惋惜。

剩牛排一个劲儿地笑，就是不说话。

“喂，记得啊，愿赌服输。”

剩牛排点点头，重复着我的话：“嗯，愿赌服输。”

“那下星期上班的时候，你要把牛肉干和巧克力都还给我，不准耍赖！”

“谁输谁赢暂时还不清楚，明天问他们就知道了。”剩牛排往窗外看了看天色，“时间还早，再睡会吧！”

我摸了一下平台，有些凉，赶紧从床上扯下一席床单铺在上面：“天冷，小心着凉。”

“我还以为你会邀请我去床上睡。”

“当男人发扬绅士风度的时候，女人不应该阻止他。”

“哦，那我非常感谢你对我的成全。”

“不客气。”

我重新躺回床上，却睡不着了，心里暗暗猜测着剩牛排是不是第一次和女人同住一间房而没有同睡一张床。他的谦让是因为他高尚，也许也因为我的魅力不够吧。

请原谅我的胡思乱想，在这个欲望泛滥的社会，两个异性同住一间房发生了点什么，这很正常，两个异性同住一间房而什么都没有发生，反而不正常了，说出去也没有人会相信。

剩牛排的表现让我觉得自己在他的眼里是个与众不同的女人，而我想知道自己为什么与众不同也是情理之中的事。就好比大家去买东西，商家给了你一个优惠价，你在沾沾自喜的同时会想知道他为什么单独给你打折。如果是因为和你交情深，所以给了你一个特惠，你会很高兴，如果是因为商品本身有瑕疵，才降价处理，那你就会觉得商家的诚意来得没有那么让人欣喜了。

第二天的早餐，四个人吃得各怀心事。阿彩看上去情绪不高，对盘子里的食物挑三拣四，不是嫌鸡蛋煎得太老了，就是觉得牛奶不够热。向来话多的熟饭一声不吭，只晓得埋头吃东西，胃口惊人，他已经吃了一片吐司两杯牛奶三个鸡蛋四颗草莓，现在正在向第五块饼干发起进攻。

我不时地观察着他们的表现，想从细节之处看出昨晚的蛛丝马迹，却没有看懂。如果他们昨天晚上有什么的话，按道理现在的阿彩就应该神采飞扬啊，如果他们昨天晚上没有什么的话，那熟饭干吗板着脸一副不开心的模样？

剩牛排知道我心里的那点鬼主意，开口问道：“舒凡，昨晚你们睡得好不好？”

“一般般吧。你们呢？”熟饭又开始吃第六粒葡萄。

“嗯，很不错。”

熟饭指了指摆在我面前的布丁：“你要不要吃？不吃给我！”

我赶紧把东西推到他面前，惊讶地看着他狼吞虎咽。“阿彩，他怎么了？好像有点不太对劲。”

“不知道。”阿彩看上去很生气，“我昨天晚上喝醉了，什么都不清楚。”

啊？不是舒凡喝醉了吗？

阿彩接着抱怨：“还说什么只要喝一小杯酒就会头晕，结果一直到后来我喝醉了，他都没有醉。”

熟饭一脸无辜地说：“我没有说错啊，我的确只要喝一小杯酒就会头晕啊。只不过，我喝两杯酒也是头晕，喝三杯酒甚至一瓶酒还是头晕，表现都一样。”

“那你昨天晚上有没有好好照顾阿彩？”我心里痒得跟猫爪子在挠一般，很想知道他们究竟有没有成其好事。

阿彩终于找到了控诉的机会，开始倒苦水：“昨天我醉得不省人事，结果今天早上醒来一看——竟然睡在地上，而他却睡在床上打呼噜。你说，他这么做是不是有点过分？”

熟饭愁眉苦脸地说：“昨天晚上是你自己硬是赖在地上不肯起来，我有什么办法？总不能你睡在地上，我也睡在地上吧？订这房间可是花了钱的，那么舒服的床，不睡多浪费啊！”

眼见着阿彩的面子越来越挂不住，我赶紧找借口将她拉到一边：“阿彩，舒凡这种男人从来都不懂得疼惜女人，你还是放弃吧！”

阿彩有些不甘心地问：“那你和那个韩忆呢？两个人和好了没？”

“好了，好了。”要是再回答两个人关系不和，我真不知道阿彩还会借此玩出什么花样来折腾我们。

“生米，为什么你遇到的男人这么好，而我却总是那么倒霉？”阿彩说着说着红了眼眶。

切，我真看不出这两个男人哪里好。我还没有回答，就听到剩牛排在那里大声叫我，我跑过去问有什么事，只见他将一串钥匙递到我的手心里，笑吟吟地对我说：“这是十八楼的钥匙，以后就多多辛苦你了！”

从度假村回来的那天晚上，阿彩失眠了，连带着我也无法入睡，强打起精神听她大诉苦水。

“生米，为什么？我对他们那么好，他们却一点都不在乎我？”

我打了一个哈欠：“他们不在乎你，你也别在乎他们就是了。没什么了不起的。”

“我觉得自己是一个爱心泛滥的女人，一心就想着对别人好，如果没有人让我付出，我会疯的。”阿彩一把鼻涕一把眼泪地倾吐着她的爱情遭遇，已经报销了我一整盒纸巾。

“你若真的爱心爆棚，不如去做义工，没事去看看孤儿院的小朋友，再不然去敬老院给那些老人家讲讲故事、唱唱戏，他们一定会用双倍的爱心来回报你的。如果这些让你觉得为难的话，你可以喂喂流浪狗什么的，我保证那些四条腿的畜生会比你那些两条腿的男人有良心，它们会时时刻刻盼望着你去看它们，绝不会嫌弃你。”

“那不一样，这些不是我想要的。”

是啊，阿彩的爱心仅限于对男人奉献，其他的人或者动物一概都在她的注意力范围之外。

“生米，我妒忌你。你长得并不比我漂亮，也没有我会打扮，学历也没有我高，更没有我能干，你天天沉迷在偶像剧里，对现实中的男人一副木木的样子，为什么他们却对你那么好？”

阿彩一向自认为在爱情方面的手段比我高明，能让她接连两次向我请教这个问题，实在是属于不可多见的奇迹，然而，她确实请教错了人，她在情场上虽然失败数次，但至少经历过实战，而我对爱情的看法一直停留在对偶像剧的观摩和熟饭的各种怪论之间徘徊，不知如何取舍。并且，我个人觉得现实中对我好的男人与对我好的女人一样多，我也没有看出来那些对我好的男人有任何不良动机，他们只是同事、朋友，交情也许有深有浅，而这些都与男女之事无关。

举个例子，一个男人和一个女人以同样的方式冲我微笑，我决不会认为他们两个人的微笑会有什么不同之处。

如果每天要研究那么多张面孔所呈现出来的每副表情所代表的含义，那该是多么辛苦的事情，而我，向来懒惰，非常非常懒惰。

“阿彩，这个问题我没有办法回答你。”我尽量让自己的样子看起来比较有诚意，“与其为了男人彻夜不眠，不如好好睡一觉，明天还要上班呢。在我看来，好好对待工作，比好好对待男人要来得实际一点，你认真对待工作，工作不会负你，你认真对待男人，男人却有可能在你心窝上插一刀。”

“也有不少女人在男人的心窝上插一刀的。”

“你认为自己有那个能力吗？”

“没有。”

“既然没有，那就乖乖睡觉，明天努力工作！”我真的很累了。

第二天早上，四个人又在电梯内遇上。

剩牛排今天没有搽古龙水，身上散发着一种淡淡的柠檬味："申谜，我今天要去看货样，就不去公司了。"

"哦。"我有气无力地回应到。他去不去公司我从来都不关心。

"我会在晚上七点左右回家。"

"哦。"

"晚餐我想吃鱼。"

"你晚餐想吃什么关我什么事？呃……哦，知道了。那你是想吃红烧鱼还是清蒸鱼或者水煮鱼再或者油炸鱼？"我表现得像个标准的仆人。愿赌服输。

"原来你会这么多种做法。"剩牛排似乎很高兴。

"不，我只会红烧。不过你要是想吃别的做法，我可以上网查。"

阿彩快要笑死了："就你做出来的红烧鱼连流浪猫都不肯吃，还想试别的做法？"

我指着剩牛排说："他不是猫，是老鼠，并且还是试验室里的那种小白鼠。"

剩牛排点头微笑："是啊，我也很好奇连流浪猫都不肯吃的红烧鱼是什么味道。"

阿彩转过头来问熟饭："舒先生，你喜欢吃鱼吗？"

熟饭："我喜欢吃鸡蛋。"

下班后，我来到剩牛排的家，用他给我的那串钥匙开了门。屋里的布置与我想像中的完全不一样，我以为他所住的地方会如凡尔赛宫一样华丽，到处充满着来自异国的浪漫气息，而实际上，整个装潢简洁明了，黑白相间的线条是房间的主旋律，显示出主人的刚毅与果断。

门的背后贴着一张纸条："欢迎你来到这里。"落款处还画着一个笑脸。

到别人家里做帮佣，怎么都不会是一件开心的事。我撇撇嘴，找到厨房，开始忙碌起来。

晚餐很简单，一条红烧鱼，一盘洋葱炒鸡蛋，一份青菜。等我把它们端上桌的时候，剩牛排回来了，一进门，他深深地吸了一下鼻子，感叹道："有人做好了饭等自己回家，真是一件幸福的事情。"

我松了一口气："大功告成。我可以回家了吧？"

剩牛排招呼着我："一起吃晚饭吧！"

"不必客气。我回家吃。"

“何必那么麻烦？”剩牛排又拿出一套碗筷，“最重要的是，吃完饭之后，你还要洗碗。”

“不会吧？”

“这是我们当初讲好的条件之一啊。并且现在说大功告成实在太早了一点，洗手间里还有我换下来的脏衣服没有洗，地板还没有拖，窗户……哦，这个等到周末再擦吧。”

“喂，你不必把我使唤得这么狠吧？”

“我这是在成全你做一名言而有信的女人。”

现世报来得真是快，如果我早知道会是今天这么个苦果，那天晚上就应该我睡平台，他睡床。

晚饭后，当我在厨房里刷碗的时候，剩牛排坐在那里看电视，当我辛辛苦苦地趴在地上擦地板的时候（这个该死的，家里连个拖把都没有，只能用抹布擦），剩牛排听起了巴赫，当我把衣服从洗衣机里拿出来晾晒的时候，剩牛排已经躺在沙发上惬意地睡着了。

呀呀呸，我原以为他是个护花的绅士，没想到却是个压榨人的恶霸地主，但愿他做个噩梦。

我终于忙完了一切，轻手轻脚地准备溜走，却被剩牛排叫住："等一下。"

“还有什么事啊？”我抬头看了一下墙上的挂钟，苦不堪言，“十点都已经过了，我应该可以走了吧？”

剩牛排从口袋里掏出一样东西，放到茶几上："拿去吧！"

这是一张信用卡的附属卡，耀眼的金色显示出它的尊贵不凡，我笑吟吟地拿起它左瞄右看："打赌一场，没必要付我薪水吧？"

“是啊，打赌一场，所以这张卡不是给你当薪水的，而是让你用来买菜、买日用品的。以后我需要什么东西都会告诉你，你去商场给我买回来。以后晚餐吃什么菜你自已做决定好了。”剩牛排的回答让我觉得他同我一样小气，并且比我更懒惰。

我立刻失去了刚才的热情，心不在焉的问："你这张卡上能刷多少钱啊，别告诉我到时候替你买卷卫生纸都会刷爆。"

“十万。”

“多少？”

“十万。”剩牛排重复了一遍。

我差点背过气去：“你不怕我拿着它跑了？”

“不怕。”剩牛排非常肯定地说。

“那你就不怕我拿着它乱花，天天给你吃龙虾？”

“你要是会做，我并不反对。”

“你不怕我拿它私下里买自己的东西却向你报假账？”

“无所谓。”剩牛排一下子又恢复了大方的形象，并且还是带点二百五的那种。

我心花怒放地把这张信用卡放到自己的钱包里：“哼，我明天要做的第一件事就是把你骗走的牛肉干和巧克力买回来！”

剩牛排给了我一张清单：“那你记得把这些东西也买回来。”

我接过来一看，傻了眼，上面列的东西五花八门，有方便面、啤酒、饮料、水果，有沐浴露、牙膏、浴巾、拖鞋，甚至还有男式内裤和避孕套。上面的每样东西的口味或者品牌尺寸都注明得很详细。“喂，你太过分了，我才不要替你去买内裤和避孕套，太丢人了！这东西你自己去买。”

剩牛排从我的愤怒中闻出了另一丝味道：“你不会从来都没有替男人买过内裤吧？”

我脸红了：“我没有必要告诉你我的隐私。这么亲密的东西，不是我们这种非亲密关系的人去买的。”

剩牛排依然不肯放过我：“那就请你在这个月内暂时打破这种想法。明天我希望在下班回家后，看到这张单子上的全部东西。”

我忽然明白剩牛排为什么可以成为一名经理人，因为他一旦认定某件事情的时候就不会给对方任何周旋的余地，不达目的誓不休，看似温柔的后面却是不可动摇的坚定。

我很气馁。

我后来才发现包里多了一张能透支十万元的信用卡并不是一件好事，这让我在出门的时候需要更加小心翼翼，生怕一个疏忽就被人偷了去，惶惶不可终日。

君子爱财，花之有道。虽然我无数次地幻想着自己拿着剩牛排给我的这张附属卡狠刷，刷爆，让他在接到银行催款单的时候气得七窍生烟，以泄我心头之恨，但最终还是没能付诸行动。

剩牛排要我买的东西，我自然要买，然而那两样东西的确让我厚不起这副脸皮，情急之下，我想到了熟饭，决定打电话向他求救。

熟饭果然义气，十万火急地赶到超市门口，满头是汗：“怎么了？出了什么麻烦事？为什么在电话里不能跟我说？”

我把清单递给熟饭，然后用一种无比期待的语气说：“你能不能陪我逛超市，买这些东西？晚上我请你吃宵夜。”

熟饭看得直皱眉头：“米，这里面好多东西是男人用的哦。应该是那个十八楼的家伙要你买的吧？”

“是。”我连忙解释道，“我和他之间……”天，我该怎么说？说我跟剩牛排拿他打赌，我输了，所以才去十八楼当临时佣人的？似乎不太好。难道说我学雷锋学到把人家的日常生活全包了？根本就不可能。再不然说我缺钱花，所以跑到别人家里兼职卖苦力？估计熟饭也不会信。

熟饭并不是很关心我为什么要替剩牛排买这些东西，转身就走进了超市：“晚上你多带点钱，我可不会讲客气。”

我赶紧答应下来：“一定，一定。想吃什么尽管说。”

熟饭挑东西的手法很娴熟，眼光比我高明多了，我在他身后像个跟班，对他言听计从。

“米，我真怀疑你这么多年来的生活质量。”熟饭这话不知道是讽刺还是同情。

“我过得很舒适啊。”

“嗯，笨的人一般都比较幸福。”

我纠正他的说法：“我不是笨，而是知足常乐。”

“笨就是笨。同样买葡萄，你挑的那些放不到几天就会烂掉，而我挑的这些至少可以在冰箱里放上半个月，你觉得哪种比较好？”

“我把水果买回去，三天之内就会把它吃光，哪还需要考虑这么多？”我狡辩。

“米，虚心是种美德。”

我针锋相对：“顾忌到别人的自尊心，也是一种美德，所以你说我笨是不对的。”

看熟饭那样，似乎想掐死我。

到了卖男式内裤的货架边，我没有过去，而是站在一旁等。熟饭故意挑得很慢，在那里磨磨蹭蹭，忽然他问：“米，你觉得是白色的好看，还是花的好看？”

声音很大，引来众多人侧目，窘得我无处可藏：“清单上不是写明了吗？赶紧挑完了走人啦！”

“那是平脚裤比较好，还是三角裤比较好？”这家伙肯定是故意的，因为他的声音越来越大，商场内有一半的人在看我们，窃笑不已。我站在那里，觉得自己快要石化掉。

熟饭一副奸计得逞的样子，冲着我做鬼脸。

这回轮到我想掐死他。

也许是捉弄够了，买避孕套的时候，熟饭并没有怎么为难我，按单办事，可偏偏遇上了一个尽职尽责想努力提高业绩的促销小姐，她拉着熟饭在那里滔滔不绝：“先生，您挑的这种产品对女性的身体损伤很大，不如换一种吧，我们这里新推出了一系列的新产品，可以根据个人喜好的不同而进行选择，不但颜色丰富多样……”

“不必了，我就要我选的那种。”熟饭想尽早摆脱这个啰嗦的女人。

“先生，作为男人，您应该学会保护女人，您是不是应该问一下你女朋友的意见，然后再作决定呢？”

“不必了。”熟饭回过头来冲我苦笑。

促销小姐发现了站在三米之外的我，立马热情地向我打招呼：“这位小姐，过来看看嘛！别害羞，买这东西就和去菜市场买菜一样，都是老百姓的生活所需。过来嘛！”

我和熟饭同时想掐死眼前这个话多的女人。

虽然我已经做好了充分的心理准备，但听到促销小姐的嘴里蹦出那句“祝你们有个愉快的夜晚”时，依旧把我雷得一塌糊涂，夺门而逃。

熟饭紧跟在我身后，感慨万千：“长江后浪推前浪，一代女人盖男人。米，你之前总怪我脸皮厚，如今看来，真是太冤枉我了！”

剩牛排对我拎回去的那些东西表示很满意，至于花了多少钱，他只字未问。

晚餐我做了可乐鸡翅和西兰花，剩牛排吃得波澜不惊，看不出有任何满意或者不满意。

我忍不住问：“好吃吗？”

剩牛排努力思考着恰当的形容词，最后憋出一句：“很特别。”

我如坠云中，不知道究竟是好吃还是不好吃。

剩牛排开始转移话题：“申谜，为什么你会取这个名字？”

“这个名字是我爸爸给我取的，在他看来，人生充满着无数的未知和不可预测，像谜一样，另外还有一层含义，指难得糊涂，凡事不要太较真。”

“你爸真是个哲人。”剩牛排的脸上难得地出现了一丝钦佩之色，“也只有这样的父母才会教出你这种女儿吧。”

“我怎么了？”我很想知道他对我的评价。

“如果用世人的标准来看，你在各方面都只能算是普通，可你的人生态度非常好，所以你过得很快乐。如果用某种动物来形容你的话，你比较像猫。”

熟饭说我是小蚂蚁，剩牛排说我像猫。这两个家伙都没有把我当人看。

我不服气地问：“我哪儿像猫了？”

“你哪儿都像猫。”剩牛排笑着说，“第一，你很懒，爱睡觉，懒猫。第二，你喜欢熬夜，夜猫。第三，你贪吃，馋猫。第四，你还很淘气，有点小脾气，气完了之后，又会忘记之前的不愉快，开始高高兴兴地喝你的牛奶，这一切都很像猫。”

他说得似乎是那么回事，让我无语反驳。

“那你又为什么会叫这个名字？”忆，是在思念一段美好时光，还是在思念一个人？

“我生长在一个单亲家庭，从小爸爸就和妈妈离婚了，我是和妈妈一起长大的，我随她一起姓韩。”

“哦，对不起。”

剩牛排笑了笑：“这又不是什么让人伤心的事情，为什么要说对不起？虽然我是跟我妈妈一起生活，但是我爸爸同样爱我。我父母从小跟我说：虽然他们离婚了，但那只是他们之间的感情出现了问题，并不代表他们不爱我，甚至，他们对我的关心比以前更多。”

这个回答让我感到意外，和我平时在电视里看到的单亲家庭的小孩子所表现出来的愤怒与抱怨，相差甚远。

剩牛排接着说：“其实刚开始的时候，也会有同龄人取笑我没有爸爸，他们让我恶心。每个人都有爸爸，不然我们怎么可能会出现在这个世界上？我的家庭状况和别人又有什么关系？他们凭什么来笑话我？这样的人，实际上比家庭不健全的人更可悲，因为他们的心早就缺失掉了。”

“对对对。”我附和着说，“就好像一些有钱人总喜欢鄙视没有钱的人一样。我呸，他有钱，又不会给我花，我自食其力，凭劳动养活自己，不偷不抢，不找他要半个子，他凭什么看不起人啊？”

看到我越讲越激动，剩牛排夹了一块鸡翅放到我碗里，以平复我的情绪：“高二那年，我在父亲的资助下去了法国念书，当时我待的那个班上有三十六名学生，其中有三分之一的学生的父母亲是离异的，还有一个学生的母亲是未婚妈妈，靠拿政府的补贴养活自己的儿子，大家都相处得很融洽，没有谁看不起谁。再后来我又在那里念了大学。”

“那你为什么又回国了？很多人出国了之后，都会想方设法在那边定居。凭你的条件，这种事对你并不难吧？”

“我妈的年纪越来越老了，自从和我爸离婚之后，她没有再嫁。前几年我在乡下买了套房子，让她去那里静养，那里空气好，山水好，比较适合安度晚年，旁边的乡亲都很热情，大家没事就凑在一块儿，养养花、种种菜、打打小牌，我妈在那里待着，不会觉得寂寞。”剩牛排谈起他母亲的时候，眼神温柔得可以拧出水来，“我曾经有想过移民，然后把她也接到法国去，可我妈已经是五十多岁的人了，在法国那边人生地不熟，语言又不通，那里对她而言，就像是到了一个无形的牢笼之中，会很寂寞的。我回国之后虽然也只是每个月回去看她一次，但至少比起当初两三年才见一次面还是好多了。”

“没想到你这么孝顺！”我有些感叹，“我原以为，从欧美留学回来的人，会比较崇尚个人的自由高于一切。”

“有些传统的东西是永远都抹不掉的，东方的传统文化有它的迷人之处。”

说了一大堆，剩牛排只把他的姓氏介绍清楚了，可他为什么叫“忆”，却依然没有说明白，而我觉得已经没有必要再刨根问底下去了。

宵夜，我和熟饭一起去吃火锅，他要求避开阿彩，而我对上次阿彩一顿吃了我一千八百块钱的事件记忆犹新，因此对熟饭的要求是求之不得。

当熟饭听说剩牛排评价我做的菜很特别的时候，茶水喷了一地。

我问：“他这么说，究竟是什么意思吗？”

“一般而言，作为男人，不太方便批评一个女人做菜做得难吃，否则，万一她当场翻脸，双方都没面子。所以，我们一般会找些听上去比较模糊的词语来评价菜的味道。”熟饭又开始夸夸而谈，“如果她做的菜味道很好吃，我们可以直接夸它好吃，然后再找一大堆形容词来衬托好吃的程度。味道一般的话，我们就说它很有家常味。菜味道不怎么样的话，我们就说它很特别。味道让人难以下咽的话，我们就说它很感人——因为想哭，所以感人。米，看来，你得到的评价还不是最差，值得干一杯。”

我一拳敲在熟饭的背上，却震得自己的指骨有些痛，脖子那里也有些不舒服，只得放过他，轻轻地揉捏着自己的肩膀。

“怎么了？”熟饭问。

“昨晚没睡好，从沙发上掉下来了。”

熟饭张大了嘴：“你这些天一直睡沙发，没睡床？”

“我不习惯和别人共用一张床。”我望着正在翻腾的火锅长叹了一口气，“还不是你惹的麻烦！本来阿彩说，只在我那里住几晚而已，很快就会找房子搬走。

可现在人家看上你了，你就住我隔壁，她心心念念地想着近水楼台捞你这个破月亮，又怎么可能会急着搬家。”

“唉，这人一长得帅，就算他再低调，身上的光芒也是很难被人忽略掉的。”某人又开始自恋。

“我呸！破月亮，阿彩不搬家，那你早点搬家吧！再不然你就收了阿彩当你的第 N 位女友，让她直接搬到你那儿住得了。”

熟饭指责我不该在他心情如此好的时候跟他提阿彩这个话题，感觉就像是大冬天里泡热水澡，正惬意的时候，突然被人从头泼了一瓢冰水。

我取笑他：“没想到这世上还有你摆不平的女人。”

郭饭冲我一瞪眼：“你是在侮辱我的智商，还是在侮辱我的情商？区区一个阿彩又怎可能让我束手无策？我正在考虑用哪种方法拒绝她比较好。”

“为什么要拒绝她？”

“男人最怕的就是死缠难打的女人。像阿彩这样的女人，如果招惹上，会像水蛭一样紧紧地吸附在你身上，甩都甩不掉。”熟饭不知道想到了什么，浑身打了个冷战。

我对熟饭和阿彩在度假村共度的那晚特好奇，我相信那晚一定发生了某些有趣的故事，并不像阿彩说的只是两人喝醉了然后一个人睡床上一个人睡地上那么简单。我缠住熟饭不放，希望他能透露一点内情给我。

熟饭有些愁眉苦脸：“吃你一顿火锅，你恨不得把我的底裤都挖出来拿去卖掉。米，我错了，这顿宵夜，我请。好不好？”

“不好。”

“那我明天再请你一顿。”

“也不好。”我丝毫都不肯退步，“如果你不说，那我会认为你有什么不可告人的秘密，比如是人妖，再比如有 ED 之类的男性隐疾……”

“够了，米，你知不知道说一个男人不是男人，这是对男人非常严重的藐视？”熟饭的话说得像绕口令，满脸苦笑，“当初刘邦赴的那场鸿门宴，吃的一定也是火锅。”

原来那天晚上，阿彩并没有喝得完全不省人事，她是装的，当熟饭把她拖回房间之后，阿彩见熟饭并没有任何不恰当的行为，开始借酒装疯，反过来对熟饭上下其手，意欲不轨，熟饭先是规劝，后又抵抗，而阿彩却没有半点撤退之意，熟饭情急之下，一咬牙，一闭眼……

熟饭前辈子有可能是说书先生，故事讲到最精彩的时候戛然而止，自顾自地喝起了啤酒，急得我追问不止：“你怎么了？”

“米，你要做好心理准备，后面我要讲的事情，肯定完全超出了你的想像。”熟饭说得越来越严肃。

“我知道了，你后来一咬牙，一闭眼，就从了阿彩。对不对？”

熟饭一个劲地摇头。

“你反过来把阿彩给那啥了？”

熟饭还是摇头。

“唉呀，你倒是说啊。”

“米，我是一个形象高大的男人。”熟饭说。

“你长得倒是很高大，至于形象么，呃……这事以后再议。”我的胃口已经被吊得高高的，“熟饭，你到底说不说？再不说，我去小马面前说你坏话，破了你这个‘高大的形象’。”

熟饭伸出右掌在我面前一挥：“当时我一咬牙，一闭眼，对着阿彩的脑后这么砍了一下，把她打昏了。”

啊？我呆了差不多十秒钟没有反应过来，紧接着一阵爆笑，眼泪都笑喷：“你也太狠了。”

熟饭直叹气：“我从来都没有打过女人，这次真的是被逼急了。我的形象啊！喂喂，米，不能这么笑我，还笑，还笑，再笑我就翻脸了。”

我揩去眼角的泪水，上气不接下气地问：“你把她打昏了还让她睡地上啊？太没风度了吧？”

“我这是为了安全着想嘛。啊呀，你不知道那天晚上有多险，我差点贞节不保。”

“拉倒吧，你那贞节早就不知道失身给多少个无知少女了。”我好不容易忍住笑，正儿八经地说，“熟饭，阿彩的确很喜欢你，只不过方法用错了。你不要怪她。依你的话讲，人长得帅，没办法。”

熟饭叹了口气：“看上去挺精明的一个女人，怎么处理起感情上的事来就那么笨呢？真以为和一个男人好过了，他就会是你的吗？如果真是这样，这世上就不可能会有一夜情这回事了。米，有空帮我劝劝她，我和她是不可能的。你也知道我泡妞的原则，像这种窝边草，我肯定不会吃。”

“我早就劝过了，甚至我还跟她说了你有女朋友，不过她依然不死心。”我说，“熟饭，从阿彩这个例子，我相信你有魅力了。”

“什么，现在才相信？那你以前认为我是什么？”

“痞子。”

“那现在呢？”

“有魅力的痞子。”

……

回到家门口，彼此话别，熟饭笑着对我说：“米，那个促销小姐不是祝我们有个愉快的夜晚吗？我们是不是不要辜负了这个祝福？”

我笑眯眯地问：“熟饭先生，今晚的火锅你吃得还高兴吗？”

“高兴高兴。不要自己出钱的东西，吃起来当然高兴。”

“这不就证明我们已经有了个愉快的夜晚吗？”

“我想要双倍的愉快。”熟饭的脸皮厚得有些不像话。

我没好气地一脚踹过去，他机灵地躲开。

“快乐太多，会乐极生悲的！晚安。”

如果仅仅因为熟饭对我说过几句不正经的话，就认为他对我有意的话，那就错了。因为第二天晚上，他带了一个漂亮的女人来我家做客。那女人我也认识，并且很熟，熟到我见到她时，都只能小声地说话，因为她正好就是我们公司的中方代表，我的偶像——李莎。

如此完美的女人，让阿彩恨得咬牙切齿，她中途回到房里换了一套自认为最棒的衣服，另外又补了个让自己看上去嫩点的彩妆，折腾了半小时才重新站在李莎的面前想一较高下，然而阿彩还是输得一塌糊涂。

李莎身上那种与生俱来的高贵让人窒息，甚至衬托得一旁的小痞子熟饭也比平日顺眼了许多。

我终于相信“近朱者赤”这句话。

客厅内的气氛雷光电闪，阿彩的言语看似客气，实际上句句带刺，而李莎谈笑间不动声色地将所有的危机化解于无形。

我在一旁叹为观止。

“怎样？”熟饭暗暗问我。

“阿彩的‘笑里藏刀’虽然用得巧妙，但李莎的‘凌波微步’却更胜一筹。人生果然处处是江湖啊！”

也许是武侠片看得太多，我喜欢用江湖来形容这个刀光剑影的社会，而世人则是在江湖中飘荡的三教九流。

大家都说江湖险恶，在我看来，这种险恶只属于功成名就的英雄儿女和那些成天想着扬名立万没事折腾自己也折腾别人的剑客。

类似于我们这种丢到人群之中很快就被淹没不见、胸无大志得过且过的无名小卒，江湖还是太平的，那些血雨腥风的事情，虽然见得到，却沾不到。

以李莎的成就与地位，她应该属于峨眉派掌门，至于阿彩，比较像那种整日里惹是生非、生怕别人注意不到她的三流门派的小弟子。

阿彩是勇敢的，明知道自己没有任何胜算的机会，却依然把自己撞得头破血流，让我有点不忍心看下去。

“可惜，真可惜。”我摇头轻叹。

“可惜什么？”熟饭问。

我看着依然在与阿彩过招的李莎，她那份笑傲江湖的霸气令我折服，钦慕不已：“多好的一朵鲜花啊！怎么就插在你身上了呢？”

“因为我比较肥沃。”熟饭洋洋得意地回答，完全忽略掉我语中的讽刺之意。

阿彩在做最后的困兽之斗：“李小姐在哪儿高就呢？”

“谈不上高就，说白了也只是一个替公司卖命的职员。”

李莎的谦虚让阿彩误以为找到了对方的破绽之处：“像李小姐这么漂亮的女人，公司的老板应该会特别照顾你，不忍心让你累着，工作一定很轻松，就跟花瓶差不多，摆在那里就好了。”我拼命朝阿彩使眼色，希望她嘴下留情，免得回过头来伤到的是自己，然而她却没有看见。

“我每天的工作量的确不是很多。”李莎笑着回答。她的工作量怎么可能会多？手下的那帮精英全是她精挑细选出来的，个个能干，她每天所要做的事情就是在办公室看看报表，然后拟定出各项计划，让下面的人替她跑腿。偶尔出门一次，也不过是坐在咖啡厅或者酒楼里与人边吃边谈，惬意得很。

一个成功的管理者，就好比站在舞台上的指挥家，虽然看上去是整个乐队中最轻松的一个，却是这个乐队的灵魂。

阿彩以为对方真的是一个花瓶，开始有些炫耀地抱怨起来：“唉，李小姐的命真好，不像我们这种辛苦命，我在公司待了三年才混了个组长的位子，每天既要跑客户，又要管着那几个属下，累得我觉得自己老得好快。”

李莎笑着建议：“既然觉得辛苦，那不如换一份工作好了。”

“那怎么行？公司那么信任我，我怎么可以一走了之？”

“看来你是一个好员工。公司应该给你加薪才对。”

“我这人对钱无所谓的。虽然我在公司做得很辛苦，可上面重视我，所以我还是很开心的，没有想过要跳槽。”

阿彩会对钱无所谓？这事我怎么不知道？冰箱里的牛奶、水果只要差不多吃完了，她就吼着要我去补货，可从来没有出过一分钱。难道是我之前没有给她买单的机会？看来我要好好地反省一下我自己。

“李小姐，难得我们今天谈得投缘，不如大家一起去吃宵夜好了，我请客！”

哇，太阳从西边出来了！哦，不对，应该是太阳和月亮同时从西边出来了。阿彩要请客？我跟她住了一年，让过房间无数次，她连路边摊都没有请过我，如今竟然要请李莎吃宵夜？

“好啊。”李莎满口答应。

阿彩建议：“我们去碧云天吧，我常去那吃，那里的鱼翅做得不错。”

碧云天是本市比较有名的酒楼，东西菜式都有，二十四小时营业，价格就一个字——贵。看来阿彩要下血本替自己在情敌面前扳回一丝面子。

“碧云天太远了，我们就在附近的酒楼随便吃点东西就行了。”我真的不忍心阿彩花钱买心痛。

熟饭也赶紧附和：“对啊对啊，去碧云天太麻烦了，万一路上堵车，这宵夜估计就变成早点了。”

“不行，怎么可以随便呢？”阿彩坚持，“堵车就堵车，反正明天大家都不用上班，今天晚上我们就尽兴一回。”

女人啊，失去理智的时候，是可怕的。

趁着阿彩回房拿包的机会，我赶紧跟了进去，对她进行最后的劝说：“阿彩，你别再意气用事了，放弃舒凡吧。”

“现在，这件事情已经演变为两个女人之间的决斗了。我不会就这么轻易地输给那个李莎的。哼，不就一个花瓶吗？有什么了不起的？”

“阿彩，那个李莎根本就不是花瓶，她是……”

阿彩已经没有耐心听我讲任何话，她所有的心思都沉浸在如何斗败她的情敌：“你不必再说了。走了！”说完，她昂起头，走出房门，故作亲昵地挽起李莎的胳膊，赶赴碧云天，撇下我和熟饭呆在家里，两两相觑。

熟饭狠狠地抹了一把脸，有点不太相信眼前所发生的事情：“怎么变成这样子了？那我们呢？被忽略了？”

我暂时性地松了口气，踢掉拖鞋倒在沙发上，敲了敲刚刚一直绷得太紧的神经：“熟饭，你的这个方法似乎没有用，阿彩看上去比以前更有斗志了，她比我们想像的还要执著。”

阿彩在面对自己想要的爱情的时候，会积极地去争取，撇开她的行事方法不论，这种勇气与执著是值得人钦佩的。

“有用没用，现在下结论还太早。”熟饭依然对自己很有信心地说。

我念天地之悠悠般地叹了口气：“风萧萧兮口水寒，钞票一去兮不复返。可怜的阿彩！”不知道今晚会有多少钞票阵亡在这两个女人的嘴下。

“米，篡改古文是我的专利。”

“偶尔让我剽窃一下嘛。”看了半天好戏，我也觉得饿了，摸了摸空空如也的肚皮，“那不如我们也去宵夜吧，就去附近那家被她们嫌弃的酒楼好了。鱼翅是吃不上了，拿粉丝凑个数吧。”

“好啊！”熟饭似乎很高兴。

“你请客。有这么优秀的女友，不请客不足以平民愤。”

熟饭从口袋里掏出钱包数了数里面的钞票：“爱情真是一件劳民伤财的事。”

虽然我人在和熟饭一起吃粉丝，心里却在惦记着正在吃鱼翅的两个女人之间战果如何。我更担心的是，作为阿彩的朋友的我，会不会成为被殃及到的池鱼，李莎在干掉阿彩之后，会不会顺便拿出点精力来对付一下我，把我从池鱼变成鱿鱼——被人炒的那种。

熟饭觉得我是在杞人忧天：“她根本就没把你们放眼里，今天如果不是我下了好大的工夫求她帮忙，她才不会来搅和这趟浑水呢。”

“哇，真是一个大度的女人！简直没天理啊，这么完美的女人，怎么就成了你的女朋友？”我为李莎感到不平。

“怎么就不能是我的女朋友？我很差吗？”熟饭对我的口无遮拦感到不满。

我非常非常仔细地把熟饭的外在美打量了一遍，又非常非常认真地把他的内在美思考了一番，然后非常非常严肃地说：“你不是差，而是我根本就找不着你的好。”

“那如果有天李莎问你对我的看法，你会怎么回答？”

我拨了拨碗里的粉丝：“这还真难住我了。如果说你差，这似乎有点对不起你。但如果说你好，又似乎对不起我自己。哦，对了，那我说你是一块臭豆腐好了。”

熟饭差点把杯子里的酒全倾倒在地上：“这和臭豆腐又有什么关系？”

“臭豆腐这东西，有人很爱吃，有人却沾都不沾，用它比喻你，最好不过，这臭气嘛，就类似于你身上的痞子气，这味道嘛，仁者见仁智者见智，随李莎自己怎么选。”

熟饭的眼神里露出几丝赞许之意："米，应该算我调教有方，你说起风凉话来很有几分我的真传。不过，臭豆腐这个比方会不会太便宜了一点，你就不能想个贵点的东西来谢师吗？"

"你再给我上一份土豆煎饼，我就给你来个贵点的比方。"

很快，一份热气腾腾的炸得两面金黄的土豆煎饼摆到了我面前，我惬意地挟起一块放到嘴里，吃得咔嚓咔嚓响，然后眯着笑眼冲着还在期待着新答案的熟饭说："你是一颗好榴莲。"

一根竹筷从对面飞来，敲在我的脑门上，我捂着胸口惊魂未定地望着地上掉落的那柄"凶器"，然后微笑着，呲起一对小尖牙朝熟饭扑了过去……

04 假意似真情

阿彩回来得很晚，到家的时候，脸色发白，双眼通红，似乎已经哭过，她一声不吭地走进房间，把自己关起来，留给我一束从门缝中漏出来的灯光，直到天亮。

第二天周休，我还躺在沙发上睡觉，阿彩就出了门，不知去向，我回房查看了一下，行李还在。

我立即冲到隔壁把熟饭砸了出来，他穿着睡衣，满脸困意，两眼无神地冲着我抱怨："米，昨晚吃宵夜的时候你打得我浑身痛，就不能让我好好休息一下养养伤？"

"阿彩不见了。"

"啊？"熟饭一下子吓醒了。

当问明白了事情的经过之后，熟饭舒了一口气："米，她只是出个门而已，没什么大不了的事，你也不要大惊小怪。回去再补个觉吧，睡醒了说不定她就回来了。"

"她不会去寻短见了吧？打她电话没人接。"

熟饭没好气地对着天花板翻白眼："你别一大早在这里胡思乱想。放心吧，她不会有事的。"

“你怎么能这么说？阿彩是因为你才心情不好的呢！”我很生气。

熟饭叹了口气，耐心地跟我解释说：“阿彩表面上看起来似乎很在乎男人，而实际上她最在乎的是她自己，她追的不是男人，而是这个男人对她的另眼相看、对她的臣服，让她的虚荣心得到最大的满足。这样的女人是不可能会去寻短见的，因为她还没有虚荣够呢。她既然能够迅速地把注意力从她的前男友身上转移到我这里来，也自然能够把注意力从我身上转移到另一个男人那里去，你根本就不用替她担心什么。”

熟饭的话让我心里面稍稍安稳了一点，然而还是有些不放心：“要不我们到外面去找找她吧？”

“不去。”熟饭打了一个大大的哈欠，“她好不容易对我死心了，我要是再去找她，她会死灰复燃的。你也别去找了，回去睡觉吧！”说完，他将门一关，真的睡觉去了。

都过了吃午饭的时间，阿彩还是没有回来，打她的手机依然没有人接听。我心不在焉地在剩牛排家大扫除，擦玻璃的时候唉声叹气。

坐在沙发上看报纸的剩牛排开口了：“申谜，你的眉毛要是再皱下去的话，估计你的额头上就得长皱纹了。”

我丢掉手里的抹布，忧心忡忡地说：“对不起，我今天的精神不太好，明天再来给你大扫除吧！”

剩牛排招呼我坐下，问：“遇上什么烦心事了？”

他的关心让我觉得很放松，忍不住将心中的烦恼讲给他听：“阿彩失恋了！”

“阿彩失恋了？我看怎么像是你失恋了一样？”

“如果我失恋还没有这么麻烦呢。”我叹了口气，把情况大致讲了一遍给剩牛排听。

剩牛排表现得跟熟饭一样平静，认为阿彩不可能会有人身安全的问题，他笑着说：“放心吧，如果我猜得没有错的话，阿彩应该是去找房子了，有可能这几天就会搬出去住。”

“那她为什么不接我电话？”

“因为你是将她这件糗事从头到尾看得最清楚的人，所以她暂时不想面对你，怕你取笑她。”

“我怎么可能会取笑她？”

“因为如果今天换成是你失恋的话，她肯定会取笑你，所以她以为你也会和她一样。”剩牛排说，“申谜，虽然我知道这样说你的朋友有些不对，但我还是想说，阿彩这种人,你还是跟她少来往一点比较好。她带给你的不会有好处,只有麻烦。"

"如果把别人当成朋友，不应该看她能不能给你带来好处吧？"

剩牛排的目光之中有着一股看透世事的精亮："如果她真把你看成朋友，不应该总想着把麻烦带给你，好处留给自己，对不对？既然她不把你当成朋友，那你为什么又要对她百般迁就呢？"

我一直认为自己很聪明。能够只身浪迹天涯并把日子过得很快乐，这不是一个笨女人能做到的事。而剩牛排和熟饭看我的眼神完全就不是那么一回事，明显地充满着对我的不放心。

剩牛排猜得一点都没有错，傍晚的时候，阿彩回来了，并且对我说，她要搬家。我好意地提出要帮忙，被她拒绝。

阿彩说，当不幸的女人在面对幸福的女人时，前者的不幸感会乘以二。因为女人都是嫉妒心强的动物。现在的她只想离我远一点。

我幸福吗？不知道，至少我是快乐的。男女感情这档子事对我而言，因为没有得到过，所以谈不上失去，进而无法感知那种所谓的失恋的痛苦。

女人都是嫉妒心强的动物吗？我也不知道，我只知道在别人因为他（她）的成功而春风得意的时候，我并没有因为自己的失败而悔恨什么。

我说过，我是一个很认命的女人，成功与失败在我看来都是命中注定的事。无所谓奋斗，也无所谓挣扎。人生苦短，快乐就好！

熟饭说，一只混沌未开的无知猴子，对着太阳好好学习天天向上的时候，它也是快乐的。

我再次想掐死他。

话说回来，熟饭的拒绝计划的确成功了。阿彩远离了我们。

星期一的公司会议上，李莎表扬了我，说我是近两年来在这个职位上表现得最好的职员，而剩牛排对此评价也报以了同意的掌声，这让我在面对众人向我投来种种含意不明的目光时，有点不知所措。

天天收牛肉干和巧克力，没事发发呆，处理处理一众美女们漏掉的公事，趁上司不在的时候偷跑到娱乐网站上去看众偶像帅哥的写真照，这些竟然也能让我成为近两年来在这个职位上表现得最好的职员？

散会后，李莎告诉了我答案："你是这两年来唯一一个突破了三个月任期的助理。"

"那其他人呢？"我问。

“都只做到一个到两个月就辞职或者被炒掉了。”

“为什么？”我不明白，因为我知道自己的工作能力应该没有达到那种可以笑傲群雄的地步。

“因为你是这两年来唯一一个没有爱上韩经理的助理，而韩经理最在乎的就是这一点，他不希望自己的助理因为私人感情的关系，在工作上给自己造成太多困扰。”李莎笑着说，表情真诚，看不到半丝虚情假意，“当时招人的时候，舒凡跟我推荐你，我还有些不太相信，不过，时间证明了一切——你的确很适合这个工作。”

“熟饭？”我马上意识到了自己的失言，脸红红地问，“不好意思。我能在这里上班，是因为舒凡的关系吗？”

“是啊。”李莎点了点头，“他曾经让我千万别告诉你，不过，事到如今，我想我有必要让你知道他对你这个朋友的帮助。申谜，其实他这个人不是你想像中的那么痞。在我看来，他既不是臭豆腐，也不是榴莲，而是一坛埋藏在地下多年的美酒，只有懂他的人，才能品尝得出那种蕴藏了多年的深情。”

天，就连臭豆腐和榴莲这档子事她都知道，看来她在熟饭的心中的确是与众不同的。

回到办公室，剩牛排问我被评为优秀员工之后有什么感想。

我说：“我在想，会不会给我加薪水？”

“没有别的了？”

“哦，那就改一下吧，会不会给我加奖金？”

剩牛排似乎有点不满意：“申谜，你这么说，不怕我会认为你的觉悟不够高吗？”

“我以为你不会想听那些虚词的。”我清了清嗓子，立正稍息，向组织宣誓一般地说，“我身为三水公司的一员，全心全意为公司服务是我的职责，我将更加努力，与公司共同进步，为公司的发展贡献出自己所有的力量。”

“太假！”

我泄了气，回到自己的座位：“太难伺候了！不如你干脆告诉我你想听什么，我照章说给你听好了。”

剩牛排想了好半天，忽然叹了一口气：“算了，是我太刁难你了。”

我很高兴我这位特别爱心血来潮的上司能够正视自己，放我一马。看到他心情似乎还不错，我借机问他一点私事：“经理，像你这样的什么都不缺的男人，在收到什么礼物的时候会很高兴？”

“哦？”剩牛排把头从文件里抬起来，“你是在帮外面的那帮女同事打听我的个人喜好吗？”

“不是，是我自己想问。”

“你？”剩牛排的兴趣更浓了。

我马上意识到了什么，赶紧说明用意：“你别误会，我对你可没有什么非分之想，我买东西也不是拿来送给你的。我有一个朋友，帮了我一点忙，想送点东西给他，却又不知道送什么，所以问问你。”古人云：受人滴水之恩，当涌泉相报。熟饭给我介绍了一份好工作，我应该有所表示才对。

“真可惜。”剩牛排故意失望地叹了口气，“我还以为自己有礼物收。”

“你三天两头都有礼物收，好吧？”

“借你之言，那些对我有非分之想的礼物，我都不喜欢。”

“那些礼物都好贵呢，换成是我，不一定舍得送。”

剩牛排笑了：“如果送礼之人的出发点是单纯的，那么就算是再普通的礼物，在对方的眼里，都是珍贵的。”

“那你能不能把这份‘既普通又珍贵’的礼物说得具体一点？”

“如果我说‘不’呢？”

“那我罢工，不给你做晚饭！”

……

剩牛排替我挑了一支名牌笔，很漂亮，拿在手里沉甸甸的，带着知识的分量，闪着智慧的光芒。

“不是吧，送笔给他？”我开始有点怀疑剩牛排的眼光，熟饭这么个痞气十足的人，怎么看都不觉得他会喜欢笔，我只要想像着熟饭拿着这支笔奋笔疾书的模样，就觉得滑稽十足。

“相信我，这份礼物他一定喜欢。”

“但我觉得有些不实用。”

“肯定实用。”剩牛排说，“难道你没有发现舒凡的身上有一股书卷味吗？”

什么？熟饭的身上有书卷味？我怎么没有闻出来？

剩牛排十分肯定地说：“相信我，男人看男人的眼光，比女人看男人的眼光，要更准一些。”

事已至此，我只好将信将疑地掏出信用卡买单，收银小姐玉指一敲，我的几千块就没了。我想我应该有必要抽时间与剩牛排统一一下“普通”的价值。

走出商场，我们看到街角处有一个流浪艺人抱着把吉他在那里唱歌，路灯照着他年轻的脸，那些生活的无奈与挣扎在眉间凝聚成一股淡淡的哀伤，再缓缓地滑落，漫过布满灰尘的外套，滴在六弦琴上，呜咽有声。他面前倒转的帽子里空空如也，如同他空洞的眼神。

"申谜，你会唱歌吗？"剩牛排突然问我。

"还行。跑起调来不会很远。"

"那我们去赚个外快吧。"

啊?

剩牛排跑到那个流浪艺人身边，低声说了几句话，那个流浪艺人把吉他从身上取了下来，递给剩牛排。

"申谜，快过来。"剩牛排招呼着我。

我磨磨唧唧地走了过去："你想干什么？"

"唱歌。"说着，一段欢快的旋律响起，原本喑哑的琴声在剩牛排的指尖变得清脆怡人：

太阳下山明早依旧爬上来，
花儿谢了明年还是一样地开，
美丽小鸟一去无影踪，
我的青春小鸟一去不回来
……

歌声吸引了来往路人的注意，不少人停下匆忙的脚步，观看我们的表演，并报以微笑和掌声。不少年轻的女子为剩牛排痴迷，不住地点头赞叹，不自觉地发出轻喃："帅，太帅了！"

一曲毕，剩牛排拉着我的手说："非常感谢大家的掌声！站在我身边的这位，是我的女朋友，今天是我们相识一百天的日子，我很想和她一起吃一顿烛光晚餐来庆祝这个具有纪念意义的日子，但是身上的钱不够，不知道在场的各位能不能帮我完成这个心愿？如果有谁愿意帮我的话，我相信他（她）这辈子一定能够拥有最幸福的爱情。"

不少人听完这段话之后，纷纷从口袋里掏出钞票，放进那顶破帽子里，大额的小额的都有，剩牛排不住地弯腰行礼："谢谢，非常感谢！你们一定会幸福的！"

当众人散去的时候，那顶破帽子里已经凑了好几百块钱，剩牛排连钱带帽地将这些东西塞进流浪艺人的怀里，又将吉他还给对方，说了声："谢谢！"然后拉着我离开。

我跟在他身后："想不到你还有这潜质。说不定你不当经理而当流浪艺人的话，赚的钱会更多。只是你这样子算不算骗人家啊？什么一百天纪念日，什么烛光晚餐，都不是事实啊。"

剩牛排依然拉着我往前冲："是事实啊，今天的确是我们认识一百天的日子，我们也的确是准备去吃烛光晚餐啊。如果你同意暂时性地当我两个小时女朋友的话，那么刚才所说的那段话就全部是真的了。"

有吗？我和剩牛排认识有一百天了？好像从我搬家到现在是有三个月左右了。"喂，可是刚才我们把赚来的钱全部给了那个流浪艺人，已经没钱去吃烛光晚餐了。"

剩牛排一点都不担心："我身上的确没有带钱，不过带了卡。看在你最近替我做家务这么辛苦的分上，今天的晚餐我请客。你今天不用做晚饭了。"

"那我能不能在今天把十八楼其它的家务活也免了？"我非常得寸进尺地问。

"好，批准！"

"耶！"我欢呼起来，"现在我终于明白女友和女佣的区别了。"

剩牛排有些好笑地看着我，"女友比女佣更辛苦。"

"怎么可能？"

"等你以后有了男友，再慢慢体会吧。"

很意外地，我们在餐厅遇到了小马，这丫头看男人的眼光简直可以称得上是火眼金睛："这个应该是剩……哦，韩先生吧？"

幸好她话转得快，没有当面把我给剩牛排取的这个绰号泄露出去。

剩牛排彬彬有礼地回答："我是韩忆。"

小马面露赞许之色："果然是瓶好酒。米，你若是因为他而醉死，应该可以死得瞑目。"

"嗯？"剩牛排显然没有听明白她话中的意思。

"丫头，一起吃饭吧！"我发出邀请，同时想引开剩牛排的注意力，让他别理会小马的胡言乱语。

"不必了！"小马抬手看了看时间，"我约了人，时间也差不多了，马上就要走。生米，别怪我没有教你，吃烛光晚餐的时候，是不能邀请灯泡在场的，否则那些蜡烛就失去朦胧的意义了。"

我非常受教地冲她挥手："那就恕不远送。"

剩牛排向我推荐的这家店的几种食物味道都不错，尤其是饭后甜点，我吃了一整份芒果布丁，而内心依然考虑要不要再叫一份。毕竟是别人请吃饭，我不能够太厚颜无耻，可芒果布丁的诱惑实在太强，让我欲罢不能。

面子和肚子，我究竟顾哪一头？

我还在进行着激烈的思想斗争的时候，已经有侍者端了一份新的芒果布丁摆放在我面前，剩牛排坐在对面冲着我微笑。

“耶！谢谢。”我小小地欢呼了一声，然后又有点不好意思地摸了摸自己的脸，“我表现得真的有那么明显吗？”

“有。我在想如果你不能吃上双份甜点的话，今天晚上会不会睡得着觉。”

我舀了一大勺那黄灿灿散发着芒果香味的食物放进嘴里，然后惬意地发出一阵赞叹：“真好吃！我似乎有点明白为什么那些女人会爱上你了。”有几个女人能拒绝得了一个体贴到细致的男人的魅力？

“那你爱不爱我？”

“我爱你的芒果布丁。”

“申谜，这两个小时之内，你是我的女朋友，当我问你爱不爱我的时候，你应该回答爱才对。”

“临时客串一下而已，不必太认真吧？”

“这是职业素养。”剩牛排果然是管理者出身，凡事都能往职业上引。

我反过来将他一军：“那好吧，我问你，你爱我吗？”

剩牛排的身子一下子僵住，明亮而张扬的眼神于刹那间变得凝重，戏谑的微笑在嘴角边化成一丝忧伤：“申谜，我……”

我的心突然没由来地慌乱起来，有些不敢听那个原本只是玩笑的答案，赶紧打断他的话：“啊呀，小孩子扮家家酒的时候，男孩子做爸爸，女孩子做妈妈，也不一定要找个真正的宝宝来当他们的孩子啊。我们又不是演员，在这里讲什么职业素养啊？快吃！快吃！吃完了赶紧回家。我看的电视剧快要开始演了。”

剩牛排也恢复了正常：“对哦，你还要把礼物送给舒凡呢。我们还是早点回去吧。”

阿彩走了之后，熟饭的Morning-Call和晚上的点名查岗又恢复了正常。他收到我的礼物时，果然很惊喜：“米，你确定要把这东西送给我？”

“是，为了感谢你替我介绍的这份好工作。李莎已经告诉我了。”

熟饭心花怒放地把笔揣进怀里：“没想到你竟然这么大方。这笔应该值不少钱的，你没心疼？”

“心疼啊！所以你要记住：从今天起，将来几个月之内的圣诞节、新年、春节、元宵节、情人节、包括愚人节的礼物，我都不会再送了，而你必须回送礼物给我。”

这段时间，我花钱花得太凶，如果再不努力存储，我口袋里的粮食会让我过不了今年的冬天。

唉，在高级社区里住，消费也是惊人的。

熟饭挑了挑眉毛：“米，似乎在情人节，我不应该送礼物给你吧？”

“我不嫌弃。”

“哦，情人节里，别人都成双成对，就你一个人孤孤单单，的确挺可怜的，是应该送份安慰礼品给你。”

我的眼前突然浮现出剩牛排的影子，深情款款地问我：“你爱我吗？”

心乱如麻。

“熟饭，你有过那么多女朋友，那你能不能告诉我——爱是什么？”

“哦，女人的爱情是什么，我不知道。不过对于男人而言，从传说的角度来讲，爱情是一场寻找骨头的行动。”

我再次如坠云中。

“女人是男人的一条肋骨嘛。男人找女人就等于是寻找他失落的骨头。”

真能想。我皱了皱鼻子：“那失恋呢？”

“失恋就是寻找骨头行动失败。”

“婚姻呢？”

“婚姻是把女人这根肋骨合法地卡在男人的身体里不取出来。”

我头一回觉得熟饭所说的话很有道理：“那离婚对男人而言，岂不就是再动一次手术把这根肋骨取出来而已？”

熟饭非常赞赏地点点头：“米，你变聪明了！表扬一下。”

我的情绪突然低落起来，如果按照这种说法，那爱情对于女人而言，是不公平的。女人这辈子都是在寻找那个保护自己的身体，她是男人的附属品，而不是以一个独立者的身份出现在男人面前。

如果一定要说女人是男人的一根肋骨，那我相信应该是最靠近心脏的那一根。

可是，可是，我不想做一根不平等的骨头，因为我害怕一旦成为某个男人身体的一部分之后，就会被他忽略到遗忘。

“熟饭，如果有那么一个女人，她不愿意成为肋骨，那会怎么样？”

也许是我说话的语气太过于忧伤，熟饭敏锐地捕捉到了我的异常，向来爱落井下石雪上加霜的他说："那就意味着，在这个世界上，会有一个男人永远都无法变得完整。"

这个世界有多少东西是完整的？

爱情是人生的必需品还是奢侈品？

爱一个人，是日积月累的情感升华还是一时间的情感错乱？

恋爱是两个相爱的人绑在一起同甘共苦，还是两个寂寞的人扎在一起彼此添堵？

人是因为爱情而变得完整，还是因为爱情而变得神经？

智者说：尘归尘，土归土。

可世上没有几个人能分清楚自己究竟该是尘还是土，所以我们只好没事跟着风一顿子乱转，停不下来，无处落脚。

今夜，生活了二十三年的我，终于开始慎重地思考爱情这个课题，只可惜这个课题太过于博大精深，从古到今不知道有多少人研究过，而至今还没有讨论出一个标准答案，更是难倒了我。

八点过五分，电铃响了，我挣扎着爬起来，顶着两只熊猫眼去开门："熟饭，你今天提前了几分钟。让我多睡一会不行啊？"

门开了，出现在我面前的竟然是罗兰，她涂着淡紫色指甲油的玉手上拎着一个袋子："燕窝粥，女人喝这个最养颜了。我昨晚煲了一整晚，特意拿过来给你当早点的。"

我还没有反应过来，这个女人就已经挤了进来，把粥放在客厅的茶几上。

"你随便坐吧，我去刷牙。"

我站在洗手间一边刷牙一边思考：这女人怎么来了？并且还带了份燕窝粥过来。

外边传来罗兰的声音："申小姐，这房子装修得不错啊，我能不能参观一下，以后我那房子装修的时候可以做个参考。"

"你随便看吧。"

洗漱完毕，我回到客厅，坐在沙发上，毫不客气地端起燕窝粥吃起来。人家的心意嘛，不管目的何在，辜负了总是不对的。更何况这么贵的东西，如果浪费掉，那是非常可耻的一件事。

说实话，这玩意不是很好吃，虽然看上去应该是下了不少工夫的，可依然有股淡淡的腥味，不如我常喝的水果粥味道好。

罗兰从卧室走了出来："这房子真好，通风不错，朝向也不错，看上去就像是块风水宝地。"

我含含糊糊地回答着她的话，继续喝那份又贵又不好喝的燕窝粥。

这时门铃响了，我还没有起身，罗兰就说："你坐着吃早点吧，我帮你去开门。"

熟饭见到罗兰后的第一句话就是："生米，你整容了？"

"哦，我叫罗兰，是申小姐的朋友。"

"怪不得。我叫舒凡，是生米的闹钟，她起床了没有？"

熟饭把头从门后面伸了出来，向里面张望，我冲他挥了挥手。

罗兰笑嘻嘻地对我说："申小姐，我也该走了，不打扰你们了。再见！"说完真的走了，并且还体贴地为我关上门。

熟饭疑惑不解地问我："她怎么会在这里？昨晚在这里睡的？你这里什么时候变成收容所了？"

"不是。她是特意来给我送早点的。"

"哇，燕窝粥！你说她一大早跑来就是为了送这个东西给你吃？"

"她说她的房子快要装修了，参考一下这里的样子。"

熟饭一把抢过我手中的碗："我看她是来看你有没有去十八楼那里睡，或者十八楼的那个家伙有没有在你这里过夜才对。你还真是什么东西都敢吃，不怕她下毒啊？"

我重新把碗抢过来，把碗里的食物吃干净："好贵的呢！平时我自己哪可能会舍得去买这种东西。现在我就算死了，也可以向下面的很多鬼吹吹牛——我是吃过燕窝的穷鬼。"

熟饭为我感到担心："我总觉得这个罗兰有些古古怪怪的。"

"有什么好古怪的？她喜欢韩忆，又看到我最近老往十八楼跑，想知道我和韩忆之间究竟发展到了哪一步，所以找个借口来查探一下虚实，这很正常。"

我认为女人在骨子里对自己心爱的男人都有种窥视欲，希望将男人所有的一举一动都能够了如指掌，因此而引发了她们体内的那种侦探情结，常常想找机会干些跟踪、窃听、推理之类的事情，借用这种刺激让她们的情感如戏剧般波澜起伏，调剂一下她们已经平淡如水的生活。

熟饭笑着问我："如果换成你是罗兰，你会这样做吗？"

“不会。”

“为什么？”

“因为我是穷人，买不起燕窝。”我才不希望把自己辛辛苦苦赚来的钱花在情敌的身上。

熟饭突然说：“米，我开始后悔了。如果我早知道当初三水公司是在给十八楼那个家伙招助理，那么我应该不会让你去应聘的。”

公司里的气氛非常怪，平时见到我都会笑脸相迎的女人们今天都对我没了好脸色，个个冲着我咬牙切齿，眼神中的仇恨让我感到背脊发凉。

一进办公室，就看见我的办公桌被人糟蹋得不成样子，有人用莹光笔在桌面上画得乱七八糟，什么“坏女人”、“不要脸”、“还我们牛肉干和巧克力”、“下地狱去吧”等字眼，甚至还有人在我的电脑屏幕上贴了一张漫画，画上的我满脸麻子，脑袋大，身子小，心脏处被人涂成了黑色。

我找出“去渍水”，将桌面上那些鬼画符一般的诅咒和漫骂一点点擦去，然后撕下那张丑化我的漫画，打开电脑，发了一封公司的群邮件给众位美女：“谁能告诉我究竟发生了什么事？让我死得明白一点。”

很快，无边的漫骂刹那间将我淹没，办公室里的女人们想尽了一切恶毒的语言来攻击我，最后，终于有一个稍稍有些理智的女同事在网上说：“我们相信你，而你却辜负了我们的这份信任。我们原以为你是最可靠的人，守候着我们心目中的白马王子，而你，监守自盗了。”紧接着，两张照片贴了出来，是我和剩牛排的合影，一张是两人手牵着手站在街头向路人鞠着躬，脸上的笑容灿烂地照亮了冬夜；另一张是我和剩牛排在吃烛光晚餐，我心满意足地吃着芒果布丁，而剩牛排在对我微笑……

当公司里的女人们贴出这两张“证据”向我申讨的时候，我的第一反应不是愤怒，而是又惊又喜，惊的是自己这个一直平凡得不会被人注意到的小人物，竟然也有机会被人狗仔一把，要知道招惹上狗仔队，这可是明星才会有的待遇，喜的是这两张照片把我拍得很漂亮，极具专业水平，抓拍的角度与时机非常到位，自然生动，我平日里费尽心思摆尽 POSE 照出来的相片跟这比起来，简直差远了，这么说吧，我以前看自己的那些相片，只觉得自己长相普通，而看这两张照片的时候，我可以非常有信心地认为自己是美女。

我太感激这个偷拍者了，他（她）记录了我这二十三年来最漂亮的瞬间。

当公司里的女人们早已炸成一锅粥的时候，我还沉浸在这来之不易的惊喜中，洋洋自得。

“申谜，你说话啊！”

“申谜，你要给我们一个说法！”

“申谜，你不说话，就代表你做贼心虚！”

……

我终于清醒过来：我现在面对的是一场质问，而不是个人写真发表会。

我十指如飞：“我要给你们什么说法？我干吗要做贼心虚啊？”

“你和韩经理一起吃饭，这是不是事实？”

“是事实啊。有什么问题吗？”我实在有点不明白这些女人们为什么要如此兴师动众，吃饭是一件再正常不过的事情，我就不相信她们之中就没有人单独和某个男人出去吃过友情饭。

“你们还牵手了。”

“那又怎样？如果你把爱因斯坦叫到我面前的话，我相信我不但会牵他的手，还会拥抱他。”

记得我在幼儿园上学的时候，有次表演节目，我不肯牵旁边那个小男生的手，结果被老师狠狠地骂了一顿，说我不懂得友爱，如今我长大了，非常友爱地牵了一个男人的手，没想到又被这么多女人跳出来骂，怀疑我掺杂了情爱。

凭什么每次都是我错了？凭什么认为小女生和小男生牵手就是友爱，而女人和男人牵手就是情爱？

我很冤枉。

“申谜，你是不是在和韩经理谈恋爱？”

我叹了口气：“你们应该知道我之前这个位子上的那些女同事为什么会离开公司吧？如果我真的对韩经理有意思，你们认为我还有可能坐在这里用公司的局域网和你们聊这些屁话吗？”火气很大，让我忍不住讲了粗口。

众位美女听到之后却都高兴起来，气氛也不那么敌对了：“申谜，你和韩经理吃烛光晚餐的时候，心会怦怦跳吗？”

“当他掏出钱包付账的时候，我的心的确在怦怦跳。”

“是他拿东西的姿势很帅吗？”

“不是，是我担心他既忘记带钞票又忘记带卡，最后必须由我来买单。”

……

虽然风暴已经平息下去，但这并不代表一切都恢复到了原点，毕竟，能和剩牛排牵手、吃烛光晚餐的女同事，至目前为止，只有我一个，所以她们对我还是有戒心的。

与其说她们相信了我的话不再向我申讨什么，不如说是她们在心里相信她们的白马王子不会垂青于我这个吊儿郎当身无所长的女人。

王子嘛，就算有可能会看上灰姑娘，也绝对不会看上烧火丫头，何况我还是个就算穿上了晚礼服也不会跳华尔兹的烧火丫头，如果真的冒出某位会魔法的仙女给我变出一个漂亮的南瓜马车，我肯定不会坐着它去参加什么舞会，而是找地方把它卖了换银子花。

上帝啊，请原谅我的财迷，阿门！

没过多久，剩牛排知道了这起风波，有好事者也将那两张照片发到了他的邮箱里。他对着电脑愣了大概五分钟左右，然后问正在与一大堆公事奋战的我（已经没有女同事再抢着要帮我做事了）："申谜，对不起，这事有没有给你造成什么损失？"

"损失很严重，我相信以后再也没有人给我送牛肉干和巧克力了。"

剩牛排在笑。

我把头从那堆文件里抬起来，看到那个家伙正在开小差神游，他也许是想到了什么，嘿嘿地笑出声来。不知道我是不是神经错乱，我竟然觉得他的笑声里有巧克力的味道。

"喂，你是在忏悔吗？"我问。

"不。"他看着我戏谑地说，"我是在想，如果我当着大家的面，亲你一下的话，她们会把你怎样。你还会这么波澜不惊吗？"

"经理，我得去买份意外险，照这样下去，我总有一天会死于非命的。"

原本心情大好的剩牛排，笑容突然凝聚在脸上，转眼，神情冷得如同冬季的西北风，说出来的话也冻得人抖三抖："好了，做正事吧！以后不能再开这种玩笑了！"

什么人啊？前一秒还是阳春三月，现在就变成寒冬腊月了，这脸变得也太快了吧！还有，是谁在开那些无聊的玩笑来着？是他。可他现在说话的样子，好像是我故意在挑逗他似的。

我有说错什么话吗？思前想后——没有。

不对劲啊！

算了，就当男人也有生理期好了。

我在十八楼做家务，某人在看电视里的财经报道，对我不理不睬，仿佛把我当成了一个透明人。我尝试着找他搭话，他也是不冷不热的样子，和之前对我的态度完全是天壤之别，似乎在刻意与我保持着某种距离。

切，你担心和我闹绯闻，我还怕你坏我的好名声呢！

忙完所有的事情之后，我说："从明天起，我不再来打扫卫生了，我会自己出钱请一个保姆把这一个月做完。"

接着，我掏出钱包，拿出他之前给我的那张信用卡放在茶几上："这个你也收回去吧！"

终于，剩牛排开始正眼看我，他惊讶地问："为什么？"

我有些生气："我不想上班的时候看人脸色，下班了还要看人脸色。"

剩牛排沉默了很久，说："对不起，申谜，我今天心情不好，并不是因为你，而是，而是……而是我个人的原因。"

我听得糊里糊涂，对这个解释并不满意，转身想离开。

突然，有人从背后抱住我："申谜，我……我知道自己不能太自私，但是，我真的希望你不要离开我。"

如果我不是亲眼见到过剩牛排与多个女人卿卿我我，也许我会误认为此刻他对我的所作所为是在真情告白。然而……

一个拥有过许多女人的男人，一个万花丛中过片叶不沾身的男人，一个被无数女人仰慕可以随时为他献身的男人，正抱着我，我分明地感受到身后所传来的异性的体温，充满阳刚的呼吸萦绕耳边。按照常理，我应该沉醉，并为此沉沦，或者亮着小尖牙狂扑过去，将这个女人们眼中的美食扑倒在地，大动吾口。

今晚是十五月圆之夜，兽性大发的好日子。

而我，依然清醒着，思路清晰：他在泡其他女人的时候用的也是这一招吗？我在他眼里是什么？他今天怎么了？

……

两人都一动也不动，形同雕塑。

大概就这么过了三十秒钟的样子，剩牛排有些不敢确定地询问："申谜，你还好吧？你不会是吓傻了吧？"

怎么可能？我曾经看过那么多的偶像剧，见识过那么多大悲大喜的爱情，被众多恶心死人不偿命的台词千锤百炼过，又怎么可能会因为这么一句暧昧不清的话就激动得手足无措甚至吓傻？

我微微移动了一下有些僵硬的脖子，从他的怀中挣脱出来："你失态了！"

剩牛排呆呆地看着我，我毫不畏惧地与他相视，彼此都想从对方的眼神中找出自己想要的答案，我从他的眼睛里看到了企求、挣扎、痛苦、期盼……最后所有的情感都转化成深深的绝望，他的笑容是苦涩的，不再倾国倾城，却让人纠心不已，深深地刺痛了我内心深处的某根神经。

"对不起！"剩牛排把脸别开，不再看我。

我抬头看了一下窗外的满月："今天十五，就连狼都会对月长啸，何况是你？也许你该去酒吧喝一杯了。"我不知道为什么自己竟然能够如此平静地面对这一切。

小马说得没错，我是女人中的异类。

"是啊，我该去喝一杯了。"剩牛排也恢复了正常，"申谜，我不希望别人来打扫我的屋子。"

"如果你说想有人帮你打理家务，我相信会有很多女人愿意效劳的，像那个罗兰，人长得漂亮，厨艺又好，为什么你不叫她来，而偏偏要剥削我的劳动力？"我真的不明白这个人究竟在想什么。

"我不希望把她的指甲油也吃进去。"剩牛排从我的话中捕捉到了一丝信息，"你知道她叫罗兰，你们私下里见过面？"

"是。"我承认。

"是她主动找你的，对不对？"

"对。"在一个精明的男人面前，我最好不要说太多谎话，再者，我也没有说谎的必要。

"她是不是要你离我远一点？"

"是。"看来罗兰与剩牛排的确相识很久了，不然怎么可能会这么了解对方。

"那你为什么没有听她的话？"剩牛排的眼神又变得阴暗不定。

"我跟她不熟，为什么要听她的？"我说，"我只听我自己的话。"

剩牛排叹了一口气："我想我知道偷拍我们的人是谁了。"

"罗兰？"

"有可能。"

"她为什么要这样做？"

"也许是想借此来挑起你与办公室其他同事之间的矛盾，逼你辞职吧。"剩牛排的眉头紧锁，显得很无奈，"这事我会处理的。"

"哦，那我走了。"我没有问他会怎么处理，因为这应该属于剩牛排和罗兰之间的恩怨，我不想搅和什么。

我拿上自己的包，准备回家，剩牛排叫住我，拿起茶几上的信用卡，重新塞到我手里："愿赌就要服输。我希望明天看到的是你而不是别人在我家擦玻璃。"

"为什么非得是我？"我再次问。

"因为你擦玻璃的样子很漂亮。"

05 十六年前的故人

"米，回神啦！你已经发了一个小时的呆了。"熟饭在大叫。

我终于有了反应，给了他一个有气无力的眼神。

"你怎么了？生病了？"熟饭把手搁在我的额头上试体温，"正常啊！干吗半死不活的？"

我将一个抱枕紧抱在怀里，靠在沙发上，不想说话。

"好像有心事哦，不错不错，我们家米长大了，知道有心事了。"熟饭还在那里聒噪，"说来听听嘛，说不定我能给你出个主意。"

"我想喝酒！"我突然说。

熟饭吓了一跳："为什么？"

"就是想喝。"

"米，酒精对女人不好。"熟饭好像不太赞成我的想法。

"有些事情我想不清楚，也许喝醉了就明白了。"据说，人在喝醉之后能够听到自己心底最真实的声音，我想听听看。

熟饭认真地看着我："真想喝啊？"

"嗯。"我用力地点着头。

"那我去买酒。"

"我要去酒吧喝。"我说。

"不就是想喝醉吗？为什么非得去酒吧？"

"我就是想去那里喝醉。"我觉得自己在任性。

熟饭见我心情不好，纵容了我的胡闹："那好吧，我陪你去。"

酒吧的灯光依然暧昧不清，低缓的钢琴曲在极力营造着所谓的情调，我坐在吧台前冲那个年轻的调酒师说："给我一杯'那年岁月'。"

调酒师认出了我："这次不喝牛奶了？"

"不喝了。"

熟饭叫了一小支啤酒，坐在我身边慢慢喝，并不说话。

我环顾着四周，搜寻着某人的身影，并没有找到，我长长地吁了一口气。

熟饭突然开口对我说："他在那里。"

顺着他手中酒瓶所指的方向，我看到剩牛排正在一个很昏暗的角落与一名妖艳的女子调情，心情顿时往下一沉——他果然还是来了。

"你想来酒吧，其实是想来看他在不在这里，对不对？"熟饭是魔鬼，总能洞悉我内心的一切。

"不对。"我否认，将"那年岁月"一饮而尽，冲着调酒师说，"帅哥，给我一杯伏特加。"

在看到剩牛排与其他女人亲密的那一刹那，我真的有一种想把自己灌醉的冲动。这位年轻的调酒师说过，女人在失恋的时候都渴望烈酒，并且是越烈越好，能够一滴下去就让自己醉生梦死的那种。

我想，我失恋了。

伏特加果然是种好烈酒，看似如水般透明的液体，却能使你的五脏六腑迅速燃烧起来，撕心裂肺的痛感过后，有一种畅快淋漓的豪情。

我忍不住一拍吧台："再来一杯！"声音有点大，有不少人在侧目，甚至有人在笑着摇头，他们一定把我看成了买醉的女人，见怪不怪。

调酒师抬头看着熟饭，似乎想征求他的意见，哪知道熟饭没有半点反应，一副听之任之的模样，没有半点劝阻我的意思。

很快，一杯伏特加又进了肚，众人的身影开始在我的眼里五光十色起来，而我的笑容也越来越傻。"再来一杯！"

"再喝你就醉了！"调酒师给我倒了一杯冰水，好意劝说，他不住地用眼神向熟饭求救，而熟饭视而不见。一个年轻火辣的女子从我们身边走过，熟饭看得目不转睛。

"放心，我酒品很好的！一杯，只要再给我一杯就好！"我憨憨地向调酒师恳求。

"我怕你会有麻烦。"调酒师显然已经开始对熟饭这个护花使者不信任起来，我自己也隐隐约约地感觉到周围有不少野兽正在伺机而动。

“求求你嘛，一杯就好，再给我一杯就好！”我千方百计地磨酒喝，“不然，我就找你经理告状，说你不肯卖酒给我。”

调酒师又好气又好笑地看着我，摇摇头，无可奈何地给我倒了一杯伏特加。

“谢谢。”我举杯正要喝，手却被人抓住，下一秒，手中的杯子已被人抢走。

剩牛排有些愤怒地看着我：“你来这里干吗？”

“你能来，我为什么不能来？”

“你……”剩牛排把头转向熟饭，“你就这么由着她喝吗？这是烈酒，很伤身的。”

熟饭轻描淡写地说：“伤身总比伤心好。如果她喝到胃出血，我自然会背她去医院打吊针。”

“你这算是她的什么朋友？这么纵容她是害了她。”

熟饭冷笑着说：“那你又算是她的什么朋友？”

“我，我……我是她的上司。”

“哈，没听说上司连手下员工的私生活也要管的。”熟饭的口才犀利得让人无法招架，“米，你说对不对？”

我把头点得像只啄米鸡：“对对对。”

熟饭又把那杯伏特加从剩牛排的手中抢了回来，重新递还给我，说：“米，别怕，今晚你想喝多少就喝多少！”

“申谜，你要是敢喝，我明天就炒你鱿鱼！”

“切，竟然拿工作来威胁别人，你真是太让我感到失望了。”熟饭对剩牛排极尽嘲讽，“自己天天在酒吧里喝酒找女人，却要求自己手下的员工洁身自好，典型的‘只许州官放火，不许百姓点灯’。米，别怕，我给你撑腰。这种破上司，不要也罢。他前脚敢炒你，我后脚就让李莎聘你为她的特别助理，还是在三水公司上班，气死这个家伙！”

妖艳的女子走了过来，缠上剩牛排的胳膊，看上去是想劝架：“大家出来，都是为了开心的，何必要搞得这么僵呢？”

熟饭冲那个女人一瞪眼：“男人说话，女人插什么嘴？这里没你什么事，你哪儿凉快哪儿待着去！”

“你……”女人气得柳眉倒竖，急得直扯剩牛排的衣袖，而剩牛排的注意力完全放在了熟饭的挑衅上，根本顾不上她的处境，女人一生气，一跺脚，走了。

熟饭幸灾乐祸地说：“不好意思啊，看样子今天晚上你要孤枕难眠了。”

剩牛排解开两颗衬衣的扣子，样子不再彬彬有礼，狂乱之中带着些许不羁：“我也看出来了，今天晚上你是冲我来的，对不对？”

“是又怎么？”

“那我们就较量一场。说实话，我也注意你很久了。”

“好啊，较量就较量，谁怕谁？”熟饭满口答应了剩牛排的宣战，捋了捋袖子，露出他强壮而又结实的胳膊，“比酒量，怎么样？今天这事是由喝酒引起的，那就由喝酒结束，谁先喝趴下了算谁输。”

“我没意见！”

“我有意见！”我终于逮着机会说话了，“我喝酒关你们什么事，你们在这里拼什么拼啊？”

哪晓得这两个男人同时吼道：“我乐意！”吓得我头一缩。

半晌，我壮起胆子小声地说：“我还有一个意见，你们能不能别在这里拼酒？以我现在这个样子，万一你们中间有谁喝醉了，我没有办法把你们拖回家。”

十五分钟后，我看着自家客厅里正在拼酒的两个男人，头痛不已。我没有想到他们一致认为拼酒的最佳地点是我家，然后红酒黄酒洋酒啤酒买了一大堆，全部摆在餐桌上，四眼相对，各不相让，大有华山论剑的架势。

我后悔了，我真的后悔了，我一开始就不该去酒吧，不然也不会闹成这种地步，我现在最担心的事情，是万一他们两个喝醉了打起来，我究竟是该劝架还是该帮忙，帮忙的话我又该帮谁？

他们还没有开始喝，而我的酒已经被吓醒了。

“呃……两位英雄，光喝酒似乎不太好，要不我给你做几个下酒菜吧！”我好心地提议。

剩牛排说：“不必了！”

熟饭却反对：“我要吃。生米天天给你做菜，所以你不稀罕，可是我稀罕，我还没吃过生米做的菜呢！她这是第一次提出来要做菜给我吃，我为什么要拒绝？你不吃我吃。”

剩牛排没有再说话，默许了熟饭的要求。

当我从厨房里端出一盘花生米和一盘葱煎鸡蛋的时候，这两个男人已经各自干光了两瓶啤酒。当我将卤水鸡爪和京酱肉丝端上桌的时候，那瓶红酒已经快要见底了。

熟饭从刀光剑影中抽出空来冲我直乐：“米，你做的菜比我想像中的好多了。”

剩牛排："那是我调教有方！"

"错。"熟饭说，"那是因为这菜是做给我吃的，所以她比较用心。平时做菜给你吃，那都是任务，所以不好吃。"

"砰"的一声，剩牛排把一瓶XO给开了，在熟饭和他自己面前各倒了一大杯："拼酒就拼酒，别尽说这些没用的。想用心理战术？告诉你吧，我还真不吃这一套！"

"喝就喝，谁怕谁！"

接着，这两个男人又拼得昏天暗地，完全忽略了我的存在。

男人啊，在酒桌上和另一个男人较量的时候，话题会变得很广，从两国关系到猫狗打架，无奇不有，而内心的世界却变得很窄，只容得下站在他面前的这个对手以及他手中的那杯酒。

我非常识趣地躲开，猫在沙发上看电视，只觉得眼皮越来越沉，头一歪，睡着了。

落花满天，纷纷扬扬，随风卷起一片粉色的海洋，我置身其中，不知何去何从。

"这是什么花？"我不知道在问谁，也许是天，也许是地，也许是我自己。

"桃花。"不知道是谁在回答我，也许是天，也许是地，也许是我自己。

那我岂不是在走"桃花运"？

一朵晶莹的桃花脱离枝头，落在我的胸口，夹着一丝甜香，温暖了我的心。

"一朵花谢了，来年会有另一朵花代替它盛开。那人呢？"我自问。

"一个人离去，将来也会有另一个人代替他来爱你。"分明有个人在回答我，而我却找不到他。

我奔跑在桃花林中急呼："谁？你是谁？"

沉默。

"谁？你是谁？是谁？"

……

"醒醒，醒醒！"有人在摇我。

我睁开眼睛一看，原来是一场梦。剩牛排和熟饭两人站在我面前，满脸憔悴。

"做噩梦了？"剩牛排问。

熟饭用手在我面前晃了晃，确定我已经醒过来了，然后没好气地说："我看应该是做春梦才对。看，她连口水都流出来了。"

我一摸嘴角，果真是湿的："我梦到了很多桃花。"

"桃花是春天开的哦，这还不算春梦啊。"熟饭取笑我，"那个让你扯着嗓子鬼叫鬼叫把我们吵醒的人是谁啊？"

"我就是没有看到他是谁，所以才问的嘛。"我用力揉了揉眼睛，让自己清醒一点，然后回头看了一下客厅，只见桌子上摆满了空酒瓶，"昨天晚上你们拼酒到底谁赢了？"

剩牛排轻哼了一声："他怎么可能赢得了我？"

熟饭也把头抬得高高的："我又怎么可能会输？"

"那是什么意思？打成平手了？"他们就不能直接把结果说出来啊，拐弯抹角的。

两人都不说话，不知道是一同默认还是一同否认我的猜测。

熟饭叹了口气，抱怨道："唉，我们为了你在这里拼酒，你却为了一个不认识的人梦到流口水，米，你会不会太不尊重我们了？"

本来事情的焦点是我能不能喝第三杯伏特加，可到现在呢，早就跑题万里了，成了他们两个男人拼酒量，我成了只能在一边看的旁观者。竟然还好意思说是为了我？

我一看时间，吓得从沙发上蹦了起来："完了，完了，迟到了。"说完一头扎进洗手间手忙脚乱地刷牙。

熟饭在外面喊："申谜，我要吃早点！"

剩牛排附和："我也要！"

"我呸。你们上外边吃去，我要去上班！"

"不行，我就要在这里吃早点。我要喝汤，清淡一点的。"熟饭说。

"我要吃煎蛋，单面的，嫩一点。"剩牛排也一起凑热闹。

我从洗手间里冲了出来，对他们吼道："喂，你们知不知道什么叫做'体贴'啊？我都要迟到了，你们还想让我做早点给你们吃，太不懂事了吧？"

"不会啊，你今天不用去上班，我批你假了！"剩牛排慢条斯理地说，"所以你可以给我们做早点了。"

我把头转向熟饭："你不用去上班吗？"

熟饭笑得眼睛早成了一条缝："我决定跷班一天，这叫'有福同享'。"

我一手扯着一个大男人，把他们拖进厨房："今天谁也不准偷懒，各做一份早点出来给大家吃，这叫'有难同当'。"

一个人干坏事会感到罪恶，一堆人干坏事就会感到快乐。我们三个人忘记了外面的一切，在厨房里忙得快活无比。

“叮咚——”有人在按门铃。我实在想不出在这个时候还有谁会来我家。

打开门一看，竟然是李莎，我如同一个逃学路上被夫子抓住的孩子，尴尬地打着招呼：“李经理早！”

李莎见我在家，感到很意外：“你没有去上班？”

“呃……今天我休假！”我看到她的手上拎着一个大袋子，鼓鼓囊囊的，“你有什么事吗？”

“哦，是这样的，这是舒凡的衣服，他上次去我那里的时候留下来的，昨天打电话给我，要我今天抽空送过来。我来了，不过他好像不在家。我只是想试试看阿彩有没有在家，请她把衣服替我拿给舒凡。”

“阿彩已经搬走了。”

“哦。那就请你……”李莎突然停住了嘴，眼睛睁得老大，似乎看到了什么让她惊讶的事情。

熟饭从我后面冒了出来，接过李莎手中的袋子，笑嘻嘻地说：“嗨，美女，你来得真早。还没吃早点吧？我们几个人正在做，进来试试我们这几个人当中谁的手艺会好一点。”说完，不由分说，亲昵地拥住李莎的肩膀往屋里走。

当剩牛排系着一件带蕾丝花边的女式围裙从厨房里走出来的时候，李莎更是惊讶得合不上嘴：“韩经理，你也在这里啊？”

“是。”剩牛排的脸皮毕竟没有熟饭的脸皮厚，他看到李莎的时候，脸微微红了一下。

熟饭拉着李莎坐下，嬉皮笑脸地说：“我们今天集体跷班了，是我的主意。你就当做不知道好了。不说这些了，吃东西，女人不吃早点，会容易老的哦！”

玉米浓汤端了上来，煎饼果子也端了上来，荷包蛋也端了上来，我，熟饭，剩牛排三个人一字排开，齐齐站在李莎面前，等待着她的评价。李莎是个非常有品味的女人，并且她处理事情的公正性是向来被公认的，因此由她来判定我们三人之中谁的早点做得更美味，是再适合不过的。

李莎将每种食物都尝了一点点之后，说：“玉米浓汤太甜了一点，煎饼果子的皮摊得太厚，荷包蛋的蛋黄有点散，所以这三种食物在我看来，都只是刚刚够及格的水平。”

“那是那是，”熟饭拍着马屁，“谁不知道你是出了名的美女食神啊？”

“打住。”李莎说，“你每次一说好听的，就有事所求。你还是别夸我了。”

“你真是太了解我了。”熟饭的笑容越来越巴结，“亲爱的美女，要不，你也做份早点出来，让我们一饱口福好了。”

李莎皱着眉毛说：“我没这个时间，我要去上班！”

我、熟饭、剩牛排异口同声地说：“那就一起跷班吧！”

当我看到精致的李莎果真穿着昂贵的职业套装挽起衣袖在厨房里做早点的时候，我终于领悟到了“近墨者黑”这句话的真谛。

熟饭是青蛙，剩牛排是王子，两人加起来就是青蛙王子，无论你是蚊子还是公主，只要是雌性，都难以逃出这两个人的嘴。我完全有理由相信：没有任何一名女性从这对组合面前经过之后，还能保持原来的姿态。

李莎的厨艺果然出神入化，一盘色香味俱全的炒面将我们三个人的胃收拾得服服帖帖，俯首认输。

我偷偷捅了熟饭一下：“小子，你挖到宝了，要懂得珍惜。”

熟饭只笑不语。

李莎很快发现了我们摆放在墙角处的那一排空酒瓶，微微皱了皱眉毛：“你们昨天喝的？”

“是。”熟饭回答得很大方，“昨晚我和韩忆还在这里过的夜。”

听到自己的男友在别的女人家里过夜，李莎似乎并没有生气，只是建议道：“下次挑个周末的日子，省得第二天不能上班。”

如果换成其他女人，估计脸色早就变了，而她却能心平气和甚至还兴致比较高地和我们一起共进早餐。李莎的大方再次让我觉得不可思议。

很快，李莎吃完早点，打算走人：“你们慢慢吃吧！我回公司，要是让下面的人知道两个经理都跷班，影响不好。”

门一关，我摇头感叹：“像李莎这样的女人，应该所有男人都会喜欢吧？”

“为什么这么说？”剩牛排问。

“她实在太完美。”

剩牛排：“两个人在一起生活，需要的是感觉，而不是完美。一个女人太完美，会给她身边的男人带来压力感。”

“熟饭，那你有压力感吗？”我问。

“你指李莎？我在她面前为什么要有压力感？男人和女人有什么好比的？男人和男人比起来，才会让我有压力感。”说着，熟饭下意识地看了剩牛排一眼。

想要抓住一个男人的心，首先要抓住他的胃。无论李莎想要抓住哪个男人，应该都是一件轻而易举的事情吧？

我拿起筷子戳了几下自己煎得有些失败的荷包蛋，叹了一口气。

熟饭像是看穿了我的心思，取笑道："自卑了？"

剩牛排从碟子里夹走一个荷包蛋："男人的胃是他自己交出来的，而不是谁想抓就抓得了的。再美味的东西都有吃腻的那一天，一时的惊艳到最后都会趋于平淡。"

熟饭点点头，也从碟子里夹走一个荷包蛋："如果'想要抓住男人的心，首先要抓住男人的胃'这个说法成立的话，那些酒楼掌勺的男厨师们的家庭生活岂不是都没有办法幸福了？据我分析，这句话应该是一个非常不愿意做家务的男人编出来哄他老婆的，骗得她老婆天天在厨房里忙得团团转，而他可以理所当然地跷着脚躺在椅子上吃现成的。后来，这个男人发现这句话非常管用，于是就把它推荐给了他的狐朋狗友，男人们私下里争相效仿，结果就流传得人尽皆知了。"

我对熟饭的瞎掰表示肯定："你说得太对了！放心吧，我以后一定会让我家男人来抓我的胃，而不是我抓他的胃，那么，我就能从厨房里解放出来了。"

熟饭看着有些得意忘形的我，不免皱起了眉头，他摸着下巴思考了一小会，问剩牛排："我是不是犯了一个错误，把一个原本听话的小丫头给教坏了？"

剩牛排叹了一口气："也许吧！"

第二天，熟饭送了一个小闹钟给我："米，这几天我要出差，不能叫你起床了，你暂时用它好了。"

闹钟很漂亮，上面有一个长着翅膀的男天使，我接过来一看："哇，熟饭，这个天使的脸好像你哦。"

"我本来就是天使，上帝派我来守候你的。"

"拉倒吧，天使怎么可能会有你这么痞？"

"你见过天使吗？"

"没有。"

"那你怎么知道天使里面就没有痞子呢？"

我不再与他就这个毫无意义的问题争执下去，问："你什么时候回来？"

"米，你会想我吗？"

"不知道。我对未来一向很无知。"

"圣诞节快到了，我争取在这之前赶回来。"熟饭有些放心不下，"米，没有我这个痞子天使守候，你要好好把握自己，别被哪个男人骗了。"

我冲他翻了个白眼。

“如果真的被哪个男人骗了的话，呃……记得保护好自己，比如什么安全措施之类的，一定要做好！”

我一拳敲在他的胸口，谴责他的胡言乱语。

熟饭捂住被我击中的地方，嘴巴依然在喋喋不休：“记住我的这些话！米……”

我将他推了出去：“你要是再不走，飞机就要起飞了。拜拜，恕不远送！记得给我带圣诞礼物！”

我一直有点怀疑熟饭与那个《大话西游》里的唐僧有点近亲，否则，他怎么可能会啰嗦到如此厉害的程度？

小马很快知道了她那痞子表哥出差的消息，打电话过来问候我，我向她投诉了熟饭的胡言乱语，那丫头在电话的另一头笑得上气不接下气，最后说：“生米，我哥他担心得没错。每个女人在被煮熟之前都是一把生米，就算要变成熟饭，也要找一个好厨子，把自己煮得香软可口，不然，要是遇上一个烂厨子，有可能会把自己煮得半生不熟甚至焦成黑炭，那就亏大了！”

我拿这对活宝兄妹哭笑不得：“我不吃饭，喝粥好了。”

“生米，粥也是由厨子煮出来的！”

我彻底晕倒。

周末。

电视里综艺节目泛滥成灾，众主持人或幽默或故作幽默地折磨着嘉宾们，台下观众欢声一片。这是个愈折磨愈快乐的时代。

而我却越看越没有了兴致。抬头看了一下时间，才八点半而已，我决定出去看一场电影。广告上说我的偶像 W 演的新片已经开始上映了，作为他的铁杆粉丝，掏钱去捧场，是一件再应当不过的事情。

一个人看电影，这在许多人眼里看来，也许会是一件很凄凉的事情，而我却认为这是一种享受。我可以不必在出门之前把自己洗得干干净净的，不必化妆，不必挑自己认为最漂亮的衣服穿上，不必搽香水，不必讲究仪态，不必在对方问你要不要吃冰激凌的时候，因为担心自己的吃相不好看而拒绝，不必考虑自己的话多会招别人烦或者话少让别人觉得自己沉闷……最重要的是，我不必担心在看完电影之后会有人提出更加过分的要求。

据说，许多年轻女子的贞操就阵亡在电影散场之后。

我套上一条洗白的牛仔裤，把长发梳成一个马尾，然后戴上一顶球帽，穿着一双半旧的休闲鞋出了门，清爽得像个还在念书的学生。

因为是周末，排队买票的人特别多，我惊奇地看到了一个熟人——李莎，只见她亲昵地挽着一个男人的手，离我两米远左右，那个男人时不时地用手指刮一下李莎的鼻尖，或者偷亲一下她的脸颊，惹得李莎低头娇笑。

我从来没有见过女强人李莎如此小女人的一面，我估计就连熟饭都没有见到过。

我赶紧把帽檐压低，不让她发现我的存在。那两个人很快买到票离开了。

李莎有另一个男友，怪不得她对熟饭并不是很紧张，但是熟饭知道这么一回事吗？我要不要把我今天所看到的事情告诉熟饭？

有人轻轻拍了一下我的肩膀，吓了我一跳，我回头一看，是剩牛排。

这个世界真小。

“你也来看电影啊？”剩牛排问。

“是啊。”

“一个人？”

“是啊。你呢？和朋友一起来看电影？”

“不，我也是一个人。”

“哦。”

“那一起看吧！”剩牛排掏出钱包打算买票。

“算了。”我紧张地环顾着四周，“我可不想下星期一早晨去上班的时候，又收到什么照片，被办公室的美女们再次攻击一回。”

“你并不像一个怕事的女人。”

“但我也不想去招惹一些麻烦。”我是个贪图安逸的人，不希望自己的生活接二连三地被那些麻烦所困扰。

说话之间，剩牛排已经插到了我的前面，对那位售票小姐说：“两张电影票，谢谢。”然后不由分说地拉着我，挤出了人群。

“喂，放开我啦！”

“不放！”剩牛排的态度很坚决，“如果再有谁攻击你的话，我就炒了她们。”

“喂，你不能这么蛮不讲理吧？”

剩牛排突然刹住脚，定定地看着我：“至少，我们是朋友，对不对？和朋友看一场电影，有那么难吗？”

这是一部爱情文艺片，W 演一个身患重病的男人，在生命的最后几个月里经历了一场轰轰烈烈的爱情，最后，他安然死去，他曾经的恋人在每年的清明节，都会去他的坟前献上一束花，以此来纪念两人之间曾经有过的美好时光。

影片最感人的部分，是W在临死之前与女友话别，电影院内悲声四起，此起彼伏地响起了女人们的抽泣声。

我的鼻子虽然有点酸，不过还是挺了过来，没有掉半滴眼泪，冷静地看着W所演的那个男主角微笑着死去。

电影散场的时候，仍有不少女生抽噎着，把眼泪抹在男友的衣服上，悲悲切切，而我却平静地说："回家吧！"

剩牛排的情绪似乎也受到了电影的感染，有些低落，他看了看那些依然沉浸在影片中无法自拔的女人，又看了看我，忍不住问："你会不会太坚强了一点？还是那部电影拍得不够感人？"

"不会啊，很感人啊！"我说，"只是我觉得他们的爱情已经有了最好的归宿，我们应该羡慕他们而不是可怜他们才对。虽然那个男主角死了，但是他死之前是深爱着他女友的，而他女友这辈子也一直把他放在心里。这不是很好吗？虽然这段爱情有些短暂，但至少他们彼此深爱过。这世上有很多人，虽然活了很久很久，却没有爱过，这才是真正的悲哀。"

爱情，爱情在剩牛排这种人的眼里又是什么呢？

剩牛排听完我的话后，不再说什么，而是静静地送我回家。当车子路过那家他常去的酒吧时，我忍不住调侃他："今天你不去喝一杯了？"

"不了。不只是今天，以后我都不喝了。"

咦？转性了？

回到十五楼，我洗完澡正打算上床睡觉，突然门铃响了。

我打开门，剩牛排出现在我面前，张扬而明亮的眼神变得内敛而深情："申谜，做我女朋友吧！"

正常人在听到别人的告白之后，会有三种选择：第一，拒绝；第二，接受；第三，表示自己需要考虑一下，然后再决定是拒绝还是接受。接下来就是当事人开始狂喜或者沮丧或者患得患失。

而我，却蹦出了一句让自己都很莫名其妙的话："我对女朋友这份工作不熟悉。"

话一出口，我就后悔了，恨不得连自己的舌头都吞掉。我怎么能把爱情与工作等同起来呢？

剩牛排在呆掉了三秒钟之后恢复了他机警而缜密的思维能力："我对男朋友这份工作也不熟悉，我们能不能给彼此一个磨炼的机会？"

"万一我们弄砸了怎么办？"我很担心地问。

"你可以炒我鱿鱼。在这次合作中，你是我的上司，你可以随时炒掉我，我保证毫无怨言。"剩牛排的回话让我觉得自己很有优越感。

"我不喜欢自己的男人有太多女人，还有，我也不是你带回来的那些女人。"剩牛排的身上有我太多不放心的东西，因为这些东西，我无法掌握好自己在他心里的准确定位。

"我承认自己以前的私生活有点乱，有点荒唐，但是我保证以后不会了。申谜，你可以不必马上给我答案，好好想一下，想好了，再告诉我你的决定。但是，我希望无论你做出怎样的选择，都不会影响到我们之前的感情。"

"好的，我会考虑一下。"我怎么看怎么都觉得这一场情感对白更像是一场商业谈判，各自列出自己的条件，然后彼此进行考核，最后再决定要不要合作。

剩牛排还有事项要补充："申谜，也许，我和你之间的感情，会比今天晚上看的那部电影里演的还要短，但是，请你相信，此时此刻，我的心是真挚的，我比任何人都希望能够和你地久天长下去，一辈子吃你做的菜，让你帮我洗脏衣服，看你擦玻璃时可爱的样子……"

What？做他的女友要天天做家务啊？那岂不是会累死？谈恋爱不是两个人在一起吃饭、看电影、压马路、看日出日落，说一些恶心的情话测试一下彼此的承受能力么？怎么在他的计划中听起来像是参加了一个黄脸婆培训班一样？

我有点怀疑这个男人在法国的那些年都白待了，没有将法国人的浪漫情调带回来，大男人主义却根深蒂固。

正当我胡思乱想的时候，剩牛排的手上突然多了一朵白玫瑰，递到我面前："晚安！"

白玫瑰的花语：纯洁的爱情。他是在暗示我与他之间要来一场有别于他与其他女人之间的"纯洁"的爱情吗？

爱还是不爱，这真是个问题。把我折腾得半夜都无法入眠，翻来覆去。

我拨打小马的电话，请求爱情咨询，她的手机却关机了，估计她正在与哪位小子练她的马式美容大法。

小马说，男人除了是一件床上用品之外，还是一件美容用品。阴阳调和能让女人青春焕发，床笫之事对丰胸更有着非常神奇的功效。这丫头甚至搬出武则天的宫廷秘闻来证实自己的论点，说武则天晚年好男色，养了好些个俊男在自己身边，就是为了从男女之事中吸取岁月的精华，使自己青春永驻。她还说唐朝女人的丰乳肥臀都是唐朝男人们夜夜耕耘出来的。

我在流了一大通鼻血之后，提醒这个色胆包天的丫头片子：现在的假冒伪劣产品太多，别一不小心用错，美容不成反而变成毁容了。她大笑。

一个稚嫩的声音在对我说："你不是公主！"

回忆拉得好远，又回到了七岁那年，我缺着两颗门牙，因为受到了同病房的小男孩的奚落，委屈地跑到院子里的一棵大树底下哭泣，一个天使一样的大哥哥走了过来，送给了我一把野山花。

"好漂亮！"我说，"谢谢！我给你唱首歌吧！"

"小妹妹，你的歌唱得真好听！"

"大哥哥，你喜欢吗？"

"喜欢！"

"那我以后还唱给你听，好不好？"

大哥哥的笑容很温暖："我要走了，去很远的地方，等你再见到我的时候，也许你已经不记得我了。"

"不会的，我会永远记得你的，那时候我一定长得很高了，你可以不用弯腰也可以看到我的眼睛了。"我记得那个大哥哥的眼睛很漂亮，像王子一样漂亮。

"是啊，那时候的你应该长大了，不会再缺牙齿了。"

"那我会是公主了吗？"

"呵呵，会的。每个女孩子长大后都会是公主。"大哥哥的笑容里有阳光的味道。

"那我可以当你的女朋友吗？"

大哥哥笑得更厉害了："好啊！"

有呼喊声传来，大哥哥听到之后立即走了，他一边回头一边说："小妹妹，以后不要再哭了！"

我看着他消失以后才醒悟过来，我忘了问这位大哥哥的名字。天啊，第一次私定终身，怎么就不知道要先互报姓名呢？若干年后，我该找谁去兑现这个承诺？

闹钟响了，把我从美梦中唤醒，我一边刷牙一边想，当年在医院所遇到的事情，现在算起来的话，有十六年了。十六年的往事，借由一场梦境让它重现，让我回想起一切，它是在预示什么吗？

忽然，我想起在度假村喝醉酒的那天晚上，有一个人在我的耳边问我记不记得十六年前的事情。

我的内心突然一阵激动，丢下牙刷就往十八楼跑去，按门铃时，手指还有些轻微的颤动。

门一开，我劈头就问："是不是你？"

剩牛排有点莫名其妙："什么是不是我？"

"十六年前在XX医院的一棵大树底下，送了我一把野山花的人，是不是你？"我因为紧张而有些气喘。

剩牛排的表情突然凝固了，他有些不敢相信地张大了自己的嘴，足足过了一分钟之久，才小心翼翼地问："你就是那个因为别人笑你不是公主，所以哭得很伤心的那个小女孩？"

"是。我是。"我的整个心房被突如其来的狂喜所吞噬，甚至鼻子都有些酸楚起来，"我就是她。"

"天！你都长么大了！真的长大了！"剩牛排显得有些悲喜交加，"也变得坚强了，再不是当年那个缺着牙哭泣的小女孩了。"

"当初你对我说，要我以后别再哭，我就真的没有再掉过一次眼泪。"这是我在心里对那个大哥哥的承诺，但是没有想到那个大哥哥竟然就是剩牛排。

剩牛排闭着眼睛笑了："申谜，从今天起，我也开始相信真的有命中注定这回事！"

是啊，凡事都是命中注定，那我还犹豫什么？

十六年前相约，十六年后相遇，此等经历，堪称浪漫的经典。我被这种只有在电视剧中才能见到的情节感动得一塌糊涂。我终于踩到了一回狗屎，过了一把偶像剧中平凡女生变身女主角的瘾。

大哥哥的话在耳边回响："每个女孩子长大之后都会变成公主。"感谢剩牛排，他呵护了我的童话，我完全有理由相信此刻的我是那位已经穿上玻璃鞋的灰姑娘，在剩牛排这个王子的目光下顾盼生辉，如公主一般高贵典雅。

如果有仙女变一辆能发光的南瓜马车给我，我不会再想着要卖掉它。

夜晚手机关机的小马在第二天找到了我，约我在一家茶楼见面。

"生米，几日不变，你好像脱胎换骨了。"小马拉住我，细细打量着我的每一个毛孔，"面若桃花，眼含春意，老实交代，是不是恋爱了？"

我心情非常好："今天我请客，想喝什么任点！"

小马："想堵我的嘴，看来真是恋爱了。男友是谁？是近水楼台的我哥，还是居高临下的剩牛排？"

我心花怒放："应该说是旧相识的韩忆。"

"啧啧啧，连'剩牛排'都不叫了，开始叫'韩忆'，看来他真的升级为你的男友了。你跟他认识不过才几个月嘛，怎么又成了旧相识了？"

我把事情的前因后果向小马说了个明白，这丫头边听边连连叹气："就昨晚那一会儿工夫，你这把米就已经到了别人的锅里，只等着点火了。"

"你没有听到重点——我跟韩忆是十六年前就相遇过的呢，并且小时候我还说过要当他女朋友的。今天这个局面，从一定程度上来讲，我和他是在实现一个十六年前的诺言。"

小马却向我泼冷水："拉倒吧！小时候的诺言，有谁会当真？这十六年来，剩牛排还不是在那里泡妞，你还不是天天冲着帅哥流口水。再说了，如果你们没有重逢，他是不是就真的这辈子不娶，而你这辈子不嫁？我保证你们到最后都会结婚，很快就儿女成群，偶尔想起小时候那个约定，最终也只是一笑而过，笑自己曾经拥有过的天真。"

"可是我们重逢了啊，这是天意！"

"对，这的确是天意，不是人为。因为这十六年来，你们之间谁也没有去寻找过对方，这正好说明当初的约定完完全全是一场儿戏。"

"嗯，就算当初我和韩忆之间的那个约定是年少无知的儿戏好了，但是我们现在想实现这个约定，这有什么不对吗？"我对小马如此冷淡的反应感到意外，我原以为她会欢呼着祝福我的。

"生米，上次在餐厅遇到你们的时候我就看出来了，你们彼此是有意的，为什么要拿十六年前的约定来当做你去爱一个人的借口呢？承认爱一个人，并不是一件什么可耻的事情。"小马叹了口气，似乎想到了什么，"不要像某些人一样，犹犹豫豫，最后却失去了爱的机会，比如……我哥。"

熟饭对我灌输过很多爱情格言与爱情方式，我相信他的爱情经历丰富得可以写成一本书，但是我对他的爱情故事却知道得少之又少。我曾经问过他，他总是笑着看我，拒绝交代。

我想到了李莎以及陪李莎看电影的那个男人。李莎和熟饭之间究竟是谁给谁戴了绿帽子？他们之间是君子协定，互不干涉各自的私生活？还是高手过招，看谁的招式出得更无形？

"小马，你认不认识李莎？"我问。这丫头古灵精怪，说不定知道一些内幕。

"李莎？就是你们公司的那个中方代表经理？"

"是。"

"认识啊！"小马回答得很肯定。

"那你知不知道她跟你哥之间的关系？"

小马立即警惕起来："你想知道什么？"

"哦，是这样的，听说，我之所以能去三水公司上班，全都是因为你哥向李莎推荐了我。"

"这事我知道啊！你前脚失业，我后脚就告诉我哥了，他听莎姐说三水公司招人，就软磨硬泡，让莎姐招你为员工。不然，就凭你那条件，哪可能会从那么一大堆人中脱颖而出，让那个三水公司挑剔到极点的人事主管看中你？当然，后面你自己表现得也不错，不过进三水公司的这张门票的确是莎姐给的。"

莎姐，莎姐，叫得这么亲，看来小马和李莎的关系也差不到哪里去。

"你哥和李莎认识很久了吗？"

"那当然，从小一块长大的。"

原来还是青梅竹马。"小马，你哥是不是很爱李莎？"熟饭从来都不带女人回来，李莎是唯一的一个。

"那当然。他们俩从小感情就特别好。莎姐念初三那年，因为人长得太漂亮，邻校的一个高中男生总是骚扰她，忽然有一天，那个男生再也没有出现过，而我哥的身上却青一块紫一块的，看起来像是和谁打架打的，莎姐问我哥他是不是有找那男生的麻烦，我哥就是不承认。一直等到莎姐升了高中之后，在学校里和那个男生偶遇，那个男生告诉她，我哥的确和他打了一场架，并且还警告他别再去骚扰莎姐。"

我想到熟饭当初在修理阿彩前男友时的那股狠劲，相信他的确敢做出这样的事情来。

小马又说："我哥这个人嘴巴虽然有些坏，但他真正关心起一个人来，却是关心到骨子里的，并且总喜欢默默付出，不让人知道。"

我知道熟饭是善良的，但是没有想到他还能如此伟大，他那看似痞子的外表下面掩藏的却是一份鲜为人知的痴情。

我想起我每次在熟饭面前夸李莎时他露出的那种满足的笑容，又想起李莎在电影院门口与另一个男人的亲密举动，内心矛盾成海。

小马说，熟饭很爱李莎。那如果熟饭知道李莎背叛了他的话，必定是痛苦的吧？那就让熟饭把目前这份幸福的错觉继续下去好了！

06 初涉情场

初涉情场的感觉，果然和初涉职场的感觉差不多，虽然听前辈们讲叙过许多与此有关的经验与心得，然而作为新人的菜鸟们依然把每一步走得战战兢兢，甚至晕头转向，找不到正确的定位，比如现在的我。

这天，我和剩牛排吃的是日本料理，从我们进门到食物上桌，我都没有闻到任何使我的呼吸道感到不畅快的气味，证明剩牛排是个没有脚气之类恶劣隐疾的健康男人，这让我很满意。

穿着和服的侍女跪着给我们上菜，宽大的衣袖露出她如莲藕一般粉嫩的胳膊，雪白的大腿不甘落后地从裙缝之间露出勾人的一角，流光溢彩，动人魂魄。

传说，在很久很久以前，日本女人穿和服的时候是不穿衬裤的，只在齐腰的地方围上一层短布，在她们跪坐的时候，肥白的大腿就会从衣服的缝隙中裸露出那么细细的一片雪色，此情此景，曾被男人们私底下称为是日本女人最迷人的一部分。

至于这个传说究竟是不是真的，我并不清楚，我也敢百分百地肯定，眼前这个坐在我面前的日式打扮的女人为了防止走光，定然是打足了底，然而此刻的我，即便是女人，在看到那一线诱人的雪白时，心里也忍不住浮想联翩，气血翻腾。

我终于明白为什么日式料理要卖得那么贵了，敢情这里面还有养眼费。

我也终于明白为什么男人们总是爱有事没事地往日式料理店跑了，并非那些生不拉叽的食物的味道有多么极品，也不是那日式清酒有多么香醇，而是……（为确保本人人身安全,防止有激进人士对本人进行人身攻击,此处省去若干字）。

男人么，就那么一回事，我们心里有数就好。

剩牛排正在专心致志地吃着烤鱼，目不斜视。我一直看到那个侍女走出房间拉上房门之后，才舀了一勺味噌汤，中和一下我那即将流出来的口水。

“申谜，你今天好像是在和我约会。”剩牛排终于出声提醒我，“如果你再盯着那女人看下去，我可要怀疑你的性取向了。”

我把注意力拉回到食物上，开始吃蟹籽炒饭："我还以为你吃鱼吃得真那么专心。"

"我的女朋友冲着另一个女人流口水，这可不是一件什么好事，只能说明我的魅力不够。美食和美男都不能吸引到你，看来我要反省一下，今天这个约会安排得是不是有点失败。"

"不会啊，我对今天的安排很满意啊！"我有点不知死活地说，"刚才那个女孩子的皮肤很好呢，你为什么不也看看？"

"申谜，你是在质疑我的修养吗？"

"呃……我真的只是想拉着你一起看看美女养养眼而已。"

剩牛排对我的回答有些哭笑不得："那我是不是还应该称赞一下你的大方？"

"不必了，下次你遇上我对着男人流口水的时候睁一只眼闭一只眼就好了。"

剩牛排吃烤鱼时的手法相当漂亮，用筷子轻轻一划，整根鱼排刺就和鱼肉分了家，安安分分地翻到碟子的上角处。"那你在什么时候会对着男人流口水呢？"

我有问必答："看偶像剧的时候，还有就是看男子跳水比赛的时候。"

"嗯，偶像剧，花样美男，可以理解。男子跳水比赛又是怎么回事？如果我记得没错，近几年来长得帅的跳水选手并不多。"

一谈到男子跳水比赛，我开始兴奋起来："偶像剧是看男人的脸蛋，跳水比赛可以看男人的身材啊！尤其是国际比赛，那么多好身材的选手，全身只穿着一条泳裤轮番在你面前亮相，电视台还会从多个角度对他们进行拍摄，有些近镜头，你甚至可以看到水珠在他们的皮肤上凝聚成一颗一颗的，在灯光下闪闪发光，真的是非常好看啊！"

我十分慷慨地谈论着自己欣赏比赛时的心得，完全忘记了眼前这个倾听的男人就是我的男友："你猜，当那些男选手站在跳台上一跃而下的时候，我最喜欢数什么？"

"数他们在空中翻了多少个跟头？"

"不对。"

"数他们落水时溅起的水花？"

"不对。"

"那你喜欢数什么？"

"我最喜欢数这个选手的腹肌有多少块。"我毫无保留地将自己所观察到的东西与人分享，"大部分的选手拥有六块腹肌，少数选手拥有四块腹肌，遇上一两个极品的选手，他们会有八块腹肌。”

我对男人腹肌的兴趣，一点都不亚于许多男人对女人胸围的迷恋，女人的胸围能让男人热血沸腾，同样，男人的腹肌也能让我口水欲滴。不同的是，女人的胸围 SIZE 比较多，从三十二到四十八，从 A 到 G，一波盖过一波，汹涌澎湃，足以让男人们眼花缭乱、眼福无边。而男人的腹肌最多也只有八块，可供比较的太少。

剩牛排点点头，冲我微微一乐：“我待会就去你家，看能不能想办法把体育频道给屏蔽掉。”

“为什么？”我大骇。

“因为我在感情上并不是一个大方的人，我不允许自己的女友对别的男人的身体想入非非。”剩牛排的笑容里有一丝阴谋得逞的味道。

“我只是看看而已，并没有想入非非。”我终于开始后悔自己的口无遮拦，“就算你把我的电视整个搬走都没有用，遇上重大的赛事，网上都有转播。”

“嗯，你的确提醒了我。”剩牛排说，“明天上午就好像有场男子跳水比赛，申谜，明天记得来我家大扫除。”

“我反对！”

“反对无效。我们的赌约还有一个星期才结束。”

“喂，我现在是你女朋友呢！”

“恋人之间打赌，同样是愿赌服输。”剩牛排咬住原则不放，我一点办法都没有。

我撅起嘴巴生闷气。

剩牛排掏出两张东西在我面前晃了晃：“你是想数那些男选手的腹肌呢，还是想看 W 的演唱会呢？”

我抢过来一看：“哇，W 演唱会的门票，还是贵宾席！啧啧啧，这票很难买呢，并且很贵，网上都炒到两千块钱一张了。你是怎么得来的？”

剩牛排把票收了回去，放到钱包里：“怎么来的你就不必问了，你只用告诉我明天晚上你要不要和我一块去看！”

“要。”

“那就明天上午来我家大扫除。”

巨大的舞台，闪烁的灯光，W 在台上卖力地载歌载舞，现场的气氛一度燃烧到最高点，虽然有座位，但所有的人都站着，挥舞着手中的荧光棒，整个体育场内成了光的海洋。

W换上了最近上映的电影中的戏服，站在舞台中央，唱起了影片中的插曲，身后巨大的屏幕上播放着电影中的片花，观众席内有不少女生开始哭泣，一边流泪一边轻和着W的歌声。

曲毕，W手执话筒说："爱情一直是我们梦寐以求、苦苦追寻的东西，如果有一天，我们遇到了生命中的他（她），那么一定要跟他（她）说那句话，大家回答我：是哪句话？"

"我爱你！"所有的人都在吼，尖叫声一片。

"是的。我也爱你们！"

呐喊声再次将所有人淹没。

W的脸上幸福而又满足。我曾经看过电视台对W的一个访问，他说他每次站在台上，听到数万名的观众对他喊出"我爱你"的时候，心里总是有种想落泪的感动。

我的腰被人搂住，一个男声在耳边轻声对我说："我爱你！"

此时此刻，数以万计的"我爱你"都是献给W的，只有这一声"我爱你"，完完全全地属于我。

然而，即便只是一声，也足以让我的心，如台上的W一般，有种想落泪的感动。

回家的路上，剩牛排拉着我的手在大街上慢慢地走，有风吹来，卷起路边一张被人遗落的报纸，四处飞舞，一名拾荒的老者追着那张报纸，在风中奔走，好不容易捉住了目标，一把塞进他手中拎着的一个蛇皮袋中。

我不自觉地发出一声叹息，微若可闻："真可怜。"

剩牛排却是另一种观点："他能活到这个年纪，还能够靠自己的努力养活自己，踏踏实实地过着自己的每一天，这也是一种幸福。"

剩牛排的话虽然很积极，而我却听到了一丝伤感的味道。他的手心有些凉，没有小说中的男主角所拥有的温度与厚实，他的力道很大，似乎时时刻刻地防备我偷跑掉，我尝试性地抽动了一下自己的手，却被他抓得更紧。

圣诞节快要到了，街头开始有了一些节日的气息，路边的玻璃橱窗布置得很喜庆。当我们路过一个广场的时候，看到那里伫立着一棵巨大的圣诞树，差不多有三层楼那么高，由一棵真正的松树装扮而成，上面挂满了闪亮的小灯泡和一些彩色的装饰品，树顶上那颗大星星散发出一种水晶般璨灿的光芒，非常漂亮。许多人在树前合影，脸上都乐呵呵的。

“平安夜的时候，我要来这里许愿！”我说。

“你信耶稣吗？”

“我好像什么都信，遇佛拜佛，遇仙拜仙，遇上耶稣也祷告一下。这样，无论我到地球的哪个角落，都会有神保佑。”我笑呵呵地说。

“为什么要等到平安夜再许愿，现在不更好吗？”剩牛排问。

“大家不都是在平安夜十二点钟声响起来的时候许愿吗？”

“是啊，大家都在十二点向上帝许愿，上帝怎么可能忙得过来？并且当时那么吵，肯定有很多人许下的愿望，上帝会听不到。不如你现在就许愿，说不定还灵一点。”

他的这番话听起来似乎很有道理，可我一时之间想不到自己需要祈求什么。上帝对我很好了，家人健康，工作顺利，爱情甜蜜，这些对我而言，真的足够了。

剩牛排松开我，双手紧握，微闭着双眼，对着天空念念有词，无比虔诚。

好不容易等他许完愿，我忍不住问：“你许了什么愿？许得好认真！”

“和你有关！”

我的好奇心更浓了：“那是什么？”

他帮我整理了一下被风吹乱的头发，再次紧拉着我的手：“我希望你永远幸福！”

“我现在就很幸福！”

剩牛排温柔而又坚定地看着我，唇边的言语如风一般轻柔，听起来像是说给他自己听更多一点：“我希望这份幸福能一直延续下去，直到永远！天长地久！”

天长地久是多久？

永远又有多远？

且不说我们早已忘记了自己前世的爱人是谁，就连今生，又有多少人在牵上爱人的手时，能够确信彼此会牵手一辈子。

我有点无法相信这种听上去有些痴傻的情话竟然是阅女人无数的剩牛排说出来的，但是，我爱听，尤其是看到剩牛排的眼中带有一丝隐隐约约的莫名感伤的时候，我相信，在此时此刻，他的的确确是爱着我的。

只是我有点不明白他为什么感伤，并且那丝感伤深深地触动了我，让我忍不住伸出手去，抚摸着他那好看的眼睛，试图将他笑容后藏匿的痛苦抹去。

“你爱我吗？”剩牛排问。

我吃吃地笑着，拒绝回答这个问题。

“你爱我吗？”剩牛排又问。

“不告诉你！”我把手插进他的风衣口袋取暖。

“申谜，你爱不爱我？”剩牛排再一次问我。

“我爱你的眼睛，迷死人了！”我再次淘气地避过这个问题不回答。

剩牛排似乎生气了，瞪着眼睛看我，突然，捧起我的脸颊，迅速低下了头，狠狠地吻上我的唇……

圣诞树底下，上帝见证，我们亲吻了。

凌晨两点半，我独自窝在床上，捂着被亲过的嘴唇兴奋得无法入眠，有点像小时候偷吃完糖果之后暗暗地躲在被子里回味着嘴里的甜味，个中滋味无法与人分享，只能自己窃喜。

忽然，手机响了，剩牛排发了信息过来：“我睡不着，你呢？”

“我也是。”

“申谜，你爱我吗？”这家伙一直追问着这个答案。

“我爱你的嘴唇。”文字上的交流比起面对面的言谈要让人放松，因此我也敢在这里“大言不惭”。

“色女郎。猜猜我在干吗？”

“想我。”

“对的，还有呢？”

“不知道。”

“我在数我有几块腹肌。”

“几块？”我的好奇心被成功地提了起来。

“不告诉你。”

一报还一报，这男人还真是小气。

我们就这样，一个十八楼，一个十五楼，隔着三层楼高的距离，借着手机，发送着一些在外人看来极度无聊也无趣的信息。然而，这就是情话，让恋人们乐此不疲的情话。

直到东方泛白，两个人终于有了一丝想睡的意思。

天亮了，说晚安吧！我说。

我把手机塞进枕头底下，甜蜜地睡去……

三个小时之后，我被闹钟吵醒，拖着疲惫的身子顶着两个黑眼圈去上班，剩牛排并没有去公司，这让我不免有点小小的失望。

之前听人说，热恋中的人恨不得二十四小时都看见对方，我曾对此不屑一顾，现在才知道，这是真的。

我在办公室里度日如年，一直在盼望着早早回家，替他做一顿丰盛的晚餐。好不容易熬到下班，我第一个冲出了办公室，然后奔往超市，买了一大堆东西。正当我拎着大袋小袋走出超市的时候，却遇到了一个不速之客——罗兰。

淡紫色的指甲，淡紫色的口红，就连她的笑容我都觉得是淡紫色的。她拦住了我："申小姐，有时间吗？我们谈一下吧！"

我个人并不认为自己与罗兰之间有什么好谈的。现在的我们，是真正的情敌。俗话说：情敌相见，分外眼红。我没有对她使坏脸色，而耐下心来听她废话，已经是奇迹。

情敌之间，即便话说得再漂亮，态度再热络，在心里永远是巴巴地希望你倒霉一把，然后自己站在一旁幸灾乐祸。所以，我对罗兰的出现，时刻保持着警惕。

她又想对我说什么？开口让我离开剩牛排吗？那是不可能的！把到口的牛排转让给他人，这种人不是高尚的圣人，就是愚蠢的傻子。

我既不高尚，也不愚蠢。

"你有什么话，就在这里说吧，我还要赶回家做饭。"我拒绝了罗兰找个地方密谈的建议，因为我实在不希望把宝贵的时间浪费在她身上。

罗兰看了我手中提着的大袋小袋一眼："赶着回去给韩忆做晚餐？看来你们的关系很密切。"

"罗小姐，请你说正事。你今天找我究竟是想说什么？"

罗兰又给了我一个淡紫色的微笑："我知道你现在正和韩忆谈恋爱，放心，我不是来和你谈感情上的事情。只不过有事想请你帮忙！"

"什么事？"我想像不出自己这种平庸之辈可以帮眼前这个比我精明许多的女人什么忙。

"你们公司所有的产品都是自己设计然后找加工厂生产的，没有错吧？"

"是。"

"是这样，前不久，你们公司与现在的那家加工厂在合作上出了一点问题，而你们公司想另找新的合作工厂，对不对？"罗兰的消息很灵通，有当邦女郎的潜质。

"是。"

"我们工厂有这个能力成为三水公司的加工厂，所以想试试看自己有没有这个机会，我们随时欢迎你们三水公司来我们工厂实地考察。”

我舒了一口气：“这事你应该找韩忆啊，他有这方面的决定权。我只不过是一个小助理，哪有能力掺和到选用加工厂这么重要的事项上去。你和韩忆那么熟，他应该会给你这个机会的。”

罗兰有些无奈地苦笑：“就是因为太熟，所以韩忆才不肯给我这个机会，他担心别人会说他公私不分。”

“这我也帮不上忙。他不同意，我也没有办法。”

罗兰摇摇头，看着我的眼睛，说：“你有。你们公司的中方代表李莎也有选用加工厂的权力，你跟她的关系好像还不错，你能不能在她面前推荐一下我们工厂？”

“李莎？她也是我上司，我怎么可能会跟她熟？你似乎太看得起我了。”

“你现在是韩忆的女朋友，于公于私，李莎应该都会给你一点面子。”

“我成为韩忆的女朋友，也就是这两天事，大家都不知道。”

“别人我不清楚，但是李莎她绝对知道这件事。这个女人很厉害的。”罗兰说，“申小姐，我想你帮我的忙很简单，我只希望你能在李莎面前提一下我的名字，让她肯赏脸见我一面，至于能不能与你们公司合作，我并不强求。”

我是真的不想趟这浑水：“你怎么不自己去找李莎？”

罗兰叹了一口气：“我试过，但是她一直不肯给机会见我。申小姐，你就当帮帮我，好不好？我一个女人，没有爱情，自己辛辛苦苦地打拼，不容易呢。”

我这个人，向来吃软不吃硬，并且有一条硬伤，就是不善于拒绝别人。当我看到罗兰低下姿态求我帮忙的时候，即便我心里是万般的不乐意，可还是拉不下脸回绝她。

“我考虑一下吧。”我想用这种含糊不清的答案糊弄过去。

罗兰却非得要我点头答应：“申小姐，只要你在李莎面前提我一下名字而已，你不必这么为难吧？”

当你不想为一个话题纠缠下去的时候，最好的办法就是转移话题。“罗小姐，上次我们公司所有的职员都收到了我和韩忆的两张合影，这份‘礼物’是不是你送给我们的？”

不料，罗兰并没有否认，一口承认下来：“是啊，是我。难道你不觉得正是因为那两张照片，你和韩忆才捅开了彼此之间的那层纸而走到一起的吗？我相信所有的人，包括你和韩忆在看到那两张照片的时候，都无法忽略掉你俩眼中那份浓浓的情意，不是吗？”

“那我还真有点不理解，前不久你还要我离韩忆远一点，怎么现在又成了一位好心的媒婆了？”

罗兰的回答天衣无缝：“因为我知道自己和韩忆之间不可能，所以不如成全你们。这对我们大家都好，不是吗？”

“那我是不是要谢你一片‘好心’的成全啊？”

“如果你真的想谢我，那就帮我这个小忙吧。那我们就从今以后各不相欠了。”罗兰又把话题扯回到了原点，咬住不放，逼得我不得不点头答应下来。

“太谢谢你了！”罗兰显得很高兴，“但是我还有一件事想请你帮忙。”

还帮？我的脸色已经开始发白。

“放心，没有别的，我只希望你别把这件事告诉韩忆，如果他知道的话，肯定会反对，我就没有机会了。”

“哦。”我点头答应，然后在她没有提出第三个请求的时候，逃也似的离开了那里。

当我回到十八楼的时候，剩牛排已经回家很久了：“今天怎么回来得晚一些？”

“在路上遇上了一个熟人，和她聊了一会儿。”从小父母亲教导我，做人要言而有信，既然我答应了罗兰不让剩牛排知道这件事情，那么我就要遵守自己的诺言。

剩牛排也没有继续问下去，他看着我大把大把地往外拿食材和水果，忍不住问：“申谜，今晚我们真的要吃这么多吗？”

“是的。并且要通通吃完。”

“照这么吃下去，我很快就会胖的。”

“把自己的男人养肥，女人会比较有成就感。”

大多数的女人都喜欢瘦瘦高高的男人，然而又会心疼他太瘦，想着办法把这个男人养得膘肥体胖，证明自己会照顾人。

“申谜，我要是胖了，就没有腹肌了。”

哦，对，这是个很严重的问题，关系到我的审美观。我呵呵一笑：“肥了再减！”

我站在李莎的办公室门口，半天都不想进去。我自己的个性是非常不喜欢给别人添麻烦的，如今要为了情敌而去求人，感觉非常糟糕，我开始有点后悔为什么之前不一直拒绝到底，以至于现在进退两难。

还有一个办法：干脆不帮罗兰这个忙，等到她问我结果的时候，我就说自己已经向李莎提过这事了，对方没有答应。这种做法似乎让我在良心上有点过意不去。

正在这时，电话响了："申小姐，我是罗兰，那件事你帮我问了没有？"这女人就像是追债的魔鬼，步步紧逼。

"已经在她办公室门外了。"

"一切都拜托你了，我等你的好消息。"

这话让我的心理压力好大："别这么说，我还不知道她答不答应见你呢。"

"我先谢谢你了。"

我真的很怕别人跟我讲客气，态度越好越让我硬不起心肠。我只得眼一闭，牙一咬，敲响了李莎办公室的大门。

李莎的办公室比剩牛排的地方还要大上一半，有一整面墙全部都是文件柜，上面摆满了各种档案夹和专业性书籍，偌大的办公桌上插着一把香槟色的玫瑰，使办公室内原本坚硬的线条变得柔和起来。

这花是谁送的？熟饭在外地出差，应该不是他，难道是上次那个与她一起看电影的男人送的？不得不佩服我自己，在这种关头，我竟然还有八卦的兴致。

李莎招呼我："坐！"

"谢谢！"

"找我有什么事？"李莎开门见山地问。

"是这样的，有一家工厂知道我们公司正在找新的加工厂，他们的业务负责人希望你能抽出时间见见她。"

李莎的眉毛微微一皱，眼神犀利地看着我："这个好像不是你的工作范围，并且，为什么你来找我，而不去找韩经理？"

"这个代表因为私人的原因在韩经理那里碰了钉子，所以她想来你这里试试运气。"

"私人原因？"李莎若有所思，"请你帮忙的人是谁？"

"XX 公司的罗兰。"

"你跟她是朋友？"

"不是。"

"很熟？"

"也不熟，见过几次面而已。"

李莎拿起一支笔在手里把玩着，有些好笑地看着我："那你为什么要帮她？"

"因为她是我的情敌。"

“哦？”李莎的兴趣更浓了，“那我就更没有办法理解了。”

我不由得苦笑：“我也很后悔答应她这件事，可是她跑来求我，我没有办法拒绝。”

“为什么没有办法拒绝？”李莎一针见血地问，“因为你觉得抢了她的男人，所以认为自己对不起她，还是因为觉得她是失败者，比你可怜，所以帮她一把，让自己的内心好过一点？”

罗兰怎么可能会比我失败？那个女人穿得比我光鲜，吃得比我挑剔，就连出行，人家用的都是四个轮子的跑车，而我却是天天头破血流地去挤公交车，偶尔打一次出租车，就已经觉得很奢侈了。

如果说我是猫，罗兰至少也是一只花豹，虽然同属一科，却身份悬殊，有谁听说过豹子比猫要失败的吗？

如果要拿感情说事的话，这就更没有天理了。一看她也是在情场上打滚多年的人，恋爱、失恋的滋味，她早已不知道尝过了多少，而我才刚叼起这么一客剩牛排还没有试出味呢！

我一个刚刚上桌的食客，在一个吃饱了又饿的人面前，有什么胜利感可言？

我站在罗兰面前没有觉得自己卑微，那是因为我有平常心，若是换成阿彩，那丫头早就眼红到滴血，卷起一场血雨腥风了。

“我只是经不起别人的软磨硬泡而已，并非我的本意。”我也很不愿意趟这浑水，“她说她只是想要一个与你见面的机会，至于后面能不能合作，并不强求。”

李莎把手中的笔放下来：“我明白，她要的是一个与三水公司合作的机会。但是，申谜，你有没有想过，如果三水公司真的与他们合作的话，那意味着什么？”

“意味着这个罗兰和她的公司可以赚到很多钱。”三水公司的业绩不错，加工厂自然也能跟着赚个盆满钵满。

李莎摇摇头：“不只这些。有可能这个罗兰还能赚到其他更多的东西。”

“什么东西？”

李莎笑了，看我的眼神就像是在看一个懵懂无知的孩子：“这个嘛，你可以回去问韩经理，他应该了解得比我清楚，而韩经理正是因为这个原因，所以避开三水公司与 XX 公司合作。”

我听得更是如坠云中：“你会见这个罗兰吗？”

“从公司的角度来讲，我们应该对所有来竞争的厂家一视同仁。韩经理这么做，的确不太合乎规矩。不过，他毕竟是法方代表，就算他做得有些不妥，我也应该照顾到他的感受。”

“那意思是说你不会见罗兰了？”我心里暗暗高兴。

李莎给了我一个模棱两可的答案：“很难说。毕竟，多一个竞争者，公司也就多了一个选择。说不定这个XX公司的确很有实力呢。我想一想吧。”

我在李莎面前推荐了罗兰和她的工厂，我已经可以向自己的良心交差了。只是，我想了半天都没有想明白：李莎所说的罗兰有可能赚到的其他更多的东西，究竟是什么？

我起身告辞的时候，李莎突然问我：“舒凡什么时候回来？”

熟饭？这几天光顾着和剩牛排腻歪去了，早已把熟饭丢到了脑后。我为自己的重色轻友感到脸红。

她不是熟饭的女朋友么？如果她都不知道熟饭什么时候回来，那我这个邻居又怎么可能会知道。

“不清楚。”

我在走出办公室的那一瞬间，隐隐约约地听到李莎的叹息：“这小子，唉——可怜！我该怎么办呢？”

再过两天就是圣诞节了，我想送一件礼物给剩牛排，可是把商场逛了一个遍，依然没有找到合适的东西。

正当我对着琳琅满目的橱窗发呆的时候，小马从我的身后钻了出来：“嘿，生米，怎么，买圣诞礼物送给你那瓶‘顶级红酒’？”

我见到她如同见到救星一般：“是啊！你点子多，帮我出个主意嘛。”

“把你自己送给他，就是最好的礼物。”这丫头笑得很魔鬼，“处女，这年头很稀少了，有钱都买不到的好东西啊！”

我在这个说起话来不知收敛的家伙的脑门上敲了一记爆栗，她捂着脑门大叫：“会痛呢！啧啧啧，这么暴力，典型的阴阳失调。”

“如果我记得没错的话，你曾经跟我说过，别拿自己的身体当成讨好男人的工具。今天居然在这里鼓动我把自己当礼物送给别人，有你这样的吗？”

小马笑得特贼，眼睛一闪一闪的，一看就让人觉得机关重重：“我这不是在试探你被人煮熟了没有吗。看来你依然生着，真不知道这应该算是好事还是坏事。”

“对啦，你送什么礼物给你男友啊？说出来参考一下。”

“毛衣。”小马得意地说，“是我亲手……”

“织的？”

“挑的。现在谁还有耐心去搞这些玩意儿？再说了如果织出来的不好看，男人也不会穿的。商店卖的更漂亮，款式新颖，色彩艳丽，穿在身上一样温暖。”小马见我似乎听到心里去了，问，“你也想买一件毛衣送给他？”

我摇摇头：“不，我想织。”

小马拍拍我的肩：“生米，虽然你的精神让我觉得很钦佩，但是我不得不提醒你——只有两天就是圣诞节了，你现在才开始织毛衣，会不会太晚了一点？”

“我可以织条围巾和一对手套给他。这个很简单的，一个晚上的时间就够了。”虽然本人的智商不太高，但织围巾却一直很在行，念大学那会，手织围巾和手套风靡一时，班上有不少女生想拿它送给男友，但自己又不会，就私底下找我帮忙，用大白兔奶糖和各种好听的话来请求我的支援。那年冬天，我整整织了二十八条围巾、十六副手套，成果遍布整个校园（甚至有一小部分流传到了邻校），以至于我走在校园内，隔三差五地就会看到有男生戴着我织的围巾和手套在那里幸福地向别人炫耀着自己的女友是多么心灵手巧，每每这时，我就会为自己感到骄傲。

但是，那年冬天，我自己戴的围巾和手套却是在商店里买的，并且那年冬天，因为吃了太多的大白兔奶糖，我胖了整整十斤，所有的男孩子见到我之后都绕着道走。平安夜的那天，宿舍内的其他女生都被男生约走了，只有我一个人坐在宿舍内念经以平心境：“色即是空，空即是色……”

我成就了他人的爱情，让别人“色”了，却断送了自己的浪漫，独守“空”闺。

从那以后，我不再吃大白兔奶糖，而改吃黑巧克力和牛肉干。

如今，我要重拾这门被我遗忘的手艺，用它来点缀我自己的爱情。

我买来织针和毛线，奋战到凌晨三点才搞定我的礼物，第二天上班的时候老在那里打瞌睡，哈欠连天。

“申谜，你昨晚干吗去了？”剩牛排问。

不能说，说了就不够惊喜了。我给自己泡了一杯咖啡提神：“今天是我解放的日子，所以我昨晚兴奋得睡不着。”

“解放？”

“是啊，从明天起，赌约就结束了，我终于可以恢复自由身了。”

剩牛排笑了，露出洁白的牙齿：“你不觉得做家务是一件幸福的事情吗？”

“我觉得看别人做家务更幸福。”

“哦，那我要想想，申谜，今天回去之后要来个彻底的大扫除，被子和床单要全部洗掉，洗手间也要清理，厨房的抽油烟机也要擦洗，各房间的地板要全部擦一遍，还有地毯……”

“喂，够了，这么多事情，干到半夜十二点都干不完吧？”

剩牛排点点头：“没错啊，我就是要让你干到十二点啊，最后一天，当然要坚持到最后一秒。”

“太过分了！我是你女朋友呢，就不知道疼我一点啊？”我很生气，在公司被他使唤，回到家里又被他使唤，太不公平了。

剩牛排说：“从明天起，你可以使唤我啊，我很乐意！”

“真的？”我的眼睛开始放光。

“当然是真的。你有什么事情尽管开口。”剩牛排的表情很认真。

我开始在脑子里想像各种整人的招数：“那如果我要你去商场买那些女人的用品呢？”

“只要你开口，我一定会去。”

“那你等着我怎么收拾你吧。”

话虽然说得狠，但剩牛排终究还是放了我一马，并没有让我真的做那么多事情，并且晚餐的碗还是他洗的。

我靠在厨房门口，看着他优雅地清洗着那些碗筷，修长白皙的手指轻轻地划过那些精致的瓷器，往日里听起来很嘈杂的水声也变得悦耳起来。

看着自己的恋人做家务，的确是一件很幸福的事。

我突然问：“韩忆，你是从什么时候开始喜欢上我的？”

剩牛排洗碗的动作稍稍停顿了一下：“分不清楚，好像刚刚开始，又好像很久了。”

“为什么是我？”有那么多的女人供他选，为什么最后却对我另眼相看？

剩牛排把碗洗干净，擦干，然后放入橱柜里，最后把围裙解下来，轻捏了一下我的鼻子：“哪来的那么多‘为什么’？爱一个人和不爱一个人一样，有时候是说不清道不明的。”

是啊，我常常就在想为什么剩牛排不爱罗兰。爱或者不爱，的确没有很确切的理由。

手机响了，有信息传来，我打开一看，是熟饭：“米，打你家里电话，没有人接，不乖哦。跑哪儿去了？”

这家伙一连失去联络那么多天，这会儿终于冒泡了。

十点了，昨晚没有睡好，明天又是平安夜，今天我必须好好睡一觉，于是告别剩牛排回十五楼。

正当我掏出钥匙开门的时候，后面响起了一个痞里痞气的声音："嗨，美女，好久不见，拥抱一下吧！"

我一转头，熟饭正笑嘻嘻地站在自家门口，向我张开了双手……

我身子向下一蹲，避开了对方的熊抱。

熟饭咂着嘴感叹："几日不见，你的身手变敏捷了啊！"

我站起来，出其不意地朝他踹去，他一下子跳开，我也咂着嘴感叹："几日不见，你的身手更敏捷了啊！"

熟饭乐了："彼此彼此。"

两人进了门，熟饭跟一只猎犬一样，尖起鼻子到处闻。

"找什么呢？"

"男人味。"熟饭径自在房子里巡视了一圈之后，满意地坐下，"嗯，还好。"

"什么还好？"

"这个地方没有男人闯入。"

没想到这个情场杀手也会犯这种糊涂，难道我就不会闯到男人的家里去么？我朝他一伸手："礼物呢？明天就是平安夜了。"

"唉，女人，要懂得矜持一点，至少应该要委婉一点，哪能这么大大咧咧地开口找人要东西的？要是遇上一个小气的男人，早就被你吓跑了。"话虽然这么说，他还是从怀里掏出一样东西，用红缎子包着，递给我。

我一层层地打开红缎子，最后看到的是一样类似于手镯的东西，纯银打制而成，主体很宽，旁边还吊着许多小铃铛，上头刻着许多文字和图案，非常漂亮，我看了半天，也没有认出来那些文字讲的是什么。

熟饭介绍道："这是脚镯，一件少数民族用的饰物。这东西我是从山区的一个少数民族的老婆婆那里买来的，是她在结婚的时候，娘家人给她的嫁妆，上面的文字和图案有祈福的意思。"

"谢谢。"这件礼物深得我意。

"你可别把它拿去送人或者把它给卖了。"熟饭深知我的劣根，很不放心地叮嘱我。

"放心吧，不会的。虽然我爱钱，但还是没有到那种地步。"我把这个脚镯收好，"这次出门，连个电话都没有打回来过，应该是有艳遇吧？"

一说起这，熟饭又开始洋洋自得起来："那是，像我这种玉树临风、英俊潇洒、卓尔不凡、人见人爱、花见花开、苹果见到我都要从树上掉下来的万人迷，到哪儿不都是女人们追逐的对象啊？我也很想打电话回来，与你时时分享一下我魅力四射的场面，只可惜那山区太偏，手机在那里根本就没有信号。不然，嘿嘿……”

“得了，得了，别吹了。你回来的消息有没有告诉李莎？”

“还没。等下我就直接去她那里。”

直接去她那里？万一遇上另一个男人也在那里怎么办？我好心地建议：“你还是先打个电话给她吧，万一她加班或者出去逛街，没有在家怎么办？”

“我有钥匙啊！给她来个突然袭击，哈哈！”熟饭抬手看了看表，“很晚了，我也该走了。”

熟饭一走，我赶紧打电话给剩牛排，找他要李莎的手机号码，剩牛排见我很紧张，连忙问发生了什么事。

“熟饭回来了。”

“那又怎样？”

“他要给李莎来个突然袭击。”

“那又怎样？”

“万一……”

剩牛排反应过来了：“你是因为那天在电影院看到李莎和别的男人在一起，所以担心舒凡今天会撞上那个男人，对不对？”

“是。”

“那又怎样？”剩牛排说，“申谜，两个人之间的事情，外人是不会明白的，也无权替他们做什么决定或者擅自帮什么忙。你也别想着给李莎干什么通风报信的事了，好好睡觉吧！”

“舒凡要是知道李莎喜欢了别的男人，那对他的打击该有多大啊。”

“你怎么就知道舒凡没有喜欢别的女人呢？”

剩牛排把我问住了，熟饭的确像一个喜欢很多女人的小痞子，他的那些痞子心得可以写成一部厚厚的《泡妞宝典》了。

“申谜，感情上的事，无论是悲还是喜，无论是相爱还是背叛，最该面对的就是这些当事者，而不是我们这些旁观者，明白吗？”

我不明白，并且我听得脑子里还挺糊涂的。这些过来人的理论对于我这个初学者来说，实在是太不好理解了。

剩牛排叹了口气：“睡吧，申谜，不要再为了别人的爱情伤脑筋了！”

过年过节，最高兴的是谁？是商家，他们可以借此机会狠赚一把。只不过是个平安夜而已，平日里才卖三块钱一支的玫瑰花，今天都要卖到十八块钱一支。

太黑了！

当我坐在剩牛排打了好几个电话才提前订好的餐桌前，接过他递给我的那一大束玫瑰花的时候，我极不符合气氛地冒出一句："好贵，太奢侈了！"

"这样才衬你嘛！你今天真漂亮！"剩牛排赞叹。

听到有人夸我漂亮，我脸上立即绽开了花："谢谢！"

我身上的衣服是新购的，花了我大把的银子，为了在恋人面前展现出自己最好的一面，大家都不惜血本，我也不免落入了俗套。

爱情，果然是件劳民伤财的事。我对熟饭的这句话开始刻骨铭心起来。

剩牛排另外送了我一只手工的陶艺杯作为礼物，精致无比："这杯子是一对，你一只，我一只。当初你不肯把你的杯子送给我，那就由我送给你好了。"

情侣杯。我捧着杯子眉开眼笑："放哪里比较好呢？办公室？不行不行，那里人太多，让人知道就不好了。还是放在家里吧！"

"怎么，你不希望别人知道我们在谈恋爱吗？"

"你又不是不知道办公室里有很多女人暗恋你。如果让她们知道我是你女朋友，我以后的日子一定很难过。我不希望把所有的精力都用来对付情敌。"一个罗兰就让我受够了，要是再来几个，那我岂不是要脱层皮才能保命，"等哪天我离开三水公司了，我可以再考虑一下要不要把我们的关系昭告天下。"

剩牛排有些无可奈何地说："你是在暗示我你要跳槽吗？不批！"

一个女声插了进来："忆，你放心吧，申小姐是不会舍得离开你的。"

原来是罗兰。

即便罗兰已经将自己的心思藏得很深，我依然从她的眼神深处看到了较量的意味。

一般情况下，不管是男人还是女人，遇到情敌的时候都会暗自较量一番，从自己的外型、职业、文化、修养再到现在各自的伴侣，无所不比，只为了一泄当日与某人的分手之恨。

智者云：以不变应万变。

我根本就懒得搭理眼前这个希望我能鼓起斗志与她一决高下的女人，完全忽视她在我面前刻意显摆出来的各种优越感，任由她发出来的招式硬生生地打在我这一团棉花上，使不上半点力。

“不知道申小姐今天送了什么圣诞礼物给忆呢？”罗兰的眼神盯着我手中的纸袋，好奇不已，“他这个人最挑剔了，那年我送了一套范思哲的西服给他，他却连穿都没有穿。”

“那是你把他惯坏了。”我把纸袋递给剩牛排，恶狠狠地说，“不许说不好看！不许说不喜欢！你要是敢嫌弃，回去家法伺候！”

然后，我又调过头来对罗兰说：“罗小姐，我建议你还是回避一下，待会儿万一我和他意见不合打了起来，若是伤到你，那多无辜啊。”

听明白了没？小姐，意思就是说，现在我和韩忆是一对，这里没你什么事了，你要是识趣的话，就早点让开，哪儿凉快哪儿待着去。

罗兰又怎么会听不出我语气中逐客的意思？她连忙说：“我也该回位了，我下次再请教这是什么礼物。圣诞快乐！”

“圣诞快乐！”我冲她挥手，微笑着目送她离开。

剩牛排有些紧张地对我说：“申谜，我和她之间……”

我立即制止了他的解释：“放心，那些陈年往事不是我关心的。我现在想要解决的事情是——给你取一个专属于我称呼的名字。”

称呼，是恋人之间很重要的一个标志，尤其是见到那个罗兰依然开口闭口地称剩牛排为“忆”的时候，我心里的确很不舒服。

叫什么好呢？那就叫“啃啃”吧，牛排嘛，当然是用来啃的。

大街上人满为患，我与剩牛排牵着手慢慢地往家的方向走。剩牛排时不时地摸摸手套又摸摸围巾，很满足的模样。一路上遇到了很多商家找人扮演的圣诞老人，背着个巨大的袋子，手里拿着铃铛，不停地摇动着，向来往的路人大声祝福：“圣诞快乐！”

剩牛排问我：“如果给你一个机会当上帝，会愿意吗？”

我回答得很干脆：“不愿意。”

耶稣的降世，是为了拯救世人，却被世人钉死在十字架上。

我怕死，所以我只过自己的日子，谁都不拯救。

并且，我还很懒，上帝这么辛苦又危险的工作，真的不适合我。

穿着高跟鞋散步，是一种酷刑，我双眼四处瞟，寻找可以歇脚的地方，可惜今晚的人实在太多了，好不容易看到一张椅子，那里已经挤满了人。

剩牛排弯下腰，背对着我：“上来吧！”

“你背我？”话说这年头，女人虽然都减肥，可那分量依然是可以把男人压得闪到腰，所以我在看偶像剧的时候只要见到有男人背女人的场景，就会很小心眼地猜想男人的耐力可以坚持多久。

“嗯。”

我毫不客气地爬上他的背，然后仰天长笑：“哈哈哈，没想到我也有今日。”然后开始默数步子：一、二、三……

数到两百多步的时候，剩牛排的步子明显地慢了下来，气喘得很厉害。

“放我下来吧！”我有些不忍心。

“你数到多少了？”这小子竟然能猜得到我在数数，聪明的家伙。

“两百五十五。”

“再坚持一下。”

汗水慢慢从他的发际渗出来，细细密密，我趴在他的背上看得好清楚，隔着衣物和躯体，我甚至能感觉到他体内剧烈的心跳。

“三百,三百零一,三百零二……三百六十三,三百六十四,三百六十五。”

终于，剩牛排把我放了下来，惨白着一张脸，大口大口地喘息着，呼出来的热气喷成一道道烟雾，随风而逝。

我看见一颗硕大的汗珠滴落在围巾上，忽而不见，心——疼了。

07 婆婆驾到

熟饭曾经说过：根据自然界的定律，雄性讨好雌性是一种普遍现象，所以女人在面对男人向她献殷勤时，她不必感到良心不安，反过来说，男人保护女人或者对女人好，这是他的天性与天职，只有懂得讨好女人的男人，才是真正的男人，否则，那只能说他是一件自然界进化出来的不良品。同理，根据自然界的定律，男人讨好女人的最终目的是拥有这个女人，其中的关键，是这个男人想暂时地拥有这个女人还是永远地拥有这个女人，暂时拥有这个女人，就有了恋爱，永远拥有这个女人，就有了婚姻。

但大多数的男人，是喜欢恋爱而害怕婚姻的。

现在的我，正躲在十八楼的洗手间内进行着激烈的思想斗争，身上穿的是剩牛排的男式睡衣，宽大的下摆一直垂到大腿，裤脚长得我每走一步都必须小心翼翼的，否则会被绊倒。

门的把手似有千斤重，我不知道是不是应该要拧开它。外面，剩牛排在等我，躺在床上等我。

平安夜，过不了多久，到了十二点就是圣诞节，多么具有纪念意义的日子，选择这么一个日子让自己蜕变成女人，简直就是占尽了天时。

“申谜！”剩牛排在叫我。

我坐在马桶上紧张得浑身发抖，甚至不敢出声回应。

“申谜！”

我害怕得快哭了，心里有一面锣鼓在不停地敲，扰得我心慌慌的。

“申谜，你还好吧？”剩牛排在敲门，搞不清楚我究竟发生了什么事。

我终于开口说话：“我没事。”

借用小马一句话，外面那个男人是个好厨子，被他煮熟，我应该可以死得瞑目。

我闭上眼睛，一连深呼吸好几下，站起身，拍了拍有些绷紧的脸颊，对着镜子挤出一个微笑，打开了门。

剩牛排抬手试了一下我额头的温度：“我还以为你在里面被热气蒸晕了。”

我低着头不敢看他：“我洗澡比较慢。”

他上下打量着我，呵呵直笑：“你很适合穿我的衣服——非常好看。”

也许感觉到我的紧张，剩牛排熄灭了房间里所有的灯，然后拉着我躺在床上看电视，偶尔还点评一下，装出一副很轻松的样子。我人靠在他的臂弯里，眼睛盯着屏幕，嘴巴嗯呀啊地应着对方的言语，脑子里却在想着待会儿有可能会要发生的事，手心里全是汗。至于这是一部什么样的电视剧，是谁演的，好看还是不好看，我压根就不知道。

终于，剩牛排对我说：“睡吧！”然后银光一闪，电视机关了，整个房间陷入了一片黑暗，我偷偷地伸出五指在自己眼前晃了一下，还真是看不见。

常常看到那些情感故事中，那些女人说自己第一次失身给男人，总是糊里糊涂的。而我却清楚地听到剩牛排在我耳边的轻声细语，分明地感知到他身体的温度，明明白白地注意到他的呼吸声由轻变重、由细变粗，我甚至能够确实地感觉到他手掌与嘴唇所到的每一片肌肤。

糊里糊涂？我真不知道那些女人是怎么个糊涂起来的，因为我很清楚地在问我自己：会不会太快了一点？这是我想要的吗？如果就这么把自己给他了，他会不会就不再重视我了？我是他想暂时拥有的女人还是想永远拥有的女人？会不会痛？第一次呢，会不会流血？流了血怎么办，没流血又怎么办？我要是真的被他煮熟了，明天早上醒来是会高兴还是失落？男人和女人躺在同一张床上就一定要干那种事吗？可不可以只拥抱和亲吻……

忽然，我抓住了剩牛排的手，制止他继续往下探。黑暗中我看不清剩牛排的表情，只听到他在问我："怎么了？"

我的声音颤抖得失真："有些紧张。"

他温柔地将我拥入怀中，然后轻轻地拍打着我背，努力松弛着我绷紧的神经，然后……

我再次抓住了他的手。

……

我第三次抓住了他的手："对不起，我想，我做不到。"

剩牛排艰难地吐出一口气，松开我："没关系，是我不好。"

寂静，无边的寂静。我看不到剩牛排此刻的表情，也不知道他现在在想什么，只听到他摸索着从床头柜的抽屉里拿什么东西，然后窸窸窣窣的一阵声响，"叭"的一声，打火机的火苗燃了起来，淡蓝色的火焰照亮了他紧闭的嘴唇。

很快，一股淡淡的烟味飘了过来，扰得我心神不宁。

"你还好吧？"我问。

一只胳膊伸了过来，轻轻地搂住了我的肩："当然。放心！"忽然他笑了，越笑越大声，浑身都在颤，那点烟火也一闪一闪的："上帝待我真的不薄，我真的不恨他了。"

"谁？你恨谁？"

"上帝啊，我以前恨他，现在不恨了。"

剩牛排的话我越来越听不懂："你以前为什么要恨上帝？"

他把烟头掐熄，然后拧亮了台灯，找到一个枕头，垫在我的脑袋下面，把他的胳膊抽了出来，替我把被子盖好："睡吧，真的要睡了！"然后起身。

"你去哪？"我有点不安地问。

"我去隔壁客房睡。"

"就睡一张床嘛！"我真不敢相信这么厚脸皮的话竟然是我说出来的。

剩牛排不由得苦笑："你太不了解男人了。我还是去隔壁睡，这样我会睡得安稳一点。"他重新把我的被子捂严，然后关了灯，离开。

我尖起耳朵听了好久，确定剩牛排的的确确地睡下了，不会再回到这个房间了。我才既有些高兴又有些落寞地睡去了。

第二天，我很早就起了床，一看隔壁客房，门关着，里头静悄悄的，我在门口站了好一会，然后摇摇头，决定还是不打扰里面的那个人，悄悄地换好衣服，偷偷地跑掉。

回到十五楼，我发现家门口躺着一个人，仔细一看，竟然是熟饭，他满身的酒气，全身污浊不堪，手里还死抓着一个酒瓶不放。

“喂，熟饭，醒醒。”我拼命摇晃着他。

熟饭将眼睛睁开一条缝，一见是我，立即弹坐起来，差点撞到我：“回来了？”

“嗯。你怎么睡这里？”

“昨晚喝醉了。”熟饭从地上爬起来，用手随便整理了一下跟鸡窝一样乱的头发，“从十八楼回来的？”

我有些脸红：“你管不着。”

熟饭叹了口气：“是啊，我管不着了。”

“你昨晚为什么喝醉？”

熟饭掏出钥匙，打开自己的家门，给了我一个寂寞的背影和一句略显沧桑的话：“没多大事——失恋了！”然后“砰”的一声，关上了门。

我又回房躺在自己的床上睡了一会儿，被手机吵醒，是剩牛排：“申谜，刚才我妈的邻居打电话给我，说我妈生病了，我必须回一趟乡下。”

“情况严重吗？”我心里头一紧。

“暂时不清楚，我要亲眼看到才知道严不严重。”听得出剩牛排很焦急，“我得马上动身。这几天如果公司有什么事情的话，直接打我手机。”

“好。你别太着急，开车小心一点！”

我站在十五楼的阳台上，看着剩牛排的车子从地下停车场开出来，经过楼下的马路，往南方驶去，很快就变成了一个小小的黑点，继而消失在我的视线中。

韩忆的母亲，那个独身了多年的女人，不知道是个什么样的女人。以后我会见到她吗？韩忆会在她面前提起我吗？她会喜欢我吗？为什么韩忆不让我跟着他一同回乡下去看他母亲呢？是惦记着我明天要上班，公司的事情必须由我传达给他，还是认为我现在没有去见他家人的资格？如果他真的请求我同他一起回乡下看望他母亲，那我是应该答应还是应该不答应？

恋爱，让两个原本可以大大咧咧随心所欲相处的人变得敏感起来。做人女友果然比做人女佣要辛苦。

我看着冬日的朝阳一点一点从云层里爬出来，暗自祈祷好人一生平安。

我在超市买东西的时候遇上了熟饭，只见他的购物车内堆满了鸡蛋。

“你买这么多蛋干什么？”我问。

“吃啊。”熟饭的情绪似乎不太高，“今天是‘生蛋节’，我不吃鸡蛋吃什么？”

“这么多蛋，你一个人吃得完吗？”

“管它。我来个满蛋全席。”熟饭往我身后看了看，“你怎么一个人出来了？十八楼那个呢？”

“他回乡下了，有点事情。”正说着，手机响了，剩牛排打过来的，告诉我他母亲的病情不是很严重，不过他想多陪陪老人家，过几天再回来。

熟饭冲着满货架的商品挑三拣四，老大不满意的样子。

“熟饭，出来混，迟早要失恋的嘛，看开点。”我不知道该怎么安慰他。他和李莎青梅竹马，如今闹成这个样子，谁见了都不忍心。

熟饭怪怪地看了我一眼：“好学生啊，我的话记得挺牢的。谁说我看不开了？我这不是正打算做满蛋全席慰劳我自己吗，如果你有兴趣，待会一起吃。”

失恋的人最大，我点头答应了他的邀请。

邻居那么久，这是我第一次踏进熟饭的家。那些不经意散落在房间各个角落的乡土味极浓的小摆设马上吸引了我的视线。我把它们拿在手里，爱不释手地把玩着。

“那些东西，是我去外地出差的时候带回来的。”熟饭拎着两大袋子食材进了厨房，开始忙碌起来。

“需要帮忙吗？”我问。

“不用。”他答。

我看着熟饭在厨房里有条不紊地操作着一切，他的表情极其认真，似乎所有的心思都倾注进了正在进行的每一个动作里，心无旁骛。

我想起李莎，她曾经很郑重地对我说：熟饭是一坛埋在地下多年的美酒，只有懂他的人，才能品尝得出那种积存了多年的深情。我以为她会珍惜他，哪知道最后她还是放手。

莫非李莎就是那传说中的千杯不醉？

胡思乱想中，熟饭手拿锅铲从厨房里探出头来：“我的聊天器在响，你帮我去看看是不是有人找我。”

“这样不太好吧？”隐私呢。

“没事，去看吧，我现在满手都是油，不太方便。”

“你电脑在哪？”

“书房。”

“书房在哪？”

“自己找。”

当我推开那扇古色古香的推拉式门的时候，首先映入我眼帘的是满墙的书，整整齐齐地码放在一起，错落有致，给人的第一感觉就是这间书房的主人肯定很有学问，并且是个风雅之士。遗憾的是，熟饭是个小痞子。

我冲着外面喊：“你的书真多！”

“冒充文化人用的，压根就没有看过。这年头，大家都爱装，没钱的装有钱，光装有钱还不成，还必须得装有文化，否则别人会叫你‘暴发户’。为了赶潮流，我也只好装一下。只不过我和那些人的不同之处在于，那些人两样都装，而我只装有文化不装有钱。”

“我怎么没有看出来你在装什么？”

“那是因为在你面前根本就没有装的价值，索性连装有文化也免了。”熟饭找准机会打击我，“在你这么笨的女人面前装，没有成就感。”

我懒得计较。

很快，我就看到了他摆放在书桌上的那台笔记本电脑，聊天器果然开着，上面有个头像一闪一闪的，底下的名字显示着“双枕也难眠”。果然是物以类聚，熟饭的朋友看起来和他一样痞。

我又喊：“‘双枕也难眠’找你！”

“帮我看看他说了些什么。”

“他说：‘昨天晚上我终于和新女友成其好事，但让我郁闷的是女友在高潮时喊的却是另一个男人的名字，我该怎么办？’”我晕，这么隐私的事情他们也会拿来讨论，看来是痞子帮。

“你帮我回复一下：‘你小子把别的男人的女人睡了，该知足了！’”

我从书房里蹿了出来：“你怎么能这么说？”

“我怎么不能这么说？”熟饭反问我，怀里抱着一个大玻璃碗，手里拿着一个打蛋器不停地搅拌着，“难道我说得不对吗？他要是不知足，可以把别的男人的女人娶回去，我不反对。”

“熟饭，你能不能正经地说回话？”

“我一直都说得很正经啊！”

“我听起来都想骂你了。”

“那是因为你还不了解我。等你以后了解了我……”熟饭往蛋液里加面粉和牛奶。

“会怎样？”

“你一定会动手打我的。”

我现在觉得熟饭失恋是活该。

凉拌皮蛋，咸蛋，虾仁蒸水蛋，青椒炒荷包蛋，西红柿炒鸡蛋，苦瓜煎蛋，蛋丝，蛋饺，牛肉焖蛋，最后还有一份瘦肉蛋花汤，就连饭后的甜点都是蛋糕。

熟饭做的满蛋全席隆重登场。

不得不说，熟饭做的这桌满蛋全席味道还真不错，尤其是那道牛肉焖蛋，他把煮熟的蛋剥壳，然后在上面开一个小洞，把里面的蛋黄掏出来，再把腌好的牛肉塞进去，放到烤箱里烤，外焦里嫩，吃起来味道十分特别。

看来熟饭平日里对鸡蛋的各种吃法比较有研究。

熟饭的胃口极好，狼吞虎咽，只不过他在吃每一道食物之前，都会顿一顿，似乎在调整什么情绪，有点类似于基督教徒的饭前祷告。不过我觉得像熟饭这样的痞子，是不会相信这个世上有神灵存在的，反过来，神灵也应该比较嫌弃他。

“原来你真的这么喜欢吃鸡蛋啊！”我记得熟饭之前提起过。

“是啊。”

“那我怎么觉得你吃得有些咬牙切齿？”

“说明我对鸡蛋又爱又恨，爱恨交织，欲罢不能。”

我听得有些啼笑皆非：“不就是鸡蛋么，怎么说得跟人一样？”

“在我眼里，人和食物是有相通之处的。”熟饭给我倒了一杯牛奶，“差点忘了恭喜你终于被人煮熟了。我以后似乎要叫回你的名字才对。”

我应该怎么回答？向对方郑重地说明昨天晚上我成饭未遂？那样子就太傻了。再者，我是米还是饭，这都属于我的个人隐私，与他人无关，我也没有向别人解释清楚的必要。

由于剩牛排不在本市，星期一上午的会议他没有到席，由李莎主持。老练能干的李莎谈起话来干净利落，没有丝毫拖泥带水。她将一份名册发给各部门主管：“这份资料是最近有意与我们公司合作的加工厂的名单，我希望各位能在半个月的时间内，将这份名单上所有厂商的情况调查清楚，包括他们的历史、企业性质、规模、实力以及在行业内的口碑和他们的报价，最后我们会根据调

男人的时候，免不了暗自较量一番，看这个男人对谁好一点。”

“唉！”我已经一个头变成两个大了。

“叹什么气啊？”一直在旁边听我们讲话的那个女人忍不住帮着小马说话，“你想好了怎么对付你婆婆的具体措施没？”

“没有。”我失败地摇摇头，“我就怕学虎不成反类犬。如果命中注定我要遭此一劫，我也就不必挣扎了。”

小马和那个女人都齐声骂道：“笨，教都教不会。真是笨到家了！”

女人站起身来，去冲水，不再理会我们。

门外走进来一个人，是剩牛排，他见到我在这里，显得很惊讶：“你怎么在这里？”

“做头发啊！你怎么来了？也要剪头发吗？”

“真巧！我妈也在这里做头发，我看时间差不多了，所以来接她回家的。”剩牛排环顾了一下四周，“咦，人呢？不是说好了在这家发艺屋的么？难道我听错了？”

“你妈？！”这回轮到我和小马惊讶了，不止是惊讶，简直是惊吓。刚才我们在这里讨论了半天，声音还挺大的，如果他妈也在这里，岂不是全听了去？

去冲水的女人这时回来了，剩牛排看到她时，亲亲热热地迎了上去，大声地叫了一声：“妈——”

我和小马的脸色刹那间风云突变。

“韩忆，你说什么？这位大姐是你妈？”但愿是我听错了。韩忆的母亲推算起来至少也应该有五十多岁了，可眼前的这个女人看上去只有三四十岁，半老徐娘，风韵犹存，怎么看也怎么觉得不像。

剩牛排骄傲地向我们介绍：“是啊。没想到吧？”

岂止是没想到，是太没有想到了！现在的美容技术真好！我已经悲惨地预料到自己的下场会很惨。

“妈，这位就是申谜！”

我麻起胆子叫了一声：“阿姨好！”

剩牛排的母亲微微一笑，一副波澜不惊的样子：“我可以直接告诉你怎么讨我的欢心。第一条，形象上，你那朋友说得没有错，我既不喜欢女人太妖，也不喜欢女人太苦菜花，大方得体又不失新潮就好，你现在的打扮，品味的确太一般了，改天我跟你逛逛街，帮你挑一些衣服。”

“谢谢阿姨！”

“第二条，嘴巴甜，也没有错。你要是想拍我的马屁，不必费那么多心思，只要做到一点，不要叫我阿姨，叫我‘韩姐’就好。我喜欢别人赞美我年轻，当然，我也明白自己看上去的确很年轻。所以我不希望你在别人面前暴露我的真实年龄。明白吗？”

“明白，明白。”我点头如蒜，“谢谢阿姨！哦……不，谢谢韩姐！”

“第三条，想对我投其所好，很难。因为我这个人很挑剔，一般而言，我自己用的东西都是自己亲手挑回来的，所以你可以省下这笔钱了。”

“韩姐，您别这么说，我并不是想对您小气，只是……”我实在是没有办法为自己辩解什么。

韩姐却把话接了过去：“你放心，我并没有责怪你的意思。凡事尽力而为，这是好事。并且你不肯用韩忆的信用卡买礼物来送我，说明你是个不贪人小便宜、不爱人钱财的好孩子。”

我已经分不清她夸我究竟是出于本意还是出于反意，更不知道自己身处天上还是人间。

“第四条，我很清楚我自己的儿子是什么样的人。别人赞美他的时候，我可以分得出哪些是出于真心，哪些是出于恭维，同样，别人投诉他的时候，我也可以分得出哪些是出于事实，哪些是出于有目的性的诬陷。你要不要装委屈，随便你！”

说完这一切，韩姐转过来笑意盈盈地对小马说：“你那对付婆婆的理论，还要加上一条！”

小马俯耳过去，同我一样的战战兢兢：“还望韩姐不吝赐教，晚辈洗耳恭听！”

“第五条，当你想对付婆婆的时候，千万得注意，不要被她发现了。”

我终于分清自己身在何处，既不是天上，也不是人间，而是地狱！

长这么大，头一回想要对付一个人，竟然被当场抓住，所有计划付之流水。我真的有点死不瞑目。

若要人不知，除非己莫为。我曾经一直很质疑这句话，现在我简直要拿它当真理看了。

我坐在十五楼的阳台上，看着被灯光污染得一塌糊涂、只零零散散地挂着几颗小星星的夜空，吃下第二十三块巧克力。

“吃那么多巧克力，会肥死的！”熟饭端着一碗泡面出现在隔壁阳台上，一股海鲜味。

我白了他一眼："吃那么多泡面，会营养不良的！"

这家伙把面条吃得更响了，嗞嗞有声，甚至还连连咂嘴："营养不良也比肥死好。"

"你不打击我会死啊？"我真的怀疑他跟我是不是前世有仇，总是抓住一切机会对我挑三拣四，落井下石。

熟饭连汤带汁地将那份海鲜泡面吃干净，然后摸了摸肚子："不会死，会疯。"

我直接把手中的巧克力包装纸搓成一团，冲他丢了过去，却没有打中他。

"听说你把你那未来婆婆给得罪了？"这人简直就是哪壶不开提哪壶，他消息这么灵通，肯定又是小马那个大嘴巴告诉他的，看来我有必要跟小马提个醒，别总是把我的糗事汇报给她这个喜欢幸灾乐祸的表哥。

"是。"既然人家都知道了，我也没有什么好隐瞒的。

熟饭很八卦："那你能不能告诉我你现在的心理活动？我很好奇。"

"你拿一盒巧克力来跟我换，我就说。"

"居然还有心情向我敲诈巧克力，看来你受的打击并不是很大。"熟饭端着泡面杯回房，没多久，手里拿着一个方形的盒子走了出来，冲我一扔，不偏不倚，正好落在我怀里。

"你怎么会现在就有这种巧克力的？"我很讶异，这是我平时最喜欢吃的那一款。

熟饭："平时拿它来讨女孩子欢心的，今天便宜你一回。"

我拆开巧克力的包装，拿出一块放入嘴里，幽幽地叹了一口气："我在算我的银行账户上的钱够我支撑多长时间。另外，我在想我的个人简历该怎么写。"

熟饭："啊？我还以为你在想要怎么在你那位未来婆婆面前将功补过呢，却没想到你在想你的生计问题。你想这些干吗？打算辞职啊？"

我摇摇头："那个未来婆婆太厉害了，我想我没有这个能耐能够讨好得了她。这意味着我有可能就要和韩忆分手，而一旦分手，两个人在同一家公司上班，并且还同一个办公室，彼此见面肯定会很尴尬。如果这样的话，那我就要辞职，而辞职的话，我就没有收入。所以，我要给自己好好规划一下，好让我银行里那些为数不多的存款支撑到我找到下一份工作为止。"

熟饭听完我的话之后，目瞪口呆，半晌才说："米，说你是蚂蚁，真的没冤枉你，因为蚂蚁不要爱情，只会成天想着怎么让自己家仓库里的粮食变得更丰富一点。我还以为你真的有多爱十八楼的那个家伙，看来也不过如此。"

我苦笑："我只是比较懂得未雨绸缪而已。有人爱自己，真的很好。可一旦没有人来爱我呢？难道我的日子就不过了吗？韩忆是个什么样的男人，你我心里都很清楚。做他这样太有女人缘的男人的女友，我从来就没有奢望过能跟他地久天长。不怕你笑话，从和他恋爱的第一天开始，我就已经做好了失恋的准备。我不是不要爱情，只是认为爱情这条路，能走多远就走多远。尽人事，听天命吧！”

“米，失恋的感觉，不是你想像得到的，更不是你做好心理准备就不会难过的。”熟饭的嘴里挤出他今晚的第一句人话。

“我知道。如果我哪天真的失恋了，我想我一定会哭吧。”想到这里，我的心里隐隐有了一丝惆怅，却笑着对熟饭说，“如果哪天你看到我哭了，千万不要打击我。”

熟饭笑嘻嘻的：“放心吧，我肯定不会。我顶多把肩膀借给你依靠一下，让你把鼻涕和眼泪擦在上面。”

我的心里有了一丝感动：“谢谢！”

哪知道这家伙紧接着又丢出一句话：“不用客气！只要你记得帮我把衣服洗干净就好。”

一纸团又朝熟饭飞了过去：“你还是疯掉算了。”

很快就到了元旦。

十二月三十一号晚上十一点多钟，我一个人坐在沙发上一边啃着薯片一边看晚会，我最爱的W是嘉宾，他穿着一身帅气的礼服，英气逼人，和某个语言贫乏举止做作满口怪味普通话一看就知道是走后门进来的女主持人一起，站在台上领着大家一起倒数，迎接新年的到来。

“十、九、八……三、二、一。新年快乐！”新年的钟声敲响了。

台上台下的人都开始与周围的人相互拥抱，一副为新年的到来感动不已的模样。其实么，大家心里都清楚，平日里早就对站在身边的这个人垂涎已久了，只是碍于面子，不好下手，今日抓住倒数新年的机会，光明正大地揩下油而已。如果我猜得不对，那为什么这个后门女主持人在抱住W的时候，会舍不得放？

这年头，色狼，这个称呼，不仅仅只用来形容男人的。

门铃响了，我起身开门，剩牛排走了进来，轻轻地抱了我一下：“新年快乐！”

“新年快乐！你妈呢？”

“睡了。她每天必须在十一点之前睡觉，说这样的睡眠质量才会高。”

剩牛排扫了一眼电视屏幕：“又在看W啊？”

“是。”

剩牛排故作吃醋地说："我介意。"

"你们男人看色情杂志看大街上女人的胸脯和大腿，我都不介意了，我只是看 W 上个节目，你介意个屁啊？"

"申谜，你讲粗话了哦。"

我赶紧双手合十，闭着眼睛念念有词："噢，老天爷，请原谅我的粗鲁。"

剩牛排有些好笑地看着我："你是不是求错对象了？应该求我原谅你的粗鲁才对。"

"怎么可能会求错？天，是永恒的，我只要睁开眼睛就看得到。人，是短暂的，今天你抱过我的臂弯里明天就有可能会换成另一个女人。"

剩牛排叹了口气："申谜，你这两天说起话来有些神经质，是因为我妈吗？放心吧，我妈她不是那种小气的人，她不会把你们第一次见面时说的话放在心上的。她这几天对你似乎很有兴趣，你应该看出来了吧？"

是。他妈妈最近看我的眼神的确精神得很，眼睛还闪着蓝光，活像一只找到了新猎物的野兽，心里头肯定在盘算着怎么折腾我的主意。

"就算你对自己没有信心，也应该对我有信心才对。"剩牛排从口袋里掏出一个蓝丝绒面的小方盒，打开它，一颗硕大的钻戒出现在我面前，被完美切割成多个棱面的钻石在灯光的照耀下，闪烁着梦幻一般的光辉，晃花了我的眼。

一直以来，在我的心目中有着这么一个观念：女人的恋人是男人，手指的恋人是戒指。

如果一个男人拿着一枚戒指套住一个女人的无名指，他们相约的就是一生一世。

我曾经无数次囊中羞涩地路过那些珠宝店的橱窗，冲着那些不同材质、闪烁着不同光芒、却代表着相同意义的戒指大流口水，然后自我安慰地对我的左手无名指说："伙计，别担心！总有一天，它们其中的一枚会成为你的恋人。就算我等不到爱情，我也会努力存钱自己买个戒指回来给你做伴的。"

现在的我，终于拥有了爱情，并且我的恋人还给我的手指也带来了一个伴，这枚戒指同它的主人一样——尊贵不凡，我和我的手指都知道自己的卑微，却依然不忍心拒绝。这个梦太美了，即便知道它有可能会醒，却还是想放纵自己沉沦在这个童话之中。

剩牛排显得有些忐忑不安，极力放缓语速，力求他所说的每个字，我都能够听清楚："申谜，别紧张！"

紧张？怎么可能？我现在只顾着做梦，顾不上紧张。

“我并不是要你马上答应嫁给我。”

啊，不是求婚啊？不求婚你送什么戒指啊？

“我想让你知道——你是我心目中唯一的妻子的人选。这枚戒指是在我二十五岁生日那天，我妈拿给我的，要我送给我将来的妻子。现在我把它送给你，让你保管。无论将来……”剩牛排停顿了一会，努力寻找着合适的语言，“无论将来，我们之间能相守多久，我希望你能了解——我是真的爱你！”

好听，真的好好听！情话如此动人，我听得醺醺欲醉，完全忘记了之前所有担忧的事情。眼前的这个男人给了我无尽的信心，让我充满力量，觉得自己可以把未来的路走得很长很长。

我一把抢过戒指，很没形象地放到嘴里假装啃了一下，然后夸张地说：“哇，是真的呢！好贵啊！明天我要卖了它去换钱花！”

剩牛排早已习惯了我的小气与财迷，他无可奈何地摇摇头：“我想我真的应该要给你加加薪水了，不然，迟早有一天，你会想钱想疯的。”

有了这枚戒指，这晚我睡得无比踏实。第二天早上八点过十分，门铃响了，我翻了个身，把头藏进被子里，不肯起来开门。哪知道来人似乎有透视眼，知道我在家似的，一直按着门铃不放。

“熟饭，你疯了？今天元旦，不用上班的。”我气鼓鼓地从床上爬起来，顺手操起一个枕头打算修理一下这个总跟我作对的家伙。

一开门，我傻了，来者不是熟饭，而是韩姐，只见她一身清爽的运动服，威风凛凛地出现在我面前：“啊呀，好大的脾气啊！”

我赶紧把枕头藏到身后：“对不起，韩姐，我不知道是你。”

“新年快乐！”

“新年快乐！”我赶紧招呼，“韩姐，进来坐！”

“不坐了。”韩姐说，“一天之计在于晨，我是来找你做运动的。”

“做运动？”我向来讨厌运动，尤其是跑步，那对我而言简直就是折磨。

“是啊。你赶紧换身衣服。走吧，已经很晚了！平时我都是六点半就起床的。今天是你们的假期，所以我特意让你多睡一会。”

长辈有令，我岂敢不从？只好乖乖换衣服走人。刚和韩姐走进电梯，外边传来喊声：“等一下！”

紧接着，熟饭也一身运动装挤进电梯，笑嘻嘻地和我们打招呼：“嗨，两位美女，看你们的样子好像是要去跑步啊？”

“对。”

熟饭笑得牙齿比电视广告里的还要白：“真巧，我也是。大家一起吧！”

熟饭果然是职业女性杀手，没花多大工夫就博得了韩姐的好感。两个人一边跑步，一边天南地北地聊天，从养生之道谈到石油价格的波动对国际股市的影响，从魔幻色彩的哈利•波特谈到叱咤风云的成吉思汗，从街头艺术谈到玄学易经……话题之广，让平庸的我别说是高谈阔论，就连我有心想插句嘴，都不知道该从哪下手。

并且，我根本就没有插嘴的力气，运动向来都不是我的强项，我早已累得上气不接下气，累得像狗一般张着嘴停在路边猛喘气，胸腔拉得跟鼓风机差不多，嘴里泛着微微的咸腥味，嗓子发干，两眼发黑。

他们说生命在于运动，我真怀疑自己再运动下去的话，会彻底没了生命。

那两个精力充沛的人停下来等我，熟饭冲着我大喊：“你还好吧？”

废话，瞧我这样也知道我肯定不好啊！然而，我却像是得了失心疯般地回答：“很好！”

韩姐也冲我喊：“那就快点吧！我和舒先生讲好了，看谁先到前面的那家茶餐厅。谁输了谁请吃早餐。算上你一份，如果你再不加把劲，就得请客了。”

根本就不用想，请吃早餐的人百分百是我。

当我像只劈了胯的驴子一拐一拐地赶到那家茶餐厅时，那两个人已经吃上了，韩姐正在向熟饭介绍：“这家茶餐厅里做的蛋挞特别好吃，慕思蛋糕也非常棒，你一定要试试！”熟饭依言点了这两样东西，并且还在韩姐的指点下，要了一杯特色奶茶。“怎么样？”韩姐问。

熟饭拼命地点头称好，也不知是真心还是假意。

“你觉得这个蛋糕有什么特别的地方吗？”这女人也不是省油的灯，没可能就这么让熟饭蒙混过关。

“味道很特别，里面有一种很细微的苦苦的味道，如果不仔细吃，会吃不出来。”熟饭回答，“那味道有点像……”他努力地思索着。

“像什么？”韩姐追问。

“有点像栗子蜜的味道。”

“太对了！”韩姐非常高兴，像是遇到了知音一般，“这蛋糕里头的确放了栗子蜜。没想到你居然能吃出来，真是太难得了！”

我听到他们讲得那么兴奋，也忍不住点了一份同样的慕思蛋糕，只觉得这蛋糕的味道很好，非常有层次感，可吃不出还有什么栗子蜜。并且，栗子蜜这东西，我以前也没有吃过，相信一定很贵，不然为什么我平时去的那些超市都没看到卖的？

唉，小资的生活！

我一直都不够小资，虽然我也很想装，但是不成功。那是个细致活，而我向来不是一个细致的人。并且小资们都很爱感性，喜欢一些听起来让人莫名其妙的句子，比如《阿甘正传》里面的那句台词，什么“生活就像一盒巧克力糖，你永远都不知道下一颗是哪一种味道”。具体的讲法我已经记不起来了，大概是这么个意思。小资们爱死了它，把它视为经典，可是我真的不明白这句话有什么值得人发狂的，现在商场里卖的巧克力糖，不但有口味介绍，并且连成分都讲解得一清二楚。

如果你拿起盒子里的巧克力糖而不知道它是什么味道，那只能怪你没有仔细阅读产品说明书。

我每次都知道自己买的巧克力糖是什么口味，所以我不够小资，或者说，装小资未遂。

买单的时候，我才发现这家茶餐厅里的东西卖得特别贵，那三块小得不能再小、据说添加了栗子蜜的慕思蛋糕，它的价钱已经够我买半麻袋栗子回家慢慢嗑了。

如果韩姐每天都要和我比赛跑步来这种地方吃早餐的话，我迟早会吃不起午餐和晚餐的。

韩姐还非常喜欢逛街，她拉着我已经快把本市所有比较有名气的商场全都踩平了。每次逛街的时候，都是她兴致勃勃地走在前面左挑右选，而我则拎着大包小包跟在她后面。

她给我挑了几件她认为比较高品味的衣服，说实话，的确很好看，我把它们穿在身上的时候也有一种灰姑娘变公主的感觉，但是，它们太贵了，不是我们这种伪小资们承受得起的。可它们是韩忆的母亲——我的未来婆婆替我挑的啊，我好意思扫她的兴吗？最后只得乖乖地掏腰包买单，以博长辈一笑。

我的体力与财力严重透支，快要撑不下去了。

这天，我垂头丧气地去提款机取钱，发现存款原本已经不多的账户上突然多出八千块。我使劲揉了揉眼睛，又仔细地数了数小数点，没有错，的确是多出了八千块钱。我赶紧把银行卡退了出来，再放进去重新查一遍——还是多出八千块，提款机的系统并没有出错。我下意识地咬了右手的大拇指一口——疼的，我没有在做梦。我打电话到银行查询账户记录，对方告诉我，昨天有人在银行柜台直接把这笔钱存到我账户上的。

这人是谁呢？

我赶紧打电话给剩牛排，问这个给我钱的人是不是他。他否认："不是我。我已经给了你一张信用卡附属卡，没必要再跑到银行去给你存现金。"

"这人会是谁呢？"无缘无故地给我打钱，这人如果不是钱多了烧的，那就是圣人转世。

剩牛排沉思了好一会，说："这人显然是认识你的，说不定他很快就会和你联系了。这笔钱数额不大，你先别动它。"

"哦，好。"我也很担心自己要是一不小心把这钱花光了，却冒出一个人来要我把钱马上还给他而我却还不上，那就糗大了。

"申谜！"剩牛排问我，"你最近手头是不是很紧？"

啊？难道被他看出来了？我硬着头皮撒谎："没有啊！怎么可能？我要是缺钱用，肯定会刷你的信用卡啊。嘿嘿，有人给我钱用我都不用，那我岂不是很笨？"

事实上，我的确很笨。我还没有学会心安理得地花男人给我的钱，即便对方是心甘情愿的。

这天，我去超市买完菜出来的时候遇上了熟饭，他见我的精神有些萎靡不振，忍不住调侃道："怎么了？看你一副体力不支的模样，艳遇了？"

"艳遇？"我叹了口气，"真是那样就好了！"

我们站着的那个地方，旁边有一个巨大的落地玻璃橱窗，里面陈列的是一个叫"杰克·琼斯"的品牌男装。

我看着那些男装发了一小会呆，然后苦笑着对熟饭说："我应该是男人，并且应该叫'杰克'才对。"

"为什么？"

"因为我快要穷死（琼斯）了。"

熟饭一边打量着我一边啧啧出声："看来你最近花钱的确花得挺凶的，不过挺值的，你比以前好看点了。人果然是要靠衣来装的。"

"装不下去了，再装我就得饿死了。"我再次叹了口气，"我终于明白为什么那些时尚的姑娘们都会比较瘦了。饿的。她们都把钱拿去买衣服和鞋子，于是就没有钱买吃的了，她们又好面子，所以只好说自己减肥减得那么瘦。"

熟饭看了一眼我的购物袋："小白菜，土豆，鸡蛋……连点肉腥都没有，十八楼的就吃点这玩意？"

“哪啊！现在我可以不用去十八楼了。韩忆他妈来了，他目前的衣食住行都由他妈打理，轮不到我操心。”

“啧啧啧，我好像闻到了酸味哦！米，你这样对你婆婆是不对的。长辈，应该多多尊敬他们才对。”

我摆弄了一下身上的衣服，又掂了掂手中的购物袋：“谁说我不尊敬了？我可是花了整副身家在尊敬她啊！”

熟饭从我的购物袋里掏出一个土豆：“放心吧，你不会穷死的。”

“真有信心。”

“你会营养不良而死。”

我抬起脚就踹他，一想到这双鞋花了我两千多块，又赶紧把脚收了回来，万一我要是把鞋子踹坏了，那岂不是很划不来？

熟饭正儿八经地对我说：“有没有兴趣做兼职？待遇不错的。”

人为财死。我的心开始蠢动了：“说来听听看。”

“当人女佣！”

不是吧，我难道就这么倒霉，只有当女佣的命啊？“谁要？”

熟饭痞里痞气地笑了：“我！”

我提着东西往家走，熟饭在我身后紧跟不舍：“喂，怎么样？我真的很需要一个人帮我做家务。”

我当场拒绝：“你找别人好了！”

“你是不是瞧不起佣人这个职业，认为有辱尊严啊？”

我站住：“我从来都没有瞧不起任何职业，每一份工作都是值得人尊敬的。”

“那你为什么不肯做这份工？待遇很优厚哦！”

“因为我不想叫你老板，我不想看到你天天冲着我指手画脚。”

熟饭表示不满：“我像那种会对你指手画脚的人吗？”

“你不是像，压根就是。”

“那我保证不对你指手画脚。”

“可我还是不想叫一个痞子老板。”

熟饭非常不理解地问：“那你为什么可以叫那个十八楼的家伙老板，免费帮他做了一整月的家务，而不愿意接受我给你的这份兼职？”

“我在韩忆家里做了一个月的家务，并不是我受雇于他，而是我自己运气不好，打赌打输了，这件事情从实质上来讲，是我在履行我自己的诺言。而我如果接受你给的这份兼职，那意味着我是在出卖自己的劳动力，跟之前完全是两码事。”

“出卖劳动力有什么不对？每个人都在出卖自己的劳动力，你在三水公司上班不也是在出卖自己的劳动力吗？”

“可是我不想卖给你，那样我会觉得我们之间变得不平等。”是的，熟饭是个很容易让我亲近的朋友，虽然我们总是吵吵闹闹，鸡飞狗跳，但是一直相处得很愉快。在他面前，我没有任何压力，我可以不用总是在乎形象，也不必总想着去装小资逼着自己天天向上。如果他这个朋友突然变成了我的雇主，我担心自己在面对他的时候会失去以前那分从容与自然。

然而他完全误会了我的意思，有些受伤地说：“你可以当十八楼那个家伙的下属，可以为他做家务，甚至为了讨好他妈，把自己整得天天吃青菜土豆，但是却不愿意接受我这份兼职，主要还是因为我不是他。”

“不是这样的。”我解释道，“熟饭，我和你是朋友，如果你自己忙不过来，真的需要人替你打扫一下，我可以义务帮你的忙，但是如果扯上钱的话，我会觉得我们之间的友情在变质。”

熟饭马上抓到了我话中的漏洞：“你说你可以帮我打扫对吧？”

“对。”我点点头。

“那就赶快吧！”他开始拉着我往家走。

“干吗？”我开始觉得事情有些不妙，我似乎又上了什么当了。

“帮我忙去。我最近要赶一样东西，没时间洗衣做饭打扫卫生，你不用忙太久，一个星期就足够。”

古人云：言多必失。果然是对的。

熟饭真的很忙，他把自己关在书房里，一待就是好几个钟头，不知道在忙些什么。

早上的晨跑，他也没有参加了，韩姐对此感到有些失望。奇怪的是，她也不再去那家贵得要死的茶餐厅吃早点了，而改在一家小店里，吃青菜小粥、豆浆油条。钱包内的钞票终于可以不用赶着往外牺牲了，我很高兴。

这天早上，韩姐翘起兰花指喝粥，突然冲着正拿着油条往豆浆里泡的我微微一笑：“申谜，你是一个好孩子！”

我把豆浆洒了一地。我已经习惯了眼前的这个女人对我横挑鼻子竖挑眼，现在突然被她夸奖，我心里怎么都觉得不踏实，甚至还有些发毛，暗自揣测她会不会像电视剧里常演的心机叵测的婆婆那样，用一些糖衣炮弹或者金钱什么的来砸我，试图劝我离开她儿子。

韩姐显然已经料到了我会有什么表现，她递了一包纸巾给我，看着我手忙脚乱地收拾着桌上的残局。“申谜，你爱小忆吗？”

以前是韩忆问我这个问题，现在是他妈。对韩忆我可以插科打诨，但是对他妈，我必须面对。从正常的剧情发展，我应该含着热泪信誓旦旦地向这位未来婆婆保证自己是多么多么地爱她的儿子、并求她能成全我俩。然而，我却蹦出一句：“我不知道！”

“哦？”韩忆的母亲显然没有想到她听到的会是这个答案，“为什么？”

“我听别人说，如果一个女人第一次爱上一个男人，她会很疯狂的，可是我觉得自己一直都很清醒。”

“你都不知道自己爱不爱一个男人了，又怎么能说自己是清醒的？”

我被问住了。

韩姐笑着摇摇头，神情和韩忆平时微笑的样子非常神似，我这才发现原来韩忆和他母亲长得很像。

“我慢慢问你吧。你喜欢和小忆待在一起吗？”

我脸红了，声音细细地回答：“喜欢。”

“那你想和他天长地久吗？”

我的胸口忽然微微地有了些酸意，我下意识地抬起手来捂住它：“天长地久？应该不可能吧，像韩忆这样的男人，注定不会属于我的！”

韩姐：“我可以不必再问下去了——你很爱小忆！”

“啊？”怎么可能？我自己都不知道，她怎么能说得如此肯定？

对方一副过来人的模样：“你明明知道自己不可能与小忆天长地久，却还是选择和他在一起，这不是爱是什么？我还敢说，你比小忆身边的很多女人都要爱他。”

“不会吧？韩姐。”我从没发现自己是个痴情种子。

“打个比方，有一个陷阱，有个人不小心掉了进去，而另一个人是明明发现了这个陷阱，却还是跳了进去，谁比较可怜？”

“后面那一个。”我明白过来，“你说我就是那个明知道是陷阱却还自己往下跳的那个人？”

对方点点头。

“那我岂不是很笨？”

她又翘起兰花指夹起一根咸菜放入嘴里，吃得津津有味：“恋爱中的人本来就全都是傻子，只是程度不一样而已。你笨给我家小忆——不亏。我家小忆人长得帅，性格又好，又加上家境不算差，所以他从小到大都很讨女孩子喜欢，尤其是这些年，他回国之后，围着他转的女人就更多了。我见过几个，都不是很喜欢。这次他跟我说：‘妈，这个申谜不一样哦！’我一好奇，就跟过来看看。这些天相处下来，小忆没说错，你的确不一样。”

我被夸得晕头转向：“怎么不一样了？”

“你够普通！”

我差点晕倒在地。她到底是夸我还是损我呢？

韩姐接着说：“最重要的是，你自己也觉得自己普通，安安分分地过自己的日子。有些人，明明就是个普通人，可非要把自己看成一只凤凰，或者拼了命地想把自己打扮成一只凤凰。”

我坐在那里一动也不敢动。

“还有，你很自爱。小忆给了你一张信用卡，可是你从来都没有拿它买过自己的东西，就连和我出来吃早餐，都是掏自己的钱。如果我猜得没错，我这些天带着你四处逛，应该快把你的积蓄用光了吧？”

“呃……是。我本来就是穷人。”

“是啊，你穷，但是你很有志气。这点我很喜欢。”

我苦笑：“韩姐，说句真心话，如果你再这样带着我逛下去，我难保自己不会人穷志短。”

韩姐哈哈大笑：“放心吧，你既然通过了我的考验，我自然也不会再刁难你。太小资的生活，我也不喜欢！”

没多久，韩姐就回了乡下，她说她还是不习惯大都市里这种嘈杂的生活，乡下那种云淡风轻的日子比较适合她。

临走前，这位妇人拉着我的手，千叮咛万嘱咐：“申谜啊，以后小忆就交给你了！他要是有什么做得不对的地方，你尽管打电话来告诉我，我来收拾他！不过，申谜呀，小忆他从小就离开了爸爸，年仅十六岁就一个人漂洋过海去法国留学，这么多年来，都没有什么亲人陪在他身边，虽然他从来都没有向我抱怨过，但是我明白——他肯定受了不少苦，心里也很寂寞。申谜呀，你别把我这些天对你的挑剔往心里去啊，做妈的不都想自己的儿子能找个好老婆嘛！以前那些女人看上小忆，不是图他长相俊，就是图他的工作好，再不然就是图他大方，肯替人花钱，所以啊，那些女人我都不喜欢。但你是个好孩子，我相信你能给我儿子幸福的。”

我没心没肺地咧着嘴傻乐，然后帮忙把行李搬到车上："韩姐，你这评价会不会给得太高了一点？"

"我看人不会错的。"韩姐肯定地说，"前段日子晨跑的时候，你那个邻居舒凡，可没有少说你的好话。一个人如果能有像舒凡那样的朋友，是这个人的福气。俗话说'物以类聚'，这正好说明她本人也是个不错的人。我走了，有空去乡下看我啊！"

什么？熟饭这些天都在韩姐面前说我的好话？我怎么不知道？

熟饭匆匆忙忙赶了过来，满头是汗。"还好，还来得及。"然后把一个大袋子递给韩姐，"美女，这个送给你，在路上慢慢吃！"

对方打开袋子时满眼的惊喜："啊呀，是牛肉干和巧克力，还有栗子蜜蛋糕，真是太谢谢你了！"

"哪里哪里！不用客气，下次再来啊！我们再一起去跑步。"

"好……"这位长辈突然多愁善感起来，眼泪不停地往外涌，哭花了妆容，坐在司机位置上的剩牛排搂住她的肩膀，轻轻地拍打着她的背，轻声细语地哄着她，好一会儿，她才平静下来，又笑着向我们挥手告别。

车子启动了，这对母子渐行渐远……

"真是一位有意思的大姐。"熟饭感慨着，转过头来，冲着还在发愣的我晃了晃手，"回神啦！你未来婆婆走了，以后你的日子又可以恢复太平了。"

我揉了揉轻微有些发酸的鼻尖："不知道为什么，我觉得韩忆和他妈都挺可怜的。尤其是他妈，离了婚那么多年，一直是一个人，这些年来韩忆又没有在她身边陪她。她总是疼惜儿子会寂寞，其实我想她这个做妈的会更寂寞吧。"

熟饭伸直了腰杆："你怎么不可怜一下我？我也很寂寞呢！"

我没好气地冲他翻了个白眼："你寂寞是件好事，这证明没有新的无知少女阵亡在你的床上。"

熟饭听了直摇头："一听就知道你这个人根本就不了解寂寞的含义。寂寞分为两种，一种是肉体上的，一种是精神上的。肉体上的寂寞是件很容易解决的小事，而精神上的寂寞才是无边无际的痛苦啊！"

"我呸！"我从来都不相信男人嘴里的寂寞论调。真正寂寞的男人是从来不说自己寂寞的。

这年头，男人都爱说自己寂寞，这简直都快成了男人博取女人同情心的最好借口了，男人总是打着精神上寂寞的幌子去骗取女人的肉体。男人总说害怕精神上的寂寞，而在我看来，他们更怕肉体上的寂寞。不然我们测试一下：把一个男人关在一间空荡荡的屋子里，不能打电话，不能看电视，不能收听电台节目，而在他面前摆放一本《道德经》和一本色情杂志，百分之九十的男人会先拿色情杂志。

什么？为什么还会有百分之十的男人先拿《道德经》？

他们是要把《道德经》垫在屁股底下，让自己坐得更舒服一点。

08 痞子讲师

见鬼了！我的银行账户上又多出一万块钱。两天后，我的银行账户上又多出了两万块钱。金额一次比一次大，频率一次比一次密，扰得我心神不宁。

“要不我们报警吧！”剩牛排提议道。

“报警？我们拿什么理由来报啊？现在是我的银行账户上多了钱，而不是少了钱，我找不到哪条法律来报警啊。”

剩牛排想了很久很久，说：“这事不能拖，越快越好。我有一种很不好的感觉，可能会有什么不好的事情要发生，但具体会是什么，我暂时想不到。报警，一定要报警！”

听他这么一说，我也心惊肉跳起来，用最快的速度跑到派出所报了案。警察们非常热情地接待了我，连连说这种案子他们还是第一次接到。

录完口供的第二天，果然出事了。

法国那边的老板打越洋电话过来，说有人联名把状告到了公司总部，控诉三水公司内部有人利用这次更换合作商之便，从中收取贿赂，而这个人就是我。总公司那边对此事非常不满，甚至对韩忆也多加指责，我是他的助理，下属犯下如此过错，他这个上司有不可推卸的责任，并且，告状的那几个人还说我和韩忆之间关系暧昧，韩忆有意包庇我、纵容我。

法国那边派了两个调查员来到中国，就此事进行调查，他们传唤了我。会议室里，除了这两个调查员之外，还有一个他们自己来过来的翻译，连李莎都不在场，显然，他们对这边的人全部都不信任。

我坐在他们对面的椅子上，尽量让自己放轻松。最中间那个头发卷得像椰菜的中年男子叽里呱啦地说了一大通我听不懂的话。旁边的翻译说："朋克先生问你，在三水公司工作多长时间了。"

"半年。"

法国佬又叽里呱啦地说了一通，翻译点点头："朋克先生说，他已经问过人事部那边，说你当初应聘这份职务的时候，在那些应聘者当中并不是最优秀的，却被李莎小姐点名录用下来，他问你从中是不是用了什么不正当的手段。"

这话太伤人了。我有些生气，但是依然保持着应有的风度："朋克先生，中国有句古话，鞋子合不合适，只有脚知道。我虽然不是应聘者当中最优秀的，但是我可以肯定自己是最适合这份工作的人。事实也证明了这一点，我是近两年来，在这个职位上做得最长久的员工！李莎小姐当初并没有选错人！"

朋克先生听完翻译的话之后，耸了耸肩，然后又问："韩忆先生是你的什么人？他是你男朋友吗？"

"这是我的隐私，我可以不用回答吧？朋克先生，您能不能进入正题？我知道您来中国是为了查我受贿的事情，我能不能看看你们手中的证据？"

朋克先生拿出三份复印件，递给我，这是一份银行存款的副本，那上面的账户上写的都是我的名字，而存款人的签名我都不认识。

翻译："朋克先生问你，认不认识这三个人。"

"不认识。"

"既然不认识，他们为什么又要送钱给你？"

"我怎么知道？"

"可是据他们所写的检举信里说，你利用职务之便以及与韩忆先生的私人关系，向他们索要回扣，并且说，如果谁的钱送得多，就保证谁这次得标。所以他们不得不向你行贿。"

我把话说得很慢，方便翻译听清楚并将话转告给我面前的这两个调查员："这三个人我根本就不认识，我更不知道他们来自于哪家公司。至于他们是怎么得到了我的银行账号，为什么要给我打钱，我完全不清楚。而他们为什么会一致咬定是我在向他们索贿，这其中有什么误会或者是不是有人想故意陷害我，这事必须问他们本人才清楚。我在不久前发现自己的银行账户上接二连三地多出钱来，也觉得很莫名其妙，并且我已经将此事报告给公安机关。请问，如果我是有意索贿的话，又怎么会报案让警察来处理？"

朋克先生听完之后，笑了，和旁边的同伙叽里呱啦地讨论了一阵，再重新面对我。翻译的脸色好了很多："朋克先生说，他会找相关人员确认这件事情的。

申小姐，你可以先回去了！”

“等一下！”

“申小姐，你还有什么话要说吗？”

“有。这次的事情，已经严重损害到了我的声誉，给我的生活带来了很大的困扰，等你们查明事实的真相之后，如果证实我是清白的，请两位调查员先生能当着所有三水公司员工的面，为我恢复名誉。”

“没有问题！”

事情很快就查清楚了：曾有人打电话冒充我，并且以我的名义向合作商候选人索贿，给了他们我的账号，虽然接到电话的人不少，但是只有这三个人给了钱。经过合作商对声音的辨认，一致认为我不是电话里的那个人。而那个电话号码，现在已停用，线索断了。

虽然没有查出陷害我的人是谁，但也足以证明我是清白的。当两位调查员先生当着大家的面就此事向我道歉，并欢迎我在三水公司继续待下去时，我微笑着冒出一句话：“我要辞职！”

所有的人都很惊讶，尤其是韩忆，他在用眼神示意我收回自己所说的话，然而，我去意已决：“我知道我只是一个很小的职员，我的去留对公司而言，是一件再小不过的事情,如此劳师动众地在会议上谈这件事情,是我有点自不量力。然而,既然总公司那边都已经知道有我这么一号小人物存在了，那么我就当着两位代表的面提出辞职好了。最近发生在我身上的事情太多，并且因为我，使总公司以及各位同事对李莎小姐和韩忆先生不信任，我感到很抱歉，所以我决定离开。在三水公司工作的这段时间，是非常美好的一段时间！我很感谢大家一直以来对我的教导与照顾，尤其是李莎小姐，她超强的工作能力和非凡的个人魅力让我深深折服，我以与这样优秀的女性共事过为荣。再次感谢大家！谢谢！”

咖啡馆里，某个角落，小马笑得全身发抖：“生米，没见过你这么辞职的，整得跟明星在颁奖典礼上致感谢辞一样。你的那些观众和评委们呢，有没有因为你的这番话而感动？”

“我那会儿光顾着自己感动去了，哪还注意得到他们感不感动的？”

“那意思是说——你失业了？”

我点点头：“是啊，所以待会买单的时候得你付钱。”

“那你接下来有什么打算？”

为此我有些头痛：“找工作呗！不过，很快就要过年了，一般公司都不会招人了。我没把握能在年前让自己重新上班，所以，丫头，你要努力存钱，我没钱用的时候好歹有个借钱的地方，不然我就得饿死了。”

“没问题！”小马答应得很爽快，让我有一种患难见真情的感觉，感动得我差点当即给她一个拥抱。小马又说：“但是，凭你现在的状况，你怎么可能会饿死？那个什么剩牛排先生养你应该养得起吧？有他这张饭票在，不把你养得膘肥体壮、滋润得流油就很意外了，又怎么可能把你给饿死？”

“可是，我从来都没有把男人当成饭票过。”

小马打算给我洗脑：“生米，这世界上为什么会有男人？是因为有女人。男人就是为了女人而生的，他们的存在就是为了替女人服务。如果这世界没有了女人，那么男人就失去了存在的意义，所以，女人分享男人的钱包，是对男人个人存在价值的一种成全。生米，你知道‘女为悦己者容’的前一句应该是什么吗？”

“士为知己者死。”这么简单的问题难不倒我。

不料，小马却一口否决：“错。应该是‘士为知己者穷’。和平年代，女人已经不需要男人为自己付出生命了，但是需要男人为自己付出钞票。”

“哈，”我问，“你就是这么向你的男友灌输思想的吗？”

小马也忍不住乐了：“是。”

“他们会信吗？”

“开始当然不信，多灌输几次就信了。没听过吗？谎言说一千遍就变成了真理。我们要学会把自己的思想变成男人脑中的真理。如此一来，你就可以奴役他了。”

“我不想奴役谁！”

“生米，男人这种动物很奇怪，你如果不奴役他，就会被他奴役。”

正当我们说得唾沫横飞的时候，我的手机响了，是罗兰打过来的，她听说了我辞职的事情，邀请我去她们公司上班。

我强打起精神笑着说：“真是不巧，刚才有家公司通知我下周去上班，我已经答应了。”

“那真是遗憾！”罗兰的声音听起来很诚恳，“我一直都很希望有机会与申小姐共事。”

“你的好意我心领了。谢谢！”我不想叫自己的情敌老板。

罗兰说：“应该是我谢你才对，如果没有你的帮忙，我们公司也拿不到这次合作商的资格。”

什么？罗兰和她的公司已经夺标了？“恭喜啊！什么时候通过的？”

“刚刚，所以我特意打电话过来谢你。申小姐，你一定要给我个机会请你吃饭，时间和地点你定，我随时恭候！”

“好啊，有空再约你吧！”收了电话，我的情绪更是雪上加霜，整个人完全蔫了。

小马用勺子敲我的杯子，把我唤醒，问：“哪有什么公司通知你下周去上班？”

“骗人的。”

这丫头有些担忧地说：“那如果你一直找不到工作怎么办？也许你可以请韩忆帮忙替你找一份工作。”

“不要。”

“为什么？”

“小马，你不会明白的。”韩忆太好，他的光芒所有的人都看得到，拥有一个这么优秀的恋人，我不自觉地提高了对自己的要求，我希望自己即便没有他那么光芒四射，但至少站在他身边的时候，两个人之间的差距不要太大。然而，我以前一直很平凡，现在更糟，由平凡变成失败，我不希望他看到我太多的落魄，不希望他想起我的时候，找不到半点闪光的地方。

我是鸡蛋，即便变不成火鸡与乳鸽，但也不要变成一盘炒糊的菜。

吃过晚饭，我和韩忆两人手牵着手散步。突然，他在我面前蹲下来：“上来吧！”

我先是一愣，很快就欢喜地爬上他的背：“真好！”

两个人静静地往前走着，暗暗数着步子，忽然韩忆说：“申谜，对不起！”

“啊？”我没有听明白。

“是我让你失去了这份工作。虽然事情已经平息下来了，可是我知道，你已经受到了伤害，再也不能恢复到之前的那种工作心态了。你辞职主要是为了我，你不希望我们之间的关系引起同事们在工作上对我的抵抗情绪，并且你不希望他们说我是一个会徇私的人，所以，你才会离开三水公司的。”

我以为我藏得很深的，却没有想到还是被他看出来了，然而，我傻呵呵地否认：“放心吧，我一直是个小气的女人，做不到这么伟大的。”

“申谜！”剩牛排叫得很深情。

“嗯？”

“我爱你！”

“我知道。”

“你呢？爱我吗？”

“我不知道。”

知道，我知道的，但是我不敢说，我怕我一旦说出这句“我爱你”，梦就醒了。

失业最大的好处，就是时间多，我现在有足够的时间把十八楼和十五楼整理得一丝不苟。

我拿着一块抹布跪在地上擦地，那样子有点像小时候看过的动画片《聪明的一休》里小和尚们打扫卫生的场景。餐厅的桌子上摆放着午饭，那是给熟饭留的，他还躲在他的书房里不知道在忙着什么。

终于，门开了，熟饭从里面走了出来，头发凌乱，有点长，胡子也长出来了，像是好几天都没有刮过，这样子如果让五岁以下的小朋友看到，保证他们会吓得哇哇直哭。

“出来了？吃饭吧！菜可能凉了，自己拿到微波炉里热一下。”我抬头看了他一眼，然后继续忙我手中的活。现在我喜欢上做家务了，因为它让我觉得自己被需要着，而不是一个没有用的失业人士。

熟饭一见到我擦地的方式，吓了一跳：“米，我家的东西没有那么金贵的，你犯不着用手擦，随便找个拖把或者吸尘器弄弄就好了。”

“没关系。”不知道为什么，我渐渐喜欢上了这种擦地的方式，我用抹布擦去地板上的尘埃时，会有一种亲近感。

“冬天呢，水很冷的。”

“我用的是热水。”

熟饭把菜端到微波炉里加热，坐下来狼吞虎咽，那样子像是饿了很久。

“慢点，小心噎着。”我提醒道，“是不是觉得我的厨艺进步了？”

熟饭果真噎住了，到处找水喝，好不容易才把嘴里的食物咽下去，然后瞪了我一眼：“在我吃饭的时候说这种笑话，你想谋杀呢？”

“我的厨艺没有进步吗？那你为什么吃成那个样子？”

“人在饿的时候，吃什么都吃得香！”

“你不打击我会疯啊？”

“不会死，会……咦，你怎么抢我台词呢？”

我生气了，回头擦我的地板：“以后你自己做吧，姑奶奶我干完今天，以后就不干了！”

熟饭大吃一惊，马上堆起了笑脸：“我错了，我真的错了。你的厨艺哪止进步了，简直称得上是进步神速，令我等拍马不及。”

我抓起沙发上的抱枕狠狠地砸了过去："晚了，已经伤到心了。"

"别啊！米，你做的东西真的挺好吃的，我这不是怕你骄傲嘛，所以才不敢夸你的。"熟饭发挥出他那无与伦比的痞子功夫，死缠烂打。

我终于把地板擦完，满意地看着我的劳动成果，然后把抹布塞进熟饭的手里："我要去上班了。新工作，很忙的，没有时间再在你这里耗了。以后你饿了，就自己叫外卖吧。"

熟饭表现出莫大的关心："你那新工作的地点在哪？我手头上的事快要忙完了，如果顺路的话，我说不定可以和你一起上下班。"

"不必了，我们一定不顺路的。"

熟饭一副不开心的模样："你真的那么在意和我一起上下班吗？"

我拍了拍他的肩，随手捏起一根落在他外套上的头发，这家伙也不知道有多久没有清理个人卫生了，这根头发闪烁着一种不同寻常的油光。"我不是在意，而是有点嫌弃！"

看到熟饭在听完我的话之后又气又急又好笑的模样，我心里忍不住泛起一阵强烈的快感，似乎有点明白眼前的这个家伙为什么总是爱那么打击我了。

我并不是不喜欢和熟饭一起上下班，而是连我自己也不知道我的新工作地点在哪里。为了让他们安心，我撒谎了，骗他们说我找到了新工作，而实际上却依然在寻寻觅觅。也许剩牛排并不在意我有没有上班、能不能赚钱，但是我在意，并且我更在意他会把我辞职的事情一直放在心上而长期地自责下去，所以我告诉他我找到了新工作，好让他安心。

我故意把自己搞得很忙，以前上班的时候我每天八点过十分才起床，现在七点半就开始洗脸刷牙，然后穿着职业装，拎着一个很正式的公文包，正儿八经地和那些上班族一起去挤地铁。

地铁上的人很多，大家都尖起耳朵听广播报站，生怕一不小心就坐错了，耽误了时间。只有我，不知道该去哪，看着那些人一批批地挤进来，又一批批地涌出去，他们的匆忙和坚定，与我的悠闲和迷惘，显得格格不入。

地铁真是个好东西，你可以在固定的时间内，在站台之间任意来回，并且还不用补票。风吹不着，雨淋不到，车内还有空调，就算外头寒流肆虐，里头依然温暖如春。

在地铁上，我把自己发呆的功力发挥到极致，从清晨一直到黄昏，当天色渐渐地暗下来，地铁里又开始涌进大量的被工作折腾了一天的人们的时候，我才会跟随着其中的一批人"下班"。

剩牛排做好了晚餐在等我，我坐在餐桌前，看着丰盛的菜肴，五味杂陈。

“啃啃，菜很多呢！”

“是啊，你要全部吃完！”

“这么多，会长胖的。”

“没有关系。”

“长胖了，你就背不动我了！”

“这个不重要，我的力气也会涨的。”

这个男人很宠我，真的真的很宠我，宠到我的心里会堵得满满的，有种想哭的冲动。曾经听人说过：幸福也会让人流泪。原来这是真的。

但是，我不会哭。十六年前我就答应过他，以后不会再流眼泪。这是诺言，我坚守了十六年的诺言，也让我坚强了十六年的诺言。我会一直遵守下去！

周六、周日，我可以不用“上班”。午后，我和剩牛排坐在阳台上晒太阳，我像猫一样把头埋进他的怀里，闻着他身上的味道，听着他的心跳，昏昏欲睡。

剩牛排拿着一把木梳子替我梳头，神情专注得像是在进行一项十分严谨的实验，每一个动作都十分小心，生怕弄痛了我：“申谜，你的长发很漂亮。”

“既没有烫又没有染，有什么漂亮的？”我的发型曾经被无数时尚人士批评过：数年不变，一点新意都没有。人家是走在时代的尖端，而我却一直压在陈旧的箱底。

说真格的，我一直不是很明白时尚的定义究竟何在，它们一会超前，一会复古，一会大众化，一会非主流。

我曾经向一个穿着格子裙吊着大耳环长相清秀的路人客气地问：“小姐，请问到 XX 怎么走？”

哪知道对方丢给我一个大白眼：“什么眼神啊？老子是纯爷们！”

我咋知道他是不是纯的？这年头，整容的、整性别的那么多，就算他把自己脱光光了，我也不能肯定他这爷们是先天的还是后天的，纯不纯就更不知道了。

剩牛排把我的头发梳往一边，如水般倾泻而下。“申谜，你的头发真的很漂亮。中国女人的头发就应该是黑黑的、直直的。”他曾经在法国待过，来自巴黎那个所谓的时尚之都，听他这么夸我，我自然心花怒放。

女人，是虚荣的，我是女人，所以我也虚荣。无论剩牛排说的是真话还是假话，只要是好听的话，我照单全收。

“啃啃，你对我真好！”我发出梦呓般的声音。

剩牛排停下手中的动作："傻丫头，男人都是自私的，他对你好，自然有他的道理，从根本的出发点来讲，他是为了他自己，有些男人是为了得到那个女人的身体，有些男人是想得到那个女人的爱慕，还有一些男人……是为了让他的人生得到完美，没有遗憾。"

"那你是哪一种？"我依然窝在他怀里不动，懒懒地问。

"我并不是个好男人，只不过你把我想像得太好了！"剩牛排重重地叹了一口气，"也许有一天，你发现了我本来的面目，就不会再说我好，而说我坏了！"

"我觉得你好，你就好。"

剩牛排用手指轻轻划着我的脸，柔声问："申谜，如果有一天我突然不见了，你会去找我吗？"

"不见了？为什么不见？"

"原因你别问，这个不重要。"

我歪着头想了半天，反问他："那你希望我去找你吗？"

"不希望。"

"哦，那我就不去找你。"

"为什么不找我？"剩牛排显得有些失望。

"你都不希望我去找你了，那我还找你干吗？"

剩牛排苦笑："你会不会太听我的话了一点？"

"我一直都很听话。"

"那你会想我吗？"

都说女人总爱设想一些很遥远的事情，原来男人也爱问这种不着边际的事。

"你想离开我吗？"我问。

"不想。"

"既然不想，那你为什么还问这种问题？"

"申谜，世事很难料的。"

"是啊，世事很难料的，我也不知道将来会不会想你。也许有一天，我正如你所说的那样，发现你并没有我想像中的那么好，而突然离开你了呢，那你会去找我吗？"

"不会。"剩牛排的答案和我的一样，这让我未免有些泄气。

"那你会想我吗？"

"会。"

我笑了。

我不知道别人谈恋爱的时候会怎样设想两个人的未来，而我和剩牛排之间谈得最多的却是分离。也许剩牛排父母那段不成功的婚姻多多少少让他对爱情产生了某些不信任，他总是一遍又一遍地问我爱不爱他，看上去，他更像那个害怕分离的人多一点，而我一直欠着他那句“我爱你”不说，这让我觉得自己有点像个只进不出的土财主，而剩牛排是正在被我剥削的长工。

我很快地找到了另一个消磨时间的好地方，有所大学离地铁站很近，它的图书馆里面有成千上万的书，我找几本书往那里一坐，日子过得可比在地铁上更惬意自在。

也许是将近期末考试了，来图书馆里上自习的人特别多，很多空位子上也都摆上了笔记本，表示这地方已经有主了。我好不容易才从一个长得有点负面的男同学那里抢到一个位子，然后坐下，掏出一本《笑话集锦》，有滋有味地看了起来。

一张纸条悄无声息地递了过来，是对面的那个男生：“同学，要考试了呢，你还在看这种书，复习好了吗？”

我环顾了一下四周，果然大家不是在看课本，就是在看笔记，明目张胆地看这种低级趣味的书籍的人，只有我一个。把我当成他们同学了啊，看来我还嫩着。我得意地摸了摸自己的脸，然后回复道：“复习好了，及格绝对没有问题。”

纸条又推了过来：“你就不想再考好一点，得个奖学金什么的吗？”

“我这个人不太求上进，奖学金就不奢望了。”

对面的男生没完没了：“你哪个系的啊？”

“你猜？”

“我看你像中文系的。”

“哦，那就中文系吧。”

“可以知道你的名字和电话吗？”

不是吧？这位老弟想泡我？他还真是学习不忘恋爱。是不是觉得我不学无术，比较像容易上当的主？可是老弟，我目前还没有更换男友的打算。并且，我也一直不好姐弟恋这口啊，等哪天我口味变了，再来找你吧！

我抬起头来，冲对面那个男生笑着摇了摇头，然后掏出一个笔记本，想了想，写上了一个谁也看不懂的名字，放在座位上，离开。

图书馆的门口有一个广场，广场上有很多鸽子在飞来飞去，一名长者拿着一袋面包，仔细地把面包揉成碎屑，然后抛洒在地面上，鸽子们纷纷飞落，啄食着地上的面包屑。

我在一旁看得出神，一直等到长者坐下来休息，我才走过去问："大叔，这些鸽子是您养的吗？"

长者拍去手掌上的灰尘与面包屑，回过头来笑着说："我也不知道是谁养的，但是它们总喜欢到这里来晒太阳，所以我有空也会来看看它们、喂喂它们。同学，你也喜欢鸽子吗？"

我在他旁边坐下："算是吧。我比较喜欢漂亮的鸽子。"

长者说："我比较喜欢飞得高的鸽子。"

有人插嘴："我比较喜欢烤熟的鸽子。"

我一回头，熟饭站在我的身后，两手叉着腰，居高临下地看着我："米，你不是去上班了吗？怎么会在这里？"

长者和熟饭两个人互相打着招呼，样子很热络且彬彬有礼，熟饭称长者为"陈教授"，而长者称熟饭为"舒老师"。

"你是老师？"这个消息太让人震撼了。

熟饭看着我："是啊，我是老师。"

我难以置信地向长者征求意见："大叔，他是老师？"

这个被称为教授的长者冲我点头："是啊，舒老师是中文系的讲师。"

成天篡改诗词的小痞子熟饭竟然是老师，并且还是大学讲师，更过分的是他还待在中文系，这是什么世道？剩牛排曾经说熟饭的身上有一股书卷气，我对此非常不屑。如今看来，果然是男人看男人的眼神比较准。

我无比忧心地谴责熟饭："你这不是误人子弟嘛！"

陈教授在一旁夸赞熟饭："舒老师很棒的，很受学生们喜欢，尤其是女同学，常常有人给他写情书。"

熟饭得意地捋了捋头发，摆出一个造型："我很有才的！"

"才？"我捧着肚子快要笑翻天了，"我看是很有'豺'吧，豺狼虎豹的'豺'。"

熟饭在我脑门上敲了一记栗子："不准转移话题！我问你，你怎么会在这里看人家喂鸽子？今天又不是周末，并且现在又是上班时间。"

我打算开溜："我出来拜访客户，客户拜访完了，得回公司了。再见！"

我的衣领被人拉住，然后被人像拎小鸡一样地拎了回来，熟饭有些生气地看着我："讲到撒谎，我相信你没我功夫深。"

"熟饭，哦，不，舒老师，舒老夫子，你不去上课，偏偏在这里抓我干吗？我又不是你的学生！啊呀，你这么抓着我，让你的学生，尤其是女学生看到了不太好。”

熟饭一松手，我又要溜，他不阴不阳地说：“跑吧，你要是想让十八楼的那个家伙知道你天天没有去上班而在外面逛的话，那你就跑。”

我把已经伸出去的脚又缩了回来，愁眉苦脸地说：“别啊，给我留点面子嘛！”

熟饭的表情有些咬牙切齿：“我真不知道你怎么会这么笨？人家谈恋爱你也谈恋爱，可你这恋爱把自己谈得跟过街老鼠一样，东躲西藏的。”

“我只是最近运气不太好，很快就可以去上班的。”我低着头小声地替自己辩护，“你千万别跟韩忆说我还在失业。”

熟饭沉默了很久，口气软了下来：“走吧！”

“去哪？”我警惕地问。

“吃饭。这不已经中午了吗？本校附近有个小餐馆的火锅很有特色，我带你去试试。”

“真的啊？”我的确饿了，“但是……”我身上没带多少钱。

“我请客。”

这下子，我放心了，屁颠屁颠地跟在他后面，朝他所说的方向走去。

这家小餐馆的装潢不怎么样，可是味道还不错，由于是开在学校附近，消费者以学生为主，价格也很实惠，这里最大的特色就是每位到这里来吃火锅的客人，店家都会送他一只生鸡蛋。

我点了一个麻辣牛肉锅，红红的一层川式调味料，让人看上去胃口大开，熟饭把那两只鸡蛋连壳放进锅里，然后往里边下青菜。

“喂，有你这么煮鸡蛋的吗？”

熟饭似笑非笑地看着我：“你觉得自己吃鸡蛋的水平能超过我吗？”

我立即蔫了。

火锅的味道不错，很辣，但是辣在你的心痒痒处，让你欲罢不能。我一边擦去额头上被辣出来的汗珠，一边把食物往嘴巴里塞。

熟饭把煮熟的鸡蛋捞出来，然后剥掉壳，又把它们丢进火锅里：“这些天你都在哪过的？”

“前几天是在地铁上找艺术灵感，今天刚刚转战到你们学校，打算回味一下曾经的校园生活。”我对熟饭不再隐瞒什么，因为我知道再怎么隐瞒也是白搭，不如坦白从宽。

熟饭把好吃的尽往我碗里拣：“大冬天的，别瞎折腾了！这几天你也别往其他地方跑了，就老老实实在我们学校待着吧。”

我毫不客气地把他夹给我的东西消灭干净："你就不怕我天天上你这儿来蹭饭吃？"

"请你吃饭是应该的，前段时间你帮我打扫房间，我还没有好好谢谢你呢！"

"对了，你前段时间在忙什么？"

熟饭压低了声音，嘿嘿直乐："我帮一家电子厂设计产品的线路板，刚搞完。人家给了我三万块钱当报酬。"

"真的啊？"一听到钱，我又开始眼冒金花，不自觉地提高了声音。

"嘘，小声点。"熟饭冲我拼命使眼色，"所以啊，我请你吃饭是应该的。"

"你不是中文系的讲师吗？怎么还会设计线路板？"

熟饭又开始臭屁："所以我是才子嘛！"

看到别人个个都是有才不愁生活的主，我未免有些自卑起来，不再说话，低头吃东西。我的日子一直过得很混沌，从来没有把未来想得很长远，因为我总是觉得计划不如变化快，可是看到别人总是能在各种变化之中应付自如的样子，我开始反省自己以前的日子是不是过得太安逸了点。

"怎么了？"熟饭看出了我的异样。

"没什么。"

"天将降大任于斯人也，必先苦其心志，劳其筋骨，饿其体肤。"熟饭安慰我，"米，你会成功的。"

我不想成功，我只想好好过我的日子。

胡思乱想中，有人拍了一下我的肩："嗨，同学！"图书馆里遇上的那个男生出现在我面前，一脸偶遇的惊喜。

"嗨，真巧！"我跟他打招呼。

男生朝我伸出右手，自我介绍说："我念旅游管理的，大四，叫'真有钱'。"

"啊？"我握住他的手，上下打量着这位同学，想从他身上找出点有钱人的影子，然而，以我的初步判断，他脚上的那双名牌鞋应该属地摊货。我嘴里依然客套着："有钱人啊？高攀了！"

"真有钱"马上意识到什么，连忙解释说："我姓甄，甄子丹的'甄'，友是朋友的'友'，乾是乾坤的'乾'。甄友乾！"

"哦！"我和熟饭终于明白过来，长舒了一口气，忍不住猛乐。

"真有钱"问我："同学，你下午还要去图书馆上自习吗？"

"这个……"我很犹豫，不知道该怎么回答。

熟饭接过话题："她下午有课。"

男生表现出轻微的失望："哦，那我们以后再见了！"

这位名叫"真有钱"的男生走了之后，熟饭冲着我左看右看，啧啧出声："看不出来啊，你还有吃嫩草的本钱。这才来我们学校多久啊，就有男生追了。原来你还挺招桃花的。"

我坐下来继续吃饭："就只准你有女学生给你写情书，就不准有男学生跟我一块儿上自习？"

"行！怎么不行？你下午打算干吗，真去图书馆上自习啊？"

我想了一想："你下午是不是有课呢？"

"是啊！"

"那我去看你上课好了。"我很好奇，非常非常好奇，小痞子熟饭在课堂上讲课的时候会是什么德性，平日里满嘴歪理的他在面对那些对人生还充满着无数幻想和憧憬的学生们时，是如何作出一个老师该有的表率。

不料，熟饭把头摇得像拨浪鼓："不行，你不能去！"

"为什么？"

"我在课堂上的时候魅力四射，万一把你电到了怎么办？"

我真是有点受不了他那种说话的语气："见过自恋的，没见过像你这么自恋的！我看你是怕我在场而影响到你的发挥吧。"

火锅里的东西已经吃得差不多了，熟饭把事先煮在里面的两只鸡蛋捞了出来，一人一个："要不你去我办公室吧，等我上完课，可以一起回家。"

"不了。"与其要我去面对他那些我并不认识的同事，我还不如去图书馆坐着呢，"你忙你的，不用管我。太阳这么好，我找个地方晒晒。"

"晒太阳啊？没问题。不过，我好意地提醒你一下：手下留点情，别去招惹那些纯情男生！"

"那如果纯情男生来招惹我怎么办？"

"哦，那我就牺牲一下，你可以拿我的名号来挡一挡，说你是我的女朋友就好了！"

我一脚踹过去，熟饭不费吹灰之力地避开："总是这一招，能不能来点新的？吃鸡蛋吃鸡蛋，我跟你说，如果来这里吃火锅，没有吃上最后的这颗鸡蛋，那么这顿火锅你就算是白吃了。"

"真的假的啊？"我将信将疑地轻轻地咬了一口鸡蛋，果然，整个汤锅的精华全被这颗鸡蛋吸收，美味无比！我差点连舌头都吞掉。

"熟饭！你果然是吃鸡蛋的高手！"

熟饭对我的赞美却有些唉声叹气："算什么高手啊？最好的那颗鸡蛋没吃着！"

"哪啊？是什么样的？哪有卖？"

熟饭一副懒得理我的样子，买单走人。

我跟在他后面紧追不舍："喂，你说的那颗最好的鸡蛋哪有卖的？"

"私房菜，人家不卖的，只送！"

"那他为什么不送你啊？"

"交情不够好！"

"哦！"我非常同情地叹了口气。

我已经接连三天都没有去图书馆了，等我再次到那里时，发现那个桌位依然空着，之前留下的笔记本还摆放在那里。我拿起笔记本随手翻了翻，里面掉出一张字条来，上面写得密密麻麻，墨迹不同，字体各异。

"同学，你这本子的封面上签的是什么啊？我和人打赌，说你写的是字，他说你画的是图腾。帮个忙，给个答案吧！赌赢了我请你吃冰激凌。"

"人看课本你看笑话的美女，你脚上的那双鞋在哪买的？仿得真像。"

"楼上的要买仿版的名牌鞋吗？我这里有大量货样供你选购，联系电话：13XXXXXXXXX。"

"据我观察，此桌位的占有者已经有两天没有出现过了。这种占据学校公共资源却没有好好利用的同学，我们表示强烈的鄙视！"

"寂寞书生到此一游，如果你是多情的小姐，那么我们能否来一场风花雪月的故事？"

"楼上的哥们，我以自己血淋淋的亲身经历奉劝你一句：女人是吃男人不吐骨头的老虎。珍爱生命，远离女人！"

"牡丹花下死，做鬼也风流！神啊，赐我一个女朋友吧！"

"我女朋友太多了，累死我了。神啊，请踹掉我几个女朋友吧！"

……

我对这些还没有走出校园的学生们的生活状态倍感羡慕。他们的情感热烈而张扬，无所顾忌。

年少轻狂，幸福时光。我很遗憾当初念大学的时候没有谈过恋爱，但是这种遗憾我也无法借由现在来弥补。

那位陈教授每天都会坐在广场上喂鸽子，他是一个很慈祥的长者，平易近人，说起话来不急不缓，言谈之中处处透露出他渊博的学识和良好的修养。他的妻子在多年前已经离开人世，一双儿女去了国外，目前他生活的重心就是教书，还有就是喂这些不知道从何而来的鸽子。

一来二去，我和陈教授混得有些熟了，我也常常陪着他坐在图书馆前的广场上晒太阳，闲聊的时候也常常会谈起熟饭。

陈教授说："舒老师曾经是我的学生，毕业后就留校任教了。所以，我也可以算得上是他的长辈。这孩子一直都很优秀，学业好，工作好，品德也好。"

什么？熟饭的品德好？我欲笑不能，差点憋成内伤。

陈教授认真地看着我，问："申谜啊，你有对象了没有？"

"啊？有了，有了。"我赶紧表明自己的现状。

"那真是可惜，不然你和舒老师凑成一对，应该不错。"

真是个可爱的长者。"陈教授，熟……哦，舒凡他怎么可能会缺女朋友？您就别替他操这份心了。"倒是陈教授，天天孤孤单单的，上课，下课，喂鸽子，回家。在我看来，需要女朋友的人不是熟饭，而是他。

这天，我坐在广场上晒太阳的时候，遇到了一个让我没有想到的人物——李莎，她穿着一件玫红色的风衣，鲜艳得像朵冬天里盛开的梅花，过往的人都忍不住回头多看她几眼。

我赶紧把手中的面包屑扔掉，然后掏出纸巾来把手擦干净，握住了对方向我伸出的右手："嗨，李经理！"

李莎友好地冲我微笑着："现在你已经不在三水公司上班，也就不必叫我'经理'了，你可以叫我'莎姐'，显得没那么生疏。"

"你好，莎姐！"我马上改了口，"你怎么来了？"

"舒凡告诉我你在这里，所以我就来了。你看起来过得不错——流浪得挺惬意的！"

熟饭？他们不是分手了么，两个人还一直保持着联系？看来分手后还是朋友这事，是真的存在啊。"呵呵，还行。这里的太阳很好，环境也漂亮，偶尔还能路过一两个帅哥养养眼，的确挺不错的。"

李莎挑了个地方坐了下来，笑着问我："接下来，你有没有什么计划？"

"计划？还不就是找工作，找到了就去上班，没找到就继续找。"

李莎点了点头："心态不错。有没有兴趣来我公司上班？"

我赶紧摇头："我不会再回去了。"

李莎："不是回三水公司，而是去我自己的公司。"

“你自己的公司？”我没听明白。

“对。实话跟你说吧，我想开一家自己的公司，规模暂时会很小，营业执照就快要批下来了。我想赶在春节前开业，但是我交给三水公司的辞呈，总公司那边一直没有批，估计还要等一段时间。我现在很需要一个信得过的人来帮我的忙，打理自己公司那边的事情。你，是我目前认为最好的人选。”

“莎姐，我好像没有什么信心呢！”我这人自从参加工作以来，一直都没有什么可圈可点之处，突然有人跟我说要我当她的得力助手，我心里的确没有什么底。

“我有信心就够了。”李莎说，“目前，我开公司的事情还不能让原三水公司的人知道，另外，创业初期，会非常艰苦，我很需要你这样的伙伴与我共同进退。你在辞职的时候说的那段话，让我很感动，也让我相信你是那种可以信任的伙伴。申谜，你好好考虑一下，我等你的好消息。有一点，我希望你能明白：目前的状况，我能给你的薪水不会很高，但是如果公司能够盈利，每年年终的时候我可以给你百分之八的分红。”

创业，的确是个很让人热血沸腾的字眼，可是我有那个能力吗？“莎姐，我很笨的。”

“那是因为你之前没有遇上一个好老师。”李莎说，“人的这一生很短暂，生活也绝对不是只有爱情和亲情那么简单，我们要学会抓住每一个机会，实现自我价值。你回去仔细考虑一下我的建议，然后回复我。”

我点头：“我会的。”

“这事我希望你能在我辞职报告批下来之前替我保密，包括韩经理那边。”李莎说。

我满口答应：“放心吧，我肯定对谁也不说。我没有上班的消息，也希望你能继续替我隐瞒。”

“好。”

舒凡大老远地跑了过来，气喘吁吁的：“对不起，来晚了！我刚下课。嘿，两位美女，聊什么聊得那么开心呢？”

李莎站起身来，用力拍打着他衣服上不小心沾上的粉笔灰：“我们在聊你要努力赚钱，如果哪天我破产了，你要养我。”

“没问题。”舒凡亲亲热热地挽着她，“就算你没有破产，你想让我养你，我也会的。我现在就请你们吃饭去。”

“好啊，我要吃牙签肉。”李莎说。

“就算你要吃我的肉都没问题。”舒凡的心情非常好，他冲我招呼着，“还愣在那里干吗？一起走啊！”

怎么回事？他们不是分手了么？怎么还这么亲热？难道又和好了？还是说上次熟饭失恋的那个女友不是李莎？我心里的疑惑越来越多。

吃饭的时候，熟饭坐在中间，左右开弓，替我们两个女人夹菜。他把整盘牙签肉端到李莎面前：“多吃点，多吃点。我都已经有很久没有跟你一块儿吃过饭了，难得你今天赏脸，会来学校看我。”

李莎边吃边说：“我又不是来看你的，我来找申谜，看你只是顺便。”

“你能顺便想到我，我已经很感激了。”熟饭的态度那叫一个卑微，和平时在我面前嚣张的模样判若两人，他应该是非常非常爱李莎的吧？

趁熟饭上洗手间这会儿，我对李莎说：“莎姐，舒凡他很在乎你呢！”

李莎笑得很甜蜜：“是啊，我们俩从小感情就很好。”

既然他俩感情好，那她为什么要找别的男人呢？“莎姐，我上次见到你和一个男人看电影。”

李莎的脸鲜少地红了：“那应该是秋南。”

“莎姐，你觉得舒凡和秋先生他们两个人比起来，谁更好一些？”

李莎放下手中的筷子：“都挺好的。”

“可是，你不能两个人都要吧？”

“什么意思？我为什么不能两个人都要？”

“万一他们两个人有谁知道了对方的存在，你怎么办？”

李莎皱起了眉头，有些费解地说：“他们两个早就认识了啊，关系还挺好的。每次舒凡去我那里的时候，他们两个都一起喝点小酒，吹点小牛什么的，有时候我看着都会有些吃醋。”

啊？这世上怎么会有这么大度的男人？共同拥有同一个女人，还能相处融洽。我已经完全呆掉了。

“有什么问题吗？”李莎问我。

“你和那位秋先生认识多长时间了？”

“三年。”

三年，可熟饭和她却是青梅竹马啊！我有些打抱不平地说：“这对熟饭太不公平了。他跟你从小一块儿长大，听小马说，他一直都很护着你，在乎你，小时候为了你，跑去和高年级的同学打架，搞得自己身上青一块紫一块的，现在，只要是你高兴的事情，他都会全力去做。莎姐，这样的感情很难得，你自已也说过，舒凡是一坛埋藏了多年的美酒，只有懂他的人才会明白他的好。可是……你为什么要这样对他呢？”

李莎怔了怔，似乎明白了什么，她把语速放慢，一个字一个字地问：“你知不知道舒凡是我什么人？”

“男朋友之一。”

李莎突然笑了起来，一发不可收拾，捂着嘴巴，笑得肩膀一缩一缩的，拼命地摇着头，想要向我表达什么，却因为笑得太厉害而没法开口说话。

这时熟饭回来了，他看到李莎那副上气不接下气的样子，好奇地问：“怎么了？你怎么笑得那么厉害？”

李莎拿起餐巾，擦出眼角的笑出来的泪水，揉着发痛的肚子说：“申谜以为我是你女朋友。”

“哈哈哈哈……”熟饭也狂笑起来，用力拍打着桌子，碗筷被震得哗哗直响。

只有我，看着他们，莫名其妙。

“米，你真是太可爱了！”熟饭说。

“有什么问题？难道我弄错了吗？”

“错了，大错特错。”李莎忍住笑，一本正经地说，“申谜，我不是舒凡的女朋友，我是他的亲姐姐。”

怎么可能？

熟饭说：“这事怪我，当初我叫我姐去对付阿彩，后来没有跟米解释清楚。我以为这事小马早跟她说了，哪知道那丫头也没有说，才会一直误会到现在。”

“既然你们是姐弟，那为什么一个姓李，一个姓舒？”

李莎：“我爸姓李，我妈姓舒，我们两姐弟还没有出生的时候，我爸妈就商量好了，大的跟父姓，小的跟母姓，所以一个姓李，一个姓舒。”

天，怎么会是这个样子？如果不是李莎伤了熟饭的心，那么那个让他对爱情失去信心、戒掉爱情的那个女人又是谁？

据李莎讲，熟饭念大学的时候有过一个女朋友，并且是风云一时的校花。男才女貌，金童玉女，当时他们两个人一起在校园内散步的时候，回头率是百分之两百，无论是男生还是女生都会在这对璧人面前饮恨。

然而还没有等到他们毕业，两人就分手了。

“为什么？”我问。

熟饭似乎并不愿意透露太多的细节给我们："我们在某些人生观和价值观方面没有办法达到统一。"

"比如说？"

熟饭将两手一摊，叹了一口气："她希望我能把粪土变成黄金，而我希望她能视黄金如粪土。"

"哦。"我明白了，"所以你从此以后游戏在女人堆里，变成了一个小痞子。"

一根筷子敲在我的脑门上："这里是学校，不能叫我'痞子'。还有，作为一个有魅力的男人，我无法制止那些女人对我的仰慕，我并没有游戏她们，而是她们一直想游戏我。"

我翻了个白眼，然后捂起耳朵："听不下去了。"

李莎若无其事地端起茶杯喝水，气定神闲地说："习惯了就好！做他姐这么多年，我早已百毒不侵。"

走出那家餐厅没多久，我们看到了那个叫"真有钱"的同学，手里拎着一瓶二锅头，摇摇晃晃地走着，没过几步，他抱着一棵树狂吐起来，吐完之后，他一抹嘴，吼了声："憋屈！太憋屈了！"

"嘿，同学，你还好吧？"这次是我主动和他打招呼。

"真有钱"见到我，似乎想努力挤出一个笑容，却垂下了眼睑："我不知道算不算好。"

"怎么回事？"

"刚才我女朋友发了条信息给我，说：'我们分手吧！'"

真是个不幸的消息，我安慰他道："恋人之间吵架闹分手是件很正常的事情，你去哄哄她，说不定她就回心转意了。"

"真有钱"冲我苦笑："用不着哄，没过几秒钟她又给我发了条信息，说：'刚才我发错对象了。'"

呃……这条消息似乎更不幸。我已经找不到可以安慰他的话了。

"真有钱"抓起手中的酒瓶，一仰脖子，喝了个精光，然后蹲在地上，耷拉个脑袋，一动也不动，过了许久，一阵压抑的哭泣声传来，伴随着咬牙切齿的咒骂："我他妈的做了王八了！我他妈的还天天在那里乐得跟狗似的一见她就冲她摇尾巴！我他妈的犯贱……"

对男人而言，分手也许很伤心，可被人戴了绿帽子却是件更伤自尊的事情，根据他们以往的表现——自尊比心重要。由此我可以判断："真有钱"现在正处于一个男人最悲痛和屈辱的时刻。

我是女人，我不知道该如何去安慰他。

熟饭走了过去，把“真有钱”手中的空酒瓶拿下来，放到一边，然后从裤兜里掏出一包烟，抽出一根，递了过去。

“不抽！”“真有钱”抽抽噎噎地说。

“好孩子！”熟饭夸奖道，然后把烟叼在自己的嘴里，有些不太熟练地点燃，用力吸了一口。

“我二十二岁，不是孩子了！”“真有钱”说，“你别用那种眼光看我！你比我大不了几岁。”

熟饭朝空中吐出一个烟圈：“是，我比你大不了几岁，但是我可以叫你‘孩子’，并非因为我是老师，而是因为我在心态上比你成熟。别看你现在已经二十二岁了，但是依你现在的表现，你的确还是孩子。”

“真有钱”不说话，不过看得出来，他有些不服气。

熟饭接着说：“你女朋友背着你还和另一个男生好，对不对？可你女朋友最终选你不选他，这就证明你在你女朋友眼里，比那个男生强。”

“我做了王八了！”

“那我问你，你还想和你女朋友好下去吗？”

“当然不想，这种女人，我是绝对不会要的。”

熟饭：“既然你不要她了，她以后就不是你女朋友了，那你还伤心什么？”

“我……我对她那么好……她怎么能这么对我？”“真有钱”擤了一把鼻涕，随手抹在身边的树皮上，把手指在自己的那双假名牌鞋上头擦了擦。熟饭又从口袋里掏出一包纸巾，递过去，这回“真有钱”接住了。

“是，你对你女朋友好，她一定也知道，不然的话，她就不会选你而不选那个男生，对不对？她的所作所为，也许伤害到了你，但是你不妨换个角度来想，她这是在追求她想要的一些东西，只不过，她的方法错了。我们再假设一下，如果今天，你的女朋友跑过来跟你说：‘甄友乾，我爱上别人了，我们分手吧！’你会怎么样？”

“我……我不知道。”

“男人嘛，都爱争口气，那你会不会想，我一定要把那个男生比下去，把她重新抢回来？”

“有可能。”

熟饭一拍手：“那就对了，现在等于就是你还没有去抢，她就已经回来了，是不是？”

"是……不，不是……也不是，是……""真有钱"拼命地敲打着自己的脑门，左摇右晃，"你把我绕糊涂了。"

不只是他糊涂了，我和李莎在一旁也没有看明白熟饭是如何将一件原本很丢脸的事情篡改成了一桩值得骄傲的英雄战绩。

"真有钱"努力清理着自己已经被扰成一团乱麻的思绪，忘记了悲伤。

熟饭熄灭了手中的烟，把手搭在他的肩膀上："男人一定要经历过感情的挫折，这样他才能够成长，如果你能从这次的事件中自我解脱出来，那么我以后再见到你，就不会再叫你'孩子'了。"

"真有钱"用纸巾把脸上的鼻涕眼泪擦干净："我恨她！"

"不要恨她，要感谢那些给过你伤害的人，因为她使你变得成熟。并且，她毕竟是你爱过的人，尊重她也就等于尊重你过去的时光。男人嘛，胸怀要放宽一点！"

"真有钱"不住地点着头，忽然他问："舒老师，如果你女朋友喜欢上别的男人，你会怎样？"

熟饭一愣，然后说："那就放她走吧！最美的爱情，不是占有，是成全。"

最后，"真有钱"千恩万谢地走了，临走时，还要走了熟饭的手机号码，说是以后还会和他保持联系。

我望着"真有钱"离去时脱胎换骨的模样，头一回对熟饭刮目相看："原来你那张破嘴，并不是只会讲些打击人的话啊。"

"我什么时候打击过人啊？"

"你常常打击我。"

"有吗？我不记得了。"熟饭又恢复到了那副痞子模样，无视于我的控诉，朝他的办公室走去。

09 长辈相亲

剩牛排拿回许多中年男人的照片，把它们全摆在茶几上，东挑西拣。

"你在干吗？"我好奇地拿起其中的一张照片，翻过来一看，背面写着姓名、年龄、职业、家庭状况，非常详细。

剩牛排把我拉过去，坐在他身边，然后指着那些中年男人说："这些人当中，你喜欢谁？"

啊？我变得紧张起来："干吗？我为什么要喜欢他们？"

"你是女人嘛，以你女人的眼光评价一下，这里面谁最好？"

"我不喜欢老头，我喜欢帅哥。"

"那你能不能选个帅老头出来？"

我把剩牛排的脸掰了过来，伸出手捏住他的两个腮帮子，然后用力往两边拉："你是想让我比较一下是他们比较帅还是你老了比较帅吗？"

"这还用比吗？当然是我比较帅。"我晕，这年头，男人怎么都这么自恋？

"那你想干吗？"

剩牛排有些忧虑地说："我想给我妈找个伴。"

"啊？是你妈的主意还是你的主意？"

"我的主意，我妈暂时还不知道这件事。"

我不太赞同地说："你妈是那种很自我的人，她不会希望别人来安排她的生活的。"

剩牛排有些发愁地说："俗话说，少年夫妻老来伴。我妈和我爸离婚这么多年，早就应该给自己找个伴了。"

"你妈眼光一定很高呢！"

"所以我才想让你帮我挑一下啊！我妈那么喜欢你，你挑的人，她一定喜欢。"

我把桌上的照片仔仔细细看了个遍，然后摇了摇头，表示这些人都不中意。

剩牛排重重地叹了口气："我也是，选了很久了，就是没有合眼的人。这些日子都白忙了。"

原来他最近老神神秘秘的，就是在忙这些东西啊。"啧啧，也许你妈自己并不想找一个老伴呢？你这样未经她同意就替她张罗，她不一定会领你的情，说不定还会生你的气。"

剩牛排更发愁了，两条眉毛都快纠结到一块去了，比他在考虑公司事情的时候还要为难："自从我去法国念书开始，我就一直跟我妈说要她找个伴，可她就是不肯，不知道是不是因为怕别人说她闲话，还是怕我这个后爸会对我不好。"

"也许她是对你亲爸一直念念不忘吧。"

"怎么可能？已经过了这么多年了。"

"怎么不可能？你想想，你叫什么名字，韩忆。'忆'呢，这说明你妈心里一直在挂念着一个人。这个人说不定就是你爸。”

韩忆边听边点头：“你这话说得也不无道理。那怎么办？”

我把茶几上的那些照片全都收起来，丢进垃圾篓里，问：“你爸呢？现在在哪？”

提起自己的父亲，剩牛排的情感变得更加复杂，显得有些爱恨交织，思想斗争得很厉害：“申谜，我不太想让你知道那些有关于我和我的家庭当中很灰色的东西，只想在你心里留下一个好印象。并且有些事情，它涉及到我父母亲之间的一些恩怨，由我开口来说，不太合适。”

我完全理解剩牛排的想法，毕竟他是人家儿子，要他在讲叙某件事情的时候，无论把立场放在父亲那边还是母亲那边，都不太好。

“其实，我爸一直都想见见你！跟我说了好几回，我一直都没答应。”

“为什么？”我摸了摸自己的脸，难道我这个样子就真那么拿不出手吗？

剩牛排说：“我怕他会对你不友好。我爸那人和我妈那人不一样，我妈那人表面上很难相处，实际上是最好对付的，可我爸不同，我爸是一个生意人，他不会当着你的面把自己的真实想法表露出来，别看他表面上对你客客气气的，实际上有可能他已经拒你于千里之外了。”

剩牛排这话说得我觉得他爸有点像江湖中的武林盟主，功夫深不可测，不是我们这种无名小卒可以惹得起的角色，若是不小心得罪了他，保不定在几十步之外、一招之内，就死上几千回了，并且绝对是外表毫发无损而内部筋脉俱断的那种死法。

在我没有练成绝世神功之前，也比较同意暂时不要与剩牛排的父亲见面，省得死无葬身之地。

然而，这人就是不经念叨，剩牛排的手机响了，在一翻激烈的交谈之后，剩牛排挂了电话，接着对我说：“我爸要请我们吃晚饭，车子已经在楼下等了。”

剩牛排的父亲，五十多岁的样子，身材魁梧，腰杆很直，眼神很犀利，说话的时候喜欢看着你的眼睛，散发着一种居高临下的威慑力，站在他面前，让你有种无处可逃的狼狈感。我在看到他的第一眼，就完全放弃想要抵抗的打算。

“爸。”剩牛排变得比平时更加讲究，举手投足都非常注意，“这是申谜。”

“叔叔好。”我连忙打招呼，那一躬鞠得差点闪到我的腰。

剩牛排的父亲客气地点着头：“申小姐是吧？请坐！”

我战战兢兢地坐下，剩牛排的父亲把菜谱递了过来：“申小姐，喜欢吃什么自己点。”

我正想请剩牛排代劳，可一看到他父亲的眼神，连客气的勇气都没有了，只得点了一份冬阴功汤和榴莲酥，然后把菜谱又恭恭敬敬地递了回去。

“申小姐的眼光很不错啊，这家餐厅的冬阴功汤和榴莲酥我都非常喜欢，每次来都会点上一份。”

不是我眼光好，而是我吃泰国菜的次数有限，会点的菜不多，一提起泰国菜就会想起冬阴功汤，就好像韩剧里一提起中国菜就会说炸酱面一样。韩国人不懂得中华美食那灿烂辉煌的饮食文化，分不清那错综复杂的八大菜系，只知道一个不入流的炸酱面，部部电视剧里都要提到它。而我也实在是对泰国菜不太了解，只知道一个冬阴功汤，所以也只好点它，不过我比韩国人好点的是冬阴功汤至少比炸酱面要稍稍上得了台面一些。至于榴莲酥，那得多谢罗兰，这是她比较喜欢的玩意，我今天临时拿来充门面而已。

剩牛排点的是烤墨鱼仔和木瓜炖雪蛤，他爸又点了几个我头一回听说的菜，打发侍者走了。

“申小姐是哪里人？”剩牛排的父亲开始了对我家世背景的调查。

“C城。”我说，“您叫我‘申谜’吧！”糟糕，剩牛排随他妈姓韩，他爸姓什么我一直忘了问。

菜上得很快，首先就是那份冬阴功汤，我没有做好心理准备，一口下去，差点把我辣死。在我的惯性思维里，汤应该都是香浓滑腻的，像大家闺秀一般温情款款，而不似这般火暴得像个坏脾气老头。

我的眼泪和汗珠霎时全跑了出来，狼狈不堪。

剩牛排把他面前的那份木瓜炖雪蛤轻轻推了过来：“试试这个，养颜的，女孩子一般都比较喜欢喝。”这份甜点及时地救了我一命，我无比感激地冲剩牛排偷偷笑了一下。

“申谜啊，你家里还有些什么人？”调查还在继续。

“我爸和我妈。我是独生女，没有兄弟姐妹。”

剩牛排他爸的口味似乎很重，偏好于那种味道怪异的食品，喝起那份让人辣得叫的冬阴功汤来眉毛都不皱一下，吃起榴莲酥来也是一口一个。“你爸妈从事哪一行呢？”调查开始深入。

“我爸是公务员，我妈之前在一家国企上班，现在他们都退休了。”

“哦。”武林盟主笑着点点头，“替国家打工，好职业。听说你之前是韩忆的助理，后来离开他们公司了对不对？”

“是的。”

武林盟主似乎有些可惜地说："为什么要离开他们公司呢？如果你现在还在三水公司，说不定我们在工作上还有接触的机会。"

"爸。"剩牛排插话了，"申谜她并不了解你们公司的情况。"

"哦？"他爸似乎很诧异，"你没有跟她讲吗？"

"我觉得没有这个必要。"

武林盟主的心坎上似乎小小地中了一招，有些痛苦："我看是你不稀罕跟别人说吧。"

剩牛排冷笑着说："我不稀罕可是有人稀罕啊，人家为你卖命那么多年，你总不能亏待人家吧？"

"可你是我儿子啊。我辛辛苦苦创下的基业，虽然不大，但将来还是要传给你的啊。"

"我不要。"剩牛排说，"我和我妈已经过得很好了。"

我安安静静地吃着东西，随他们父子在那里你一言我一语。听起来剩牛排的父亲好像有一家工厂，现在由他自己管理，将来希望传给他儿子，而剩牛排不领他的这份情。至于他们所说的那个替他父亲卖命的人是谁，我不能确定，估计是他爸现在的孩子，似乎很能干，深得长辈的赏识。

"韩忆，如果你当初按我的想法来该多好？那会儿如果不是你妈跳出来反对，我相信这事情都成了。现在还有机会的，对不对？你可以……"

"爸。"剩牛排打断了他父亲的话，"既然今天你是请我和申谜吃饭，还是不谈这件事比较好。另外，我想说，这些年来，无论你做什么事，包括和我妈离婚，我都没有发表过任何意见，那么，也请你不要干涉我的生活。"

武林盟主被儿子这么一堵，似乎受了很严重的内伤，他深吸一口气，把后面要说的话硬生生地吞了回去："好，不谈。我们吃饭！"

饭桌上一下子变得特别安静，就连大家吃起东西来都悄然无声，我在这种高压的气氛下有点心惊胆战，手心开始冒汗，剩牛排意识到了我的紧张，他夹起一小只墨鱼仔，放到我碗里，笑着说："试试看。"

我瞅着这只还没有我手指长的墨鱼仔，心有戚戚焉："这么小的墨鱼仔就被你吃掉了，真是罪过！"

"你可以看成我们是在帮墨鱼们计划生育。"

"哦。"听他这么一说，我的良心似乎好过了一点，吃得心安理得。

包房的门被人打开，有人走了进来："我刚在外面听到你们讲话，我还以为自己听错，原来真是你们在这里。"

我扭头一看，是罗兰，只见她大大方方地走到韩忆他爸旁边的那个位子上坐下来，一看桌面上的菜色，乐了："哇，点的全是我喜欢吃的东西，你们不介意我来蹭顿饭吧？"

剩牛排的脸色变了，而他爸却一下子变得高兴起来："尽说些傻话，韩忆，你去叫服务生来添副碗筷。"

罗兰的脸上顿时笑开了花，冲着武林盟主眉开眼笑："爸，你对我真好！"

我的脸色霎地一下也变了。

爸。罗兰也称剩牛排的父亲为"爸"，这意味着什么？

回到家里，剩牛排看着一声不吭的我，显得十分不安："申谜，你还好吧？"

"不好，很不好。"我鲜少在他面前表现出自己的不悦，这次我破例了，"刚才那顿饭，是我有史以来吃得最不开心的一顿饭，你知道我是什么感觉吗？你们是一家人，有说有笑，而我是外人。今天在那里蹭饭的人不是罗兰，而是我！"

"对不起，刚才是意外，我不知道罗兰会那么巧在那里出现。"

"你跟罗兰到底是什么关系？我很好奇为什么一个分了手的女朋友可以在自己父亲面前一口一声'爸'？而你却一点儿都不反对，只能在一旁忍气吞声。"

剩牛排有些慌乱："申谜，你听我解释……"

"是啊，听你解释，听你说，我一直都是在听你的，对你的事情从来都不问，不管。可现在我才发现，我笨到家了。今天你爸坐在那里审犯人一样地把我的家底查了个一清二楚，而我呢？却连他姓什么都不知道。"

"申谜……"

"你现在别跟我说话，你说什么我都来气。"我显得很激动。

"罗兰是我妹妹。"

"我呸，你这话说得也太……啊，你说什么？你再跟我说一遍。"

剩牛排有些痛苦地说："我爸姓罗，罗兰是跟我没有血缘关系的妹妹，所以她才会叫我父亲为'爸'。这件事情我没有跟你说，是我不知道该怎么跟你开口。"

这里头听起来怎么就这么乱呢？罗兰是剩牛排的妹妹，他们两个人之间又没有血缘关系，剩牛排和罗兰曾经是恋人，两个人最后又没有在一起，剩牛排究竟拿她当妹妹看还是恋人看啊？如果当妹妹看，又怎么会跟她谈恋爱？如果是当恋人看，那为什么又一副要把两个人的关系撇得很清的样子。

"那谁能告诉我这是怎么回事？"我问。

剩牛排沉默了许久，说："我妈。"

电话打到乡下，韩姐在那头听完一切之后，恨得咬牙切齿：“他爸怎么这么可恨？干的全不是人事，申谜啊，你别怪小忆，这些事不能怪他，只能怪他爸啊！”

事情要从很久很久以前说起。话说当年，剩牛排的父母离婚之后，他父亲娶了另一个女人，这个女人带了一个小女儿过来，这个孩子就是罗兰。剩牛排跟他母亲生活，平时和父亲见面也是在外面，从来都没有去过他父亲的新家，更没有见过他的后母和那个在法律上可以称之为他妹妹的小女孩，后来他去了法国，与他们见面的机会就更加没有了。

这些年，剩牛排的父亲在生意上做得比较有起色，开了一家工厂，在生活上却不是很如意。他这个人重男轻女的思想很严重，当初没有争取到剩牛排的抚养权，就一直想和后面那位妻子再生一个儿子来继承家业，却一直没能如愿，这使他有了一丝后继无人的感慨，进而就萌生了要把工厂交给剩牛排打理的念头，只可惜他这个儿子对他那家工厂完全没有兴趣。

不过，此举引起了罗兰母亲的不满，认为自己跟了丈夫这么多年，罗兰也视他为亲生父亲，罗兰应该有资格继承家产。剩牛排的父亲却说：“女儿是要嫁出去的，家业传给她还不是落到了外人的手里？”

罗兰的母亲也是个厉害的角色，后来让她想到了一个让自己的女儿嫁给剩牛排的主意。剩牛排的父亲也觉得这个主意不错：女儿是自己的，儿子也是自己的，这样他的心血就完完全全落在了自己人的手里，半滴不漏。

至于罗兰，她自己并不反对，结果就有了后面的故事：她隐瞒住自己的身份，经剩牛排父亲的介绍认识了剩牛排，又设计滚上了剩牛排的床，又让她母亲和剩牛排的父亲跳出来“主持公道”。剩牛排没有想到自己的父亲也会算计自己，结果糊里糊涂地上了他们的当。

“那后来呢？”我问。

韩姐义愤填膺地说：“后来我出面了。”

“你怎么处理的？”

“我？他们一家人杀到我面前的时候，我眼皮都没有抬一下，说，‘负责？负什么责？做娘的把我老公抢了，现在我儿子把她女儿睡了，一比一，两清了！’”

在这场闹剧中，没有人受益，而受伤最深的却是剩牛排，他的父亲与在理论上可以称之为他的家人的人联手，成功地瓦解了他对亲情和爱情的信任。

感情这东西，在利益面前是如此脆弱，不堪一击。

之后，罗兰不可救药地爱上了剩牛排，而剩牛排却对她避之不及，并开始流连欢场。在他眼里，那些赤裸裸地向他表达欲望的女人，比打着爱情的幌子算计他的女人更高尚，你情我愿，男欢女爱，天亮后说再见，却是从今后不再相见。

“申谜，你会不会觉得我很脏？”剩牛排问我，十分拘束不安，嘴唇用力抿成一条线，紧张地看着我。

贞节是什么？指肉体还是灵魂？在这个享受至上、欲望纵横的时代，有谁能数得清自己怀中的爱人依靠过几个人的胸膛？有谁能百分百地保证睡在身下的伴侣欢好时眼睛闭上的刹那心中惦挂的不是别人？

而你，在乎哪一种？

我伸出手，用右手的食指触摸着剩牛排那让人心疼的眼睛：“不会，你在爱上我的那一刻起，已经把自己洗干净了。”

剩牛排一下子将我拥入他的怀中，动也不动，我分明地感觉到有一行温润的湿意落入我的颈间，我知道——那是眼泪。男人的眼泪。

我的心一下子变得很软很软，化成了一摊水。

经过再三考虑，我决定去李莎的新公司上班。

中午，我和熟饭一起吃饭，顺便跟他道别，我的大学体验生活即将告一段落。至于前途，我依然看不到半点方向，我不知道自己能否在李莎这名女强人的调教下变得精明能干一些。

我问：“熟饭，你跟我说实话，我这个人是不是有点笨？”

熟饭夹着一只水饺在那里猛笑：“岂止是有点笨？简直是太笨了！你现在才发现，由此可见你笨的程度。”

我差点气死：“喂，你能不能跟我好好说回话？别总是开玩笑。”

“我说的不是玩笑话啊。”

算了，跟这种人讨论问题，是自找没趣。

熟饭把脸凑了过来：“真相向来都是难以被人接受的。放心吧，我不嫌弃你笨。”

我抓起桌上的两个馒头，气冲冲地走了。

“喂，别走啊，我还有事和你商量。”熟饭在后头叫我。

“没心情。”

今天来得有点早，陈教授还没有来，我把馒头揉碎，喂那些鸽子。

熟饭一屁股在我旁边坐下：“那我呢？以后你跟我吃午饭的时间也少了，舍不舍得我？”

我把头扭到一边，不理他。

“嚯，真生气了？”

我还是不理他。

“好好好，对不起！下次你问我话的时候，我专捡好的说。”

他不说还好，一说，我更是来火：“我不是想听假话，我只是希望在我心情不好的时候，你能好好地、很认真地、不再嬉皮笑脸地跟我说会儿话，而不是在那里幸灾乐祸，落井下石。你知不知道？我以前是很自信的一个人，可自从跟你做了邻居之后，那点信心都快被你打击完了。”

熟饭觉得自己挺冤屈：“你信心不够不能怪我吧？你咋不说自从你和十八楼那家伙恋爱之后，你的信心就与日俱下呢？”

“跟他一点关系都没有。”我快要气坏了，“熟饭，我终于知道为什么当初你女朋友会跟你分手了，并不是因为你们的人生观和价值观不统一，而是因为你的嘴太痞。女人是用来宠的，用来爱的，不是给你来糟践的。”

熟饭的脸色变了：“我没有糟践谁！”

“有，至少有我！在韩忆面前，我觉得自己被尊重、被宠爱，像个公主。而在你面前，我觉得自己什么都不是。熟饭，你知道吗？女人，是需要被人肯定的。有时候你一句无心的话，有可能会给她造成一辈子的阴影。我跟你说个很小的例子，小时候，我有一次住院，我跟邻床的一个小男孩一起玩家家酒，我想当公主，可是他对我说：‘你不是公主，公主不会像你一样缺着两颗大门牙！’这件事情已经过去了十六年，可一直到不久前我还会在梦里记起这句话，梦到那个小男孩对我说：‘你不是公主！’熟饭，每个女孩子的心里都会有过一个公主的梦想，也许这个梦想很傻，可是我们在乎！而我的这个梦想，在七岁那年就已经被那个小男孩给灭了——就因为那一句话。”

熟饭像是被雷击中了一般，像是在对我说话，又像是在喃喃自语：“我不知道……我真的不知道会这么严重……我以为……”

一向伶牙俐齿口才天下无敌的熟饭闭了嘴，用一种我从来都没有见到过的古怪的表情看着我，这种表情在基督教徒向神父告解时比较常见，他们在忏悔时的开场白一般都是：“主啊，我有罪。”

而熟饭沉默后的第一句话与其极为相似：“米，是我的错。”这一刻，我差点就以为自己的头顶上在冒圣光。

“你自己找地方去面壁思过吧，我要走了。”我往校门口的方向走去。

熟饭拦住我：“对不起。”

“有些伤害，单凭一句简单的对不起，是无法弥补的。”

“我知道。但是我真的没有想到会给你造成这么严重的后果。”熟饭的态度很诚恳，看上去非常内疚，“米，有件事我想告诉你，十六年前说你不是公主的那个小男孩，不是别人——就是我。”

“你说什么？”我不相信天底下有这么巧合的事情，十六年前我遇到的两个男人，都在我的身边，并且同住一栋楼。

“十六年前，XX医院5楼26号床，这是你的床位，而我，就是隔壁的27床。那时候的你梳着两个小辫，绑着粉色的丝带，很喜欢唱歌、讲故事，每天晚上睡觉的时候一定要抱着你的那个布娃娃。”

“你就是那个爱哭鬼？”我记得昔日那个小男孩很爱哭，并且每次都把枕巾哭得很湿，眼泪鼻涕口水一大把，邋踏得很。

熟饭有些腼腆起来：“是，那时候的我很怕打针，每次护士小姐一替我扎针，我都会哭，然后你就会在我旁边唱歌，讲故事，哄我开心。”

“我哄你开心，而你却惹我哭。原来你从小就是讨厌鬼。”我叉着腰非常不友好地看着他，“你什么时候认出我来的？”

“小马生日那天，她在给大家做介绍的时候，我就认出你来了。我一直没好意思说破。小时候，那次在医院，自从我说过你不是公主而你大哭了一场之后，就不再理我了，并且事情已经过了那么久，我也不知道你还记不记得住院的这段日子。”

“放心吧，我不会忘记这么一段地狱时光的。如果我早知道你是那个十六年前的讨厌鬼，肯定不会跟你走这么近。不过，没有关系，现在还来得及。以后我会离你远一点。”我气得想离开。

熟饭拉住我：“米，对不起，真的对不起！我没有想到那句话居然会给你带来这么严重的伤害。”

我把熟饭的手从我胳膊上扯开，严肃地说：“这位仁兄，以后请叫我‘申谜’！哦，不对，没有以后了，我会躲着你的。”

“我将功补过好不好？有什么需要我帮忙的，你尽管开口。”

“你老人家我使唤不起，会折寿的。”

“那你可以狠狠地骂我，怎么解恨怎么来。”

“就你那脸皮厚得连刀都砍不进，又怎么可能会怕人骂？”我快步往前走。

熟饭一直跟在我后面聒噪：“米，我真的错了。我保证以后讲话会注意分寸的。”

“你何必为了我而勉强自己呢？你说过，你不打击我会疯的。”

“那是玩笑。”

“你说过你从来都不开玩笑。”

女人，在她心情不好的时候，特别爱挑别人的刺，并且越挑越来劲，会抓住你的语病不放，就如现在的我。

熟饭急得无计可施："米，你要怎样才能原谅我？"

看在熟饭曾经在韩忆的母亲面前替我说好话的分上，我决定放他一马，接受他的道歉，不过有一个附加条件：他必须写一份保证书给我，保证今后不得开那些有伤我自尊心和信心的玩笑。

熟饭拿着纸和笔愁眉苦脸："米，没必要搞这一套吧？"

"不行，一定要写！"我嘟起嘴巴说，"你教的学生犯了错误，不也要写什么检讨书、保证书的吗？你是老师，我就以你们学校的处罚方式来处理你的错误。"

"我长这么大，一直是好学生、好老师，从来都没有写过这类的东西。"

"哇，你都没有写过啊？那多遗憾啊！我现在是在帮你把这份遗憾补上。"

熟饭还在那里跟我讨价还价："遗憾也是一种美嘛！要不我给你来个口头保证怎么样？"

我丝毫都不让步："不行。男人口头上的承诺就像是阳光下的肥皂泡，看上去挺漂亮，可都不是真的，并且还容易破。所以还是白纸黑字地写下来比较保险。"

熟饭摸了摸自己的下巴，饶有兴趣地问："这么有哲理的话，应该不是你的原创，谁教你的？"

这家伙竟然一听就知道这话不是我说的，未免让我太没有成就感了，我瓮声瓮气地回答："小马。"

"哦，那她难道没有告诉过你，男人纸上的承诺就像是沙漠中的海市蜃楼，看起来就像是在眼前，可怎么走都走不到吗？"

我已经没有耐心跟他耍嘴皮子下去了，他是大学中文系的讲师，咬文嚼字是他的专长，文斗我自然会输得很惨，不如干脆动武的。我面无表情地活动了两下筋骨，原地跳了几下，然后小尖牙一闪，直接扑了过去，一把纠住熟饭的两只耳朵，恶狠狠地说："少啰嗦，你到底写不写？"

熟饭捂住耳根直叫唤："哎哟，轻点，我的耳朵……这是什么女人啊？什么不好学，非得学韩剧里的那些野蛮女人。以后你得少看点偶像剧，它们纯属误导人的……哎哟，放手……好好好，我写，我写！"

保证书：本人保证以后将力所能及地不伤害到申谜（生米）小姐的心。保证人：舒凡（熟饭）。

以上就是熟饭所立下的保证书的所有内容，简单得很，然而我也不能再要求什么，毕竟这事有一半的成分是玩笑。若有一天，熟饭真的再次伤到了我的自尊心或者信心什么的，难道我还真拿着它向他申讨什么不成？

熟饭拿着自己的杰作看了半天，然后问："需要我在上面按个手印吗？"

"不必了。"我把东西折叠好，随手放到口袋里。

熟饭盯着我的口袋说："米，我忽然有一种卖给你的感觉。"

"本人不贩卖人口。"

……

星期日，我和李莎依约会面了，也见到了她租的办公室，地方不大，三四十平方米的样子，还没有开始收拾，到处是灰尘和前一个租户留下来的东西。办公室在十楼，朝西，透过西边的窗户可以看到落日，这点我非常喜欢。

我对落日的喜爱一直超过朝阳。在我的眼里，落日的美，有一种温柔的张力，最重要的是，看落日不似朝阳那般需要起早床，并且，朝阳意味着一整天忙碌的开始，而落日代表着我就快要回家吃饭洗澡看偶像剧了。

我一直是个懒人，贪图安逸的生活。

然而现在，我懒不成了，新的工作让我很忙碌并且还有那么一点辛苦。从收拾办公室，到买桌椅、电脑、文具，都必须我自己动手。我一个商场一个商场地转，一家店铺一家店铺地比，一点一点地砍价，一件一件地把这些东西往办公室搬，为了节省经费，从来都没有打过出租车，而是跑去挤公交车，看着原本杂乱不堪的办公室在我的布置下变得井井有条起来，成就感油然而生。

李莎肯定了我的表现，这让我很兴奋。

熟饭有空的时候会来帮忙，当我们公司的免费劳力，我跟他之间也越来越熟，关系往兄弟方向发展。注意，是兄弟，因为他说我越来越不像女人，而事实上，他也没把我当女人看，空闲的时候，他会大大咧咧地当着我的面看那些美女的泳装写真，无所顾忌地评价她们的身材，遇上合意的还会眉飞色舞地吹着口哨，然后色迷迷地赞叹："啊，尤物！啊，极品！啊，简直就是上帝的杰作！"

直到我实在受不了的时候，就会提醒他："熟饭，你是老师！"

"怎么了？"

"为人师表，你不觉得自己应该高尚一点吗？"

"哦，是的，好东西应该与人一起分享，这才够高尚。那你要不要跟我一起看？"

我不再拿东西砸他，因为办公室里的东西都是我精心挑选回来的，我担心自己一不小心失手砸到的不是熟饭，而是电脑屏幕，得不偿失。

人手不够，事情又多，我常常把工作带回家，并忙到深夜，周末也很少休息。我的资质与阅历有限，常常会遇上许多不懂的地方，还好有剩牛排，他是个最好的求助站，随问随到。剩牛排还是个很有耐心的老师，会把我的每个问题都讲解得很清楚。看到我忙碌的样子，他似乎很高兴，说我在认真做事的时候，身上会散发出一种魅力，而这种魅力他之前从来都没有见过。

魅力，我有魅力。这样的话只可能剩牛排说给我听，换成熟饭，又不知道会被讲成什么样子。

我和熟饭越走越近，剩牛排似乎并没有特别放在心上，只不过有一回，他突然问我："申谜？如果当初你没有遇上我，那会不会爱上舒凡？"

我想都没有想就回答："不会！"我不知道剩牛排怎么会问我这种问题，因为在我看来这真的是非常可笑。

"舒凡是一个好男人。"剩牛排极少夸奖别人，熟饭是我听到的被他夸奖的第一个男性。

"人很好，就是嘴巴太痞，没有哪个女人能受得了他。"我说的是事实。

剩牛排叹息道："男人嘴巴痞一般分为两种，一种是因为他心肠坏，见不得别人好；而另一种是他在用这种方式来遮盖自己内心深处的某些秘密。"

"他有秘密？"我无法想像。

剩牛排点点头："应该是的，但我还不能肯定。"

"什么秘密？"我好奇地问。

剩牛排看着我，嘴巴张了几下，却什么都没说……

李莎终于辞职成功，回到她自己的公司主持大局，而我们手头上的工作也越来越多，春节很快就要到了，我却无法给C城的父母一个确切的回家日期，也许今年春节我得在本城过了。

"申谜啊，来我这里过年吧！在乡下过年很热闹的，还可以放烟花。"韩姐在电话里向我发出邀请，"并且我这里离你们那里又近，几个小时就可以到了。"

熟饭不担心我过年的时候会孤单，他更担心另一个人——他的恩师陈教授，陈教授的儿女没有回国，那意味着陈教授在今年的除夕夜会比较凄凉。熟饭私底下唉声叹气："唉，如果他能再找个师母就好了。"

听熟饭说，陈教授之前与他前妻的感情很好，以致在前妻死后一直都不肯续弦，孤孤单单地过自己的日子。

"痴情的男人。"我感叹道。

"那个时代的文人在骨子里都有一种浪漫情怀吧！"熟饭说。

我在心里有了一个大胆的想法："如果把韩姐跟陈教授撮合在一起，行不行得通？"

"啊？"熟饭吓了一跳，继而欢欣鼓舞地说，"这主意太好了！我怎么没有想到呢？我们可以在一起吃团年饭，介绍他们两位长辈相互认识一下。"

回到家里，我把计划跟剩牛排一说，他开始翻箱倒柜，好不容易从抽屉里找出一张宣传单之类的东西，然后抓起电话就拨。

"喂，你打给谁啊？"

"酒楼，提前订位子。这团年饭要提前订，不然就没有席位了。"剩牛排显得比我还性急，把手里的宣传单递给我，"你说订什么规格的比较好？六千六百六十六元一桌的怎么样？"

"你还不知道你妈答不答应来城里过年呢，至少你要先问一下她才比较妥当吧？"

"明天我就回乡下一趟，把我妈接到城里来。放心，这事包在我身上，她肯定来。"

"啃啃，你不需要先见一见陈教授吗？"

"不必了，你和舒凡都看中的人，不会差！"

除夕夜，在本市最贵的酒楼碧云天，我和韩忆领着韩姐，李莎、秋南、熟饭领着陈教授，双方人马隆重会面了。我们还没有来得及介绍，陈教授就猛盯着韩姐，有些惊喜地问："你是韩萍？"

而韩姐在听到对方这么问的时候，也显得非常激动，嘴唇都有些发抖："你是陈家二书呆子？"

两双手迅速地握在了一起，两位长辈一下子把我们这些晚辈全都给忘了。韩姐的眼睛里还闪出了泪花："二书呆子，我们都有三十多年没见面了吧？"

这一下，旁人全傻了。

没想到，我们尽力想撮合的这对长辈原本就是认识的，曾经还是邻居，只不过后来两家人搬来搬去，就彼此失去了音讯，可喜的是今天竟然能重逢。

"原来你儿子和我学生是邻居啊！这世界真小！"陈教授颇为感慨地说。

韩姐喜中带悲地反驳道："不对，应该说这世界真大，不然我们怎么会隔了三十多年才见面呢？"

两位长辈在一起快乐地回忆着当年的点点滴滴，脸上开始散发出一种青春的光芒，陈教授的眼神变得特别有神采，而韩姐的笑容里竟然有了小女儿一般的娇羞。我们几个晚辈看在眼里，喜在心里——这桩媒十有八九是成了。

既然都是熟人，大家也就不再客气，说起话也随便起来，熟饭笑嘻嘻地问：“韩姐啊，我老师这个‘陈家二书呆子’的外号是怎么来的啊？”

剩牛排的母亲回答：“你老师当年啊，人长得斯文，学问又好，脾气也挺好的。可就一条：生活上不太会照顾自己。有一回，大冬天的，他爸妈出门了，我妈见他一个人在家，就让他上我们家吃饺子，而他呢，面子薄，觉得上别人家蹭饭，总得帮人家做点什么吧，所以就提出来要帮忙洗韭菜，我妈拗不过他，就让他洗了。当时大家和面的和面，剁肉的剁肉，也没怎么注意到他，只是到后来他把韭菜洗完之后拿到我们面前的时候，我发现他的那两只手啊，冻得都发紫。于是我就问他：‘你这手怎么了？’他就说：‘天冷，水有点凉。’他用的是屋外头结了冰的水洗的韭菜。我就问他了：‘这厨房里头的炉子上不是有热水吗？你就不知道往这冷水里掺点热水？’你们猜他是怎么回答的？”

我们也很想知道：“他是不是觉得在别人家里面随便用人家的热水不太好意思？”

“不是。”韩姐指着陈教授说，“你让他自己回答吧，二书呆子，你还记得当年你是怎么说的吗？”

陈教授推了推鼻梁上的眼镜，一本正经地说：“当时我说，‘书上没有讲可以用热水洗菜啊！’”

“哈哈哈……”全桌的人都笑翻了。

熟饭捂着肚子直喊唉哟：“老师，说句大不敬的话，韩姐叫您‘二书呆子’，可真没冤枉您。”

陈教授也嘿嘿直笑，看得出，虽然他被取笑了，但是他很快乐，那些往事勾起了他内心深处的某些记忆和情感，他的眼睛亮晶晶的：“今天是我这几年来吃得最热闹的一顿团年饭！”

剩牛排颇有些感慨地说：“今天是我这二十年来吃得最高兴的一顿团年饭！”

韩姐也有同感：“我也是！”

熟饭：“今天是我有史以来吃得最有成就感的一顿团年饭。是不是，米？”

我正忙着把一碗鱼翅倒起自己的肚子里：“今天是我这么多年来吃得最贵的一顿团年饭。”我终于吃上了传说中的鱼翅，果然和粉丝的味道不一样，这桌上的菜如果吃不完的话，我一定要打包回去。

剩牛排冲陈教授端起了酒杯：“虽然我和您是头一回见面，可觉得跟您特别投缘，就跟一家人一样。有句话，我想冒昧地问一下，还请您别怪我这个做晚辈的唐突。”

“请讲！请讲！”

“您觉得我妈怎么样？”

“啊？”陈教授没想到剩牛排会问得这么直接，一时有点转不过弯来。

韩姐也觉得很意外，脸一下子红了，不住地拉她儿子的衣角，示意他别乱来。可剩牛排根本就不听她的，他干脆把话挑明：“陈叔叔，妈，其实今天这顿团年饭还有另一层意思，就是安排你们两位长辈会个面，如果你们觉得彼此有好感的话……陈叔叔，妈，我等这个新爸爸已经等了很久了。”

“这……”两位长辈显然没有做好心理准备，不知道该如何应付眼前的突发状况。

剩牛排穷打猛追：“陈叔叔，今天您就当着我们这些晚辈的面，表个态，您觉得我妈怎么样？”

陈教授有点结结巴巴地说：“这个问题，我们能不能缓一缓？”

“陈叔叔，不能缓了！人这辈子真的很短的，转眼就过了，我们不应该把大量的时间花在等待上面。还是说您不看好黄昏恋？”

“不不不……不是，我没那么古板。”陈教授被剩牛排这么一逼，脑门上开始冒汗。

“陈叔叔，我求您了，您就说吧，您到底喜不喜欢我妈？”看剩牛排那着急的样子，就差要给对方跪下了。

陈教授看了看四周，见我们大家都盯着他，全都在等待着他的回答，有些不太好意思地低下了头，小声地说：“我不知道你妈的意思怎样。”

剩牛排一下子就轻松起来，他一把揽过母亲的肩膀，半逼半问：“妈，申谜说你这些年来心里一直牵挂着一个人，今儿个我也看出来了，这个人今天就在这里，对不对？”

“小忆……”韩姐的脸这会是要多红有多红，顶得上这桌上煮熟的虾了。

“妈，您儿子可是在法国待过的，您可别拿中国老太太那一套来对付我，再说了，您也不老，年轻着呢！您就老老实实招了吧，您当年是不是喜欢过这个‘陈家二书呆子’，并且一直都牵挂着他？”

“咳咳咳……”韩姐用咳嗽来掩饰内心的纠结。

熟饭发话了：“韩姐，您要是不喜欢我老师，那我待会可要带着他赶下一场相亲了！”

韩姐不说话。

熟饭站起来，冲对着陈教授说：“老师，我们走吧！”

“哎……别……”韩姐叫住了熟饭。

剩牛排着急地问：“妈，您倒是说啊，您到底喜不喜欢陈叔叔？您平时讲话干脆利落，关键时刻扭捏什么啊？大方一点，给我们这些晚辈做个榜样！”

“是啊，是啊，说吧！”旁边看热闹的人也等得着急了，开始催了起来。

韩姐把心一横，眼一闭，头一点：“喜欢！”

“噢！”大家都鼓起掌来。两位长辈你看着我，我看着你，羞涩地笑着。

事情并没有就此结束，剩牛排又提议道：“今天是大年三十，好日子，要不我们就把这亲给订了吧？”

“啊？这太快了吧？”

“快什么啊？你们都已经错过三十多年了，还有必要再等待下去吗？打铁要趁热，我还等着叫爸呢！这样吧，我们打个电话给陈叔叔的儿子和女儿，问问他们有没有意见，如果他们没意见，这婚我们今天就订下来。至于结婚嘛……”剩牛排停顿了一下，“这后边的事情，就等他们回来办。”

剩牛排的话刚刚说完，陈教授的手机响了：“喂，过年好……是啊，在吃团年饭呢……热闹，这里有很多人，今年这年过得特别不一样……跟谁啊？跟舒凡，还有……”他有些不太好意思说下去了，看样子，这电话一定是他国外的儿子或者女儿打回来的。

熟饭立马把电话抢了过来：“喂……艺姐好，我舒凡啊！我跟你们说个事……”

这小子躲到一边啰哩叭嗦地讲了一大堆，然后把电话一挂，回到席位上非常严肃地说：“现在我有个非常重要的事情宣布一下！”

大家都紧张地看着他。

熟饭清了清嗓子，说：“本人受陈清书教授的女儿——陈艺女士全家，以及陈清书教授的儿子——陈泉先生全家人的委托，担当今晚陈清书先生和韩萍女士的订婚典礼的主持人！”

“好！”大家都欢呼起来。

于是，在熟饭的主持下，在碧云天所有顾客的见证下，陈教授和韩姐两个人甜甜蜜蜜地订婚了，剩牛排当场改口，叫陈教授“爸”，而陈教授也欢天喜地地认了他这个儿子。

一切发生得如此之快，昨天还是孤孤单单的两个人，今天就成双成对，连婚都订了。我暗暗感叹：“原来爱情和婚姻都是在一念之间产生的。”

熟饭听到了我的自言自语，说：“本来这些东西都是很简单的，只不过许多人把它弄得过于复杂了而已。”

剩牛排整个晚上都处于一种极度兴奋的状态，吃完饭之后还不肯回家，拉着大家一起去郊外放烟花。我们好不容易才找到一家卖烟花的店，然后满满地装了一后备箱，拖到郊外的一条小河边燃放。

当那些绚烂的烟火冲天而起，映红整个夜空的时候，我听到了剩牛排的喃喃自语：“如果时间能在这一瞬间停顿至永恒，该多好？我会永远记住这个夜晚，直到……那一天！”

我忍不住好奇地问：“直到哪一天？”

起风了，树叶摇曳出几许寒意，散落在大家的身上，剩牛排把我裹进他的风衣里，仰头看着天空中的烟火：“申谜，今晚是我这辈子最幸福的一晚！有我在乎的亲人，有你，还有这些朋友，我从来没有这么满足过。即便现在死了，我也没有遗憾了！”

“呸呸呸！大年三十的，别说这么不吉利的话。”我赶紧双手合十，念念有词，“老少之言，百无禁忌。”

剩牛排将我裹得更紧了，有点让我喘不过气来，他的声音里有种穿透一切的淡定：“生命原本就是如此脆弱，不可预知，死其实没有什么好怕的，只是因为对生者的牵挂，所以才变成了一件令人悲伤的事情。现在，我妈已经有了她的归宿，我已经很放心了。只有你……”

“韩忆，我不准你谈论这个话题，要谈的话，我们改天再谈。”本人虽然上过几年学，接受过所谓的高等教育，但在骨子里还是很唯心的，剩牛排在这样的日子谈论死亡，让我感到非常的不安，并且不满。

熟饭跑了过来，拍了拍身上的灰：“讲什么呢？讲得这么腻歪，还得贴在一起讲。我来凑个热闹，不介意吧？”

剩牛排说：“我们在讨论生命的起源和结束。”

“哇，这么深的课题啊！”

我警告面前的这两个男人：“不准讲！大过年的，得说吉利话，我们都会长命百岁的。”

熟饭把手揣进自己的袖子里取暖，站在我们旁边，眼睛看着天空：“这男人的寿命啊，一般和他身边女人的容貌成反比，所以，米，根据此条定律——你家男人的确会长命百岁的。”

我一脚踹了过去，这次正中熟饭的小腿，他跳起来大叫：“喂，这时候你还来这招，你就不能女人一点吗？”

“对你不必太女人。”

“也只有这个傻瓜才会把你当女人！”熟饭悻悻地闪到一边。

我看着漫天的烟花，璀璨夺目，忽然想起在哪里看到过的一句话：“她比烟花寂寞。”这么美丽的东西，受世人注目，为什么会说它是寂寞的呢?

我问剩牛排，他将我拥得更紧了：“也许是因为世人只看到它灿烂辉煌的一面，却不明白它的这种灿烂是凝聚了它所有生命的力量燃烧而成吧。”

熟饭:“今天晚上最寂寞的人是我。生米有韩忆,韩姐有我老师,我姐有秋南,只有我是一个人孤孤单单地看烟花，茕茕孑立，形影相吊，所以，今晚的我比烟花寂寞。”

熟饭向我们展示着他合在一起的双手：“你看看你们，都是你手牵他手。只有我，是左手牵右手。”

剩牛排忽然问：“舒凡，如果我把申谜交给你，你会不会牵她的手一辈子？”我听着不对劲，从他的怀里挣脱出来，直愣愣地盯着他。

熟饭听到这话，也非常不悦：“你这是什么意思？在取笑我没有女人吗？”

剩牛排十分窘迫：“不，我不是这个意思。”

“那为什么你不问你自己，会不会牵她的手一辈子？”熟饭似乎有点生气了，“韩先生,对另一个男人说要把自己的女人交给他,这是对我们三个人的不尊重。”

剩牛排有些慌乱起来：“对不起，我真的不是想冒犯任何人。”

熟饭冲到剩牛排的面前：“你已经冒犯到我了。好好对待申谜！不然，我不会放过你的！”然后他一转身，躲到秋南的车子上去了。

我也很生剩牛排的气，他怎么可以把我当成是某种物品一样，交给另一个人？虽然只是假设，但这也是很不应该的。

今天是除夕，并且是韩姐和陈教授订婚的好日子，我不想影响到其他人的好心情，因此忍住自己的不满，静静地看完后面的烟花。

10 乐极生悲

春节过后没几天，熟饭突然搬去了学校，没有交代任何原因。我也开始上班了，年前我们有家客户发了个产品图样给我们，要求我们报价。当务之急，我们得找一个加工厂，可一连找了好几家，都嫌弃我们公司的规模太小且前途不明朗，不想与我们合作。

李莎最后想到了韩亿的亲爸罗先生：“也许我们可以问一问他，说不定他可以帮我们这个忙。”

我对这个曾经抛妻弃子且重男轻女的男人没有任何好感，认为他的人品很有问题。

李莎摇摇头，不同意我的看法：“我在业界了解过，罗先生做事很认真，做人却很低调，就算他对谁不满，也不会表现出来，更不会得罪这个人，这就是他会什么能把生意做得成功的原因。罗兰这个人虽然在生意上比较会耍手段、比较会投机取巧，但是风芒太露，并且喜欢过河拆桥，如果她不改改这些毛病，那么她的路注定不会走得太远。生意场上的人没有傻子，人家上过一次当吃过一次亏，就不会再相信同一个人。罗先生现在不愿意把自己的生意交给罗兰，是对的！”

“罗先生当年背叛了他老婆。”这点让我非常看不惯，并且为韩姐抱不平。

“一个人会不会做生意，和他的私生活是没有关系的。”李莎耐心地教导我，“我们现在是做生意，而不是去做道德法官。我们要学会别把私人情感带到生意里面来。”

我和罗先生约在一家餐馆见面。

我把手中的图纸交给他：“罗先生，这个是产品图，不知道贵公司能不能提供报价给我们，如果下单的话，交货的周期大概要多长时间。”

罗先生端起茶壶把摆放在我面前的杯子注满水：“申谜啊，我们之间讲话不需要那么客气，什么‘贵公司’不‘贵公司’的？见外了啊。”

“呃……”

“我会把图纸拿回去，让工程师尽快估算出成本来，到时候以书面的形式发给你们公司。”

我有些意外：“你愿意跟我们公司合作吗？要知道以我们公司目前的规模，前期的订单有可能很不稳定。”

“生意都是慢慢做起来的嘛！我跟李莎打交道那么久了，我很相信她的能力。再说了，我以前也受过她的照顾，这点小忙是应该要帮的。”

我没有想到事情会这么顺利，一下子就谈完了，但是还不能走，必须得继续把这顿饭吃完。我找不到话题，默默地喝着茶。

眼看就要冷场，罗先生说话了：“申谜啊，你和韩忆认识多久了？”

“几个月而已。”

“看得出来韩忆很在乎你。你俩感情不错吧？”

“还行，他对我很好。”

“哦。”罗先生小心翼翼地问，“那你们有没有打算什么时候结婚？”

为什么人们只要看到别人在谈恋爱就喜欢问他们结婚这码事呢？

我看着杯中的茶叶：“现在我们都很忙，没有考虑这个问题。”

“我有个请求，如果你和韩忆哪天结婚了，能不能让我也参加婚礼？”罗先生继续小心翼翼地问。

“我想韩忆也会请你参加吧，毕竟你是他爸。”

罗先生高兴起来，赶紧给我添水：“太好了，真是太好了！我真担心你们会不欢迎我。”

“如果是我和韩忆结婚的话，我想我们会邀请你参加的，但如果韩忆娶了别的女人的话，那我今天说的话就不能算数了。”

罗先生哈哈大笑：“申谜，你真能讲笑话。”

笑话，怎么会是笑话？我说的是事实啊！世事如此多变，谁能保证自己在下一次看烟花的时候，不会变得比烟花寂寞？

刚与罗先生道完别，我就收到了阿彩的电话，她在那头骄傲地告诉我：她要结婚了，婚礼在情人节那天举行。而新郎竟然就是她之前的那个“极品男友”，这也让我很诧异，我实在无法理解他俩怎么又走到一起去了，并且还要结婚。

“申谜，听到我要结婚了，你有什么想法？”

想法？我的第一个念头就是：哦，上帝，这真是一个坏消息——我又得破财了！

有意思的是，熟饭也收到了阿彩的邀请，据说还是阿彩本人亲手把喜帖送到他手上的，由此可见熟饭在她心目中依然很独特，地位甚至超过了我这个曾经与她同住过一整年的室友。

我很好奇阿彩在把喜帖递到熟饭手中的那一刹那，她心里在想着什么，是未能与对方共结连理的遗憾？还是自己在没有得到对方的青睐后依然能出嫁成功的炫耀？或者干脆只是单纯地不肯放过任何一个可以创收的红包？

婚礼当天，我、剩牛排、熟饭，都去了，李莎和秋南也来了，大家同坐一桌。

"阿彩，这个就是我的老板秋总！"新郎郑重其事地介绍着，那颗缺了的门牙依然没有补上，空洞得让人觉得不舒服。没想到秋南是他老板，看来熟饭真的很有必要提醒一下他这个未来姐夫要小心用人。

"秋总好！"也许是穿了婚纱的原因，今天的阿彩显得还真有那么几分贤妻良母的样子。

新郎又指着李莎介绍道："这位是秋总的未婚妻——李小姐，很能干的一名女强人啊！有机会的话，你可要多跟她学习一下，如果你能有她的十分之一，就很不错了。"

笑容在阿彩的脸上僵住，她看了看熟饭，又看了看秋南，最后把目光落在李莎身上："你是秋总的未婚妻？"

李莎伸出手镇定地握住阿彩："是啊！我们之前有见过的。"

"那舒……"阿彩见新郎就站在自己身边，没有把后面的话说出来。而我、熟饭、李莎、剩牛排几个人都心知肚明，她想问舒凡是李莎的什么人。

面对熟饭的时候，新郎的表情就很不自然，为了阿彩的事情，他们之前交过手，熟饭曾经把他和那位女下属从阿彩的房子里赶了出去，相信他俩都还记得这件事。新郎转过头来问阿彩："这位是？"

李莎微笑着说："他叫舒凡，是我弟弟。"

"哦，原来是秋总的未来小舅子。幸会！幸会！"新郎客套地打着招呼，可额头上却在冒汗，估计是想起了自己当日在熟饭面前嚣张的样子，有点担心对方会在自己的老板面前说他的坏话，会让他以后的日子很难过，甚至有可能还会丢掉饭碗。

阿彩更惊讶了，不敢相信自己听到的是真的："你们是姐弟？"

"是啊，不然你以为是什么？"李莎笑着问。我不知道阿彩请李莎去碧云天吃鱼翅的那一晚，两个人之间究竟是怎么交手的，我只知道自那晚以后，阿彩就认定了自己与熟饭无缘。

“没……没什么。”阿彩有些幽怨地看向熟饭，无声地控诉着什么，而熟饭笑嘻嘻地看着她，左一声恭喜右一声道贺。

这对新人的情绪都受到了很大的影响，在介绍我和剩牛排的时候显得有些心不在焉，之后，他们迅速离开了这里。

开席后不久，许多人怀着各种居心跑去给新郎敬酒，没多久新郎就被灌得两腿打晃，站都站不稳，说起话来也舌头打结，人前人后吐了很多次，新娘阿彩果断地让人把新郎扶去休息，独自一人撑着场面，招呼着宾客。

又过了一会，很多人开始离席，而我们几个人也准备回家，这时，阿彩一手拎着一瓶刚开封的白酒一手拿着个玻璃杯大步走了过来，在我们这桌坐下，倒了满满的一杯酒，递到我面前：“生米，干了这一杯！”

“为什么？”这么大一杯白酒，看上去有二两多，阿彩跟我住过那么久，知道我酒量不好，白酒更是我的克星，她这是存心要我醉。

“这是你欠我的。”阿彩说这话的时候，眼睛都有些红了，不知道是酒精的作用还是情绪不稳定，我甚至在她的眼里看到了一丝不甘与失落。

我很疑惑：“我欠你什么了？”

“你不够义气，所以你该罚。”

我更不明白了：“你能不能说得仔细一点？”

此刻的阿彩是我没有见过的阿彩，不再趾高气扬，不再自以为是，脸上也没有半点炫耀的意思，虽然换上了大红的喜服，红艳艳的，我却从她的身上看到了一种从内心涌出来的朴素。

对，是朴素。这种感觉如此真实，有一种亲近感，阿彩终于愿意用一种平等的姿态站在我的面前，与我对视。

“生米，我一直以为你很笨，情商很低。”阿彩说这话时，旁边已经有人在窃笑，看来他们非常同意她的说法，“但是，我错了，其实你才是真正的情场高手，钓男人于无形。”

“咳咳咳……”我没听错吧？居然有人说我是情场高手。这么多年来，我一直是公认的笨蛋，并且还属教都教不会的那种，曾经让小马和阿彩这两个老师多次气得咬牙切齿，恨不得直接把我的脑瓜劈开，然后把她们的思想放进去。这会儿我怎么又变成高手了呢？

阿彩一掌拍下来，打在我的左肩，力道很大，我禁不住晃了晃，却依然没有逃出对方的掌心。阿彩死抓住我的肩膀不放，有点像是在施吸星大法，要将我体内所有的功力全都吸走："你别不承认，事实就摆在眼前。"

"阿彩，天地良心，我从来没有去钓过男人。"

"这就是你的高明之处，你从不去钓男人，可是你有本事让男人来钓你。生米，我跟你住过那么久，这种本事你怎么从来都不教给我？结果让我跟这么一个男人结了婚。所以你得干了这一杯，为你的私心向我道歉。"阿彩的语气中尽是幽怨之意，和她眼前新娘的身份有点不相衬。哪有见过新娘在结婚的当天说新郎坏话的？

"阿彩，别这样说！你老公……挺优秀的。"我违心地说了句恭维话。

阿彩摇摇头："生米，你不用跟我说假话。其实我也知道，我的这个男人，不怎么样，你们很多人都不喜欢他。"

她说的是真话。

"但是，我没有办法，我找不到比他更好的男人。"阿彩瞟了熟饭一眼，"或者说更好的男人根本就不喜欢我。生米，你后来明明知道舒凡和李小姐是姐弟，而你也知道我之前追过舒凡，可你为什么不把这件事告诉我？就凭这点，你又得跟我喝一杯。"

呃，她说得没有错，在这件事情上，我的确做得不是很地道。不过，告诉她又能怎样呢？熟饭既然能把他姐拉出来当挡箭牌，那就证明阿彩从头到尾都没有机会。

熟饭出声了："这事是我让米不告诉你的。阿彩，你别怪她！"

阿彩叹了口气："听到了没？米，他在主动替你说好话，根本就不需要你安排什么。这些还不足以证明你有男人缘吗？"

我只当阿彩喝得有些醉了："可是一直以来，都是你的男人缘比我好啊！去年情人节，你和别人出去吃烛光晚餐，而我只能待在家里煮面条。"

阿彩又拿眼神看了我身边的剩牛排一眼："生米，你一个男人就顶得上我十个男人了。就你家的这个男人，他根本就不是什么司机，而是三水公司的法方代表。我说得没错吧？"

她什么时候知道的？

阿彩似乎能看穿我心里在想什么，不待我问，就解开了谜团："那次我跟李小姐吃宵夜，丢了个大面子，碧云天的伙计告诉我，说她根本就不是什么小人物，而是专门管小人物的人。我不相信，私底下偷偷跑到三水公司去问了，结果让我意外地发现了你家男人的真实身份。我就说嘛，一个司机，年纪轻轻，怎么可能住得起那么好的楼盘？生米，你对我隐瞒他的身份，说明你没把我当朋友看，寒人心啊！所以，你又得喝一杯。总共三杯，今儿个你可不能推脱，必须喝了它！”

阿彩端起酒杯再次递到我面前，半是命令半是威胁地说：“喝！”

“阿彩，我酒量不好。”我很希望她能手下留情，放我一马，别人结婚，我喝醉，这可不是我想要的。

“没有人天生酒量好，好酒量都是灌出来的。再说了，喝到最后不就是一个醉嘛？我家男人已经先倒下了，你那边的人全都清醒着，你还担心什么？干了！”阿彩喝起酒来有一种男人一样的气势，咄咄逼人，让我无处可逃。

我深吸一口气，闭上眼睛，屏住呼吸，悲壮地喝光了第一杯酒，一团烈火倾入我的口腔，越过我的喉咙，滑过我的食道，一路烧到胃部，火辣辣的。

阿彩看到我样子很难受，赶紧夹了一块肘子放到我碗里：“吃菜。烈酒配肥肉。古人说‘大碗喝酒，大口吃肉’就是这意思。”

我跟阿彩住过那么久，她连一片青菜叶子都没有给我夹过，今天却给我夹了一大块肉，我还真有点受宠若惊，赶紧把这份“恩赐”放进嘴里，果然，被油水这么一中和，人没那么难受了。

“生米，记住了，下次有好男人，要分我一个！”

“啊？”

阿彩面不改色地说：“啊什么啊？我说的是真话，不是开玩笑的。你遇上好男人的几率比我高，如果你有那些应付不过来的男人，不妨过给我。”

“你今天结婚呢！”我提醒眼前这位准新娘。

“我知道。”

“从今天起，你已经有老公了。”

“别跟我提那家伙。”阿彩说出了一句让我惊诧的话，“我又不爱他！”

“啊？”我怀疑自己是不是喝得有点醉所以听错了，“你不爱他，又和他结什么婚？”

“生米，你少白痴了。现在的男女，相爱的不一定结婚，结婚的不一定相爱。我跟他，谁都不爱谁，只不过都找不到更好的，年纪又大了，所以只好先凑合一下，等找到好的，就会毫不犹豫地把对方给踹了。”阿彩说得很认真，不像是玩笑话，“我是这么想的，他也是这么想的。我心里惦念着别的男人，他同样背地里全世界地找能被他骗到手的女人。”

我听得目瞪口呆。阿彩又给我倒上一杯白酒，逼着我干了。她自己也喝了不少，满脸都是酒意：“生米，你知道婚姻是什么吗？”

我摇摇头，眼睛有些花，看来快要醉了。

"婚姻就是一场宴席，迟早是要散的。就算是那些白头到老的夫妻，最终还是会有一方先走一步，天人相隔，还是散了。"

"那人呢？婚姻中的人呢？"

阿彩回头看了看那些差不多走光的宾客："人就好比参加宴席的宾客，有些人觉得菜不对自己的口味，会提前退席，把胃口留出来去赶下一场；有些人虽然也不喜欢吃这些菜，但是为了面子或者因为怕麻烦不想换地方，会坚持到最后；还有一些人，因为迟到了，就只能吃别人剩下的残羹冷炙。"

阿彩的身影开始在我面前摇晃。

"阿彩，别那么悲观，还是有很多人因为幸福而相伴一辈子的。"

"是啊，有。这种人就像是在宴席中喝醉了的人，因为酒精的麻痹而得到了一种虚幻的快乐。"阿彩越说越精神。

我听得却越来越泄气，我不喜欢这种颓废的论调，给人一种灰蒙蒙的压抑感。

"阿彩，幸福是实实在在存在的，它不是一种虚幻的快乐！"

阿彩哈哈大笑起来："幸福就是一种虚幻的东西，你说它实在，那你能不能告诉我幸福是什么？"

若是在以前，我肯定无法回答阿彩的这个问题，现在的我，已经被幸福感动过很多次，不再是那个当初找不到方向的笨丫头，我可以大声地告诉别人幸福在我心目中的定义："阿彩，幸福很简单。它就是你饿的时候，吃得饱饱的；你困的时候，睡得香香的；你冷的时候，有一件大棉衣，让你全身暖暖的，这件棉衣甚至还不需要很时髦、很名牌；幸福就是父母在想你的时候给你打个电话；你为难的时候，朋友帮你一把；替自己喜欢的人做那些并不好吃的食物，或者他陪着你看电视……这些都是幸福。"

"生米，你说的这些东西都不是永恒的。父母会一天天老去，甚至有一天会离开你；朋友不一定会帮你，甚至算计你；替自己喜欢的人做食物，他有可能动都不动一口，你想让他陪你看电视，他却要出去跟男人们一起去酒吧看钢管舞。"

"所以我很珍惜现在所拥有的东西，至少我现在正在享受着这种幸福，当某一天我失去它们的时候，我依然拥有那些回忆，不是吗？"

阿彩给我倒上第三杯酒："生米，我们是两种人，你无法体会到我心里的难过，我也无法感受你说的那种幸福。还是喝酒吧！"

当那种水一样的液体如火似的第三次焚烧过我的五脏六腑之后，我的整个人也如灰烬一般轻飘飘起来，越飞越高，越飞越高，飞过桌面，飞过房顶，飞过树梢，飞过云朵，一个长着两只巨大的翅膀的家伙从我身边路过，挥着手跟我打招呼。

“嘿，你是鸟吗？”我问他。

“我是天使。”长翅膀的家伙说，声音很耳熟，似乎在哪里听到过，可是他总是飞在我前面，让我看不清楚他的长相。

天使也分很多种的，他是哪一种。“嘿，你是什么天使？”

“我是你的守护天使。”

哇，那我得好好巴结一下！我从口袋里掏出一个苹果，扯着嗓子大声喊：“我请你吃苹果！”

“这个苹果不是伊甸园的苹果，我不吃。”

我又不是夏娃，上哪儿给他摘伊甸园的苹果去？

守护天使有些伤感地对我说：“申谜，我不能再继续守护你下去了，以后，你自己多保重！”

我慌了神：“为什么啊？为什么你不能守护我啊？”

“我累了。”守护天使说完这句话，突然从云端跌了下去，迅速地从往下坠……

我痛声疾呼：“不！你回来——”

忽地，我醒了，原来是梦。这个梦太可怕了，我全身都在发抖，四肢冰凉，每一个毛孔都在出冷汗，心率很快，整个心脏似乎要跳出来。

“你怎么了？”剩牛排的声音传来，我一抬头，就看到了他紧张的面孔，他掏出一张纸巾替我擦去额头上的汗珠。

我依然有些惊魂未定，捂着胸口说：“我做噩梦了。”

剩牛排搂住我，用手轻轻拍打着我的后背，安抚着我的情绪：“别怕，只是梦而已。你能不能告诉我，你梦到什么了？”

“我梦到我失去了我的守候天使。”

剩牛排把我拥进怀里，下巴顶着我额头，久久不说话。我趴在他的胸口，听着他的心跳声，不知道为什么，我竟然能从那简单枯燥的节奏中听出他的伤心。看到剩牛排如此紧张，我反过来安慰他：“嘿嘿，没事，只是在梦里比较可怕而已，醒来就好了！”

剩牛排的声音有些发抖：“申谜，你怕不怕失恋？”

我很认真地想了想：“我又没有失恋过，不知道自己会怕还是不会怕。不过，好像这年头人人都会失恋，大家不都挺过来了嘛，所以，这事应该不是很可怕吧。从无到有再到无，是一个圆，很完整。没必要害怕什么。”

“是啊，从无到有再到无，是一个圆，很完整。”剩牛排重复着我话，似乎没有那么不安了，“那你最怕什么？”

“我最怕没有地方住，三更半夜会被人从房子里赶出来，又找不着可以睡觉的地方。”也许是当初被阿彩和她男友赶出来太多次了，我的心里留下了阴影，包括现在，我还老担心安琪会在哪天突然带着她的男友回国，而我拎着大包小包满世界地寻找落脚的地方。

剩牛排叹了口气：“申谜，你真的是一个特别的女人，说你现实，可你又爱做梦；说你是理想主义者，可你在某些方面又表现得很现实。”

我抬起头笑着说：“我是在用现实经营我的生活，用梦想点亮我的人生。”

几天后，剩牛排突然告诉我，法国总公司那边要他回巴黎一趟，汇报去年整年度的工作。我去机场送他。

临行前，我跟剩牛排交代有关事宜：“不准泡法国妞！”

“好！”剩牛排用力地点着头。

“不准被法国妞泡！”

“好！”剩牛排拉着我的手久久不愿放开。

“要想我，并且把我想得漂亮一点！”

“你一直都很漂亮，像个公主。”是我看错了吗？我怎么觉得剩牛排的眼睛红了。

忽地，我的鼻尖也酸了起来，有液体在往我的眼睛那儿涌去。然而，我怎么能哭？十六年前就答应过剩牛排，今后都不会再哭的。我用力揉了揉鼻子，把眼泪硬生生地给逼了回去：“你有什么要说的也快说吧，就要过安检了。”

“好好照顾自己。”

“知道，还有呢？”

“无论遇到什么事情，都要坚强。你会做到的，对吗？”

“那是。本人别的没有，就有一种打不死的小强精神。”

“申谜，我爱你！”一颗眼泪滴在我的手背上，温润而晶亮。

我把头抬起来，剩牛排赶紧把头扭到一边，不让我看到他的脸。

“你爱我吗？”男人的声音还带着浓浓的鼻音。

女人的眼泪是很厉害的武器，而男人的眼泪是原子弹，我的心房被这颗眼泪击中，所有的防御工事在刹那间分崩离析，那句被我掩藏了很久的话终于得以现世：“韩忆，我……”

嘴唇一下子被堵住，半响，剩牛排才放开我，神色也恢复了正常，他笑着对我说："别说。这句话太重，我怕飞机承载不起会掉下来。"说完，他松开手，拎着行李箱，头也不回地跨进了安检口。

我看着他从我的视线中消失，心，突然空了……

人是一种习惯的动物，总会在某个特定的时间或者特定的地点重复着同样的动作、思维。

我已经习惯了剩牛排和熟饭这两个男人每天在我的生活中出现。现在，剩牛排去了法国，熟饭去了学校，这幢楼一下子变得空旷了许多，每当我坐电梯的时候，即便身边的人挤得让我有些喘不过气来，可我还是觉得有两个位置没有填满。

是啊，习惯，没有这两个男人在我身边，我真的觉得有点不习惯。

没有人在我身边挑三拣四或者加油打气，我变得越来越懒，下班之后窝在家里，能不出门就不出门，一个人坐在沙发上看碟看到睡着，一直到第二天早上八点十分，然后开始洗脸刷牙，把自己整得像个标准的职业女性一般去上班。

一个人吃饭，我实在没有兴致把冷冷清清的晚餐搞得多么的花样百出、营养无敌。冰箱里放满了鸡蛋和各种口味的方便面，饿的时候，就煮一包方便面，再加个鸡蛋进去，担心自己会缺维生素，就买了维生素片回来，放在办公桌上，想起来的时候就嚼一两片。

剩牛排已经走了一个星期，可一直都没有给我电话，我上网查询到最近全世界没有任何飞机失事的事件之后愤愤地想："难道法国的长途电话费很贵吗？"电子邮箱里除了公文就是广告，也没有任何来自剩牛排的邮件。我很生气。

他怎么了？是疏忽还是故意？他在法国那边，一切都还顺利吗？总公司那边有为难他吗？在那个常常歌颂浪漫与自由的国度，不会有人把他给扣留了吧？

两个星期过去了，剩牛排依然没有与我联系，但是韩姐却说她在此期间有接到过他打给她的电话。我已经出离愤怒了。作为他的女朋友，他竟然能够这么长时间都不与我联系，这确实是一件不可饶恕的事情。我决定等他回来之后，一定要好好地教训他一顿，否则，我的地位何在？

小马曾经说过：男人是用来管的，不是用来宠的。我以前对此不以为然，总认为只有女人的似水柔情才能缚得住男人这匹野马。如今看来，小马说得真是太对了。等剩牛排回来之后，我要立好各种"家规"贴在他的墙头，要求他背得滚瓜烂熟，一直记到骨头里，让他不敢再犯。

就在我怒气冲冲地部署着各种计划，打算好好地整治剩牛排一番的时候，家里突然来了两个陌生人。他们西装笔挺彬彬有礼地站在门口冲我露出职业性的微笑："请问您是申谜小姐吗？"

虽然我很喜欢看帅哥，但对于突然找到家来的陌生男人还是保持着一定的警惕性："我是申谜。你们是谁？"

其中的一位男子掏出名片，从我打开的那道门缝里递了过来："我们是XX律师事务所的律师。我姓胡。"

我在脑子里迅速地把自己近些日子以来的所有表现飞速地过了一遍，确信自己没有干任何违法的事情，这才小声而又客气地问："你们找我有什么事吗？"

这位自称为胡律师的人从他的公文包里掏出一张类似于公文的复印件："我们是受韩忆先生的委托来找您的。韩先生打算把他名下的XX花园X栋18A的房子过户到您名下，希望您能抽个时间，去趟我们律师事务所，办理一下相关手续。"

我忽地一下把门拉开，有些不敢相信地问："你说什么？"

胡律师看到我的表情，只当是我突然收到这么一笔意外之财乐疯了，但是他依然极有素养地把刚刚的话又重复了一遍。

"那韩忆他人呢？在哪里？"

"这个我们并不清楚。"

"不清楚？你们又说是受了他的委托？"

"委托文件是韩先生在上个月就已经签署给我们的，他要求一个月之后再执行他的委托。"胡律师耐心地向我解释道。

"他为什么要把他的这套房子送给我？"

胡律师显得很无奈："对不起，韩先生并没有说。韩先生在律师事务所还留下了一封信，说是给您的。不过，他要求您必须办理完所有的手续，房子已经过户到您名下之后，我们律师事务所才能把这封信交给您。"

韩忆，你在玩什么？

数天之后，我在全市最著名信誉最好的XX律师事务所拿到了房产证，上面写着我的名字，办理手续的一切费用，剩牛排在事先都已经付好了，于是，我不掏一分钱、莫名其妙地就拥有了一套许多小市民们梦寐以求的房子。

这个我不在乎，我在乎的是那封信——剩牛排留给我的信。

我从那个厚厚的牛皮信封里掏出一张薄薄的白纸，上头果真是剩牛排的笔迹：

申谜：

我会永远留在法国！

别等我回来了！

房子送你，这样，你再也不用担心会有人在三更半夜把你赶到大街上而你找不到可以睡觉的地方。

韩忆

我打电话到三水公司，他们告诉我，韩忆已经离开了三水公司，不知道去了哪里。

我明白了，我全明白了。韩忆早就计划好了要离开我，所以他留下了这封信和这套房子给我。什么去法国总公司汇报工作，全是假的，骗我的，就是为了他能够顺顺利利地上飞机。

他如果想去法国又不回来，直接跟我说就好了，为什么还要跟我玩这些花样？是担心我会缠住他不放吗？他真是太小看我了。我申谜活这么大，别的没有，自尊挺多的，别人不稀罕我的时候，我一定稀罕我自己。哭哭啼啼要死要活地去挽留一段不可能回头的感情，这样的事，我做不出来。

他送了一套房子给我，是为了表达他的歉意吗？估计还怕我不接受，所以设定好必须办完手续之后才能把信交给我。其实他真不必这么做的，我是财迷嘛，有人送这么贵的分手礼物给我，我当然会接受，然后拿去卖了换钱花，哈哈，换钱花！

申谜，你快是有钱人了，笑一笑吧！我对自己说。可心却一阵一阵地抽搐，生生地痛。

胡律师担忧地看着精神有些恍惚的我："申小姐，你还好吧？"

我猛地抬起头，直愣愣地看着他，估计那样子有点吓人："我有什么不好的？人家范进中举还会疯呢，我收了人家一套房子，当然也会一时半刻的有些不正常。你不理解吗？"

"理解，我完全理解。"胡律师吓得不轻，他小心翼翼地问，"申小姐，需要我们请人送你回去吗？"

"不必了！"

一出XX律师事务所的大门，我做的第一件事就是给李莎打电话："莎姐，我要请假！"

李莎在那头一愣，马上很干脆地回答："没问题。"

“我不知道我会请几天，有可能是一天，也有可能是一个星期。”

李莎回答得更干脆了：“那更没有问题。”

“你不打算问我请假的原因吗？”

“我相信你！”

我在这头哈哈大笑：“说给你听吧，好消息——我失恋了，所以我要去庆祝一下！”

我不知道自己一共睡了多久，每次醒来的时段都不一样，有时候是白天有时候是黑夜。每次一睁开眼睛，我就会脸也不洗牙也不刷地开始吃东西，茶几上、地板上堆满了各种各样的水果和副食品，随手抓到哪样就吃哪样。我不是觉得饿，而是觉得空，一种说不出来的空虚占据着我的这副皮囊，我想用吃这种方式把内心空荡的地方填满。吃累了，又闭上眼睛脸也不洗牙也不刷地睡去，昏天暗地。猪一样的生活。

手机关了，电话拔了，门外有人来过，拼命地按门铃，大声地叫着我的名字，我闭着眼睛，躺在沙发上，一动也不动，理都懒得理。我只想一个人安安静静地待着，不想面对任何人，不想跟谁述说我的失恋经过，不想有谁真实或者虚假地对我表示同情，也不想接受那些我现在并不需要的安慰。我只想变成一只不能感知自己痛苦不痛苦幸福不幸福的猪，吃和睡。

沙发是个好东西，我今天才发现它比床好多了，靠着沙发就像靠着情人的臂膀，睡得踏实。这个东西最大的好处就是它不会突然莫名其妙地丢下你跑掉，它更担心你会因为嫌弃它而把它丢到垃圾站去。

我就这么在沙发上睡，在沙发上吃，在沙发上做梦，在沙发上放屁，恨不得把沙发改造成我身体的某个部位，走到哪里都可以带着它，就像蜗牛无论走到哪里都要背着它的那间房子一样。

我伤心吗？我不知道。我从头到尾都没有流一滴眼泪，这并不是因为那个什么十六年前的承诺，这个人都他妈的把我给踹了，我若是还守着这个什么破承诺，傻乎乎地认为它是某种美丽的信仰，那我就真的是蠢得可以进精神病院了。我不流眼泪，是因为我的眼睛里没有眼泪，我也没必要死命挤两滴出来应应景，证明我真的失恋了。

从一开始，我就知道，我和剩牛排不可能长相厮守，我在下定决心和他在一起的第一天开始，就已经做好了分手的准备，我甚至连假如他当面跟我提出分手而我要讲的话要做的表情都已经准备好了，可我万万没有想到他会选择这样的一种方式离开，半点预兆都没有。

至于为什么分手，我不知道，也不想知道。理由很重要吗？分手就是分手，就算把理由说得再天花乱坠，结果还是分手。我又何必刨根问底地挖个什么说法出来折磨自己？

出来混，迟早要失恋的。我的人生终于因为失恋而多了一段经历少了一个遗憾。

我在沙发上度过了昏天暗地的五天，然后在第六天的上午，突然整个人就变精神了，我从沙发上跳起来，把自己洗干净，挑出一套最漂亮的衣服穿上，然后仔细地给自己涂上了口红，又抹了点胭脂，腰杆挺得笔直地回到了办公室。

李莎看到我的时候，并没有太多的惊讶，只是淡淡地问了一句："庆祝完了吗？"这个聪明而体贴的女人并没有用那种同情或者不安的眼神看我，而是把我当正常人来看，我很安慰。

"完了。"我回答得很干脆，"有什么工作尽管交过来，放心，我不会出错。"

女人，总是在爱过之后，才会明白工作有多么重要。

当小马听到我与剩牛排分手之后，突然说："生米，为什么你不考虑下我哥呢？"

我摇了摇头，苦笑着说："小马，我好像才刚刚失恋吧？"

"那说明你正需要一个男人来帮你忘记上一个男人。"小马笑嘻嘻地说，"我哥这人是一帖不错的疗伤药。"

"拉倒吧！你哥这人属武器不属疗伤药，他最擅长的事情，就是在你的伤口上再加一刀，让你的痛苦来得更强烈。"

小马似乎很不认同我的观点："那是你不了解他。"

我真的认为自己不需要谁来帮我："我完全可以自我疗伤。还有，为什么要忘记曾经的伤害呢？我要记住它，这样才能使自己不会好了伤疤忘了痛，不会再犯相同的错误。"

我明白小马的想法，但对于她的好意，我真的只能心领而已。熟饭是我的朋友，我的哥们，我从来没有想过要把他拉到我的感情生活里来。爱情如此多变，我不想在失去一个男友的同时也失去一个可以信任的朋友。那样的损失太惨重。

我回到家里，环顾了一下冷冷清清的屋子，丢下手中的皮包，钻进洗手间，洗去全身的装备，倒在沙发上，看着天花板，命令自己："睡吧！"于是，我就睡着了。

11 有客自远方来

落花满天，纷纷扬扬，一个身影倚在一棵树底下，不知道在等待谁。

“知道这是什么花吗？”一个声音在问我。

“桃花。”我说，“这个地方我来过。”

“没错，你曾经来过。”那个声音说，“你还记得你问过我什么吗？”

“我不记得了。”

“你曾经问过，一朵花谢了，来年会有另一个朵花代替它盛开，那人呢？”

我想起来了：“你告诉我，一个人离去，将来也会有另一个人代替他来爱我。”

“是的。”那个声音说，“那个人已经等了你很久了，去吧！”

我整个人跟着了魔似的，朝着树底下的那个人走去，穿过漫天的落花，越走越近……

“砰砰砰！”有人在砸门，边砸还边按门铃，惊天动地，快要把整栋楼的人都吵起来了。

我没来得及看清楚桃花树下站的那个人是谁。我恨恨地爬起来，一看，才六点半。我咬牙切齿地把门拉开一条缝，一个高大的身影抱着一个纸箱撞了进来，只听得一声响，东西洒了一地，那人心疼不已地捡起一个剃须刀：“天啊，别摔坏了！我上个月才新买的。”

是熟饭。

我叉着腰居高临下地看着蹲在地上收拾残局的熟饭：“你干吗？”

“搬回来住啊！”熟饭头也不抬地回答，把手中的剃须刀检查了一下，发现它运行正常，顺手把它放进了身边的纸箱中。

“如果我没有记错的话，你家应该是在隔壁吧！”我提醒他。

“我知道啊。”熟饭说。

“那你来我家干吗？”我问。

熟饭站起身来，冲着我笑嘻嘻地说：“你不是失恋了嘛！”

小马这丫头，又把我给出卖了。我深吸一口气，有些不理解地问眼前这个来意不明的男人："我失恋跟你把东西搬到我这来有什么关系？"

"你这可是初恋啊！失恋很严重的，我怕你想不开，所以，我想我有必要暂时性地搬过来住一段时间，以防你会有一些不理智的举动。"

"等等。"我找到重点了，"你说你要搬过来跟我一起住？"

熟饭嬉皮笑脸地承认。我义正辞严地反对。我和剩牛排恋爱那会都是一个住十八楼一个住十五楼，这会我单身了，家里反而多出一个异性，这不合逻辑。

我抱起熟饭那些乱七八糟的东西就要往外面扔："谢谢你的好意！放心吧，我会长命百岁的。我不太习惯和别人一起住，你还是回隔壁吧！"

"别啊！"熟饭抢下我手中的东西，然后很宝贝地抱在怀里，又嬉皮笑脸地说："你就当是成全我做一次雷锋嘛！"

"君子才有成人之美，我不是君子，我是女人，是那种与小人相提并论的女人。"

熟饭的态度变得谦虚而卑微起来，一个劲地跟我赔笑脸，话也说得结结巴巴："唉，米，其实，其实不是我想帮你，是想你帮帮我！"

"那你等我睡够了再来找我。"大清早的就把我吵醒，让我原本就不痛快的心情更是雪上加霜。

我要往外赶人，熟饭一把堵住门口："不行啊，等你睡醒，就来不及了。喂，我们是不是哥们？"

这个问题太难回答了，我思考了大概半分钟之后回答道："在你不那么惹人厌的时候，是。"

"哥们现在有难，你帮我一下，不行吗？"

"有难？"我围着熟饭转了一圈，他那样子看上去确实有些狼狈，"你是不是招惹了哪个黑社会老大的女儿，现在正被人追杀，结果你有家不能回，只好跑我这来避难？别说是，如果说是，我绝对不相信。"

熟饭愁眉苦脸地说："比这还惨——我的一个关系特好的同学的妹妹看上我了。"

"桃花运啊，好事啊！"

"被美女看上那叫桃花运，被恐龙看上那叫桃花劫，若是这只恐龙正好又很有背景让你不敢正面得罪的话，那就叫在劫难逃。"

我对熟饭的处境有点幸灾乐祸："既然在劫难逃了，那还逃啥？直接缴枪不杀算了。"

熟饭冲我一瞪眼："难逃不代表完全逃不了啊，我这不是找你帮忙来了嘛。米，我这一辈子的幸福全都拜托在你身上了。我那同学在电话里把他妹夸得那叫一个天花乱坠，我要是跟他说我没那意思的话，估计他会当场跟我翻脸，于是，我就婉转地告诉他，说我有女朋友了，已经开始谈婚论嫁了。结果他今天天没亮就跟我打了电话，跟我说他要来我这玩。这会估计都下了飞机了。这大清早的，我一时半会上哪找挡箭牌去啊，这不就想到你了嘛。”

“那和你要搬来跟我一起住有什么关系？”

熟饭又拿出了一副老夫子看笨学生的表情：“他点明了要来我家看看。你想啊，一对要谈婚论嫁的恋人，还会分开住吗？”

“会。”

熟饭恨不得掐死我。

“为什么是你来我家？而不是我去你家？”这点我很好奇。

熟饭有些不好意思地说：“因为我家太长时间没住人，里面脏得很，来不及收拾。”

就在这时，熟饭的手机响了，他赶紧掏出来接电话：“喂，西门子啊……哦，你到小区门口了。好的好的，我穿好衣服就去接你。”

挂完电话，熟饭立即忙碌起来：在洗手间里摆放好他的口杯、牙刷、剃须刀、洗脸毛巾、浴巾，在鞋架上摆上他的拖鞋和皮鞋，在茶几上摆上一个烟灰缸，他一边把我放在沙发上的被子抱回卧室，一边问：“你怎么睡沙发？”

“我喜欢。”我有些担心地问，“喂，你晚上不会真的在这里睡吧？”

“放心，等我同学来这里看过之后，我就走。”熟饭从卧室里冲了出来，手忙脚乱地开始换鞋子，“我会把他安排到宾馆去住，这样，晚上我就可以回自己家睡，不打扰你做春梦。”

我看着熟饭消失在电梯里的时候才想起来——我什么时候答应配合他了？气得我冲着走廊大喊：“喂，我们还没有商量好呢！”然而，他早已经跑掉了。

西门子原名不叫西门子，由于他偏好于西门子电器，大学期间在暑假打工的时候，曾经担任过某商场的促销员，专门销售西门子冰箱，于是大家都不再叫他的本名，而叫他西门子。也许是做过销售的缘故，西门子的嘴巴比熟饭的还要甜，一见面就嫂子长嫂子短地乱叫，听得我面红耳赤，却又无可奈何。

“米，他还没吃早点呢，我也饿着，煮个面条来吃吧。”熟饭还真把自己当人看，指挥起我来有模有样的。

我恨得牙痒痒的，但也只好忍着，冲着那两个聊得热火朝天的男人挤出一个微笑，然后钻进了厨房。

西门子超能吃，一海碗面条和三个荷包蛋不一会就被他扫了个精光，问他饱了没，他还摸着肚子有些不好意思地说："好像还欠一点。"

再接下来，我把家里那台西门子冰箱里所有的库存清完之后，才填饱了这名西门子仁兄的胃。

上班的时间快到了，我起身准备出门，客气地告别："不好意思，我要先上班去了。你们在家里慢慢叙旧。"

西门子乐呵呵地跟我告别："嫂子，你放心去上班吧，不必跟我客套什么。我跟熟饭是多少年的哥们了，都是自家人。"

"米。"熟饭叫住了我，"钥匙给我一下。"

我一时没有反应过来："什么钥匙？"

西门子的耳朵马上竖了起来。

熟饭有些抱歉地说："我昨天不是不小心把房门钥匙给丢了嘛，所以今天借你的用一下，等我配好了，再还你。"

"哦。"我终于明白过来，熟饭没有我家的钥匙，如果不给他，他若是出门买东西的话，会进不了门。

"啊呀，熟饭，你把钥匙丢了啊？"西门子大叫起来。

"是啊。"熟饭说，"我这不是正准备去配一套嘛。"

"钥匙丢了就一定要换锁，这事可不能大意，不然万一有人捡到那串丢失的钥匙，趁你们两个都不在家的时候开门进来了怎么办？换锁，最好是今天就换，这样才比较安全。"西门子热心地建议道。

我的脸都绿了，还没有来得及发话，熟饭就把我推出了家门，送到电梯门口。

我低声地警告他："喂，你可千万别动我的锁。不然我同学从国外回来，还不知道我把这个家怎么着了呢。"

"我知道，我知道。"

"你赶紧把他弄到宾馆住去。不知道为什么，只要他在这里，我总有一种很不踏实的感觉。"

"我比你更不踏实。"熟饭说，"放心吧，我保证你晚上下班回来的时候，就会发现一切都恢复到原样了。"

下班后，当我拎着一箱酸奶和一整盒鸡蛋敲开十五楼的门的时候，发现家里不但没有恢复到原样，甚至还变样得更厉害：除了西门子，客厅里还多出三个我不认识的大男人，正围着一张桌子打扑克，每个人的脸上都贴着多少不一的纸条，我用来晒衣服的夹子也被他们找了出来，夹到了他们的耳朵上，地上到处是空易拉罐，烟灰缸内全是烟头，客厅内的空气混浊得让人窒息。

那四个人一见到我，齐刷刷地喊了声："嫂子！"

"呵呵，挺热闹的啊！"我脸上笑着，心里却怨死了，恨不得将他们一个个赶出去。我的目光到处转，寻找着熟饭，却发现他倒在沙发上，人事不省，像是喝多了。

"喂,起来啊！"我用力拍打着这个说话不算话的家伙的脸,他却把身子一转，找了个更舒服的姿势睡去。

那四个人笑呵呵地说："他这一时半会儿是醒不了了，喝了很多酒。我们四个人轮番灌他，他能不趴下吗？"

我有点欲哭无泪："你们也太狠了吧,四对一,这不是摆明了欺负他一个人嘛。"

其中一个人状似非常体贴地对我说："嫂子，别担心，你老公不会有事的，睡一觉就行了。"

我呸，他才不是我老公呢。

另一个人在一旁起哄："嫂子，熟饭今天是因为高兴才喝醉的，你别怪他啊。"

我不怪才怪呢。

熟饭，看你醒来之后我怎么收拾你。

我走进厨房，把牛奶和鸡蛋放进冰箱里，这里面多了许多蔬菜和肉类，估计是熟饭买的。厨房里一片狼藉，到处是油腻腻的杯盘碗盏，我随口问了一句："你们都吃饭了吗？"

西门子的声音传来："吃了，从中午一直吃到下午六点。不过我好像又有点饿了，嫂子，你今天早上煮的面条可真香啊，让我一想起来就流口水。"

人家把话都说到这分上了，我只得假意装出一副贤惠的样子："那我再给你们每人煮一碗面条当宵夜吧。"

"谢谢嫂子！"

我新买的鸡蛋再次全体阵亡。

熟饭，我会把这笔账记到你头上的。

这四个大男人的牌兴很高，一直打到晚上十一点多才散场，那三个我不认识的男人终于在我的千盼万盼之下各回各家，西门子却还没打算走。

"西门子，熟饭没有给你订好房间吗？"我问。

西门子一脸的不高兴："嫂子，见外了吧？自家人，当然睡自己家才对，怎么能睡宾馆呢？"

我有些为难："可是我们家只有一个卧房，没有可以让你睡的地方。"

"没事，我睡沙发就挺好的。"西门子大大咧咧地说，"自家人，别客气，我也不是一个讲究人。"

我真的和你不是自家人。我在心里哀叹了无数次："可是沙发已经被熟饭给占了，我还是上网给你订间房吧，你好不容易来一趟，怎么能让你不睡好呢？"反正房钱我会找熟饭要回来的，我也不必替他省，再说了，以我现在的心情，恨不得给西门子订个总统套房，才够泄我心头之恨。所以，我完全可以大方一点。

西门子咧开嘴直乐："嫂子你小看我了吧？你看我这块头，也应该知道我力气大啊。熟饭怎么能睡沙发呢？你们两口子，当然还是睡自己的房间。"说着，他一弯腰，一伸手，一使劲，就把熟饭给扛在了肩上，大步流星地朝卧室走去，再一弯腰，一抖胳膊，一使劲，就把熟饭给放到了床上，然后他冲着我得意地笑："看吧，这下我不就能睡沙发了吗？嫂子啊，我知道你贤惠，生怕怠慢了我。可我是谁啊？我和熟饭可是认识了很多年的好兄弟了，不是外人，就不要总跟我客气了。再说了，这去酒店订房间不要钱啊？一个晚上就好几百呢，你们不是要结婚了嘛，就当是我替你们省点蜜月旅行的路费好了。"

我想再劝劝他："唉，西门子……"

"嫂子，你要是再跟我客气，我可就翻脸了啊！"西门子一脸的实在样，让我说他也不是，不说他也不是。

"嫂子，你们就早点睡吧啊！不用管我！"说完，西门子就离开了房间，甚至还"体贴"地替我们关上了房门。

我用手推了熟饭两下，这家伙睡得跟一头猪似的，动也不动，我气急败坏地踢掉鞋子，跳上床，狠狠地在他的屁股上踹了两脚："猪，你给我起来！"

没有反应。

又踹两脚："猪，你要是再不跟我起来，我可要发飙了。"

终于，某人的眼睛睁开了一条缝，然后大嘴一咧："嗨，美女！"

美女？想用这一招来把我忽悠过去然后霸占我的床？我呸，就算叫我"仙女"都没有用。

"你给我死到外面去！这里是我睡觉的地方。"

不料这小子两眼一闭，又睡了过去。

"喂，喂……"我再踹，右脚踝被人拉住，一扯，我摔了一个嘴啃泥，"哎哟，你谋杀啊？"

某人显然还不知道自己干了什么好事，闭着眼睛嚷嚷："别吵！让我睡一会！"

我呸，这不成了鹊巢鸠占了吗？不对，应该叫米床饭占。我爬着坐起来，费了九牛二虎之力才把我的右脚踝从熟饭的魔爪中解救出来，见他满身酒气睡意正浓，知道现在说什么都是白搭。

床，是我要睡觉的地方，这是我最后的底线。我抓住熟饭身下的床单，把裾边拧在一起，然后用力往外拉，一秒，两秒，三秒……“噗”的一下，某人连人带床单地摔到了地毯上，然而，他似乎并没有多大的感知，翻了一个身，咕噜了两下，像是在梦中抱怨什么，又动也不动了。

我从柜子里重新拿出一床被子，扔到床上，冲着地上的熟饭又踹了一脚：“我警告你：你要是敢借酒装疯趁我不备爬上床，我就把你给阉了！”

没有反应。

“你不说话，就代表你默认了。”我钻进被子里，翻过身去，背对着熟饭，闭上了眼睛。

一夜相安无事。

第二天吃早点的时候，熟饭一边喝粥一边不住地揉他的屁股：“西门子，昨天晚上你睡得好吗？”

西门子正在吃第六根油条：“睡得好，睡得好。我这人不认床，倒哪就睡哪。你呢，昨天晚上喝了那么多酒，没事吧？”

“那点酒还是不能把我怎么样的。”

“那你揉什么屁股，我还以为你是酒喝得太多，痔疮犯了呢。”西门子还真是五大三粗，在饭桌上也什么都敢说。

熟饭倒吸了一口气，皱着眉毛说：“昨天晚上不知道怎么搞的，梦到小时候了，我考试又不及格，我爸拿着一根很粗的木棍打我的屁股，结果我醒来之后，这屁股还真的很痛。”

“咳……”我被粥给呛住了，拼命地拍打着胸口。

两个男人的目光全都集中到了我身上。

“米，你激动啥？”

“没……什么。”我好不容易才让自己缓过来，“熟饭，西门子好不容易来一趟，你得带着他多转转，别总是待在‘家’里。”我故意把“家”字说得很重，希望熟饭能明白我的意思，赶紧把这档乱七八糟的事情给我结了。

西门子乐了：“嫂子，你人真好！熟饭娶你做老婆，真是他的福气！”

“咳……”我再次被粥给呛住了，咳得满脸通红，哑着嗓子说，“应该的。”

“看看这觉悟，这修养！啧啧啧，嫂子，你可是我见过的所有同学的老婆当中最贤惠的。”西门子一个劲地给我戴高帽子。

熟饭得意扬扬地说：“那是，我调教出来的女人，能差吗？”

我偷偷地伸出手去，在熟饭的大腿上掐了一把，痛得他龇牙咧嘴，西门子正在喝他的第三碗粥，没有看到。

我去上班，熟饭把我送到楼下。我有些头痛地说：“你的这个哥们要在我这里住几天？”

“怎么了？你不喜欢他啊？他可是在我面前夸你夸得可厉害了。”熟饭小心翼翼地说。

我深吸了一口气：“我不是不喜欢他，我是不喜欢你睡在我房里，这让我很没有安全感！”

熟饭把头仰到了天上：“放心吧，万一你三更半夜来骚扰我的话，我会拒绝你的！”

和这种人说话简直就是一种慢性自杀。我瞪了他一眼，走了。

来到公司，我垂头丧气地对李莎说：“给我找一个出差的机会，让我离开这个城市几天！”

“怎么了？”李莎很好奇，“又想庆祝什么吗？”

“不是庆祝，是逃难。”紧接着，我把这两天来的苦水跟她倒了个一干二净。

李莎却显得很平静：“这不挺好吗？”

“有什么好的？”

“当一个人疲于应付眼前所发生的那些状况时，就很容易忘记她曾经有过的伤心。这两天你想韩忆的次数应该比前段时间要少了很多吧？”

“呃……好像是的。”上班的时候，我因为工作，而忘记了思念剩牛排。下了班，在我疲于收拾那些不速之客给我带来的残局的时候，我的确也不记得剩牛排。只有在夜深的时候，一切都安静下来的时候，才会想起那些与这个男人相处的点点滴滴。

也许，熟饭和那个西门子带给我的不全是麻烦。

同居是什么？从字面上来看，是共同居住的意思。由此可见，我们所有的人都在同居，同住一个地球，同住一个大陆板块，同住一个国家，同住一个省份，同住一个小区，同住一幢楼，同住一个房间，同住一张床。世人的心眼小，喜欢把注意力放在床上，一提到同居就会想到床，进而有无数联想，孰不知自己也是同居者。

十八楼一套房子，十五楼两套房子，再加上熟饭在学校里的单身宿舍，明明有四个地方可以住，可我们三个人非得挤在一套房子里，睡沙发的睡沙发，睡地板的睡地板，我真的觉得我们有自虐的趋向。

虽然有床，可我却常常失眠。我讨厌夜晚，因为它会让我变得脆弱而感伤，不再是白天那个神采奕奕的自己。

如霜的月光从窗户外泄进房间，寒沁沁地洒落在床上，冷了我的心房，失去了沙发的拥抱，夜晚变得辗转难眠起来，我看天边的那轮残月，心事如潮水一般，慢慢往上涨……

熟饭似乎睡得也不好，他的叹息声在夜晚也变得沉重而悠长起来，似乎承载了许多心事。

忽然就想到了一句话：我们都是有故事的人。故事让我们成长，也让我们学会了将那些心事压在心底，不向人提起，许多年后回想起来时，化作嘴边的一抹微笑，泯尽个中滋味。

周末，我、熟饭、西门子三人去了酒吧，年轻的调酒师还在，居然还认得我，甚至还有一种见到老朋友时的惊喜："那年岁月？"

我摇摇头。调酒师曾经说过的话没有错，没有人会在失恋的时候喝"那年岁月"。

"伏特加？"

我又摇摇头。没有人再伸出手来拦下我的酒杯，我不希望自己会醉。"还是喝牛奶吧。"

从牛奶到酒再到牛奶，也是个圆，很完整，一如爱情。

熟饭和西门子的眼睛开始到处乱转，本能地寻找着可以养眼的女人，发现好的，相互报告。

西门子有些遮遮掩掩，熟饭则是肆无忌惮，惹得西门子不安地说："兄弟，嫂子还在这呢！"

"放心，她不介意的。"

在此同时，我发现了一个熟悉的身影——罗兰，她勾着一个男人的臂弯，巧笑倩兮，两人的态度不是一般的亲密。

罗兰也发现了我，她在男人的耳边说了几句话，撇下他就朝我走了过来："嗨，真巧！"

我真的不希望看到她，尤其是在我心情不好的时候。

但是没想到罗兰还是在我面前坐了下来，掏出一支纤细的女式香烟点上，抬眼看了一下熟饭和西门子，笑道：“我以为你有多爱韩忆，没想到他刚走没多久，马上就有人填补空缺。”

“你也没有闲着，不是吗？”我暗示罗兰今晚的男人。

罗兰优雅地吸了一口烟：“这说明你其实跟我是同一种人，只不过你比我更会装而已。”

熟饭想要出言相助，被我制止：“你带西门子去转转，最好今晚别回家。”熟饭看了我们一眼，拉着他兄弟离开了，不过他们并没有去找美女搭讪，而是拎了一瓶酒，跑到罗兰的男人面前坐下来，跟人套近乎去了。

“我不喜欢跟你聊天，没意思。”我说。

“那我们聊点有意思的事情。”罗兰说，“比如韩忆。我知道他把你给甩了，还送了一套房子给你。”

“对不起，我也不想聊这个人。”

“那我们谈谈你和我爸的合作。我有种感觉：你们之间的合作长久不了。”罗兰说。

“对不起，下班时间我不想谈公事。”

罗兰笑了：“没关系，你不用谈，你只需要倾听就好。我可以告诉你，我爸的工厂很快就要倒了，到时候，你们想跟他合作，他也无能为力了。据我了解，前段时间你们送给客户的样品已经通过了客户的各项检查，并且已经下了第一张正式订单过来。而我爸的工厂如果倒闭了的话，你们根本就没有办法在最短的时间内找到另一家工厂来给你们生产这一批订单，到头来，你们肯定不能如期交货，还要赔一大笔钱给客户，这意味着——你和李莎的公司也快要完蛋了。”

我的心往下一沉：“我很好奇，你说你爸的工厂要倒了，你应该担心才对，却为什么还能如此若无其事？”

罗兰冷哼一声：“反正那工厂我爸又不会给我，我有什么好担心的？并且，我相信以我的才能，我可以自己闯出一番天下。”

“谢谢你的忠告。”我并没有把自己的忧虑表现出来，“我相信罗先生以前既然能在商场混那么多年不倒，那么就算他遇上什么难题的话，他也能够想到办法解决。所以，我完全没有担心的必要。”

罗兰笑着说：“看在我们都是被韩忆抛弃的女人分上，这样好了，如果有哪一天，你们的订单真的交不了货的话，你可以来找我，我一定会帮你们渡过难关的。”

“谢谢你的好心。”我笑着说，“不过，我相信一定不会有那一天的。”

罗兰翘起兰花指把香烟掐熄在烟灰缸里："但愿！"说完，她站起来走了，熟饭和西门子也撤了回来。

"什么情况？"熟饭问。

"莫名其妙。"我瞄了一下他手中的酒瓶，"你还真大方，请这个女人的男人喝这么好的酒，脑子坏了？"

熟饭说："我们这不是替你打入敌人内部了解敌情去了么？"

我不认为那个男人能够透露出什么有价值的信息给熟饭他们："那你了解到什么了？"

"此处不是谈事的地方，我们先回家。"

好好的一场玩乐以遇到罗兰而不欢而散。

据熟饭探听回来的消息，那个在酒吧内与罗兰态度亲密的男人不是别人，正是三水公司现在的中方代表，接任李莎一职的人，叫吴方，而他与罗兰之间的关系很奇特，说情侣又不是情侣，说朋友又不是朋友，更不是单纯的客户与合作商之间的关系。

"那是什么？"我没有听明白。

"我也不明白。"熟饭说，"也许让我姐去了解一下这个吴方的底细，就知道了。"

回到家里，我们做的第一件事就是打电话给李莎，跟她报告了这一情况，李莎似乎也很重视这件事，以她的说法，像罗兰这样的小人，虽然成不了大事，却很能坏事，让人不得不防。

"我们现在该怎么办？"我在电话这头问。

电话那头的李莎显得比我冷静："睡觉。"她的态度让我心里踏实了许多，觉得只要有她在，就没有解决不了的问题。

职场上的李莎有一种力量，并且她能把这种力量灌输给周围的人。

我失眠了，并且第一次领悟到：凡事并不是你努力就会成功。爱情如此，事业也如此。上天是不是想让我尝尝同时失去这两样东西的滋味？

上帝，我没有您老人家想像中的那么坚强，别这么考验我！

长短不一、时轻时重的呼吸暴露了我的失眠。

"还没有睡着呢？"躺在地上的熟饭问我。

"是。"

"在想什么？"

"很多。"太多的心事让我无从说起，不知道人是不是年纪越大，就会变得越来越容易患得患失。曾经的自己可以把日子过得那样从容，为何现在常常迷茫得像只失去了方向的羔羊？

“跟你说个故事。”熟饭的声音如月光一般轻柔，与平时的表现判若两人。

“嗯。”

“我们家应该属于那种书香门第的人家，这点你在我身上可能发现不了，但是你看我姐，就应该会相信。”熟饭说得很正经，这态度太少见了。

“嗯。”

“我小时候念书，成绩很不好，常常不及格，也常常挨我爸的打，他常常一边打我一边说：‘你要是不好好念书，以后就只能去乡下放牛。’即便如此，我还是成绩不好，再到后来高考，我没有考上大学。”

“怎么可能？你现在还是大学讲师呢！”

“我爸想让我复读一年再参加高考，可照我那成绩和学习态度，就算让我复读十次都是白搭。刚落榜那半年，我整天没事干，于是就抱着我姐那台电脑鼓捣来鼓捣去，觉得挺有意思的。后来，我在网上认识了一个正在念高三的女孩，长得很漂亮，当我看到她的第一眼，就喜欢上了她。”

“她喜欢你吗？”难得熟饭会跟我谈他的那些情史，引起了我的兴趣。

“她也没说喜欢还是不喜欢。她只是跟我说：‘我的理想是考上大学，然后在大学里开始一段浪漫的爱情故事。’她的意思很明显，嫌我学历低。于是，我找到我爸，跟他说我同意复读，当时离高考只有半年的时间了，我爸也不相信我会考上，毕竟我之前的成绩太差了。”

“结果呢？你做到了？”

“是，我做到了。因为那个女孩子喜欢中文，我为了跟她有相同的语言，放弃了我喜欢的电脑，选择了中文，后来填了和她相同的志愿，来到相同的学校，成为了她的同班同学。”

我从来都没有想到痞气十足的熟饭曾经还有过如此唯美的爱情故事，如此热烈地追求过女孩。“那后来呢，你们在一起了吗？”

“在一起了，再后来又分手了。”

“哦！”我想起来了，“就是那个你所说的希望你能把粪土变为黄金的那个女孩子。”

“是的。”

“那你后悔吗？你为她付出那么多，包括放弃你自己喜欢的专业。”

“没有什么好后悔的。就算当初我没有考上大学，没有和她在一起，我也不会后悔。一个人能够为了某件事情而奋斗，其实挺幸福的。至于能不能成功，成功后能不能守住成果，那是另一回事。”熟饭今天晚上说的话闪烁着一种哲理的光芒，让我刮目相看，我还以为他这个痞子只会讲歪理的。

“有谁不想成功呢？尤其是在自己付出了那么多努力之后。”我叹了口气，“如果这次的订单搞砸了，我们要赔人家三十万美金。三十万美金，足以让我们这两个女人倾家荡产，以后天天喝西北风了。”

熟饭坚定地说：“别担心，有我在，不会让你和我姐喝西北风的，至少也能喝上一碗粥，再加上两根油条。”

“熟饭……”我的心里突然涌出了一股暖流。

熟饭突然又不正经起来：“到时候你要是不好意思，不妨来个以身相许啥的，我可以考虑考虑。以你这姿色，这大老婆是排不上了，当个小三啥的，应该还凑合吧！”

“熟饭！”我暴喝，随手抓起一个枕头砸了过去。

熟饭把它接在手里，垫到头底下：“谢谢！赶紧睡吧！本来就不够漂亮，再熬夜的话就更丑了，到时候小三都当不上了。”

我懒得理他，气呼呼地调转头，睡去。

李莎打探回来的消息，那个三水公司的现任中方代表吴方，私底下与罗兰合作，开了一家工厂，并且把三水公司的订单全部都转了过去，由他们生产，不但如此，罗先生工厂的其他客户，也被罗兰拉走了好几个。

没想到罗兰会如此歹毒，自己想赚钱，主意却打到了罗先生的头上，怪不得我在质问她知道罗先生的工厂要倒闭为何不担心的时候，她会无动于衷，原来她就是始作俑者。

“只是转走几个客户，应该不至于让罗先生的工厂在短时间内倒闭啊？罗先生完全可以再开发新的客户嘛。”我分析道，“并且以罗先生在商场上这么多年的经历与口碑，这种小风波，他完全可以渡得过去。”

李莎也点点头：“我也觉得。”

正在我们认为罗兰是在夸大其词的时候，接到了罗先生的电话，他无比歉疚地说：“对不起，你们公司下给我的订单，我现在无法生产了，你们最好赶紧另找别家！”

“为什么？”

“我的工厂快要撑不住了。”

罗先生所遇到的问题，不仅仅是客户被罗兰挖走那么简单，有人向税务局那边举报他的工厂偷税漏税，结果税务局那边出其不意地杀到工厂，查封了工厂之前的所有账目，并冻结了工厂在银行内的资金，许多供应商收到风声，暂停与罗先生合作，不再供应原材料。没有原材料，工厂无法进行生产，工人们无事可做，人心惶惶。罗先生的工厂真的濒临倒闭了。

"李小姐，非常对不起，你的订单我接不了了。"罗先生听似平静的声音下掩盖着一股壮士一去不复返的悲壮，"不瞒你说，这些天我必须去那个地方一趟，配合税务局那边查账。工厂现在没有人主持大局，怕是要散了。你还是赶紧另找别的厂商吧。之前你打到我们公司账上的订金，暂时拿不出来了，等我过完这道坎，再还你。"

通话结束之后，我问李莎："罗先生说的那个地方是哪里？"

"牢里。暂时性拘留。看来这次他遇到的麻烦真的很大。"李莎说。

"没有办法把他捞出来吗？"

"那得看他偷税漏税的程度了。"李莎叹了口气，脸上尽是担忧之色。

"他这些年也没少赚钱啊，为什么要偷税漏税？"我有些不理解。

"很多企业在他们刚开始创业的时候，财务上面多多少少都会有一些灰色的地带，等到公司走向正规化了，他们的财务制度才会慢慢地健全起来，可这并不代表能够没有任何问题。罗先生平时为人一直比较低调，和各方面的关系还算不错，这次估计是被人私底下给告了，税务局那边掌握到了比较确切的证据，否则动作不会这么迅速。"李莎的话让我大开眼界，原来做生意并不只是接客户、买东西、卖东西、收钱那么简单。

"会不会是罗兰？"我第一个想到的人就是她。

"说不好。"李莎似乎挺同情罗先生的，"如果真是她，那罗先生一定很受打击。这么多年，养了一头白眼狼。"

"那我们的订单怎么办？如果找新的工厂再重新打样、送样，已经来不及了。"难不成真的要我去求那个罗兰？

李莎的神色开始凝重起来："让我好好想一想。"

熟饭的一个学生的父亲在税务局工作，级别还挺高，通过这一层关系，我们大致了解了一下罗先生的情况，他这家公司的偷税漏税问题主要集中在早几年，近几年的财务上并没有什么问题，只要能将之前的税款补上，再交一定的罚款，税务局这边可以不追究他法律上的责任。

我们在这名熟人的安排下，见到了罗先生，几日不见，他显得苍老了许多，头顶上一层白花花的东西，看上去像灰，等他走近了，仔细一看，原来是白发。

“谢谢你们来看我。”罗先生因为自己的处境而有些赧然，“你们是这几天内，唯一来看我的人。”

“你太太呢？她也没有来吗？”

罗先生摇了摇头：“夫妻本是同林鸟，大难临头各自飞。”

我们把了解到的情况告诉了他，然后安慰他道：“放心吧，你很快就能出去了，到时候工厂又可以重新运作了。”

罗先生不由得苦笑：“我真的没有想到害自己的人竟然会是自己的亲人。我有打电话给我现在的太太，可是她却对我说，她不会拿出一分钱来救我，并且还要跟我离婚。很明显，她们母女想让我坐牢，然后能占多少财产就占多少财产。”

我和李莎都保持沉默，不知道该如何安慰这位在商场上很成功、在家庭中却很失败的男人。

罗先生自我安慰道：“上一次当，吃一次亏，却能够让我真正看清自己身边的两个亲人，也算是值得。放心，就算那两个女人不会拿钱出来，我也会想办法出去的。”

看到这个男人如此可怜，我不免有点同情他：“要不要我把你现在的情况告诉韩姐？说不定她和韩忆会帮你！”

“不要，千万不要！”罗先生连连拒绝，满脸羞愧，“他们母子现在生活得很好，我不想打扰他们的生活，也没脸打扰他们。你们放心，我罗某不会这么容易就被那么一两个小角色打败的。我现在最担心的是工厂会散掉。还有，连累到你们的订单不能交货，我很抱歉。”

我们大概了解了一下订单的情况：实际上，罗先生的供应商已经有生产出一部分材料，只不过因为担心罗先生的工厂会倒闭，到时候他们收不到货款，所以不愿交货。

“如果我们用现金去跟他们买，他们会不会给货？”我问。

罗先生回答：“当然会。他们生产出来的材料是针对我们这一批订单的，别的客户又用不上，如果他们不处理掉，只能永远地放在那里当库存积压。”

“那我们用现金去把材料买回来，然后拉到你的工厂，做出成品，再交货。这不就行了吗？”我问。

罗先生说：“这个方法不是行不通，可是就怕别的供应商不分青红皂白地把你们的货拉去抵押货款，那你们就惨了。”

李莎点了点头：“这个还不是重点，重点是罗先生公司的账户已经被冻结了，我们的订金也在里面，拿不出钱来买材料。我们上哪儿一下子凑这么多钱来？”

“是不是有了足够的钱，我们就能交货了？”我又问。

李莎沉思了半天，说：“应该可以。可是我们上哪儿去凑这么多钱呢？”

“需要多少钱？”

“六十万。”

李莎的积蓄都拿来开公司了，除去交给罗先生的订金，账上只剩下两万多块钱，她的未婚夫秋南借给她二十万，离六十万还差三十八万，而我的银行户头上连三千八百块都没有，唯一值钱的只有剩牛排送给我的那套房子，如果把它押给银行，应该可以贷得到三十八万。

我拿着房产证发呆，正在最后纠结。说实话，之前虽然剩牛排把这套房子送给了我，可我没有打算动它，甚至还幻想着，哪一天在街头上与剩牛排重逢的时候，把房产证直接砸在他头上，借此来证明：我在骨子里是清高的，我的爱情是干净的。可是没有想到，今天，我还是把主意打到了它的头上。我鄙视我自己。

熟饭从我手中拿过房产证，收进床头的抽屉里：“别动他的东西，我有钱，我借给你！不就三十八万么？我给你四十万。”

他说得很认真，不像是在开玩笑。但是，我知道，他是不可能有这么多钱的，如果有，他当初喜欢的那个女孩子也不会离开他。他买房子时所欠的银行贷款还没有还清，每个月的薪水还要抽出一部分来交房贷，虽然他能够在平时接些私活赚些外快，可他自己花起钱来也挺大手大脚的，几万块钱的积蓄会有，三十八万，太难。

我摇摇头：“熟饭，谢谢你的好意！可是，你的钱，必须得留着。如果哪一天，我和莎姐都落魄了，你还得供我们稀饭和油条的。”

熟饭笑了，笑容却很苦涩，不似平时那么阳光灿烂，更像是一只被霜打过的茄子：“我突然觉得自己很没用，帮不到我在乎的人。”一丝痛苦从他的眼底闪过，稍纵即逝。

“熟饭，你已经帮了我很多了，如果帮得太多，我会长不大的。”我把房产证重新从抽屉里拿出来，“我拥有这套房子本来就很意外，如果失去，对我而言也没有什么损失。既然是命中注定，那就听天由命吧！”

12 背水一战

第二天，我把房产证拿到银行作抵押，贷到了四十万块钱，交给了李莎。李莎迅速与各厂商接洽，购买原材料，经过罗先生的同意之后进驻他的工厂，暂时接手工厂的生产线，并向有关部门申报了目前的情况，一旦有人进工厂抢设备或者产品，则由法律部门出面制止，维护秩序。

机器终于开始运转起来，为了跟进产品的生产速度和质量，我每天都守在生产线上，亲眼看着那些工人们把各种零件焊接，组装，成型，检测，包装，每一个环节都不敢疏忽，有时候还会自己动手检测那些成品，抽查那些工人有没有偷懒。

一切都非常顺利，十天之后，所有的产品都如期完成，只等着往国外发货了。然而，这天早上，工厂门外发生了一阵骚动。

二十多个人挤在大门口，想往里面冲，被保安拦住，两边的人情绪都有些激动，产生了一些争执，那些不速之客更是在那里喊喊叫叫，甚至有几个人在门口拉起了横幅，上边写着："还我血汗钱！"鲜红的颜色触目惊心。

这二十多个人来自不同的几个供应商，听说罗先生被抓了十多天都还没有放出来，而自己的货款都已经到期却还没有付，所以都跑到工厂来闹事，企图冲进厂区，搬走设备和货物，用来抵押自己的货款，幸好保安及时拦住了他们，然而这些人并不善罢甘休，还在想办法冲进来。不少人用脚拼命地踹大门，声嘶力竭地吼叫着、咒骂着，朝厂区里面扔东西、吐口水。

我一边快步走向大门口，一边问前来报信的保安："报警了吗？"

"报了，不过警察没有那么快过来，我们就快要拦不住了，如果他们真的冲进来搬东西，场面一失控，等到警察来，东西都抢光了。"

"通知李小姐了吗？"我没有信心能说服这些人，李莎在的话，也许会好一点。

"还没有。"

我立马掏出手机给李莎打电话："莎姐，工厂这边出事了，有人想冲进厂区抢货，已经报了警……是的……好！”

当务之急，就是在警察赶到现场之前把这些人拦住，不然，我和李莎就真的完了，就算再有一个六十万，也不能按期交货给客户，那三十万美金就赔定了！

我跑到大门口，看到有几个人已经爬围墙翻了过来，挤在警卫室门口，企图打开大门的电钮，放外面的人和车进来。

“大家静一静！”我刚一张口，一个鸡蛋飞了过来，精准无比地砸在了我的头上，白白黄黄的液体溅了我一脸，顺着发际往下流。

我狠狠地抹了一把脸，顾不得形象，将手在衣服上擦了擦，再继续大喊：“大家都冷静一下！”

无数的声音把我淹没。

“冷静不了，我的钱都快没有了。”

“开门，放我们进去！”

“天杀的，还钱！”

“不给钱，就搬他们的东西！”

原本堵在警卫室门口的五六个人一下子围住了我，叽叽喳喳，个头个个比我高，声音个个比我大，气势个个比我凶，样子个个比我吓人。

“你是什么人？”

“你跟那姓罗的是什么关系？”

“我们为什么要听你的？”

“给钱，你给我钱，我们就走！”

“不给钱，又不让搬东西，这是什么道理？”

有人开始动手推推搡搡，坚硬的手指戳在我的身上，恨不得这一戳就能戳出钱来，我一个女人就这么被他们几个男人欺负着、恐吓着。

我扯着嗓子跟着他们讲着道理，希望这几个凶神恶煞的男人能够把我的话听进去：“你们听我说，我是三科公司的，这里的货，也是我们三科公司借罗先生的生产线生产出来的，属于我们三科公司自己的东西，大家不要抢。”

一个满脸横肉的男人大声地吼道：“放屁！这东西就是那姓罗的，别以为我们不知道，什么三科公司？你们是想把这东西独吞吧！我跟你说，没门！”他根本就没有把我的话放在心上。

其他人跟着起哄：“就是，这里面的东西，大家都有份！姓罗的欠我们的钱，我们就有权拿他的东西抵债！”

我的人都快要被他们晃得散架了，然而除了跟他们解释，没有别的办法：“我们这一次借用罗先生的生产线，是向有关部门申报过的，大家如果不相信的话，可以问一下街道办事处就清楚了。”

“问个屁！你用这鬼话把我们哄走了，等我们发现自己上了当再回来，东西早就被你搬空了！”满脸横肉的男人说，“大家还等什么？打开大门搬东西啊！”

这几个人立马又开始攻占警卫室，我急得在后面大喊：“我说的都是真的！你们不能抢我们公司的东西，这是违法的！”只要大门一开，外面的人就会全冲进来，形势就无法控制了。

满脸横肉的男人冲我用力一推，我摔了个结结实实，下巴磕在了水泥地面上，嘴唇被牙齿磕出了血，一股咸腥的味道直冲脑门。“违法个屁！我就不信警察真能把我们这么多人全办了。”在他的煽动下，门里面的人和保安们揪成了一团，而外面的人继续往里面爬……

突然，有两个男人各拿着两把菜刀，迅速翻过围墙，冲着满脸横肉的那帮人一声暴喝：“不怕死的都冲我来！谁要是敢再动一下，我砍死那王八羔子！”

是熟饭和西门子，他们一手拿着一把菜刀，往众人面前一站，面色铁青，牙帮咬得紧紧的，又匪又狠，十足的亡命之徒的模样。

现场一下子全安静下来。

那些来讨债的虽然人多，但是都没有带家伙，大家你望着我，我望着你，最后把目光全都集中在了满脸横肉的男人的身上，似乎在等他的命令。满脸横肉的男人站了出来：“咋的？跟我玩横的啊！我就不相信你们两个人能对付得了我们这么多人。”

西门子将两手一抖，两把菜刀相撞，发出“咣”的一声响，震得在场所有人的心都颤了一下，雪白的刀刃在阳光的照耀下，反射出刺目的寒光。

熟饭的眼睛里在冒红光，像极了一头正在发怒的公牛：“老子用不着对付你们这么多人，老子只要砍死一个就够本，砍死两个还能赚一个。你们都给老子听清楚了，这里面的货，是我们公司的，你们要是真抢，就算老子把你们砍死了也属正当防卫。别以为老子在跟你们说玩笑话，这里的货把老子家人的全部家当都押进去了，谁要是敢动它，老子就跟他拼命，不信的话，尽管试一下，看老子下不下得了手砍死他。”

满脸横肉的男人不信邪，尝试着往前走了一小步，西门子两手一抖，两把菜刀又发出“咣”的一声，硬生生地把对方给逼了回去。

沉静，死一般的沉静，两边人马就这么僵持着，谁都不敢动一下，也不敢发出一点声音，因为谁也无法预料，会不会一个不小心，就真的引发出一场惊天动地的血案。

我撑坐在地上，任由血液从我的嘴角滑落，无声地滴在水泥地面上。

尖锐的警笛声刺破了这种让人窒息的沉静，三部警车开到了工厂门口，上面跳下来十多个警察，全身正装，拨开人群，示意保安打开大门，走进厂区。他们麻利地将两边人马分开，并缴了熟饭和西门子手上的四把菜刀。“干什么？干什么？有事好好说，别动不动就抢，动不动就杀的。怎么回事？给我说清楚！”

喊话的警察，我有见过，上回我因为银行的账户上莫名其妙地多出钱来而跑去派出所报案，就是他接待的我。他人很好，笑起来会露出一对小酒窝。小酒窝一看到我，诧异不已：“怎么又是你啊？这麻烦还一次闹得比一次大。”

他顺手把我从地上拉了起来：“出血了，擦一擦吧！”我的样子很狼狈，又脏又破，身上还散发着一股子鸡蛋味。

直至看到小酒窝，我才敢肯定——我们的货保住了。心里一颗石头总算落了地，想要冲小酒窝挤出一个感激的微笑，不料，却红了眼眶，两条腿也开始打起哆嗦来，一种劫后余生的感觉从心底油然而生。

熟饭和西门子走了过来，把我全身上下都检查了一遍：“你还好吧？”

我一个劲地哆嗦着，说不出话。

小酒窝笑着说：“看来是吓到了。那也是，这么大的场面，一个女人，能不怕吗？好好安慰一下！”说完，他继续维持秩序去了。

熟饭一把将我拉过去，让我靠在他的肩上，拍着我的背，在我耳边低声说：“没事了，没事了！有我在，不怕！”

西门子在旁边感慨：“嫂子还是很勇敢的，刚才那么多大男人，她一个女人家单打独斗地在那里讲道理。我跟你说，嫂子，这种人，是不讲道理的，只能用蛮力镇住他们。”

一个警察从我们身边路过，冲西门子吼了一声：“闭嘴！你还有理了？真闹出人命来，我看你们怎么收场？”

西门子吐了吐舌头，有些孩子气地冲那个警察的背影扮了个鬼脸，乖乖地不说话了。

我终于恢复了正常，拉着西门子的手不放：“谢谢你们！”

西门子有些不好意思地说：“嗨，自家人，客气啥？你得谢熟饭。他今天一大早坐在家里心神不宁的，就吵着让我跟他一起来看看，结果，还真撞上这事了。”

我转头看向熟饭，熟饭避开我的眼光，轻咳了一声：“其实我是想借个机会来看看这个工厂里面有没有美女的，哪知道，美女没看成，反而要扮英雄救你这个丑女。”

这家伙又打击我，但是我不计较，因为他们今天表现得的确很英雄，虽然这英雄的出场带着浓郁的匪气，然而，无法否认，正是熟饭和西门子成功地吓住了那些人，拖延了时间，我们才等到了警察。

满脸横肉的人见到警察来了，嘟嘟嚷嚷着：“警察来了又怎样？警察来了就不用还钱了？”

一警察板着脸冲他一瞪眼睛：“嚷什么啊？嚷什么啊？别要钱要到牢里去了，到时候看你还嚷嚷什么？”

这时，李莎也赶到了，满头是汗，一见场面得到了控制，闭着眼睛松了口气，看得出来，她也吓得不清。她先跟警察交涉了几句，然后从包里掏出一叠文件，面向那些来讨账的人，大声喊道：“大家听我说，我这里有份文件，可以证实这个工厂里的货的的确确是我们三科公司的，如果有谁不相信的话，可以看文件，上面有政府部门盖的公章。”

她把手中的文件发到那些人的手里，让他们相互传阅，接着又大声喊道：“我知道，罗先生欠了你们的货款，而他现在人又不在，你们很着急。你们的心情，我可以理解。大家请放心，罗先生很快就会出来主持大局的。你们跟罗先生做了这么长时间的生意，他为人怎样，你们应该很清楚，他的工厂目前只是出了一点小麻烦，并且这个麻烦很快就会过去的。”

有人在喊话：“要是过不去怎么办？那我们的钱呢？”

李莎又说：“大家想想看，如果你们今天真的把罗先生的工厂给抢光了，这么多家公司，这么一点设备，还是旧的，你们把它们处理掉，又能得到几个钱呢？并且，你们这么一来，就把跟罗先生的交情给断掉了，罗先生出来之后，在他付货款的时候，是会先付你们的呢，还是会先付别的那些没有抢他工厂的人呢？还有，大家想想看，罗先生的公司账户被冻结了，他的钱并没有被转移掉，只是暂时拿不出来而已，等账户解冻了，就能付大家钱了，是不是？”

“如果这家工厂倒了呢？”

“如果倒了，罗先生公司和账上的钱也会被政府接收，大家完全可以凭借手中的有效单据申请到一定的赔偿，我相信那个赔偿不会比今天要抢的这些东西少吧？所以我劝大家最好是等一等，有点耐心，你们一定能拿到自己的钱的！”

外头的人听完李莎的话，开始嗡嗡隆隆起来，交头接耳，态度似乎有所转变。

满脸横肉的男人却一直蛮到底，他大声嚷道：“我们凭什么要听你的？”

李莎压根就不理那个人，只是对那些工厂门外的人说：“如果你们今天抢东西的话，会百分百的坐牢，看到那些保安系统的摄像头了没？那就是证据。而如果你们能够再付出一点耐心的话，却有可能拿到自己的货款，大家愿意选哪一种？”

经李莎那么一说，那些讨账的人都犹犹豫豫起来，心里面已经做好了撤退决定，却依然围在大门口徘徊，最后还是警察出面把他们遣散开了。

满脸横肉的男人眼见大家都散了，自知再兴不了什么风浪，骂骂咧咧地打算走，却被李莎叫住：“等一下！”

“老子不找你麻烦了，你还想干吗？”这人说起话来非常的不客气。

李莎心平气和地问：“你是哪家公司的？”

满脸横肉的男人没好气地说：“我是哪家公司的关你屁事？”

李莎的眼睛里射出犀利的目光：“你说罗先生的工厂欠你们公司的钱，可有凭证？”

“这是我和那个姓罗的之间的事情，关你屁事？”满脸横肉的男人想溜，却被西门子和熟饭拦住。

李莎说：“我怀疑你根本就不是债主，而是来趁机打劫的。”

派出所里，小酒窝一边给我录口供一边摇头叹气：“我在半年之内见过你两次了，你的生活还真是精彩。”

“可我一直是个遵纪守法的公民。”我一直在逃避麻烦，可麻烦却一直找上我，真不知道是什么原因，也许我哪天该去庙里拜拜，驱灾避邪。

没过多久，给那个满脸横肉的男人录口供的警察出来了，把手中的记录扔到小酒窝面前，苦笑着说：“果然是个趁机打劫的。不过他一口咬定是某个债主临时雇用了他，一起来收钱的，事情结束了，那个债主先回去了。问他债主的名字，他说自己不记得问。拿他没有半点办法。”

我插言道：“他要抢我们的货啊，这都不能办他吗？”

小酒窝摊开手：“没有用。毕竟他们还没有开始抢货，顶多只能算是争执。另外，那家工厂的确欠别人货款，债主雇用他来收钱，很正常，算是情理之中。还有，你们打架也没有打起来，如果真按持械斗殴来办，你那两个朋友还有四把菜刀呢，情节比他严重。”

我越听越气馁，有些郁闷地说：“喂，警察同志，亏得我这么相信你们，可你们一点忙都帮不上。”

小酒窝不由得苦笑：“你别这么说嘛！至少我们保住了你们的那批货，不是吗？”

这算是不幸之中的大幸。

录完口供，我们几个人回家，一路上我百思不得其解：“你们说，今天的事，究竟是针对我们来的还是针对罗先生来的？”

李莎揉着两边的太阳穴，有些头痛地说：“应该是有人在后面使坏，故意在那几个供应商面前挑唆，让他们来要钱抢东西的。那几个供应商的确是想要回他们的货款，可是那个录口供的男人就不知道究竟是受谁的指使、想对付谁了。”

西门子直嚷嚷：“早知道我给他两拳，看他说不说。”

李莎赶紧制止：“算了，凡事安全最重要。我还没说你们呢，怎么就拿着菜刀和人杠上了？一个是大学老师，一个是电子工程师，做起事情来却跟黑社会一样，像话吗？我现在想起来都害怕，如果他们当中真的有一个不怕死冲了出来，你们该怎么办？真拿刀砍他们吗？你们真被他们砍死了怎么办？我拿多少钱都赎不回你们这两条命啊。”

熟饭一边开车一边检讨：“这事不怪西门子，怪我。主意是我出的，当时也是情况紧急，想不到别的办法，脑子一热，就这么干了。我保证，下次不会了！”

“没有下次！”李莎命令道。

“是是是！”两个男人唯唯诺诺地遵守命令，哪还有半点匪气，简直比绵羊还绵羊。

我看着虎背熊腰、粗枝大叶的西门子，问：“你是电子工程师？”

“是啊！”西门子回答，“怎么，熟饭没跟你说吗？”

这年头，人果然是不可以貌相的。熟饭如此，西门子亦如此。

吃完饭，洗完澡，换上睡衣，我舒舒服服地躺在床上闭目养神：“货已经安全转移，明天就能发走了。啊，我终于可以踏踏实实睡个好觉了。熟饭，今天晚上我要早点睡，不许吵我！”

“嗯。”熟饭在看书。

我翻了个身，想了想，又从床上爬了起来，从柜子里抱出一床电热毯：“熟饭，你去把这床毯子送给西门子，别让他晚上冻着。”

“嗯。”熟饭拿着毯子就出了房门，不一会，又拿着毯子回来了，“西门子说，他晚上不冷，还热得慌。”

“身体真好。”我忍不住赞叹，“熟饭，西门子有女朋友吗？”

“没有。”

“没道理啊，他长得高高大大的，五官端正，为人又很义气，不可能没有女人喜欢他啊？”我有些想不通。

熟饭似乎不太想与我说话，依然看他的书。

“哎，熟饭，你说西门子会喜欢哪种类型的女人啊？”

“你不是说要早点休息吗？怎么还在这里研究别人？”熟饭把头从书里面抬了起来，“我跟你说，他喜欢哪种女人都和你没什么关系，你也没有机会。”

“怎么说话呢？”我纯属八卦而已，对西门子又没有兴趣。

熟饭“啪”的一声把书合上，非常严肃非常认真地说：“我说的是事实，因为在他眼里，你是我的女朋友，他的嫂子。朋友妻，不可欺。西门子又怎么可能会对你有意思？”

“我又不是你的真女朋友。”

“但他认为是啊。”熟饭似乎很不高兴，“咋了，你还真看上他了？打算对他下手？我可跟你说，别看西门子外表大大咧咧，但他内心还纯情着呢，你可别去招惹他，万一伤到了他那颗纯真的少男之心，罪过就大了。”

“都这年纪了，还纯情，真难得。”我真心实意地夸赞着。

是我眼花吗？我怎么看到熟饭的表情酸溜溜的？他气鼓鼓地说：“你怎么不问问我晚上冷不冷，需不需要电热毯？你怎么不问我喜欢什么类型的女人？我内心也很纯情啊，你怎么没发现？”

我瞪大眼睛张开嘴巴望着熟饭，半晌，问：“你生什么气啊？”

“我生什么气？”熟饭捶胸顿足，急得在房间里转圈圈，伸出双手似乎想要抓住我狠狠地打我一顿，又把手缩了回去：“我生我自己的气。”说完，他往地上一倒，背一转，比我还先睡了。

莫名其妙。我看着床上的电热毯，小声问：“熟饭，你晚上冷不冷？”

“不冷！”熟饭似乎气得不轻，“就算冷死了，也是我活该！”

第二天，我下班回家的时候，发现西门子已经把行李收拾好了，坐在客厅，等我回来。

“你这是干吗？”

西门子憨厚地说：“嫂子，我得回去了，今天晚上的飞机！”

我没有做好心理准备，昨天这家伙还跟着熟饭替我们公司出头装大哥呢，今天怎么说走就走了？“别啊，多住几天吧！是不是我这些天怠慢你了啊？”

“怎么可能呢？嫂子你对我够好了。熟饭有你这么一个老婆，我这个做兄弟的很安慰。”西门子说，“我打扰你们半个月了，该回去上班了，单位也给不了我这么久的假。”

我有些舍不得：“唉，如果你也在这个城市该多好啊！最近我也是太忙，都没有带你出去转转。要是你也在这个城市，这节假日大家不就可以凑在一起聚聚么？”

城市的生活太冰冷，人与人之间的情感也比较生分，有西门子这么热心而义气的朋友，是一种财富。

西门子呵呵直笑：“嫂子，放心，会有这么一天的。我这次来不只是来玩这么简单，最主要的是来了解一下这里的生活和工作状况，总体上，我很满意。如果有机会，我会把那边的工作辞了，来这里发展的。”

“真的啊？”我激动地握住西门子的手，“那我可等着你啊！”

“咳咳……”熟饭拎起西门子的包，“走吧，不然，飞机就要误点了。有什么话，我们兄弟俩在路上说。”

“我也送一送吧！”我说。

熟饭反对：“不用了，我们兄弟俩的体己话，女人不方便听。”

“可我还有几句体己的话想跟嫂子说。”西门子把我叫到阳台上，关上玻璃门，十分诚恳地说，“嫂子，其实我知道，你跟熟饭根本就不是恋人。”

“咳咳……”现在轮到我咳嗽了，我转头看熟饭，他站在那里，一脸疑惑地猜测着我们究竟在说些什么。

西门子接着说：“这事怪我，当初总想撮合他和我妹，我想他应该是被逼急了，所以才找你来演这出戏给我看的。”

“你怎么看出来的？”

“细节啊。我来的第一天，我就知道了。做饭的时候，熟饭对厨房不熟悉，看碟的时候，熟饭不知道你把碟片放哪里了，后来他喝醉，睡在沙发上，我去卧房拿床被子给他盖，结果把柜子打开一看，里面没有一件男人的衣服。还有你们的眼神，熟饭的眼神一直追着你跑，而你却一直在想自己的事情，很少注意到他。这些足以说明，你们根本就不是什么已经谈婚论嫁的恋人。”

这男人粗犷的外表下，却是一颗缜密的心。也亏他能忍得住，这么多天来也不戳穿我们的谎言，我和熟饭还当自己演得有多么天衣无缝呢，哪知道早已漏洞百出。

“对不起。”我低下头，“我们不该骗你的。”

西门子连连摇摇头：“自家人，别说这种话。”

“你和熟饭是自家人，我不是。”

“嫂子，我还是喜欢叫你嫂子。我也希望有一天，你能真的成为我的嫂子。”

“这不太可能。我和熟饭只是朋友而已。”

“你们很配。”

这年头相配的人往往都不是恋人。我窘迫地笑着：“我们相互嫌弃，彼此都看不上对方。”

“怎么可能？”西门子似乎有点不太相信，“我觉得熟饭很重视你啊，你这次出事，他多担心啊！”

“我们是哥们，他这是义气。”我有些郁闷地数落着熟饭的恶行，“他常常说我太笨，太丑，没有女人味，朽木一根，成不了大器，如果哪个男人看上我，一定是他的眼睛被牛屎A到。”

西门子听了直叹气：“这家伙这张嘴啊！嫂子，相信我，你们真的很配，如果不能在一起，那就太可惜了。”

“这事以后再说吧！我现在只想好好跟莎姐把公司做好。”

熟饭有些等不及了，跑来敲玻璃门：“喂，再不走，飞机就飞走了！”

西门子冲我挥挥手：“嫂子，记住我的话啊！我走了。”

我站在阳台上，目送着这对肝胆相照的男人离开。

晚上十点，熟饭回来了，还带回一瓶酒和几样小菜，不知道他是想小酌一番还是想大醉一场。

我坐在沙发上假装看电视，偷偷地用眼睛的余光瞄他，想证实一下他有没有真的如西门子所说的那样，眼神一直跟着我转。

只见他跑到厨房拿出一副碗筷和一个酒杯，自饮自酌，压根就没有意识到这个房间里还有另外一个人。

“喂，你怎么可以吃独食？”我有意见。

熟饭夹起一片猪耳朵，咬得嘎嘣响：“想吃就自己去拿碗，想喝就自己去拿杯。”眼睛抬都没有抬一下，哪有什么眼神一直跟着我转啊？西门子一定是眼花了，再不然就是熟饭为了配合剧情，故意做出来给人看的。

也许是挚友离开的缘故，今晚的熟饭显得有些伤感，就连说话的声音里头都带着淡淡的离愁：“西门子走了！”

“嗯。”挺好的一个小伙子，希望他能找到自己的幸福。

熟饭将杯中的酒一饮而尽，又给自己满上：“我也要走了！”

“啊？”他不会想追随挚友而去吧，“你去哪？”

“回学校。西门子走了，我也不能再住在你这里了。”熟饭说，“不过今晚太晚了，可能还要再麻烦你一个晚上。”

哦，原来是这样。如此算来，今天晚上熟饭是在为自己饯行了。想到这里，我跑到厨房也拿了一副碗筷，坐到熟饭对面，为自己倒上小半杯酒，冲他举起了杯子：“庆祝一下！”

“庆祝什么？”熟饭抓住我的杯子，不肯喝那杯酒，“庆祝我离开吗？”

“庆祝你终于可以不用再睡冷冰冰的地板了！”

熟饭端起酒杯与我碰了碰，一口干了，他用右手托着下巴，眼神有些迷离地看着我，突然傻兮兮地笑了起来：“米，你长得挺普通的。”

我差点把手中的酒全部泼到他脸上：“你不想活了吧？”

他拼命摇着头，不知道是表示想活还是不想活：“一脸老婆样！”

这句话我不知道他究竟是在夸我还是在损我。老婆样是什么样？我并不清楚。依照熟饭的惯性思维，应该是当一个女人普通到了极致的时候，就会成为老婆的最佳人选。老婆样，是大众化的另一个衍生词。就好比一个女人问一个男人：我长得漂亮吗？那个男人回答：你长得挺主流的。同样的道理。

熟饭继续盯着我：“还痛吗？”

我摸了摸被磕破的嘴唇：“不痛了。”

“我不是问你的嘴，我是问你这里。”熟饭捶了捶自己的胸口。

我不作声，默默地喝酒吃菜。我一直都不愿意跟别人提起剩牛排，他是我心中的一道疤，即便已经愈合，但还是会留下难看的痕迹，挥之不去。

“你还爱他吗？”熟饭是一个残忍的医者，揪住我的伤口不放。

“不爱了。”说完这句话，我将杯中的酒一口气喝光，似乎在和心目中的某段故事告别。

“那我给你做介绍，好不好？”熟饭说这话的时候，目光没有离开过我的脸，捕捉着我的每个神情。

“不需要。”突然觉得酒很好喝，喝完第三杯酒之后，我真的有点担心自己会变成一个酒鬼。

“你还是牵挂他的。”熟饭把两人面前的酒杯都倒满，“如果有一天，十八楼的那个家伙突然又回来了，你会怎样？”

我整个人被电了一下，闭上眼睛想像着与剩牛排重逢的情形，找不到答案。他怎么可能会回来？他都已经开口说了会永远留在法国，要我别再等他了。对这么一个说走就走的男人，我还会不会再上一次贼船？

韩忆是牛排，我的中国式肠胃消化不了他。与他相遇，是我的可喜，也是我的可悲。我没有信心自己还能再经受一次悲喜交加。

熟饭见我一直不说话，也不再追问什么，只不过酒却喝得越来越凶了。

我有些担心地说："你不会喝醉吧？"

熟饭的语气怪怪的："我已经醉了，不过你放心，明天我就会醒的，不会再醉了。明天，就是明天！"

第二天早上我醒来的时候，发现客厅里空荡荡的，屋子里收拾得干干净净，洗手间里他的剃须刀、牙刷、口杯，鞋柜里他的鞋子，也全部被他带走了，不留一丝痕迹，似乎这半个月来，他并没有来过、住过，这些天的经历，只不过是我做了一个长长的梦。

13 痞子天使

小马终于结婚了，奉子成婚。

我做伴娘。伴娘的礼服也很漂亮，脖子裹得紧紧的，裙裾却只齐膝盖，露出一双光洁的小腿，为了好看，我戴上了熟饭送给我的那只银脚镯。

小马的男人我还是头一回看到，眼睛小小的，一副老实善良的模样，一看就知道是那种绝对会被小马管得死死的老婆奴，他小心翼翼地陪伴在小马的身边，生怕有人不小心撞到了新娘子，动了她肚子里的胎气。伴郎虽然还年轻，却过早地长出了一副啤酒肚，据说他的酒量非比寻常，找他来，就是为了挡酒的。

宾客来了不少，整个酒楼的宴会厅都坐满了，说明新郎新娘的人缘不错。李莎和秋南作为亲友，自然也来了。

"新娘子今天真漂亮！"李莎夸赞道，"申谜今天也很迷人哦！"

"谢谢！"我和小马异口同声地说。

李莎的眼光落在我的脚踝处，显得很讶异："你怎么会有这个银脚镯的？"

"朋友送的。"

"男性朋友送的吧？"李莎问，眉毛朝下弯，一脸戏谑。

"是的。怎么了？这里面有什么玄机吗？"看到李莎的表现，我心里不免紧张起来。

“这是一种少数民族的饰品。什么族来着？我忘了。不过我记得，这个东西是未婚男子拿来向未婚女子求婚用的，如果这个女子同意了男子的求婚，就会把这个脚镯套在自己的脚上，意思是自己已经被这个男子给‘套牢’了。”

“啊？”我吓了一跳，“你不会记错吧？”

“不会的，绝对没有记错。”李莎非常肯定地说，“怎么，你那个朋友没有告诉你吗？”

“他告诉我只是一件普通的用来祈福的少数民族饰物而已。”

李莎笑了：“那你可完了。这个脚镯据说是带有某种神秘的巫术，上面的花纹就是符咒，女子一旦戴上它，就会逃不出送这个脚镯的男人的手心。”

“没那么邪门吧？”我害怕起来，这个熟饭真是的，买这个东西的时候也不问清楚。虽然这种传说很荒谬，一个人的姻缘也不可能被这么一个脚镯子给套住，可也不能把它拿来随随便便地送人啊。我蹲下身子，急着想把这个脚镯取下来，也许过于手忙脚乱，半天都没能成功。

这下，大家都乐了，开始起哄：“看啊，看啊，套牢了。快说，送这个脚镯给你的男人是谁？”

正当我们吵翻天的时候，熟饭领着一个女孩子到达了宴席厅，好奇地钻进来：“你们都在说什么呢？”一看到我脚上的镯子——傻了眼。

小马快人快语：“我们在猜送这个脚镯的男人是谁！我跟你说哦，这东西据说是少数民族的未婚男人向心上人求婚用的东西哦！”

“这么有意思啊！”跟熟饭一起来的女孩子也来了兴趣。这女孩长得很漂亮，青春无敌，说起话来软软的，很有男人们所说的那种“女人味”。最重要的是，她的手挽着熟饭的胳膊，两人的态度很亲密。

如果我在此刻真实地告诉大家这脚镯的来历，非把大家雷得惊天动地不可。我连连告饶：“各位八卦人士，今天是小马结婚，我又不是主角，你们别拿我来消遣，好不好？不就一镯子嘛，又值不了几个钱，至于让你们这么关注么？再说了，我那朋友送我的时候也没有别的意思，完全就是当一件普通礼物来看待的。”

小马不依不饶：“既然是普通礼物，那我们随便问问，你就随便说说，大家随便听听就好了。你干吗这么紧张？说，东西谁送的？”

大家都盯着我，包括熟饭和他的女伴，这谎是不得不撒了：“上次回家的时候，我一个朋友送的，你们不认识的。”

“那一定是对你有意思。”

我笑着摇摇头：“人家有女朋友的。并且，还很多。”甚至现在就带了一个女朋友站在我们面前。

大家终于闹够了，纷纷入席。我看着大家双双对对地落座，突然感到一丝孤单。

宴席开始后，有着啤酒肚的伴郎果然不负所托，酒场上以一敌众，所向披靡，将整个场子绕了一圈，灌下酒水无数，却依然头脑清配，四肢灵活。我就没有那么幸运了，本来小马的酒量挺好的，但她怀了孕，自然不能一展豪情，大家就把目标放到了我的身上。可怜我的那点小酒量，哪经得起这么多人灌？即便他们让步将白酒换成了啤酒，然而几桌下来，依然把我灌得头昏眼花，脚步飘浮，更要命的是，难受得想吐。

洗手间里人满为患，我跑到酒店外面，眼瞅着四下里没有熟人，躲到阴暗处，抱着一棵树就狂吐起来，翻江倒海，一时间，把所有吃进去的东西、喝的酒水，吐了个干干净净，末了，嘴巴里泛起了苦味，我怀疑把胆汁都吐出来了。

有人递过来一瓶矿泉水："漱漱口吧！"

我回头一看，是熟饭。"谢谢。"

"你今天……很漂亮。"熟饭说。这小子今天居然破天荒地夸我长得漂亮，看来他心情很不错。

"你女朋友也很漂亮。"不知道为什么，一想到那个女孩挽着熟饭胳膊的那个样子，我心里面会有一种……嫉妒。

嫉妒，也许是单身人士遇到成双成对的人时，就会犯的一种通病吧。我终于明白为什么阿彩在失恋的时候会明明白白地告诉我，她嫉妒我和剩牛排在一起。

现在，阿彩有了她的婚姻，小马也将为人母，李莎和秋南感情稳定，就连一直嬉皮笑脸的熟饭，都开始带女伴参加这种正式的场合，只有我，还孤单着。我当然会嫉妒。

然而仅仅只是嫉妒而已，更多的是希望他们都能幸福。

我站了起来，打算重返宴席，熟饭似乎有点担心："米……"

"别再叫我米了，你女朋友听到了不好。"我伸出拳头轻轻地敲了他一下，"女人都是小心眼的。"

熟饭善意地提醒我："喝不了那么多酒，就不要喝。女人赖酒没有关系，男人是不会把她怎么样的。"

我心里突然觉得酸酸的，男人是酒，女人是酒客，今天的我没有男人，想用酒来麻痹自己。我头也不回地往前走，义无反顾："我想喝！"

华丽的场景，嘈杂的人声，觥筹交错的影子，滴滴香浓的美酒，将今夜渲染得热闹非凡，我置身其中，脸上笑着，嘴里说着，心里却是空的。热闹啊热闹，热闹是他们的，我什么都没有。

突然就想家了，不是我暂住的十五楼，也不是名义上已归我所有的十八楼，而是远在千里之外的家乡，还有那永远把我放在心里、牵挂着我惦念着我的父母。

我撇下众人，躲到一个角落里给家里打电话。

接电话的是我的母亲，当听到她温柔的声音响起："喂——"我的眼泪，坚忍了十六年都没有流过的眼泪，终于掉了下来，滴在我光洁的脚背上。

我清了清嗓子："妈——"

"小谜啊！"电话那头的妈妈显得很惊喜，"你怎么这个时候给我打电话了呢？"

"没什么，想你了。"

妈妈听出了我的不正常："你的声音怎么了？"

"没什么，我有点感冒，鼻子有点不通。"我撒谎了，我不想千里之外的家人为我担心。

即便是这样，妈妈还是有些着急："怎么会感冒的呢？是不是晚上没有盖好被子啊？吃药了没有啊？……"在父母的眼里，我永远都是那个不懂得照顾自己的小丫头，从来都没有长大过。

我一一回答着，请她放心。

"小谜啊，你该找男朋友了吧，下个月你就二十四岁了。"

我笑着流眼泪："就不，让你和爸一辈子都养着我。"

妈妈在那头嘿嘿地笑着，言语中尽是宠溺。

挂掉电话，我咬了咬牙，对自己说："申谜，振作起来，即便你没有了钱，没有了爱情，没有了工作，甚至没有了朋友，你还有爱你的父母。为了他们，也为了你自己，振作起来吧！"如此反复说了三次，我擦干净脸上所有的眼泪，又重新融入到那份不属于我的热闹之中……

还好，我的生活当中并不是只有坏消息，我们公司发往国外的货顺利到达，客户那边也把货款打了过来。与此同时，罗先生也被放了出来，他们公司的账户也被解冻，罗先生在第一时间，把之前我们公司交给他的订金开好支票，亲自送到我们公司。

"这次真是多亏了你们啊！"罗先生千恩万谢地说，"我都听说了，有人要抢工厂，是你们拦了下来。"

李莎显得波澜不惊："罗先生太客气了！那次我们也是为了帮我们自己公司。"

“多亏你说服了那些人，替我稳住了他们的心。不然我就惨了——回来一看，工厂只剩几堵墙，工人都不见一个。那我得花多少时间才能够把这口气喘过来？”罗先生的感激是发自内心的，他连连表示，以后三科公司只要有用得到他的地方，他一定效犬马之劳。

我们很好奇罗先生是怎么把税务局那边给摆平的。他显得有些不好意思，不过依然和盘托出：“税金补交了一百五十万，另外又罚了一百万，总共交了二百五十万，凑了个傻子数，才脱的身。”

这其中还有不少曲折的故事，罗先生的公司账户上并没有这么多钱，而他的太太和罗兰都不肯拿钱出来赎他，幸好他自己还有一个他太太都不知道的私人账户上有些钱，这才让他自救成功。

我听得连连咂舌：“罗先生，没想到，你们男人也有私房钱啊！”

罗先生的老脸都红了：“说起来也惭愧。按道理，一家人，不应该有这种小人行为。但我也是没有办法。我一早就看出罗兰对我的家产没有安什么好心，所以不得不留了一手。实属无奈啊！”

“罗兰开工厂的事情，你知道吗？”李莎问。

“我也是等她抢走了我好几个客户之后才知道的。”罗先生直叹气，“罗兰做起事情来，为了达到目的，喜欢走些歪门邪道，这个我清楚，但是我没有想到，她竟然会把这种招术用到我的头上。还是只能怪我管教得不够严啊！”

李莎听到这里，想到了一件很遥远的事情：“罗先生，有件事情我想问一下，当初你们工厂在竞争三水公司的合作商资格的时候，出过一件事情，有人假冒申谜的名义向那些竞争的公司索要贿赂，这事情究竟是不是你们工厂干的？”

罗先生的脸上开始红一阵白一阵，人也变得局促起来：“这个……和我们有点关系，但原意并不是这样，我们真的无意用这种非正当的手段来竞争的。这件事，我也是后来才知道。唉，家门不幸！怪我，怪我没有当好这个一家之主！这事不是罗兰干的，是她母亲找人干的。当初她的目的也不是为了公事上的竞争，而是为了她女儿，她的主要目的是破坏申谜在三水公司和韩忆心目中的好印象，让申谜丢掉那份工作，离开韩忆，只是没有想到造成了那样一个结果。”罗先生回忆起往事，满怀歉疚，甚至起身替我倒了一杯茶，“申谜啊，真是非常对不起！让你受委屈了。我愿意为这件事负责，赔偿你的损失。”

“算了，这事又不是你干的，你没必要为她们母女背这个黑锅。我会找机会把这笔账讨回来的。”我不是个大度的女人，别人如此处心积虑地算计我，我没有理由就此罢休。

罗先生却说："申谜，你别和她们母女计较。我替她们给你赔不是，好不好？"

"她们都把你害这么惨了，你还有必要这么护着她们吗？"我想不通。

罗先生显得很无奈："就算我和她们母女俩以后会各奔东西，但她们毕竟与我做了这么多年的家人，这事是我和她们一起生活的时候发生的，我这个一家之主应该负全责。"

"那抢工厂那件事呢？你有什么看法？"李莎问。

"依我看，这事应该和罗兰没有关系。"罗先生说这话的时候，显得非常的不自信。

"如果真是她干的呢？"李莎穷打猛追。

"之前的事，我都可以一概不究，算是我倒霉。等我和罗兰的母亲离了婚之后，她们母女再惹什么是非的话，我也不再护着她们了。"

按照罗先生的理论，只要罗兰她们母女一日还是他的家人，那么所有的责任都由他这个一家之主来扛。也许，在别人眼里，他这是一种英雄情结在作祟，而在我看来，他这是极端的大男人主义，并且已经到了二百五的边缘，与傻子只有一线之差。

罗先生走了，我一边收拾茶具一边问李莎："这个罗先生吃了亏也不作声，半点反抗都没有，笨到家了！"

李莎并不同意我的看法："他不笨，并且这正是他的聪明之处。行业内是没有秘密可言的，他被罗兰母女俩摆了一道，肯定会有很多人同情他的遭遇，而他闷声不吭，有仁有义，更会被很多人欣赏。所以，这件事情不但不会有损于他在商场上的声誉，反而还会让他得到更多的赞赏，提高他的人气与信任度。相反，如果他对罗兰进行打击报复，首先会让人笑话他是自家人斗自家人，其次，他并不能挽回多少损失，最后说不定还会落个坏名声。罗先生选择忍气吞声，是最佳的处理方式。"

江湖中的武林盟主也是不轻易与人动手的。今天，我终于认同罗先生的功夫天下无敌。

我是无名小辈，所以我无法跟罗先生一样打落牙齿和血吞，罗兰母女这对仇家，我结定了。

李莎把我用房子抵押来的贷款还给了我，还另外给了我六万块钱，作为这笔生意中我所付出的努力的奖赏。

我拿着支票眉开眼笑，拼命嗅着上面的油墨味："感谢老天，我的私人存款终于突破五位数了。谢谢你，莎姐！"

“不必谢我！你应该得的。”李莎说，“如果不是你那四十万，我们也不可能这么顺利地交了货。”

“我请你吃饭，任点！”我第一次可以挺直了腰杆拍着胸脯豪情万丈地请人吃饭，不必在心里面打鼓担心钱包里的钞票和银行卡会付不起账单。有钱真好！

“你另外找人吧！我今天没空。”李莎另外开了一张二十万元的支票出来，冲我挥了挥，“我得去一趟秋南的公司，把钱还给他。”

“不必那么急吧？你晚上回家的时候拿给他也一样啊！凭你们的关系，秋总难道还会信不过你吗？”

李莎把支票放入包中，打算出门：“正因为我们的关系非同寻常，所以我更不能辜负他对我的信任。当一个女人欠一个男人太多钱的时候，就会在心里面觉得低他一等。我想尽快恢复平等。走了，你另外约人庆祝吧！”说完，李莎笑吟吟地走了，偌大的办公室，只剩下我和电脑两两相对。

下了班，一个人东游西荡，看到人家上车，我也上车，看到人家下车，我也下车，毫无目的地走走看看，等我回过神来的时候，发现自己竟然来到了熟饭的学校。我对着那曾经再熟悉不过的大门抓耳挠腮，我怎么来这里了？

还是那家火锅店，还是那种上面漂浮着厚厚一层红油的麻辣牛肉火锅，我找店家多要了一个鸡蛋，放到滚烫的汤汁里。

“是你啊？”店家认出了我，“你很久都没有来了。”

“是啊，我最近有点忙。”

“今天怎么只有你一个人，你男朋友呢？”店家问。

“我男朋友？”

“就是那个舒老师嘛，他怎么没来？”

我尴尬地笑笑：“他不是我男朋友。”

“不会吧？”店家似乎有点不相信，“你们两个人很亲密啊！哦，我知道了，你们吵架了，在闹分手，对不对？”

“他真不是我男朋友。”我辩解道。

店家看到我一本正经地样子，终于相信了我的话，他有些不好意思地说：“对不起，我还以为你就是鸡蛋小姐。”

“鸡蛋小姐？什么意思？”

店家笑着说：“这个舒老师特别喜欢吃鸡蛋。我问他为什么，他说他喜欢的女孩子就是一只鸡蛋，并且还是一只笨蛋。那段时间我看到他常带你来吃火锅，你们两个打打闹闹的，真的是很般配啊，那个舒老师的眼睛里都在放光，我还以为你就是他说的鸡蛋小姐。真可惜，你不是！”

店家的话似乎让我明白了一些什么，我掏出电话，按下一串数字，有些激动地问：“小马，有件事我想问你！”

“什么事啊？”小马那家伙不知道正在干吗，似乎很不乐意我在这个时候骚扰她，说起话来有点心不在焉。

“你说我是鸡蛋，介于荤素之间。这话是你自己说的，还是别人告诉你的？”

“这个很重要吗？”

“也许。”

“是我哥告诉我的。他说你是一只鸡蛋，并且还是一只笨蛋。”

我整个人呆掉了。

熟饭喜欢过我。天，我真的没有想到平日里以打击我为乐的熟饭曾经对我有意，亏他还常常说哪个男人遇到我一定会很倒霉，整天一副嫌弃我的嘴脸。

都说女人的话不可信，原来男人的话，同样需要再三斟酌，才能了解其中的意味。

我已经讶异到分不清自己知道这个消息之后究竟是悲还是喜了。

我是悲是喜并不重要，熟饭已经有了他的女友，那个说起话来声音软软的女孩子是他的新欢吧？那我这个“旧爱”还为了他有没有喜欢过我这件事悲喜个屁啊！请原谅，我说脏话了，这样不好，但是我忍不住。

即便熟饭没有新欢又怎样？我喜欢熟饭吗？我才失恋没多久，是不可以在短期之内喜欢另一个男人的，不然，岂不是有点……无耻？我又该如何定义自己与剩牛排之间的爱情？

我不喜欢熟饭，是的，我根本就不喜欢他，我只是把他当兄弟看而已。我一遍又一遍地这么对自己说。

不知道为什么，以前吃得有滋有味的火锅今天尝起来全无味道，就连那锅里正在煮的两个卤蛋也不能引起我的食欲，一桌子的东西，没动多少。

“嘿，申谜！”有人叫我，是许久不见的“真有钱”，他比以前黑了许多，张嘴笑的时候，只看得到他的满嘴白牙。他现在在一家旅行社实习，常跑海南。

我让店家多加了一副碗筷：“我正在发愁怎么把这些东西消灭干净呢！一起吃！”

“真有钱”一脸的春风得意，看来最近这段时间过得很滋润。他毫不客气地坐下来：“你怎么一个人吃饭？不是来找舒老师的吗？”

为什么每个人都会在我面前提起熟饭？“不是，我只不过突然想起这里的牛肉火锅了。”

也许是因为周末，火锅店的生意非常好，不是很宽敞的大堂里坐满了人，还有不少人在外面排队等候，全都是一些学生，三五个人凑一桌，吃得热火朝天。

没吃多少东西，然而我已经觉得饱了，停下筷子。“真有钱”吃得满头大汗，尖尖瘦瘦的一张脸被热气蒸得黑里透红，他夹起一串羊肉塞进嘴里：“你和你男友呢？怎么样了？那次我带团去海南，在机场看到你和一个男的送别，那男的应该是你男友吧？”

“我们分手了。”我回答得很平静。

“真有钱”听到之后，只是简简单单地用一个字表明自己的态度：“哦！”

他的平静反而让我好奇：“你怎么不问我为什么失恋了？”

“因为我失恋过，知道失恋是怎么回事，所以没有必要追着别人刨根问底。”“真有钱”一边用力地吞咽着嘴里的食物，一边拿筷子指着正在翻滚的汤汁，“恋爱就像火锅，恋爱中的人就像是顾客和食物，不是涮别人就是被人涮。然而无论你是顾客还是食物，都没有什么了不起的，都有大家各自的悲哀——作为顾客的悲哀，是你想吃某种食物，却被告知没有；而作为食物的悲哀，是你明明已经下锅了，人家却不吃你。”

“真有钱”说起话来越来越有熟饭的风格，客观、犀利、让人捧腹不住，又能发人深思。

吃完饭之后，“真有钱”带着我在校园里溜达，一边走一边发挥出他的职业习惯，向我介绍各种景点和建筑物，偶尔还穿插一些校园内所发生的趣事：“这个是理工学院，俗称‘狼窝’，别看那些学理科的男生表面看上去都斯斯文文的，可骨子里都很狼性，全校最会玩电脑的就是他们，也因为这个原因，全校男生看A片最多的也是他们……这个是建筑系，俗称‘僧人部落’，因为学建筑的女生极少，全系加起来都不到五十个，并且一个长得比一个丑，那些男生看到她们之后会直接断了念头……”

我们来到一幢有些破旧的建筑面前，像是宿舍，星星点点的灯光，隐隐约约还有人影。“真有钱”说：“这个就是单身老师的宿舍了。不过，我们习惯叫它‘鸳鸯楼’，不少老师在未婚前都是和他们的另一半住这里的。”

单身老师的宿舍，熟饭也住这里吗？

“真有钱”将手一指：“舒老师就住在二单元四楼。没有灯呢，看来今天你不能去他家坐坐了。”

我摇摇头:“今天不了，改天吧。”

“真有钱”的手机响了，好像是旅行社那边打来的，他接完电话之后，有些抱歉地说:“对不起，有个旅游团今天晚上到达本市，原本要去机场接人的那个导游临时有事去不了，我得去救场。”

“去吧!”

“那你呢?”

“我再转一转，就回去了。”

“真有钱”走了，风风火火，我预感到这个小子将来一定会前途无量，会有无数的女人拜倒在他的牛仔裤底下。

我在“鸳鸯楼”下徘徊，忽然，看到一个熟悉的人影正从道路的那头走来，是熟饭。我做贼似的躲到暗处，看着他走进了楼梯间，没多久，他房间的灯光亮了起来，温柔的桔色，如情人的笑脸，温暖了整个夜晚。

“走吧!”我对自己说，正要离开的时候，另一个人影走了过来，是熟饭的新欢，她拎着两个鼓鼓的袋子，哼着歌曲轻快地跑进了楼梯间，熟饭房间的窗户上出现了两个影子，看来，她是奔他去的。

半个小时过去了，没有人出来。

一个小时过去了，没有人出来。

……

直到四楼的灯灭掉，我都没有等到我所希望的人出来，我站在楼下的一棵歪脖子树下，任由晚风扑簌簌地吹在我身上，心里的温度一点一点地失去，一抹脸，早已湿了一大片……

我坐在十五楼的门口，手中的酒瓶已经空了一大半，我背靠着熟饭家的大门，眼睛一直盯着电梯的方向，但是我知道——那个人是不会出现的。我想起了那个夜晚，我在十八楼过夜的那个夜晚，熟饭一个人喝醉的那个夜晚，那天的他，和此刻的我，心情应该是一样的吧?

申谜，你不喜欢他。我再一次对自己说，然而心却痛得一阵比一阵强烈。直到现在，我才真正明白，我是在乎他的。

我和熟饭走得太近，近到我感觉不到他的思想和情感，我一直把他在我的生活中出现，视为是一件理所当然的事情，却不知道他从什么时候开始，已经成为了我生活中不可缺少的一部分，就像是我的双手，我在使用它们的时候，并不觉得有什么特别的，一旦受伤，会是连心的疼痛。

酒一点点地灌进肚子里，化成泪水一滴滴地涌出眼眶，湿了衣襟。

"喂，醒醒！"有人在叫我。

我不愿清醒，但愿就此沉睡。

"申谜，醒醒！"那人开始用力摇我。

我敲了敲痛得像要炸开的脑袋，费力地揉了揉眼皮，睁开了眼睛，只见熟饭弯着腰看着我，神情严肃。

我爬起来，靠墙坐着，两眼朦胧，四肢无力，身上的衣服皱巴巴的，还散发着一股子酒气。

"你怎么睡在这里？"熟饭问我，似乎非常不悦。

我摸了摸口袋，钱包和手机都还在，掏出手机看了一下：八点过十分。已经是早上了。熟饭昨晚并没有回来，而是住在"鸳鸯楼"。

我不说话，用手指在头发上随便划拉了几下，站起身来，掏出钥匙开门。

"你怎么醉成这样？"熟饭问。

"没什么大不了的。失恋了！"说完，我将手一推，把他关在了门外。

天长地久的等待，不过是书里面写出来哄那些涉世未深的少男少女的桥段，把笔下的情感写得无比浪漫而美好的作者自己，往往经历过的却是伤痕累累的爱情，他们把书外的失意写进书里，弥补现实中的遗憾。

这和赚钱比较少的古代穷书生爱骂钱有铜臭味是同样的道理。

爱情会随着时间的流逝而一点一点地淡化，曾经惊心动魄的感觉到最后也会化成一段岁月里似有若无的回忆。

我们不能奢求谁会永远待在某处永远等待着自己，就如我们无法保证自己在若干年后还会不会深爱着某一个人一样。

熟饭的爱情曾经在许多个清晨的八点过十分敲响过我的房门，却被我错过。如今他的臂弯之中有了另一个女人，是他的睿智、我的活该。

在走廊上睡了一夜，我感冒了，浑身畏冷，嘴唇发干，脑子发热，烧得整个人昏昏沉沉的，眼皮似有千斤重，怎么都睁不开。

我看到一个折翅的天使在树下休息，背影似曾相识。

"你是谁？"我问。

天使不说话。

"你是上次那个从天下掉下来的天使吗？"

"是。"声音也似曾相识。

我说我最近怎么这么倒霉，原来是我的守护天使受伤了，然而，我不是医生，我连自己头痛脑热都搞不定，又怎么可能治得好天使？

“你真的不回到我的身边来了吗？”

“是的。”

“为什么？”

“我累了。”天使的声音很疲惫，“我的力量来自于爱，而你对我却没有爱心。现在，我要去守护别人了。”

天使给了我一个漂亮的转身，给了我一个四十五度的侧脸——熟饭？！

“怎么会是你？”我太惊讶了！

“一直都是我。我告诉过你的，但是你不相信，你说天使里面不可能有我这种痞子。”

一个天籁般的女声远远地传来，温柔地呼唤着熟饭的名字，召他前去。

“我要走了！今后你自己多保重吧！”熟饭坚定而决绝地告别，那只原本受伤的翅膀在瞬间愈合，发出灿烂的金光，耀得我睁不开眼，他轻轻一跃，腾空而起，朝那个召唤他的女声飞去。

“喂，你回来！你给我回来！”我痛哭失声，“我相信你是天使了，我相信了！你给我回来！”

……

“醒醒！申谜！快醒醒！”

我睁开眼，大汗淋漓，看到的是大片大片的白色以及熟饭和小马焦虑的脸。

“你们怎么来了？”

小马没好气地说：“什么叫我们怎么来了？你知不知道你现在在哪里？医院！你感冒发烧，幸好我哥发现得早，不然，现在的你就算没死都已经烧成傻子了。”

熟饭从口袋里掏出一串钥匙：“上次西门子来的时候，我配了一套你家的钥匙，走的那天忘记还给你，今天下午去你家，按了半天门铃没人应，原打算把钥匙放在客厅的茶几上的，结果发现你睡在沙发上病得在那里一个劲地说胡话，就把你送医院来了。到了医院之后，又打电话把小马叫了过来。”

小马伸出右手，在我的额头上试了一下体温，长舒了一口气：“烧退了不少。你不知道，我刚到医院的时候，你额头烫得可以烧开水了，整个人神志不清，嘴巴一直在那里张张合合，不住地说胡话。我长这么大，还是第一回见到人发烧烧到说胡话呢。”

“真的啊？我说什么了？”我很紧张，生怕自己不小心把不该说的说出来了。

“含含糊糊的，没听明白，就只有两个字听清楚了——天使。米，你都多大的岁数了，还在那里梦天使，童心未泯是吧？”小马从床头拿起一样东西扔到我怀里，“还抱着这个闹钟不肯撒手，你这是跟谁约好了见面时间，怕迟到呢？”

我一看这闹钟，赶紧把它藏到被子里。这个闹钟是当初熟饭去外地出差前送给我的天使闹钟，正是那次他跟我开玩笑说他是我的守护天使，而我不肯相信天使里面会有痞子。我怎么抱着它睡着了？

我看了一下窗外，是黑色的，估计还是夜晚，小马怀有身孕，让她留在医院陪我实在不妥。果然，她的手机响了，她老公催着她回去，小马在电话里吼得火冒三丈，末了，有些抱歉地对我说：“我得回去了，不然，家里又得天下大乱。米，听我一句劝，别太早结婚，真的是太烦了，尤其是怀孕后，连半点自由都没有。刚才我问过医生了，他说你明天上午还要吊三瓶水，今天晚上你得在医院住一晚，我明天来接你出院。”

“不用了，你好好休息吧！”我看着小马微微隆起的肚子，“你还是安心养胎吧！我可以自己好好照顾自己的。”

小马极度怀疑我的话：“拉倒吧！你照顾自己都照顾到差点没命了，还好意思在我面前说大话。米，别想着那个剩牛排了，另外找个男人来疼你吧。”

我没有想着剩牛排，我想着的是另一个人，但是我不能说。

小马冲着熟饭一瞪眼：“生米就交给你了，今天晚上好好照顾她。”说完，嘀嘀咕咕地走了。

病房里只剩下我和熟饭两个人，气氛有点怪异。

“谢谢。”我说。

“大恩不言谢。”

“你也可以回去的，不用陪床。”他的新欢应该在等他回去吧？

熟饭把两只手插在裤兜里，看了看旁边那张空空的病床：“这个病房暂时只住了你一个病人，你确定你一个人住在这个陌生而又略带着一点阴森的地方，不会怕那肉眼看不到的脏东西吗？要知道，这里是医院，生老病死的地方。”他是故意的，他明明知道我这个人平日里就很唯心，并且胆子又很小，所以他故意制造出一些恐怖的气氛来吓我。

“熟饭。”我快气疯了，“我是病号呢，你怎么可以这样吓我？”

熟饭若无其事地点点头：“不错不错，声音洪亮，证明你的病好得差不多了。我是你的救命恩人，你要记得，以后不要再这么凶巴巴地对我。”

不是我想凶巴巴地对他，是这小子实在是太欠收拾，总能刺激到我那根生气的神经。

熟饭又说："还有，你好了之后，得请我吃饭。"

"不是'大恩不言谢'的么？我为什么要请吃饭？"

熟饭脸不红心不跳地说："我是没有要你'言谢'啊，而是要你从行动上来感谢。行了，你好好休息吧，我回去了！"

"喂。"我叫住他，他怎么可以在成功地挑起了我的恐怖心理之后，自己却溜掉，"你不是说要留下来陪我吗？"

熟饭挑了挑眉毛："你不是不要我陪吗？"

我低着头不说话。

"那我回去了哦！"熟饭抬起脚往病房门外走。

"喂。"我又叫住他。

熟饭做出一脸很为难的样子："你到底想我怎样？"

"你，留下来，陪我！"我说得很小声，不敢抬头看他。

"什么？我没有听见！"

"喂。"他绝对是故意的。

熟饭摆出一副"我就是故意的，你能拿我怎样"的表情："大点声嘛，刚才凶我的时候，那个声音很大呢。"

我气得牙痒痒的，恨不得冲过去从他身上咬一块肉下来。

"不过是开口叫人留下来陪床又不是上床，为什么有些人就非得这么扭扭捏捏的呢？你们说是不是？肉眼看不见的生灵们。"熟饭自言自语着，两只手还打着手势，像是真看到了什么东西一般，吓得我寒毛倒竖。与病房配套的洗手间里的水龙头没有拧紧，发出"滴答滴答"的声音，听得我毛骨悚然。

"你能不能留下来？"我终于开了口。我心里是希望他留下来的，不仅仅是因为害怕，还因为……熟饭，我的守护天使，我希望今夜你能再守护我一晚，就算是我从你那里再偷片刻幸福。

上帝，请原谅我的自私，阿门！

第二天清晨，我醒得很早，熟饭还在沉睡，高大的身躯蜷缩成一团，窝在隔壁那张病床上，嘴角微微往上扬，似乎梦到了什么甜蜜的事情。

我从床上跳下来，轻手轻脚地跑到他床边，趴在床沿处，第一次这么近距离地、仔细地看他，他的头发细而软，皮肤很白，五官虽然算不上精致，但看上去还顺眼。睡着的他像个温柔的天使，和醒着的时候那副痞子样判若两人。

我真的无法理解，为什么天使和痞子可以在熟饭的身上得到完美的结合？是天使对凡人的试探，还是痞子在神的感召下升华了？

然而，无论他是天使还是痞子，今后都与我再无关系，我会记住自己和他只是哥们，再无其他。

我在熟饭的额头上落下轻轻一吻，然后重新溜回自己的床上，躺下。

我遵守承诺，请熟饭吃饭。有家大排档的东西做得很不错，尤其是那道烧鹅，色泽鲜亮，外脆里嫩，再蘸上店家自制的酸梅酱，堪称一绝。这家店的老板似乎特别偏好这种大排档的经营模式，曾经有人提出过装潢门面改变包装的建议，他都置之不理。

熟饭看着面前的一整只烧鹅有点受宠若惊："米，你不心痛你的血汗钱了？"

我又叫了另一道招牌菜——椒盐鸭舌，超大的一份摆放到他的面前："嗯，因为过了今天，你想要我再请客的话，估计会很难了。"

"为什么？"

"因为我本来就是个小气人，还有，我要把请你吃饭的钱存下来，另做他用。"

"干什么用？"

"包红包。"

"什么红包？"

"你结婚的时候，我要送的红包。"

男友结婚了，新娘不是我。这样的故事天天都在发生，既然这世上有这么多女人都承受得住这种天意弄人，我又为什么不能学得大度一点？更何况，熟饭还不曾是我的男友。

熟饭说过：最美的爱是成全。他曾经用自己的心酸成全了我和剩牛排的爱情，我带着红包去喝他和新欢的喜酒，也算是一报还一报。

这个世界很公平，谁也不能欠谁太多。

熟饭并没有察觉到我的心酸，一如当初的我，他拿着菜单毫不客气地左点右点："既然以后你请吃饭的机会难得，那今天我得多吃一些。"菜一份份地往上端，直到我们坐的那张小桌子快要摆不下去了，这才作罢。而我，一直在吃臭豆腐，一连干光了两份还不够，又叫了第三份。

熟饭有些嫌弃地对我说："你不怕开口说话的时候，满嘴都是那股怪味吗？"

我不理他，吃得更来劲了。

熟饭突然想起了什么，大喊一声："糟了！"然后急急忙忙地掏出手机打电话，态度无比谄媚："在哪呢……记得，怎么会不记得？这不是给你打电话了嘛。我在XX路的一家大排档，赶紧过来吧！这里有个冤大头让我们宰，不要钱的……

不识路？不识路你坐出租车啊，车费我出……对对对……赶紧来吧，有人请客，我们当然要动作迅速一点，我叫了你最喜欢吃的水晶猪蹄。等你啊！”

“谁是冤大头？”我问。

“你啊。”熟饭乐滋滋地把伙计招了过来，加了一份水晶猪蹄和一份姜葱蟹。

我看着价目单瞠目结舌：“你下手不能轻点吗？”

“不能。我向来铁石心肠。既然是最后一次请我吃饭，我自然要吃得你刻骨铭心。”

岂止是刻骨铭心？他简直就是想把我连皮带骨地全部啃光。我在心里已经盘算着要不要脚底抹油地溜掉，留下他和他的朋友在这里洗盘子抵账。

熟饭像是看穿了我的心思，他一边用力地啃着鹅腿一边慢条斯理地说：“不要想着逃跑，如果这顿饭你让我出钱的话，我会要我姐把它从你的薪水里双倍扣回来。”

没多久，熟饭的朋友到了，是他的新欢，她像只兔子似的蹦跳着跑了过来，大大方方地朝熟饭一伸手：“车费！”

“多少？”熟饭果真从怀里掏出钱包来，态度相当配合。

“四十八块。”

“数字挺吉利的。”熟饭将一张百元大钞拍在她手心里，“不用找了。”

新欢立即眉开眼笑，喜滋滋地把钱揣进自己的口袋，挨着熟饭坐了下来，朝桌上一看更乐了：“哎，你怎么知道我今天想吃螃蟹的？”

“心有灵犀。”熟饭一个劲地把蟹黄往新欢的碗里挑，“吃吧吃吧，不够再叫，米姐请客！”

新欢没心没肺地冲我直乐：“谢谢米姐！”然后埋头苦吃，颇有当初熟饭请我吃饭、我大快朵颐之势，更狠的是，她吃到半路的时候还觉得不过瘾，抽空把那张小脸从那只堆满食物的碗里抬起来，一脸无辜地问我：“米姐，我能再叫一瓶红酒吗？八二年的就不必了，九二年的就足够了！也不用进口的，国产的就行！”

我差点当场吐血而亡。

我暗地里冲熟饭使眼色，表示抗议，他却视而不见，我用力地咀嚼着嘴中的臭豆腐，以泄我心头之恨。

新欢似乎发现到我的不正常，有些好奇地问：“米姐，你这么喜欢吃臭豆腐啊？”

“是啊。”

“那我怎么觉得你吃得有些咬牙切齿的？”

“这说明我对臭豆腐又爱又恨，爱恨交织，欲罢不能。”

新欢有些啼笑皆非地看着我：“不就是臭豆腐么，怎么说得跟人一样。”

这样的对话，这样的场景，与当日如此相似，我还清楚地记得去年圣诞节那天在熟饭家里吃满蛋全席的情形，不过，我肯定：记得的人，只有我一个人而已。至于熟饭，他的注意力早已转移到水晶猪蹄和姜葱蟹上，怕是早已忘记了我曾经用臭豆腐形容过痞气十足的他。

吃完饭之后，新欢并不想回学校的“鸳鸯楼”，而是吵着要去熟饭十五楼的房子看看，于是一行三人回了家。

熟饭从来不带女人回他的老巢，看来新欢对他而言，意义非凡。

我独自一人坐在客厅的沙发上，看着旁边那部已经很久都没有在晚上十点准时响起过的电话，幽幽地叹了口气。

十一点半，门铃响了，熟饭的新欢红着脸说是要跟我借东西。

“什么东西？”

“睡觉用的。”新欢说得不清不楚。

“睡衣？拖鞋？毛巾？牙刷？被子？毯子？……”我数了一大堆东西，新欢一直在摇头。

“两个人用的。”

我还是没有猜出来。

“只是男人用的。”新欢拿手跟我比划着形状，小脸红扑扑的。

我终于明白过来，脸变得跟她一样红：“这东西我这里没有。我没有用过。外面商店里应该有卖的，你让熟……哦，你让他去买啊，他是男人。”

“他在洗澡。我想让他惊喜一下。”没想到新欢年纪轻轻的，做起事情来胆子倒挺大。想当初我对男人想入非非的时候，也只敢私底下请教一下密友小马，而眼前的这个女孩子却敢明目张胆地跟我借那东西。

长江后浪推前浪，前浪拍死在沙滩上。估计就是这个道理。

“对不起，我实在帮不了你。”就算有，我也不借，没听说自己喜欢的男人和别的女人办那事，我还得提供安全措施的。

“没关系！谢谢你了，米姐！”新欢风一样地刮走了，留下了一股香味，依我有限的香水知识可以判断出，她用的应该是据说能勾死一大片男人的香奈儿五号。

看来，新欢存心想让熟饭今晚死无葬身之地。

电视里的偶像剧突然失去了往日的魅力，W 那张平日里让我百看不厌的俊脸似乎也变得平庸起来，我的脑子里出现的全都是熟饭与他的新欢之间可能会出现的少儿不宜的情景，挥之不去。人，一下子变得焦躁起来，恨不得跑到隔壁去点一把火，让他们成不了好事。

申谜，你要大度一点。我对自己说。

我打来一桶清水，找来一块抹布，开始打扫卫生，想借此来分散掉自己的精力，别把注意力放在隔壁的那对男女身上。我擦拭得非常仔细，每个角落都不肯放过，就连平时不太挪动的沙发，都被我给翻了过来，一个墨蓝色的东西引起了我的注意，它被卡在布艺沙发底部的一个夹层里，只露出一寸左右的头来，我抽出来一看——是一只拖鞋，男式人字拖的右脚，底部的图案是一只妖艳的红黑相间的卡通型蝴蝶，脚跟的部分磨得起了毛边，应该是用了很久。

这是熟饭弄丢的那只拖鞋。

一个声音穿过岁月的距离在我耳边回响："如果我把一只拖鞋留在这里，你会拿着它去找我吗？"

我抬起头来看钟，十一点五十五分，再过五分钟就是午夜十二点了。我的整个人像是中了魔力一般，抓起这只拖鞋跑了出去，把熟饭家的门砸得震天响："熟饭，你给我出来！喂，十二点快到了，你快出来！"

门开了，熟饭是光着脚跑出来的，身上的衣服还算整齐，只是神色有些惊慌："怎么了？怎么了？"

我把那只拖鞋交给他："你丢的那只鞋子，我找到了！"

"哇，真的是它！"熟饭很惊喜，"我的蝴蝶又可以成双成对了。咦，你不是说会把它丢到垃圾堆里去的吗？怎么又拿着它来找我了？"

"因为……"我不知道该怎么说，这时新欢走了过来，站在了熟饭的身后。

我笑了笑："因为垃圾堆太远了。晚安！"我转过身去，无比悲伤。

童话中，王子派人拿着玻璃鞋找到了他的灰姑娘，而我，拿着这只沾着男人脚汗味的拖鞋，依然追不回我的爱情。

"米姐。"新欢叫住了我，"进来坐会吧！"

"不了，已经过了十二点，很晚了！"所有的魔力在午夜十二点之后就会消失不见，我的童话梦，该醒了。

"米姐。"新欢的感觉很灵敏，"你在难过吗？"

"没有。我只是……打扫卫生太久，累了。"也许，这个小区的风水与我的姻缘有点犯冲，我该考虑换个地方居住了。我只是一个再普通不过的小市民，不该来这种高档社区的，只有回到那种和我一样普通的居民楼里，才能让我的生活恢复正常。

“米姐！”因为是背对着他们，我看不清楚新欢的表情，她的声音虽然轻柔，却似一根尖锐的钢针，一下子刺中了我心脏最脆弱的那根神经：“你喜欢舒凡，对不对？”

承认还是不承认？这是个问题。

当着另一个女人的面承认自己对她的男友有意，这需要很大的勇气，而我，还欠那么一点。

“别开玩笑了。我要睡了！晚安！”眼泪再次涌了出来，如果再不逃走，我很难保证自己可以不在这对幸福的恋人面前失态。

“米姐。”身后的新欢像杀手一般追着我不放，“承认喜欢一个人，有那么难吗？”

我承认了又能怎样？难道你还会把熟饭送给我不成？更多的只会是三个人站在那里彼此尴尬，徒增许多烦恼，再从今往后鸡犬相闻，老死不相往来。

既然我已经决定不再去惊扰你们的幸福，你又何苦再来过问我的心伤？

“别跟我谈爱情，戒了！”

一阵风刮了过来，我的身体在瞬间被人顶在墙壁上，脸上的泪痕无所遁形，新欢伸出手指接下一颗我滴落的泪珠，把它展现在我眼前，晶莹的珠光闪烁着我的心事。新欢问：“告诉我，这是什么？”

我不说话，用沉默做着最后的防守。

“你为什么要掉眼泪？”新欢出手真狠，堪称杀手中的高手，招招砍在致命处，让我痛不欲生。

我的样子十分悲壮，宁死不屈：“我想家想哭了！”

熟饭一直不说话，站在不远处看着我，表情颇为复杂，手臂微微往前倾，不知道是想要抓住谁。

“冥顽不灵。”新欢一脸的无奈，似乎已经放弃了对我的拷问，回过头来冲熟饭说：“你自己来问她。”

熟饭走了过来，抬起手，用袖子使劲把我的脸擦干净，嘴巴张了几下，却没有发出半个音，只是定定地看着我，柔肠百结。

以沉默对抗沉默，我输得体无完肤。

“喂，你们倒是说话啊！”我和熟饭的无声，急坏了旁边的新欢，她的态度突然来了一个一百八十度的大转弯，一下子从杀手变成了小绵羊，苦着脸冲我低声下气：“米姐，我求你了，你就认了吧！这不是什么可耻的事情。”

我闭着眼睛，紧咬着嘴唇不开腔。

熟饭幽幽地开了口："爱我吗？不说话就代表你默认了。一，二，三！好，你是爱我的！"

我忽然就跌入了一个宽厚的胸膛，两只胳膊用力地拥抱着我，温暖的臂弯让我舍不得推开，我一边贪婪地嗅着熟饭的身上散发出来的好闻的柠檬沐浴露的香味，一边在心里告诉自己抢别人的男友是不对的。我很不争气很没用很不识大体地开始痛哭，悲悲切切，把眼泪和鼻涕尽数抹在了熟饭的衣服上。

"这不挺好嘛！"新欢舒了一口气，"真是受不了你们两个人，明明都挺喜欢对方的，可非得死鸭子嘴硬。你们觉得挺好的，我们在旁边看着累得慌。哎，里面的，出来啦，事情已经摆平了！"

一个很耳熟的声音响起："咋的呢？咋哭上了呢？海尔，你把嫂子弄哭了啊？真是不像话！嫂子你别哭，我替你收拾她！"

我把头小心地从熟饭的怀里抬起来，看到了一个人——西门子，他正乐呵呵地朝新欢扬起了右手，作势要敲她一记栗子，新欢冲他一瞪眼："你敢？"西门子扬起的手最后拍到了自己的脑门上，左手却一把搂住了新欢的腰，脸也贴了过去，结结实实地在新欢的脸上亲了一口："我都说了，你出马绝对没问题。"

"你……你们？西门子？那熟饭……还有她？"我的思维很混乱，说起话来也语无伦次。

新欢叹了口气，说："你想知道我是谁，对吧？"

我点点头。

"你还想知道为什么西门子也在这里，对吧？"

我又点点头。

"你更想知道我究竟是舒凡的女朋友还是西门子的女朋友，对吧？"

我把头一路点到底。

"早就说了，要你进来坐坐，你还不肯，不然你就不用白流这么多眼泪了。"新欢说，"舒凡，我看你还是做好心理准备，待会米姐动起手来打你的时候，你得小心点。"

"海尔，应该叫'嫂子'。"西门子在一边提醒。

"我喜欢叫'米姐'。怎样？"

西门子立马收了声，乖乖听从新欢的指示拉扯着我和熟饭进了门。

新欢叫海尔，是西门子最近结交上的女朋友，在本市工作，上次西门子来这里，实际上就是为了来看她的，也是因为她，西门子才决定把以前的工作辞了，来这里发展。这两人的性格一个直率，一个豪爽，倒也登对。

西门子十分得意地说："看看吧，我们两个这办事效率，你们两个简直就没法比。嫂子，上次我都跟你讲得那么明白了，你咋还是那么不开窍呢？没办法，我就只好给熟饭支支招，给你来个'置之死地而后生'，找个女人刺激你一下，如果你在意，就说明熟饭还有戏，这事咱们就早点定了，如果你完全不当回事，那我就得劝劝熟饭，早点收网，打捞别的女人得了。不然你们老这么拖拖拉拉的，等到我和海尔的儿子都可以打酱油了，你们还没有理清楚彼此的感情，这不是浪费生命嘛！恋爱要趁早啊，不然等你们老了，想生儿子都心有余而力不足了。"

"你是西门子的女朋友？"我依然有点不太相信。

海尔点点头。

"那你怎么和他……"

西门子立马抢着回答："哦，我把她借给熟饭当道具使了几回。"

我回过头来瞅着熟饭，气愤不已："你居然骗我？"

熟饭吊儿郎当地说："我从头到尾都没有说海尔是我的女朋友啊，是你自己会错意了而已。这又怎么算得上我骗你？"

海尔冲我扮了个鬼脸："我也没有跟你说找你借东西是给舒凡用啊？"

的确如此。我只好认命地承认自己被他们算计成功。我有些不服气地问西门子："你就不怕这个男人假戏真做么？要知道他向来色胆包天。"

"担心啊，所以你和熟饭之间得速战速决。"西门子紧搂着他的女朋友不放，"不然我可亏大了。"

"可是，那天我明明在熟饭的宿舍楼下面看到……"我把话收住，因为不知道这事当着大家的面说出来合不合适。

"看到前几天我和海尔一前一后地进了宿舍楼，一直都没出来，是不是？"熟饭把我心里想的都猜得一清二楚。

我只好承认："是。"

西门子立马举起手："我刚把工作搞定，房子还没有租好，所以这些天我一直住在熟饭的宿舍，海尔每天都会去那里看我，嗯……偶尔还会在那里过夜。这时候熟饭一般都是睡客厅，跟我当初差不多。"

"可怜的女人，吃醋吃得把自己灌了个烂醉！"熟饭啧啧有声，"我就说嘛，凭我的魅力，你怎么可能逃得出我的手掌心。"

"谁吃醋了？"我矢口否认。

"你都已经承认自己爱我了，再承认自己吃醋有什么了不起的？"熟饭洋洋得意地冲着大家展示着他胸前的那一片狼藉，"真能哭，你得替我把衣服洗干净！"

"我哪有承认我爱你了？"我一脚踹了过去，"你少自恋了。"

熟饭熟练地避开我的攻击："啧，刚刚才默认的，我这还有人证，就想翻脸不认账了啊？没门！"

"我哪有默认？我明明就是因为想家而悲痛得不能自已，一时间没有心情搭理你那些无聊的问题。你自己会错意了！"

"拉倒吧！你明明就是因为失去了我这么一个大好男人而在那里悔恨不已。我嘛，那就发发善心，降低一下标准，暂时收了你这个仰慕者好了！"

"喂，明明是你仰慕我，好不好？要说发善心，也应该是我才对！"

"可到头来，还是你仰慕我多一点，不然你会三更半夜地拿着一只沾着男人汗味的拖鞋来找我吗？"

"哼，这拖鞋是你当初故意留下来的，并且你还可怜巴巴地跟我说，如果我找到它的话，千万别把它丢到垃圾堆里去，因为它是你最喜欢的一对拖鞋。我就是因为心肠太软，所以才会经不起你的请求，而做出了这种傻事的。"

"你还在吃饭的时候睹物思人，放着满桌子的好菜不吃，就抱着臭豆腐狂啃。"

"那你当初不也是狂吃鸡蛋，还做了一桌满蛋全席出来。"

……

我跟熟饭争执起来，不可开交，看得西门子和海尔面面相觑，最后他们实在忍不住了，打断我们说："喂，你们到底要不要好啊？谁先爱上谁，谁爱谁多一点，很重要吗？"

"当然重要！"我和熟饭异口同声地回答。

西门子拉起海尔，拿起我的钥匙往外走："那你们慢慢讨论吧，我们不奉陪了。春宵苦短，我们可不想跟你们一样把它白白浪费掉。"

即将迈出门的时候，西门子又返了回来，从口袋里掏出一个避孕套放到沙发上："这是我在楼下买的，如果你们两个想通了的话，说不定用得着。不必感谢我！自家人。"然后把我和熟饭扔在那里，迅速地消失在我们面前。

熟饭拿起沙发上的避孕套翻来覆去地看，仔细地阅读着使用说明，然后一脸纯情而又无辜地对我说："老婆，春宵苦短呢！"

我抢过避孕套，冲进洗手间，把它扔到马桶里冲走，熟饭倚在门口连连叹气："我真没有想到，你会爱我爱得这么深——这么快就想有我的宝宝了。老婆，我一定会努力的！不过我不太喜欢儿子，我们要个女儿吧！"

"舒凡！"我忍不住怒吼，血气朝上涌，满脸通红，洗漱台上的杯子都震得微微地颤动。

熟饭掏了掏耳朵，嬉皮笑脸地对我说："老婆，我的听力很好，你不必这么大声音地叫我的名字，会吵到邻居的。"

"我不是你老婆！" 我已经快要崩溃了，这人怎么可以赖皮到这种程度？

熟饭一脸惊诧地看着我："难道你想做我的小三？老婆，别啊，我可是好男人来滴，你不能这么教坏我。"

我为之绝倒。

家是回不去了，被西门子和海尔霸占着呢，我打开熟饭卧室的房门看了一下，还算干净。"今晚我睡这里，你睡外面。"我说。

熟饭一脸的担心，朝我展示了一下他的臂肌："你确定不用我保护你的安全吗？"

我呸，有你保护，我只会更不安全。

"老婆，我就在客厅的沙发上，如果你晚上想起我了……放心吧，我是个负责的男人，我不会让你和我们的女儿没有名分的。"

我把门一关："你可以去死了！"

门后面熟饭的声音还在阴魂不散地传来："我怎么可以死？我要是死了，以后谁照顾你和我们的女儿？"

我懒得理他，自己倒在床上，闻着枕头上的柠檬味，和熟饭身上散发出来的一模一样，闭上了眼睛。

这是个幸福的夜晚，我原以为已经失去的东西，又重新回到了我的身边。虽然这个男人很痞，嘴巴很毒，人也很自大、很臭屁，吹起牛来让人听不下去，但是，有他在，我的心里觉得很踏实。

今夜，是许多天以来我睡得最安稳的一个夜晚。

14 重遇剩牛排

公司的生意刚步入正轨没多久，我们收到了一个坏消息，之前的那家客户提出要降价，原因是有人和我们竞争，开出的条件比我们好。经过多方面的打听，竞争对手是罗兰，她给的价格与我们的成本持平。

"这个女人，真是太过分了。"李莎表现出少有的怒气，"据内幕消息，上次那些人之所以会去罗先生的工厂抢我们的货，就是罗兰暗中搞的鬼，那个带头闹事的男人，就是她雇佣的。我还没有找她算账，她反而又来抢我的客户，这也太不把我放在眼里了！”

我拿出计算器将成本仔细地一算再算，有些疑惑地问：“罗先生那边完全可以说是友情服务，只赚了个人工而已，所以我们的成本已经很低了，罗兰的卖价这么低，难道她有更好的来路吗？”

“也许她也只是为了赌一口气而已，不赚钱也要跟我们拼到底。毕竟她手头上有好几家客户，偶尔有一家不赚钱，对她而言，没有什么特别大的影响。”李莎有些忧虑地说，“这女人，太疯狂了。就算是我们同意降价，我相信她会再次调价把价格卖得更低。如果靠降价去维持这个客户，对我们没有好处。”

“那我们应该怎么办？”

李莎说：“我要写邮件给三水公司的法国总部，向他们揭发现在的合作商的负责人是一个品德十分恶劣的家伙，然后告诉他们：她和现任的中方代表吴方私人关系密切，三水公司之所以会突然换合作商极有可能是罗兰用了非正常的竞争手段。要知道在之前罗先生的工厂与三水公司合作的时候，并没有出过什么差错，以三水公司的原则，应该不会这么轻易地把它换掉的。”

“你这么说，三水法国总公司那边会信吗？”

“别忘了，我是三水公司的前任中方代表，任职期间的口碑非常好，总公司那边一直很相信我，虽然我已经离职了，但说的话还是有一定分量的。”李莎打开电脑，开始噼里啪啦地写邮件，“我现在正在试图联系一个人，如果他也能答应与我同时指证罗兰的人品问题，我敢保证，罗兰一定会丢掉三水公司这家大客户。”

“谁？”

“三水公司的前任法方代表——韩忆。你的旧情人。”

李莎发给剩牛排的邮件在三天之后有了回信，他同意与李莎一起，向三水公司法国总部那边投诉罗兰，他会用邮件的形式向法国那边递交自己的意见，不过他并没有说明自己现在人在哪里，也没有告知他其他的联系方式。

李莎明显地注意到了我的表情有些不自然：“怎么，你不希望他出面吗？”

我埋头做事：“他出不出面，我根本就不在乎，就算他是死是活，我也不在乎。”

事情很快就有了结果：三水公司果然停止了与罗兰公司的合作，受到连累的还有吴方，他被革职，家里的老婆也听到了外面的一些风言风语，跑到罗兰公司，闯进她的办公室，在那里大吵大闹，就连罗兰办公室里的一台笔记本电脑都被她给砸了。罗兰手下的员工都亲眼目睹了自己的老板被人追着打，让罗兰颜面尽失。

然而，即便如此，吴方却没有站出来为罗兰讲半句好话，更有人传闻吴方还在家里做好菜煲好汤，向老婆赔罪，把一切罪过都推到了罗兰的头上。据说吴方的岳父好像是在政府部门任职，吴方这一失业，以后还得仰仗他这个吃官饭的岳父想办法给他安排一碗饭吃，所以，对于他这个脾气不好的老婆，吴方不但没有半点办法，还得哄着她。

罗兰这回算得上是真正的打落牙齿和血吞了。

晚饭后，我和熟饭一起闲话，谈起这事，我有些幸灾乐祸地说："没想到这世上还有比罗兰更泼的女人。"

"恶人自有恶人磨。"熟饭似乎也很解气。

"你说罗兰以后还会跟着吴方吗？"他们已经闹得如此僵，估计是不可能了。

"不知道。这两个人都是利益当先，如果有足够的利益，难保他们不会再一拍即合。"

"吴方不是怕他老婆吗，为什么还在外面偷腥？"

"怕老婆和偷腥是两个完全不同的概念，好吧？再说了，男人偷腥就和吸毒一样，很难戒的。想要让一个曾经偷腥的男人突然变乖了，只有两种可能。"

"哪两种？"

"第一，他 ED 了；第二，他被阉了。"

这天，我去了一趟十八楼，这套房子虽然已经划到了我的名下，是属于我的物业，但自从与剩牛排分手之后，我为了不让自己触景生情，一直都没有去看过，想必早已是灰尘遍地，而之前放在冰箱里的食物应该全都过期了。

然而，当我打开门时，却发现里面一尘不染，就像刚刚被人打扫过一般，冰箱里我之前放的那些东西都不见了，堆满了巧克力和牛肉干，并且，是我最喜欢的品牌和口味，卫生间里的桶子里残留着水渍，搭在一边的抹布还没有完全干，摸上去有些润手，卧室里的床单也换过了，床头的烟灰缸里躺着半支燃烧过的香烟，很显然，有人在这里抽过烟而忘了把烟灰带走。烟灰缸的旁边留着一串钥匙——是剩牛排的。

难道他回国了？

我在门口留下记号，过了三天，我又去了一趟十八楼，记号还在，没有人来过，茶几上蒙上了薄薄的一层灰，手指从上面划过，会留下浅浅的印痕。

他不会再来了。

我想到了那枚戒指，当初剩牛排送给我的、说是留给他妻子的戒指，我决定还给韩姐。

春末的太阳已经很温暖，我脱下笨重的衣服，挑了一件亮色的风衣，出了门。考虑到这枚戒指比较贵重，这次我没有去挤地铁，改搭出租车，一路上在口袋里捏着首饰盒不放，生怕丢了。

图书馆前面的广场上，我见到了韩姐和陈教授，两个人手牵着手坐在那里晒太阳，广场上空荡荡的，之前常在那里玩耍乞食的鸽子，如今一只都见不着，不知去向。

我问陈教授，和蔼的长者甚为惋惜地说："为了防止禽流感，有关部门要求加强对家禽的管制，那群鸽子估计不是被关起来了就是被吃掉了。"

见到韩姐，我掏出戒指，递给她："韩姐，这个还给你。"

韩姐接过戒指，有些感叹："这戒指是我当初交给小忆，让他交给我未来儿媳妇的，他既然把它送给你，可见他对你真的是很用心。可为什么你们后来分手了呢？"

韩姐的话说得虽轻，落得却很重，压在我心里沉甸甸的。我不好再在那里停留，起身离开。

"申谜！"陈教授叫住我，"这周日我和你韩姐要结婚了，没打算请客，就想几个比较近的亲友在一起凑几桌，你和舒凡是介绍人，一定要参加啊！"

我回过头看他们，只见两位长辈的脸上全都是殷殷的期盼，于是，我点了头。

很快就到了周日，我和舒凡去了，果然没有多少人，只摆了三桌，陈教授的儿子、儿媳妇、女儿、女婿，全部到场，每个人脸上都喜气洋洋的，妈长妈短地叫得韩姐脸上乐开了花。

"韩忆呢？"陈教授问。

"刚打了电话，就快到了。"

果然，没多久，一身街头服饰的韩忆赶到了现场，头上绑了个十分时尚的头巾，面容有些苍白，不过精神很好，比之前胖了一点点，见到我和熟饭时，微微一笑："嗨，好久不见！"

和剩牛排的重逢，比我想像中的还要平静，大家都把注意力放到了陈教授和韩姐的身上，根本就没有人会想到我和剩牛排之间的故事，或者那些都已经成为历史，不值得人提起。

熟饭和剩牛排邻座，酒过三巡之后，大家都来了兴致，熟饭拉着剩牛排说："上次和你拼酒没分出上下，这次我们要不要再一决高下？"

剩牛排端起面前的果汁："我已经戒酒了。"

"不是吧？"熟饭十分遗憾地说，"我一直等个机会和你 PK 一场，你怎么把酒给戒了呢？"

剩牛排笑了笑，把胳膊搭在熟饭的肩膀上，一副推心置腹的模样："我认输。不止是酒量，别的很多方面，你都比我强。"

熟饭有点受宠若惊："千万别这么说，这话听得我飘飘然的，我有一种要骄傲的感觉。"

"你完全可以骄傲，因为你有这个资本。"

"完了，没有你这个对手，我突然有一种高处不胜寒的寂寞。"

我坐在熟饭的旁边，安静地吃着饭，安静地听他们讲话，安静地思考着明天上班要交的报表，安静地猜测着小马这个孕妇此刻在干吗，甚至还想到了明天的早点我是应该吃长沙米粉还是兰州拉面，就是不说话。第一，我不知道自己要说什么，第二，我的确无话可说。

我以为大家会很尴尬，结果没有。

我以为我在看到剩牛排的时候，心跳会加速或者变慢，结果没有，它还是维持在每分钟七十二下，不多也不少。

我以为剩牛排在见到我的时候，会向我解释他当初为什么不声不响地离开我，结果没有。

我以为熟饭和剩牛排见面的时候，会彼此暗地里较量一番，结果还是没有。

只有韩姐看剩牛排的眼神是担忧的，自己已经找到幸福和归宿的母亲，自然不忍心看到儿子还孤单着。剩牛排眼里的寂寞一直是韩姐内心最深的牵挂。

"韩忆，你搬过来跟我们一起住吧！"陈教授说。

韩姐非常赞成："你妈我的厨艺可又见长了，保证让你吃得白白胖胖的。"

"不了。我一个人住挺好，有空我会去看你们。"

我终于开口跟他说了第一句话："你现在住哪里？"十八楼的房子他已经给了我，据我所知，他在这个城市并没有其他物业，如果他不住韩姐那里的话，那么他住的地方应该是临时性的，也许是酒店，也许是租来的公寓。

"帅哥的住址，自然不能随随便便透露出去。这点我跟舒凡学的，确实受益匪浅。"剩牛排的笑容有一种炫目的美，衬托得他的话也特别有说服力。

其他人开始起哄，调侃他平时的生活一定艳遇连连，剩牛排既不承认也不否认，只是安静地微笑着，而他的眼底深处却没有幸福的影子。

散席之后，我叫住剩牛排，从口袋里掏出两串钥匙，一串是我的，一串是他的。“房子你收回去吧！”我说。

剩牛排看着那两串钥匙，却不接：“送给你的就是送给你的。我不会再收回来了。”

“那套房子我不喜欢。”

“那你就卖了吧！这是你的自由。我前几天在那里住过两晚，冰箱里的牛肉干和巧克力，是我应付的房费。未经你的允许，就动用了你的房子，对不起！”剩牛排舔了舔有些干燥的嘴唇，双手插在衣兜里，严肃的表情与举止与他今天这身有点嘻哈的装扮显得有些不搭调：“还有……和你分手，对不起！”

“都已经过去了。”

“舒凡是个好男人，非常优秀。”

“这点我比你更清楚。”

“是啊，你说得没错。”剩牛排已经找不到可以跟我讲的话题。

我也觉得两人没有再交谈下去的意义：“那再见了！”不等他回复，我率先扭转了头。当初是剩牛排提出跟我分手的，今天，我要先跟他说再见。

熟饭在街角等我，站在一根灯柱下面，手里拿着一瓶饮料，嘴里叼着吸管，无所事事地东张西望，看到我平安无事地回来了，显得有些意外：“就谈完了？我还以为得一两个小时，才能见到你一把鼻涕一把眼泪地哭着回来呢。”

我一拳捶在他的胸口：“我要是真一两个小时才回来，估计一把鼻涕一把眼泪的人会是你。”

“怎么可能？你不知道我在这里看美女看得多高兴。”熟饭打量着我，“不过，我看你这样子似乎有些不顺利，怎么，钥匙没还给他？”

“他不肯收。”

“意料之中的事。”

“那我现在该怎么办？”我有点为难。

“那就留着吧。”熟饭豪气地说。

“啊？”

“等到哪天这家伙结婚了，你把这房子当成贺礼送给他。估计那时候，他当着老婆的面，不好意思不收吧。”

“管理费很贵呢，现在是我每个月在交这笔钱。”

熟饭拉着我回家：“真是搞不懂你，这么贵的一套房子，别人送给你，你不收，非得退给人家，可每个月的管理费，那么点小钱，你却又要计较。”

“我的人生一直很纠结。”

“那你祈祷老天爷保佑十八楼的那家伙早点结婚，你就可以少损失一点管理费。”

按道理，没有人会为失恋买单，为什么我的失恋却如此耗财？也许我该请个理财专家来帮我想个止损的好办法。

很快就到了我生日，二十四岁。李莎放我一天假。一大早，我还没有睡醒，熟饭就把我从床上挖了起来，火烧火燎地要出门。

“干吗？”我闭着眼睛东倒西歪，“生日都不让我睡饱，真是不疼我！”

“既然是生日，怎么可以把时间都浪费在床上？那多没有意义啊！”熟饭把衣柜打开，开始自作主张地替我挑衣服，“快去洗脸刷牙，我带你过一个不一样的生日。”

“怎么个不一样法？”

“到时候你就知道了。”

我在熟饭的连推带拉之下出了门，一路上我边走边抱怨：“你这是给我弄的什么造型啊？马尾，牛仔裤，上衣还是我最旧的一件，喂，今天我生日呢，不让我打扮得漂亮点也就算了，没必要把自己整得跟个野丫头一样吧？”

“我都说了，今天会让你感觉到不一样的。”熟饭一直卖着关子，不知道他的葫芦里究竟卖的什么药。

半小时后，我们与另外十来个人会合了，领头的是一位三十多岁的大姐，给我们每人发了一顶帽子和一件马夹，上面印着几个字“XX义工”，然后又每人发了一大叠宣传资料和一份登记表。

那位大姐拿着一个便携式的喇叭对我们喊话，交代任务：“你们去各个路口、街道发放宣传资料，遇上志愿者的话，登记好他们的详细资料，收队的时候把登记表交上来！”

我偷偷地问熟饭：“你说的有意义，就是让我来当义工啊？”

“是啊。”熟饭说，“我跟你说，这义工啊，也不是人人都可以说当就当的，要先报名，经过审核之后，才能拿到这个资格。如果不是我和这个谢姐之前就认识，她才不会让你来呢。”

“为什么非得今天当义工？”

“这样才能显得你这个本命年的生日过得有所不同啊！”熟饭替我把帽子戴好，“喜欢我的这个安排吗？”

“说不上来，目前来说，还不讨厌。”

我们这一次宣传活动，是和“中华骨髓库”联合实行的，是为了让更多的人了解白血病，并关注白血病患者，尽可能地贡献出自己的一份力量，加入到志愿者的行列里来，去指定的医院做一份检查，把资料输入“中华骨髓库”，以备有需要的患者能够在茫茫人海之中找到与自己匹配的骨髓原型。

我和熟饭一组，我负责向路人散发宣传资料，他负责解说，遇上有意愿当志愿者的路人，就把他们的联系方式和地址登记下来。

每个收到宣传资料的人都表现得不一样，有些人表现得很热心，有些人则表现得很冷漠，让我觉得印象最深刻的是一个四十多岁母亲，她说她的女儿在三年前就是因为得了白血病，而直到最后都没有找到合适的骨髓配型，结果死去。

我一直以为这些故事只会发生在电视里，当听到这个头发过早地变得苍白的母亲含着眼泪给我们讲叙起她女儿的时候，才发现，其实这些故事一直就在这个城市的许多地方上演着，只不过人与人之间的隔阂与防备，让我们捂上了去倾听的耳朵，而只沉溺于自己的眼睛在屏幕上所看到的东西。

我们从上午九点，一直忙到晚上七点，收队的时候，登记表上的名单已经密密麻麻地写满了好几张纸，其他人带回来的资料也不少，大家扎在一起相互讨论着今天的成果与心得。

一个戴眼镜的男孩子说：“我发现，其实很多人是很有爱心，并且也愿意提供帮助，只不过他们大多数的人都不知道这些献爱心的渠道。”

另一个把头发剪得像平头的女孩子说：“我觉得也是这样。我们的媒体对这种公益事业的宣传做得太少了，你看现在这电视里，什么乱七八糟的广告都有，谁赚钱就播谁的，除了中央台打了那么一两个公益广告之外，其他的地方台，哪怕是省级地方台，都没见到公益广告的影子。私立医院的广告打得满天都是，可不是宣传什么美容的，就是宣传什么治不孕不育的。”

“还有宣传什么做无痛人流的呢！”戴眼镜的男孩子说，“那天我看电视，前一个广告是某个医院治不孕不育的，后一个广告就是说什么做无痛人流的。我当时就乐了，这好不容易才怀上的孩子，是不是就要无痛人流掉啊？这不是给自己添乱嘛。”

大家都乐了。

领头的谢姐把资料收好，帽子和制服也都收了回去，连连跟大家道谢：“各位辛苦了啊！”

“不辛苦！如果我们今天的付出将来真的能挽救到谁的生命，那一切都值得了。”

"会的，一定会的。"

路灯一盏盏亮了，把这个城市照亮，连同许多我们所不知道的有需要的人的希望。我和熟饭慢慢往家的方向走。

"这个生日过得有意义吧？"熟饭问我。

"嗯。"我承认，"很充实。突然觉得，自己并不是一个只会给别人添乱的麻烦精，我也可以帮助别人，一样可以发光发亮的。"

"你那光最多只能顶得上一只萤火虫。"

"够了，我不贪心。"我拍了拍自己的肚子，"农夫，萤火虫饿了，有什么吃的没有？"

"当然有。"熟饭拉起我的手往前走，"回家吧，生日蛋糕在等着你，大鱼大肉在等着你，漂亮的衣服也在等着你。"

他突然停下来，冲着我妩媚地眨了眨眼："还有我这个帅哥，也在等着你！"

熟饭家里来了很多人，西门子、海尔，还有上回在我家打扑克的另外三个兄弟和他们的女朋友，小马也来了，一见到我就抱着我在我的脸上狠狠地亲了一口："亲爱的，我真是想死你了！生日快乐！"

我小心地护着她的肚子，生怕撞到她："你老公呢？他没有来吗？"她老公的功夫我领教过，基本上只要小马消失半小时，他就会使出那招"电话夺命催"，让人不得安宁，直至他老婆乖乖回家为止。

"我好不容易才有机会出来玩，他在旁边聒噪的话，一定很扫兴。"小马掏出手机，把电池卸了，"我得让他找不着我，今天我要玩个痛快，这些天可把我给憋坏了。亲爱的，你的生日及时地解救了我！"

我看着腰围变粗了许多的小马开始苦笑："我比较担心你老公会把我们列入黑名单，禁止你今后与我们来往。"

"他敢？他要是敢这样，我让我家宝宝以后不叫他爸爸。"小马的驭夫术一直很彪悍，让人捧腹，"他必须明白一点，孕妇也是需要娱乐的。"

没错，要知道，她代表的是两个人，两个人的欲望自然比一个人来得更强烈。小马向来很爱玩，她的宝宝一定遗传着她身上的某种基因，所以，我完全有理由相信这个憋得发慌的孕妇比我们在场的其他任何人都渴望疯狂一把，只要给她一点星火，她一定能燃烧掉整个地球。

熟饭看着满屋子的人有些犯傻："你们怎么都来了？"

西门子直乐："他们几个一听说嫂子过生日，都吵着要过来。"

“真给我面子。”熟饭脸上笑着，可看他那样子却似乎有些无奈。

“不是给你面子，是给嫂子面子。”那三个人纷纷说，“就冲着嫂子当初给我们做宵夜的情分，我们也得来凑个热闹，是不是？”

啤酒摇一摇，泡沫四溅。小马看着自己杯子里的牛奶，涎着脸找我讨酒喝：“亲爱的，就让我喝一点吧！一点点，不碍事的！”

我们集体把她孤立：“孕妇不能喝酒。”然后当着她的面各自干了一大杯啤酒，惬意地夹着菜往嘴里塞。

“大碗喝酒，大块吃肉，果然是人生一大快事！”

“呜呜呜……我恨你们！”小马拍了拍自己的肚子，“宝宝你快点出来，老妈等着重出江湖呢！”

小马看着我们一个个地将自己杯子重新加满啤酒，她捏着牛奶瓶心有不甘地说：“你们等着吧，到时候我会和你们单挑的。让你们尝尝我的厉害！”

我举起杯子在小马面前晃了一晃，让她闻了点酒味之后又把杯子转了回来，看着她气得牙痒痒的表情，我笑得有些幸灾乐祸：“等你家宝宝出来之后，你更得老老实实地待在家里带孩子，根本就没有你重出江湖的机会。女人，你还是金盆洗手，退出江湖吧！”

小马沉默了半晌，忽然发出一阵奸笑，然后扯足了嗓门大喊：“喂，哥，你和生米好过了没有？”

这一下子，所有男人、女人的目光全都集中到了熟饭的身上，等待他的回答。

熟饭的脸红了，开始插科打诨：“我跟熟饭挺好的啊！不吵架，不斗争，没事散散步，看看夕阳。挺好，挺好！”

小马没打算就这么放过我们：“别跟我来这一套。我问的是，你跟生米究竟睡过了没？”

“噗——”我嘴里的啤酒直接喷了出去，溅得地上到处都是。

小马看着地上的酒渍，摇了摇头：“不用回答了，看她这架势，就知道他俩还没。”

其余的四个男人开始起哄：“看不出来啊，呵呵，熟饭，平时你在我们面前，讲起那些理论一套一套的，搞了半天，都是纸上谈兵啊！”

“你不会真的不行吧？”

“我看是没胆。啧啧啧……枉我以前拿你当偶像看，从今以后，你拿我当偶像得了。”

小马还嫌这情形不够乱：“哥几个，姐几个，帮把手，让他俩今晚把生米煮成熟饭吧！”

我还没有回过神，人已经被那几个女人给推到了卧室，紧接着熟饭也被他的哥们给推了进来，“咔哒”一声响，门被反锁上了。

小马的声音从外边传来：“哥，今天晚上你要是再成不了功，以后就在我面前夹起尾巴做人吧！”

“喂，开门啊！今天是我生日，我最大呢，你们怎么能这么对我？”我一边拍门一边喊。

“正因为今天是你生日，所以送个男人给你，你好好享用吧！”外头的那帮女人已经完全玩疯了。

“喂——”

“别喊了，省点力气吧，他们根本就不会听你的。”熟饭跷起二郎腿坐在床边上，然后冲外边叫道，“承蒙大家美意，我们就不客气了！哥几个，姐几个，再帮帮忙，顺手帮我把厨房客厅收拾干净了。”

“放心吧，外面的事情我们会搞定的，你把里面的事情搞定就行了。”

“谢谢了啊！”

我警惕地盯着熟饭：“你怎么能这么说？”

熟饭身子往后一倒，斜靠在枕头上：“这不挺好嘛，等明天早上出去一看，他们把地方全都打扫干净了，我们省了多少力气啊？”

“我是说你怎么不让他们放我们出去？”

“你觉得有用吗？”熟饭一副很受伤的样子，“看看，我的一世英名啊，全让你给毁了。”

“我呸。”我只要一想到外边有很多双耳朵在偷听我们这房里的动静，我就浑身紧张，开始到处搜索东西，戒心重重。

“要不……”熟饭嬉皮笑脸地说，“我们就应观众要求一回，从了他们？”

我抓起床上的枕头开始狂扑某人：“你想死啊？”

熟饭一边闪躲着我的追打一边说：“你明明就一直垂涎于我的美貌。”

我呸。用“美貌”来形容一个男人，我听了全身都在泛鸡皮疙瘩：“你信不信我打得你流鼻血。”

熟饭翻起了旧账：“那天在医院的时候，你就偷亲我来着，并且还用没刷牙的嘴巴亲我，还以为我不知道。”

“你没睡着啊？”这小子竟然装睡。

“看吧，我的清白早就被你给毁了，你得对我负责。”熟饭笑嘻嘻地说。

“你可别乱来！”我的心里直打鼓。

“难说。孤男寡女，共处一室，长夜漫漫……”

“我们又不是没有共处一室过。”

“由此可见我有多么伟大。”

“你可以继续伟大。”

“男人的伟大是有限度的。”

“那也不能今晚。外面那么多人，我不想……”

熟饭笑出声来：“你的意思是说，如果外面没有这么多人的话，就可以，是吧？”

“我怎么觉得我们讨论这样的话题，挺傻的，感觉还很怪。”

熟饭叹了口气：“那就别讨论了，睡觉吧！”

“怎么睡？”关键的问题还没有讨论出结果。

“我们家的地板上面没有铺地毯，在这个房间里我也没有多余的被子，所以今天晚上我是不会睡地上的。”

“你要睡床？”

“当然。”熟饭捡起我们打闹时掉在地上的枕头，“放心吧，虽然我不是绅士，但我也不是小人。今天晚上，我是不会把你怎么样的。因为，我也不习惯外面有一大帮人偷听。”

拉窗帘的时候，我无意之中看见楼下似乎有人在朝这个房间张望，这让我想到了什么。“熟饭，你这里有望远镜吗？”

“啊？你要这个东西干什么？”

“欣赏夜景。”

熟饭开始翻箱倒柜，没多久，递了个绿色的东西到我面前，我接过来一看：“嗬，还是军用的！”

“识货！这可是前苏联军用高倍望远镜。当初我还在念大学的时候，花了好大力气才弄到手的，那会儿全宿舍的男生都用它来看对面女生宿舍楼的美女。为了纪念那段美好的岁月，我一直留着它！”熟饭对他的斑斑劣行丝毫都不遮掩，“你要看什么？”

“看帅哥！”我端起这个沉甸甸的家伙朝下望，只看到楼下小区内有一张管理处安置的长椅，空荡荡的，根本就没有人。

难道是我眼花了？

寂静的夜晚，我听着身边熟饭均匀的呼吸声，久久无法入眠。

“熟饭，你睡着了吗？”我的声音在黑暗之中显得有些失真，甚至还有颤抖，像一只拖着一支颗粒饱满的玉米的小鼹鼠，虽然富有，却突然迷失了回家的路。

“怎么了？”熟饭的声音像是闪亮的北极星，指给我方向。

“我可不可以牵着你的手睡？”

一只温暖厚实的手掌伸了过来，轻轻地牵住了我的手：“睡吧！”

熟饭的声音有一种催眠的力量，我摸着他的指尖处因为长年捏粉笔而磨出的细茧，终于安稳地睡去。

第二天我们起床的时候，发现那锁不知道什么时候已经开了，走出去一看，屋子里一个人都没有，厨房和客厅果然被收拾得干干净净，空气里甚至还散发着一股甜蜜的橘子香味，冰箱上还贴着一个大纸条，写着：“祝你们白头到老！”

熟饭扯下这张纸条：“不带这样的啊，走了也不给我打个招呼，我还以为外头一直有人在守着呢！唉，多么美好的夜晚啊，居然被我浪费掉了。”

和熟饭白头到老会是什么样子？我想像不出来。

如果我和他之间将来有孩子的话，会是什么样子？我更想像不出来。但有一点我很肯定，我不希望以后那孩子的嘴巴和他（她）爸一样痞。承受这么一个男人的无厘头已经是我的极限，若是家里有一大一小这么两个人有事没事地对我打击一番的话，我一定会夭寿。

呸呸呸，我和他连家长都没见呢，怎么想到孩子去了，都怪熟饭，天天在那里老婆长老婆短地叫，让我有了一种我真是他老婆的错觉。

就在我幻想我和熟饭的将来会是什么样子的时候，熟饭忽然变得神秘起来，常常背着我和别人通电话，并且通完电话之后就会神色有些不自然，甚至会回避我的目光。

这天，我和他坐在沙发上看电视，忽然他的手机响了，他一看号码，马上起身躲进了书房，过了十多分钟才出来，在我身边坐在，眼睛盯着电视，心思却不知道跑到哪去了。

我不动声色地抓起遥控器调来调去，一个台在播放内衣秀，我停住了，那些身材很火很辣的女子穿着名师设计的内衣在 T 台上走来走去，波涛一片。

“哪套比较漂亮？”我问熟饭。

他却没有反应。

我捅了他一下：“哪套比较漂亮？”

熟饭像是受了一下惊，这才回过神来：“都挺好看的，可惜只能看，不能摸。”

我把电视机关了，问他：“你有心事？”

"没有。"熟饭否认。

"这么多漂亮的女人穿这么少地在你面前晃，换成平时，你早就在那里大喊大叫了。"我的意思很明白：他今天的表现有些反常。

熟饭鲜少地没有与我嘻嘻哈哈，他转过身来，用一种非常严肃非常认真的语气对我说："我有件事情想告诉你。这件事我考虑过很久了，认为应该早点跟你说比较好。"

痞子一下子变成了教父，看来这事情真的很严重。莫非他真的在外面有了别的女人，现在要跟我分手？

我深吸了一口气，调整了一下情绪，确定自己已经做好了心理准备："说吧！"

熟饭问："你还记不记得我们上次一起做义工的事情？"

"记得。"难不成第三者就是那次做义工时认识的？我迅速把那天的情形在脑海里过了一遍，没有找到可疑目标。

熟饭说："后来我们还抽时间一起去医院做了个化验，留下了自己的资料。"

"没错。"难不成第三者是医院的护士？好像那天遇到的几个护士小姐的确挺漂亮的。

"后来，医院那边有人打电话告诉我——我的骨髓配型与一位病人的刚好相符。"

"真的啊？"我尖叫起来，眼睛开始放光，"真是太好了！"原来跟我说这件事，干吗搞得这么严肃，害得我紧张半天，我把之前悬在嗓子眼的心又重新吞了回去。

"你怎么没早点告诉我？那后来怎么样呢？"我急着问。

熟饭一点都不兴奋："当时我是在学校接到的电话，后来我去医院再次做了一个详细的检查——我的骨髓配型的的确确与那个病人相符，并且我还看到了那个病人。"

"男的女的？年轻的还是年老的？帅不？漂亮不？"我的话开始多起来。

"这人我们都认识。"

我愣住了："谁？"

"韩忆。"

我整个人都傻掉了。

熟饭接着说："他让我别把这件事情说出去，尤其是不要告诉你！我答应了！但是，我觉得还是告诉你比较好。我问过韩忆的主治医生，他说韩忆已经住院住了很久，如果按时间算的话，他应该是在和你分手之后没多久就住院了，一直在接受治疗。"

我的脑子一下子全空了……

我在XX医院的病房内见到了剩牛排，他的病床靠着窗，可以看到外面的风景，剩牛排半躺在床上，出神地看着窗外的一棵大榕树，像是想到了什么开心的事情，嘴角微微地朝上扬，目光清澈如水。

我注意到他的头，既没有戴帽子也没有裹头巾，原本一头细软的黑发全然不见，露出光秃秃的头顶，那应该是之前化疗所造成的。熟饭告诉过我，剩牛排已经接受了一段时间的化疗，前不久他又感冒了，身体状况不是特别好，暂时不能接受手术，要等身体养好一点了，才能安排手术的时间。

床头的桌子上搁着他的笔记本电脑，半开着，屏幕上滚动的屏保是我一张张傻气十足的笑脸。

我霎时红了眼眶，泪水如珠线般滴落，寂静无声。

也许是感觉到了些许的不对劲，剩牛排把头轻轻偏了一下，看到了伫立在床边上早已很失态的我，惊讶得同样说不出话来。

一只清瘦白皙的手伸了过来，停到半空中，又颓然收了回去，倾国倾城的笑容看得我心如刀割："舒凡这小子，说话不算话！申谜，别哭！"

我抽抽噎噎地说："你一定要长命百岁！"

"放心，我不会死！不是已经找到骨髓配型了嘛，还是舒凡的。呵呵，人生真是奇妙！"剩牛排拍了拍床边，示意我坐下，"你还记得这家医院吗？"

我现在的思维很混乱，根本无法思考。

剩牛排回忆说："十几年前，我和舒凡就是在这家医院遇到你的。现在，这里改建了很多，以前的旧楼都翻成新的了，不过那棵树还在。"

他指着窗外那棵巨大的榕树说："我就是在那棵树下遇到你的！当时你哭得很厉害，就跟你现在一样。"

我抹去脸上的眼泪，想给剩牛排一个笑脸，却没有笑出来，眼泪直往下掉。

"你怎么又哭了？你当年可是答应过我再也不哭的。"剩牛排微微地皱着眉毛，不知道是不是心理作用的缘故，我觉得剩牛排的眉毛也少了许多、淡了许多。

"为什么不告诉我你得病了？自己一个人偷偷躲起来。"他要跟我分手也是因为这个原因吗？

剩牛排却不承认，他一口咬定自己当初之所以要跟我分手，是因为他突然之间不想恋爱了，还说他是在与我分手之后，才查出自己得了病的。

"你骗人！"我控诉。

"我没有骗你！"

我瞥见旁边的手提电脑，指着上面的照片，问："这是怎么回事？"

"我一时找不到别的画面，所以暂时用着。"

我用手指碰了一下键盘，屏保撤了，跳出来一个网页，几个硕大的字眼首先跃入我的眼帘：一棵树的幸福。这是一个个人博客，我之前似乎有见过，应该是剩牛排写的。

剩牛排立即将笔记本电脑抢了过去，迅速地关闭了网页，然后把它塞到枕头底下，笑着说："哎，不能这样，我可以告你侵犯个人隐私的！"

"我就是想知道你的隐私是什么。"

叹息自唇边消逝："申谜，像我这样的花花公子，爱情也像烟花一样，虽然很绚烂，却很短。不如舒凡这盏路灯，可以照亮你整个人生。申谜，舒凡是个好男人！好好珍惜他！"

"我知道。"

我不是想重修旧好，我只是想知道自己与剩牛排从相恋到分手的前因后果，我原以为自己不在乎这些的，并一直强迫自己忽略掉，可现在却有种一拗到底的冲动。

这个与我曾经很亲密的男人眼底深处所隐藏的，究竟是怎样的一种忧伤？

但是，我又很害怕，我不晓得在知道了那些故事的真相之后，自己的心态和情感会不会产生变化。

15 一棵树的幸福

回到家里，我打开电脑，找到那个网站，搜索到剩牛排那个名叫"一棵树的幸福"的博客，点击——进入不了，被设置了密码。

经过一番激烈的思想斗争，我打了个电话给熟饭，请求道："我想请你帮个忙，希望你能答应。"

"什么忙？"熟饭问。

"破解一个密码。"我不知道自己找熟饭帮这个忙是否合适，但是，我找不到别的电脑高手。

没过多久，熟饭的电话打过来了，他的声音很怪："米，密码就是你的名字的拼音再加上你的生日。"

我无法形容自己此刻的心情："谢谢！"

"米，"熟饭问我，"你见过韩忆了吗？"

"见过了。"

"那你……"熟饭叹了口气，"你还是看完他的博客再说吧。"说完就挂了电话。

我输入了密码，再一敲确认键，画面立即一变，扑面而来的是一棵树，翠绿的落叶漫天飞舞。

几行字飘然而至：

当叶子落尽的时候，就是树木枯萎的时候吗？

当生命消逝的时候，就是幸福离去的时候吗？

如果真是这样，

我就用叶子记载我的幸福吧，

当我的生命化成一把泥土的时候，

就是与落叶上的幸福重逢的时候。

我再移动鼠标，跳过篇头，看到了剩牛排的日志，他的日志很特别，标题上面一律标上"叶子"这两个字，再按顺序排下去。我翻看着剩牛排这些用来记录他幸福片断的叶子，泪如泉涌，哭得不能自已，有好几次都不得不停下来休息一会，调整一下过于激动的情绪才能继续看下去。

《第一片叶子》：

刚刚从乡下回来，冰箱里放着妈妈亲手做的美味酱菜，我一边上网一边吃着这些充满着母爱的酱菜，越来越觉得自己当初做出的回国决定是对的。

分别前，妈妈对我说："小忆啊，你年纪不小了，该给自己找一个女朋友了。"

而我，笑着对她说："妈妈啊，你离婚也很多年了，该给自己找个老伴了。"

我们这对母子真像，彼此舍不得对方寂寞。

妈妈不知道，在两个月前，医生已经检查出了我的血液有问题，我最终还是遗传到了外公的病，如果我跟她说：她找老伴比我找女朋友更重要，因为我会比她更早地离开这个世界。我想，妈妈她一定会哭死。她已经和爸爸离婚了，如果还要永远地失去我这个儿子……我想像不出她会有多伤心。

爸爸和妈妈上个月的各项体检报告出来了，他们的骨髓配型与我的不相符，我在那一刹那想到了死亡。

我并不害怕死亡，因为在这个世界上，除了妈妈之外，没有什么好让我留恋与不舍的。人类虽然创造了道德，可在本质上都是肮脏的。有的人身体很肮脏，有的人心灵更肮脏。我们生活的周围到处充斥着虚伪、算计、背叛、掠夺……虽然我每天都在与这些人打交道，但是我真的不喜欢。

女朋友？女的朋友？女人？我从来都不缺女人，只要我愿意。那些女人们在看我的时候，眼神里都充满着各式各样的欲望，她们一个个扑到我身边，眼睛只盯着我的金钱、事业，还有这副看上去好像很不错的臭皮囊，恨不得把我生吞活剥，却从来都没有想过要去了解我的内心世界。

我讨厌这些女人。

《第二片叶子》

十五楼似乎搬进了一个新的住户，是一个单身女人。我第一次遇见她的时候是在电梯里，情形很尴尬，可这个女人却显得很平静，既没有像那样假装纯情的女人一样尖叫，也没有像那些标榜自己道德水平多高的女人一样把我痛斥一顿。

这个女人的眼神很干净，那是一种发自内心的干净，带着一点点的……傻气。我当时也不知道怎么想的，就冲她说："进来吧！"她也不推辞，更有意思的是，她还在到达目的地之后跟我说了句："谢谢！"

从这以后，"进来吧"和"谢谢"成了我们两个人每次见面时就会说的唯一的话。

这是个有趣的女人。她似乎有个绰号叫"生米"，因为十五楼的那个男人常这么叫她。生米？这年头哪可能还有这种年纪的女人还是生米？如果有，那是奇迹。

然而，这世界上是没有奇迹的。

那天我帮了十五楼那个女人一个小忙，她被一个朋友出卖，逼她相亲。本来我只是想在那家咖啡厅喝一个安静的下午茶，可后来我看到她站在朋友和她的老板之间欲哭无泪的样子，忍不住出面帮了她一把。

回去的路上，我们相互之间简单地介绍了一下，她竟然可以猜得中我是从法国留学回来的，不过，她再也没有说什么，一路上都在发呆。

从来没有女人会坐在我车上发呆，她们不是打听这打听那，就是对我动手动脚，而这个叫申谜的女人却在发呆。

这的确是个有趣的女人。

《第三片叶子》

我没有想到：公司招的新助理竟然就是申谜。

她是我遇到过的最特别的助理。她不会像别的女人那样，把办公室里对我的仰慕者拒之门外，而是当起了跑腿，帮那些女人送礼物给我，更好玩的是，她竟然还收取报酬。

我第一次发现自己的价值是可以用牛肉干和巧克力来体现的。

申谜做事情很认真，交给她什么，她都会尽力把它做好，并且不喜欢在我面前好大喜功，这让我很满意。

每次有女职员穿得很暴露地来办公室找我签字或者请示汇报的时候，她总喜欢躲在旁边拿一个文件夹挡住自己的脸，在那里窃笑，还以为我不知道。

她怎么会那么容易就感到快乐呢？我忌妒她的快乐。

那天我和她一起去买陶艺品，她在听完我的一番评价之后，说：她喜欢一样东西，只有喜欢或者不喜欢，至于为什么喜欢，说不上来。

不知道她将来喜欢某个男人的时候，会不会也说不出自己究竟喜欢对方什么。

我们又遇到了出卖她的那个朋友，这个叫阿彩的女人很世故也很势利，看我的时候一直是用一种评判的目光，像是在为某种东西估价，这样的女人，我见多了。

申谜在介绍我的时候，竟然说我是司机，还说我的车是公司的。

司机，这个职位我第一次荣任。

吃饭的时候阿彩跟我讲了申谜的许多事情，从她那些让人忍俊不禁的“光辉历史”里不难看出，她的确是一个很简单很容易满足的女人，这就不难解释为什么她会那么容易感到快乐了。

吃完饭后，她说要把买单的钱还给我，我以为她只是说说而已，不料到了晚上，我收到了银行的短信通知，钱真的打到了我的账上。她果然如她自己所说的那样——小气得很有原则。

回国之后，和女人吃过不少饭，头一回被女人请了，并且还吃了她大半个月的工资。

《第四片叶子》

一切变得似乎有点不正常了，我最近的脑子里会常常出现她的影子，这可不是一个好现象。

而我看她对我真的是很不上心，因为她居然跟那个叫阿彩的朋友说我们“分手”了。

原来这世界上还是有女人嫌弃我的。真不知道这是好事还是坏事。

阿彩为了追十五楼的舒凡，替我和申谜安排了一次“复合之旅”。

舒凡是一个很聪明的男人，他当然不会看不出阿彩对他居心不良，以男人的直觉，我完全可以料想得到阿彩这个跟头会栽得有多狠。只有申谜这种头脑简单的女人才会真的以为舒凡同意和阿彩同住一间房，他们就会发生什么事。

我很顺利地取得了打赌的胜利，申谜要帮我做一个月的家务。

我是故意的，谁让她把我给“抛弃”了？

《第五片叶子》

家里有个女人等你回去的感觉真好，我那个一直冰冷的屋子也变得温暖起来。看到申谜生机勃勃地扫地、做饭、洗衣服、擦玻璃、叉起腰嘟起嘴地与我吵架、抱怨我把她使唤得太狠，我真的有一种我们两个人是夫妻的错觉。

我给了一张信用卡的附属卡给她，要她替我买所有的个人用品，她看到清单上有内裤和避孕套时，差点没有背过气去，如果我不是她上司的话，我想她一定会砍了我。当我问她是不是没有给男人买过内裤的时候，她居然脸红了。这更加肯定了我的猜想，不过，我没有放过她，还很恶霸地命令她必须把清单上的东西买齐。

因为，我这辈子，除了我妈，还没有别的女人替我买过这些东西。

申谜口口声声说要把我的信用卡刷爆，可是却从来都没有拿它买过任何她个人的东西，她并没有她自己所说的那么爱钱。这世上有很多女人爱钱更甚于爱自己的自尊。申谜正好相反。

《第六片叶子》

我想，我有点动情了。但是，我不能。

我是一个给不了别人未来的人，没有资格与人恋爱。

不过，我依然很感谢上帝，让我认识了这么一位善良而真实的女人，让我重新相信这世界上还是有女人值得我去爱的。

今天是我和申谜相识一百天的日子，我用一个想与自己的女朋友共进晚餐的借口在街头卖艺，进而要求申谜当我两个小时的女朋友，说实话，虽然我这话说得很自然，可心里却一直很紧张，生怕她会拒绝我。

幸好，她答应了，可是她答应的原因只是为了能免去今天的家务活。看到她欢呼的样子，我禁不住想：我是不是真的让她干了太多家务活了？

申谜很爱吃，尤其是吃到她喜欢的食物的时候，她的整个人都会变得像孩子一样快乐，散发出一种迷人的光芒。

我看到了这种光芒，结果失态了，居然问她爱不爱我。

她以为我在开玩笑，反过来将了我一军，问我爱不爱她。

我爱，但是我不能说。

我和申谜一起吃饭的照片被人贴到了网上，没等我出面，这个女人就把整件事情给摆平了。

她看上去很弱，生命力却很强。

不知道是不是真的"情人眼里出西施"，我对她的欣赏一天胜过一天。今天还冲动地抱住了她。

这个错误差点让她远离我，她甚至提出以后不再来十八楼替我做家务，然而我卑鄙地留住了她。

她已经完全打乱了我原有的生活，我幸福而又悲伤地挣扎在这一种混乱之中。

我一遍又一遍地告诉自己要镇定，然而在酒吧里看到她跟舒凡一起去喝酒，舒凡任由她一杯接着一杯地灌烈性酒的时候，我还是冲动地抢下了她手中的杯子。

男人与男人之间的直觉很准，我敢肯定，舒凡应该有点喜欢申谜，而他应该知道我也是喜欢申谜的。于是，对同一个女人倾心的两个男人，开始了一场酒的较量，结果打成了平手。

七八分醉意的熟饭对我说："我喜欢生米，可惜她不喜欢我，我还是喜欢别的女人好了。"

七八分醉意的我对熟饭说："我喜欢申谜，可惜我不能喜欢她，我还是继续风流好了。"

而那个被谈论的主角却在沙发上睡着了。

两个男人惺惺相惜："喜欢这样的女人，一定会很辛苦！"

《第七片叶子》

我去电影院，意外地遇到了申谜，没有想到她和我一样喜欢一个人看电影。

这部电影是目前很红的一个偶像明星W演的，申谜是他的粉丝，W一在屏幕上出现，申谜就开始当周围的一切不存在了，包括我这个和她一起看电影的同伴，我再度被忽视。

影片很感人，男主角的情况跟我很相似，也是一个身患绝症的病人，在我看来，他比我幸福，他在生命最后的时光里，有父母和爱人陪在自己的身边，死去之后，还会有一个曾经挚爱过的女人在每年的清明节去他的坟前献一束鲜花。

我呢，我死去之后，会有谁惦记我？我的坟前会不会长满杂草而无人清理？死后的我会不会和生前一样——寂寞？

电影院内有不少女人哭得很厉害，申谜的脸上却是干的。她认为男主角虽然死了，却一直活在女主角的心里，并且认为这对恋人的爱情已经得到了最好的归宿。

她说：这世上有很多人，虽然活了很久很久，却没有爱过，这才是真正的悲哀。

我的人生不长，也没有爱过，岂不是更悲哀？

我是多么地希望我剩下的生命之中，也能经历一次轰轰烈烈的爱情，让我的人生没有遗憾。

上天安排我和申谜一同来看这场电影，是对我的暗示吗？

回到家里，我用硬币占卜，对自己说：如果正面朝上，我就爱一次，如果反面朝上，我就放弃。

一连三次，硬币都是正面朝上。于是，我对自己妥协了。

申谜听到我告白的时候，并没有表现出惊喜或者厌恶，只是表示自己需要考虑一下。

是啊，谁会接受一个劣迹斑斑的男人呢？

这夜，我失眠了。我开始为之前的荒唐感到后悔，如果我知道自己会在后来遇上申谜的话，我一定不会放纵自己的。

我以为我没有机会了，然而世事如此神奇，申谜竟然是十六年前我在XX医院偶遇的那个小女孩，当年我无意送出一把野山花和“每个女孩子长大之后都会变成公主”的这句话，她一直都记得，并且还一直恪守着十六年前的承诺，变成了一个不再哭泣的坚强的女孩子。

申谜看我的眼神开始发光起来。

她等了我十六年吗？我在十六年前的那棵树下，就已经占据了她内心的一角吗？

命中既然注定如此，那我就好好爱一回吧。我要做一回真正的王子，呵护好申谜心中那个公主的童话。

《第八片叶子》

申谜好色，不但看帅哥的时候会流口水，看美女的时候也会目不转睛，最喜欢的偶像是W。

说实话，作为男人，我并不太喜欢W，但是他在演唱会现场说出了一段让我认同的话：“爱情一直是我们梦寐以求、苦苦追寻的东西，如果有一天，我们遇到了生命中的他（她），那么一定要跟他（她）说那句话。”

“我爱你！”我对申谜说。

一直把目光停留在舞台上的申谜，转头来看我，眼睛亮晶晶的。我知道，她被感动了。

我很想申谜也对我说出这句话，然而她没有，她一直跟我插科打诨，转移话题。

难道她不爱我吗？

回家的路上，我们在一个广场上看到了一棵很大的圣诞树，我许下了一个愿望：希望申谜能够永远幸福！即便有一天我不能够守在她身边，她依然如现在一样快乐！

上帝，我没求过你什么，希望你能实现我的这个愿望。

《第九片叶子》

申谜说：看别人做家务很幸福。

但是在我看来，无论是看别人做家务还是自己做家务，只要是跟自己心爱的女人有关，都是幸福的。

我在洗碗，申谜站在旁边笑眯眯地看着我的时候，我多想这样的情景能天复一天、年复一年地延续下去。

《第十片叶子》

今年的平安夜，我过得很快乐。唯一的不足之处就是罗兰突然出现，差点把我精心安排的晚餐给搅了。还好，申谜比我想像中的要大度，面对罗兰的故意挑衅，她不动声色地挡了回去。

申谜如此对我，我自然涌泉相报，回家的路上，她脚痛，我背她。一共走了三百六十五步，因为，一年是三百六十五天。

申谜送了我两份礼物：第一份礼物是一条围巾和一双手套，是她亲手织的，我要把它们留着，一直留着；第二份礼物是一个名字，只属于我的名字，啃啃。

啃啃，她想啃我了吗？她是在给我暗示吗？于是，我把她带回了十八楼。

事情的发展出乎我的所料，我，韩忆，公认的大众情人，在床上被人拒绝了。

更让我意外的是，申谜竟然还是生米。

我以为这个世界是没有奇迹的，居然被我遇上。

我一直很恨上帝剥夺了我太多的东西：完整的家庭，正常的父爱，健康的身体……可他现在居然送了一个比我想像中还要好的女人给我。

这一刻，我不恨上帝了。

《第十一片叶子》

本来我和申谜恋爱的事情，想一直瞒着我妈的，因为我知道这份爱情不会长久，我希望它悄悄地开始，悄悄地结束，别让它去困扰我妈。但是，我妈不知道从哪里得到消息，装病把我召回了乡下，对我进行了一次严刑审问。

最开始的时候，我不肯承认，后来还是经不起老妈那种刁钻的盘问方式，招了。结果，这事引起了我妈的巨大好奇，她吵着跟我进了城，见她的未来儿媳妇。

申谜和我妈见第一次面的情形似乎不太好，可怜的申谜在向别人讨教如何讨未来婆婆欢心的时候，正好被我妈听到，我妈误以为申谜也是我之前遇到的那种算计我、要从我这里讨好处的女人，差点直接就把她给否决掉了。我费了好大的力气，才让我妈同意再考查申谜一段时间。

我相信我妈会喜欢申谜的，因为我和我妈是同一种人，我喜欢的女人，我妈一定也会喜欢。

我妈想着法子折腾申谜，早上带她去晨跑，吃早茶，还故意去那家价格超贵的茶餐厅，据说每次都让申谜买单。在申谜空闲的时候拉她出去逛街，以替她打扮为借口，买了许多衣服和鞋子，并且让申谜当苦力，让她拎着大包小包跟在身后，还不打车。

这些都是我妈告诉我的，申谜对此一个字都没有向我提。我妈对此很满意，认为申谜不是一个喜欢挑拨是非的女孩子。

另外一点让我妈也很满意，那就是从头到尾，申谜都在花她自己的钱，我给她的那张信用卡的附属卡，她从来都没有拿出来用过。我妈说申谜每次买单的时候表情都很悲壮。

悲壮，这词让我妈用得真是绝。

能不悲壮吗？申谜的薪水并不高，哪经得起我妈那番折腾，我真的很担心她的信用卡是不是早就已经刷爆了。但是我不敢明着问她或者给她钱，我怕那样会伤到她的自尊。

傻丫头，真是太傻了！难道你不知道用男人的钱，也是对男人的一种肯定吗？

好在我妈适时地停止了对申谜的考验，不然，我真的担心我家的傻丫头会偷偷地去哪里卖苦力。

我妈终于肯定了申谜是个好女孩，承认她儿子选人的眼光没有错。

《第十二片叶子》

申谜失业了，因为我。

我和她的恋情在公司曝光了，就连法国总部那边都知道她是我的女友，许多人用一种并非善意的眼光看她，同事们私底下开始刁难她。

虽然索贿事件在最后被查实是有人故意陷害申谜，但她还是受到了伤害。

申谜会辞职是因为担心自己如果还在公司待下去的话，其他的同事会在工作上对我的命令产生抵触情绪，也担心大家会认为我徇私、走后门。

她想保护我，用她的方式。

我看到她在我面前装出一副不在乎的样子时，心是痛的。

更心痛的还在后面。她为了让我放心，假装自己找到了一份新的工作，每天把自己打扮得正正式式的，然后去和那些真正的上班族挤地铁，一直到傍晚才会回来。吃晚饭的时候，她还会编造出一些工作场景来说给我听，我知道那都是假的，然而我没有说，只是微笑着听着。

没有工作单位，又没有多少钱，她是怎么打发她的一天的？

我跟踪了她。我乔装成一个大胡子的男人，偷偷跟在她身后。我看到她站在地铁里摇摇晃晃，好几次都被那些急着赶去上班的人给撞着，而她却一个劲地向人家说对不起。等大家下得差不多的时候，她终于可以坐下来，然后掏出一个面包和一瓶水，开始慢慢地吃。地铁到达终点站了，她也不下车，又等着车子重新开回去，反反复复。

我看不下去了，逃离了地铁。在走出地铁站的时候，我终于忍不住，哭了。

我多想调转头去找她，然后对她说：申谜，我们回家吧！

可是，我不能。申谜拼尽了自己的努力想让我放心，不要担心她。我若是戳破了她的谎言，岂不是辜负了她的一番美意？

我只能尽量把晚餐做得丰盛一点，逼着她把那些食物都吃完，好弥补她白天没有摄入到的营养，吃完后让她好好地躺在沙发上休息。

她好几次在看电视的时候看得睡着了，就连我用手指轻轻地点她的鼻尖，她都没有醒，想必是太辛苦的缘故。

我看着她睡着时的容颜，不禁想：我与她的爱情，究竟是谁付出得更多一点？是我呵护了申谜的童话，还是申谜拯救了我的灵魂？

感谢舒凡，替我出手收留了这个傻丫头，让她终于有了一个可以混日子填肚子的地方，也舒缓了我内心深处的煎熬。

情敌不见得只是可怕，有可能还很可爱，甚至可敬，譬如舒凡。

有天，申谜回来告诉我舒凡是一名中文系的讲师。她对此很讶异，而我却很平静。因为他的身上一直有种很浓的书卷气，是他即便刻意地用痞子的手段也掩盖不了的。

也许，舒凡正是因为喜欢申谜，才故意用痞子气来遮掩与她相处时自己内心深处的那份悸动与尴尬吧？

《第十三片叶子》

离别是我和申谜之间的最后的结果，我一直在思考应该用哪一种方式离别才能让申谜少一点伤心。

我不想让申谜在我生命的最后一刻抱着我哭得肝肠寸断，那会是一种永久的、难以消除的痛。

也许，静悄悄地离开，是我目前所想到的最好的方式。

我问申谜，如果有一天我突然不见了，她会不会去找我。她说她不会。

对于这个答案，我既安慰又有些失落。

申谜，如果我真的走了，即便天涯海角，也会想你的。你带给我的所有回忆，连同你送我的手套和围巾，将会永远陪伴着我长眠地下，一同化为泥土。

《第十四片叶子》

我的家庭很奇特，并不是因为父母离婚，而是因为后来的“成员”过于复杂。

我从小到大都不是那种任性的孩子，也不太喜欢干涉太多长辈的生活。十二岁那年，妈妈问我，如果她和爸爸离婚的话，会不会很对不起我。我当时很冷静地回答：不会，大人的感情生活与我无关。

事实也是如此，虽然爸爸和妈妈离婚了，但他们还是很爱我的，我并不觉得自己缺少了父爱或者母爱，只是我比较心疼妈妈的孤单与寂寞，我不心疼爸爸，因为他和另一个女人结婚了，那个女人还给我带来了一个名义上的妹妹。

我的童年与少年时代一直是幸福的，至少我这么认为。远在异国他乡的日子里，我既思念我的妈妈，也思念我的爸爸。

然而，我没有防范的是，这个世界有太多的黑暗，它甚至侵蚀到了我的家庭，我一直尊敬的父亲和那两个曾经伤害过我母亲的女人，伤害了我。虽然我爸在事后对我说，那样并非是他的本意，但是我对他的尊敬已经消失了。

因为这段经历，在我的心里，一直有个角落是腐烂的，散发出恶心的臭味，我自己都不敢面对，那些东西实在太恶心了。

后来的我，一直都在尽可能地不和爸爸那边的人有太多的往来，然而他们似乎一直都不肯放过我，尤其是罗兰，她总是想方设法地来干涉我的生活，从公到私，无处不在。

我不希望申谜知道这些肮脏黑暗的东西，然而……

那天，我站在申谜的面前，有一种无可回头的悲哀，我问她："你会不会觉得我很脏？"

没有想到，她居然对我说："不会，你在爱我的那一刻起，已经把自己洗干净了。"

她的话像阳光一般，扫清了所有的阴暗，我有种新生的感觉，甚至激动得眼睛都在发酸，我越来越没有把握自己在将来能够硬起心肠离开眼前这个对我掏心掏肺的女人。

《第十五片叶子》

今天，我过了一个最幸福热闹的除夕。

在申谜和舒凡的牵线搭桥之下，我妈居然找到了她的初恋情人陈教授，在我的坚持之下，这对青梅竹马的旧情人就在今天订了婚。相亲当天就订婚，这可能算得上是史上最快、最成功的相亲。

我知道事情有点仓促还有点草率，但是我没有时间等了。我迫切地想看到我妈能够安定下来，将来我不在她身边的日子里有人照顾她。

陈教授，我这个后爸的人品看上去很不错，学问又好，我相信妈妈以后跟着他一定会幸福的。

我生命中最重要的两个女人，有一个有了归宿。另一个呢？申谜的归宿在哪里？

我试探性地询问舒凡，如果我把申谜交给他的话，他会不会牵申谜的手一辈子。不料，却引起了他的误会，认为我不尊重大家。

我真的很希望他俩将来能够幸福一辈子。申谜这样的女人，遇上一个懂她的男人很难，遇上一个既懂她又欣赏她的男人就更难了。

世人都说心里美比外面美重要，可大多数的男人更在乎女人的外表。一想到我的傻丫头将来某一天有可能会受到那些臭男人的欺负，我心里就不是滋味。

舒凡是我替申谜选中的男人，但愿他们能够走到一起。

而我，只是一朵烟花，虽然绚烂地划过了夜空，但最终还是要回归我的寂寞。

《第十六片叶子》

我和申谜一起去喝了阿彩的喜酒。

申谜看到阿彩穿着婚纱的模样之后，连连夸赞她漂亮。

我家的傻丫头是不是也想穿婚纱呢？不知道申谜穿着婚纱的样子会是怎样的，我想一定比阿彩漂亮多了。当然，我穿礼服的样子也一定比阿彩的老公帅。

可惜我给不了申谜婚礼。

我问申谜怕不怕失恋，她说她没有失恋过，不知道自己会不会怕，还说这年头人人都会失恋，大家都挺过来了，所以这事应该不太可怕。

听她这么说，我心里安稳了一点，从她谈论这件事情的态度我可以推断出，就算我离开她，她也会坚强地过她的日子的。

我问她最怕什么。她说她最怕没有地方住，三更半夜会被人从房子里赶出来，又找不到可以睡觉的地方。

她现在住的十五楼的房子是她同学的，如果她同学从国外回来的话，她应该就得搬出去，那岂不是意味着她有可能要流落街头？

我不会让我的傻丫头流落街头的，即便我不在她身边。我虽然给不了她一个家，但至少能给她一个随时落脚的地方，不让她在大街上吹冷风。

而这，也许是我唯一能够为我的傻丫头做的事情了。

《第十七片叶子》

我已经委托好律师事务所的人办理房子过户的事情，只等申谜接收。医院那边也已经联系好床位，很快我就可以住进去。

离别的时间到了。

我家的傻丫头并不知道这一次离别会是永恒，一直很认真地跟我交代注意事项。

当我最后一次跟她说“我爱你”的时候，强烈的心酸让我一时没有忍得住眼泪，我希望自己能走得坚强，但是我没有做到。

我知道申谜是爱我的，虽然她一直都不肯跟我说这句话。

我一直很想听她亲口把这句话说出来，然而在最后关头，我还是制止了。

因为我不忍心听，我怕我听到这句话之后，会舍不得离开。

死别是什么滋味，我不知道，生离的痛，已经渗入到我的骨髓，刻骨铭心，当飞机冲上万米高空的时候，我的心早已碎成了片片云彩。

永别了，我的傻丫头！感谢你给我带来的这份难能可贵的幸福，让我的人生得到圆满，没有了遗憾。

当你从律师的手中收到我的分手信的时候，你一定会很恨我吧？

请原谅我的自私，今生已然如此，我只能下世偿还了！

《第十八片叶子》

我回到了医院，十六年前我与申谜初次相遇的地方。不知道这算不算也是一个圆呢？

……

16 领悟

后面的文字，我已经看不下去了，一种强烈的疼痛狠狠地撞击着我的胸口，让我喘不过气来，心如刀绞一般，一阵一阵抽搐。

不知何时，我身上的衣服全被眼泪和鼻涕濡湿，狼藉不堪，身体一个劲地在发抖，似乎我也变成了一片叶子，在风中飘零。

我关掉电脑，起身离开，整个人一下子扑倒在地上，这才发现，全身早已经哭得没有了力气。

手机响了，我挣扎着掏出手机，哆哆嗦嗦地按下接听键："喂——"声音已经完全走样。

"米，你还好吧？"是熟饭。

我又开始哭泣起来："我不知道会是这样的……之前还说什么不在乎他是死是活……"

“米，这不是你的错。”熟饭说，“你在哪？”

“在家。”

“你乖乖待在家里，什么事情也不要做，什么地方也不要去。我马上回来。”

挂了电话，我把自己扔到床上，看着天花板，痴了。

熟饭很快赶了回来，还给我带回来一份粥，他料定我没有吃东西。

我连粥都喝不下去。

“熟饭，你会救他吗？”我战战兢兢地问，虽然我相信熟饭绝对会捐骨髓给剩牛排，但是我还是希望他亲口告诉我。

“当然。”

“谢谢你。”我的心里还是不踏实，“是不是动了手术之后，他就能得救？”

熟饭采取了另一种回答的方式：“我们要相信这世上好人都会有好报！”

“我要专业性的回答。”我的心脏承受不了这么大的起起落落。

熟饭叹了一口气：“理论上说，每一个手术都会有风险。我的干细胞移植到他的体内之后，还要看它们能不能在韩忆的体内存活，能不能进行造血功能。”

“那就是说他有可能还是会死？”

“不会的。”熟饭安慰我说，“我的骨髓配型与韩忆的骨髓配型非常相似，手术一定会很成功的。”

“什么时候进行手术？”

“这个还要等医生安排。上个月韩忆不小心感冒了，虽然现在已经好得差不多了，但是还需要调养。”

“他怎么那么不小心？这种时候还感冒。”

“听护士说，他有天晚上出去了，很晚才回来，在外面吹了风，结果着凉了。”熟饭迟疑了一会，说，“好像就是你生日的那天出去的。”

我想起那天晚上站在熟饭家的窗户前，看到的楼下的那个人，心中了然。

他那天晚上是来看我的吧？他在楼下待了多久？他看得到十五楼的人影听得到欢笑声吗？他在楼下的那张长椅上坐着时，在想什么？

熟饭见我喝不下粥，起身给我泡了一杯蜂蜜水，递到我面前：“米，你应该多去看看他！”

我抬起头来看熟饭，他的眼神里只有真诚没有虚假。

“韩忆他是个好人！”熟饭说，“看得出来，他一直很牵挂你。”

熟饭也是一个好人！

我何德何能，让我遇上了两个好男人。

“熟饭……”我突然不知道该如何说些什么，我的心被硬生生地切成了两半，一半连着眼前的熟饭，一半连着医院里的剩牛排。

熟饭似乎能看透我的心思：“我知道你在担心什么，米，儿女情长那些事，和生命比起来，是微不足道的。现在最重要的是手术，其他任何事情，我们以后再说！”

我没有告诉剩牛排我已经偷看了他的博客，也不在他面前谈论任何与爱情有关的话题。熟饭说得没有错，现在最重要的是手术，其他任何事情都是微不足道的。

我每天在家里煲好汤，拿到医院里给剩牛排喝，不管味道好还是不好，都逼着他连汤带渣地喝干净。太阳好的时候，陪着他到院子里转转，去那棵树下寻找一下当年的痕迹。

熟饭也会来医院看看，还带来了一副扑克，趁医生和护士小姐不在的时候，我们三个人就会偷偷地斗地主，我破天荒地跟他们赌钱，一块钱一把，虽然我的技术很烂，但这两个男人都让着我，所以每次我都能够赢个二三十块钱。这些钱都被我拿去买牛肉干和巧克力，然后大家一起分着吃，常常还会为了“分赃不均”而吵起来，吵闹声引来护士，最终多出来的牛肉干和巧克力全送给了那个笑起来眼睛弯得像月亮的护士小姐。

经过我和熟饭的劝说，剩牛排最终还是同意把他的病情告诉韩姐和罗先生。毕竟他们是生他养他的父母，他们有权力知道自己儿子目前的身体状况，更何况现在已经找到了骨髓配型，更加没有再继续隐瞒下去的必要。

我相信，当更多的人向上帝请求他仁慈的时候，他一定不会对我们硬起心肠！

很快，手术的这天来临了！

大家都来了，韩姐，陈教授，罗先生，李莎，秋南，占据了手术室外的半条走廊，熟饭和剩牛排在进入手术室之前一齐冲着我们微笑，看上去比我们这些不必上手术台的人还要镇定坚强。

“米。”熟饭伸出他的右手。

“申谜。”剩牛排伸出他的左手。

我站在他们中间，一只手拉着一个。

熟饭还是那么不正经：“刚才我和韩忆打赌来着，赌你在见到我们两个男人进手术室的时候会怎样。我说你会哭，他说你会笑。”

“胡闹。”我板起了脸，既没有哭也没有笑，“加油哦！”

“嗯。”剩牛排说，“昨天斗地主的时候我还欠你三块钱呢，等我出来之后就还你，利息翻倍，好不好？”

“好。”我笑了，眼泪却在往下掉。

“韩忆，舒凡。”我轻声喊着他们的名字。

“在。”

我把三个人的手合在一起：“我爱你们！你们永远都是我的骄傲！”

这两个男人同时愣了一下，又同时灿烂地笑了……

手术很顺利，那些移植在剩牛排体内的熟饭的干细胞表现得很活跃，这两个男人已经肝胆相照到了微分子，并且他们在某些问题的处理方式上也有着惊人的相似：自从知道剩牛排的身体在逐渐恢复之后，他们两个人同时表现得对我冷淡起来。

熟饭搬回学校的“鸳鸯楼”住去了，平日里电话也不给我打一个。我去医院看望剩牛排，他对我的态度也不是很热络，跟他聊天，他也是有一句没一句的。

我们三个人之间一直在回避的问题，现在已经突显出来。我有点不知所措。

这天，我在医院门口遇到了前来做产检的小马，这家伙的肚子已经很大了，人也胖了很多，向来非高跟鞋不穿的她，如今也乖乖地换上了平底鞋。

小马把她老公支开，陪着我在院子里聊天。

“怎么样？现在你打算怎么办？”小马问我。

“不知道。”

“你总不能两个男人都选吧？”小马说。

“那你告诉我应该选谁？”两个男人都对我这么好，无论我选谁，都会伤害到另一个。

“一个是顶级红酒，一个是阵年佳酿，的确挺难取舍的。”小马似乎挺理解我，“换成我是你，我也会很纠结。”

我只有默默叹气的份。

“你爱谁？”小马问我。

“都爱。”我一直以为一个女人是不会爱上同一个男人的，没想到自己有一天居然遇到了这种事，“以前我喜欢韩忆，后来我喜欢你哥。现在……我自己都分不清楚自己究竟爱谁多一点。”

“那两个家伙呢？什么表现？”

我有些落寞地说：“好像都开始嫌弃我了！”

"嫌弃？"小马有些不相信。

"是啊，对我冷冰冰的。熟饭这几天甚至连人都找不到。这次我可能要做好心理准备被两个男人同时抛弃。"

"亲爱的，你不能每次都坐在这里等着男人来追你或者抛弃你，你得自己主动一点，幸福是要靠自己追的。那瞎猫不可能每次都遇上死耗子。"

我苦笑："现在的问题是我这只瞎猫遇上两份美味，一份是绝妙的海鲜炒饭，一份是顶级的T骨牛排，不知道应该吃哪一份。"

小马有些恨恨的："很简单，你吃了哪个男人，就给哪个男人一个名分。"

我觉得很委屈："可这两个男人我都没吃着，一直到现在，他们长了几块腹肌，我还是不知道。"

"不带这样的。"小马说，"你这属于浪费资源！太让我们这帮只有白菜啃的女人看不下去了。"

聊到最后，小马很认真地对我说："尽快做出一个选择吧，不然对三个人都不好。人这辈子在情感上总要对不起那么几个人，不然这世上也就不会有那么多憾事了！我们不可能让所有的人满意，我个人觉得，感情上的事，还是听一听自己心底最深处的那个声音比较好。"

从医院出来，我去了熟饭的学校一趟，陈教授告诉我熟饭下午有堂公共课要上，还告诉了我具体在哪个教室开课。

我突发奇想，决定去听一堂熟饭的课。

我在学校的一个小卖部买了顶棒球帽，把它戴在头上，压低帽檐，混进了那个大教室。教室里来了很多学生，许多不是中文系的学生也来了，密密麻麻地坐满了整个教室，看来熟饭的课很受欢迎。

这堂课讲的是林徽因。

身着西服的熟饭在讲台上侃侃而谈："一提起林徽因，大家第一想到的可能是她与徐志摩的那段绯闻，并乐此不疲。这说明什么？说明人都喜欢看桃色新闻。"

台下的学生一阵哄笑。

熟饭接着说："还说明炒作的力量是很强大的，很多人都认为，在林徽因生命中所出现过的男人当中，最爱她的是徐志摩。其实不对，她的丈夫梁思成应该是最爱她的人。大家想想啊，自己老婆跟别的男人绯闻满天飞，而他却一直支持着他的夫人，并且尊敬着他的夫人。这种胸怀，估计现在，也没有几个男人能有。所以，我认为，在林徽因的生命中，最爱她的男人，不是徐志摩，是梁思成。"

台下的学生都在点头，似乎很认同。

熟饭把话题一转："大家别误会，不要以为这堂课我们是要研究上世纪林大才女的爱情史，我们学的是中文，不是新闻啊，何况这也不是新闻了。"

台下的学生又一阵哄笑。

"林徽因的魅力在那个年代的女性当中，是无与伦比的，她在许多方面都有很高的造诣，比如文学、建筑、历史……我们要研究的是林徽因在文学上的成就。大家都知道，林徽因曾经是胡适所评定的'第一才女'，为何称她为才女呢？今天，我们就来一起探讨一下……"

讲台上的熟饭，一扫平日里的痞子气，浑身散发着一种知性的光芒，他讲起课来很生动，语句幽默，中间还穿插一些故事和典故，听得台下笑声不断，掌声连连。

课上到最后，留出了一小段时间给学生们提问，大家都举起手，纷纷发言，问的问题又刁钻又古怪。熟饭都能一一解答。

突然，熟饭的目光从讲台上射了过来，他指向坐在后排鬼鬼祟祟的我："那个戴帽子的同学，你有什么问题要问我吗？"

所有人都在看着我，想要逃出教室已经来不及了。我只好低着头站起来，用手挠了挠后脑勺，半天憋出一句话："可以什么都问吗？"

熟饭还没有回答，旁边的同学已经着急了："唉，你是第一次来听舒老师的课吧？我们舒老师可是出了名的'有问必答'。"

我豁出去了："舒老师，林徽因已经成为了绝唱，她已经定格在历史的那一页，受世人敬仰。不过，我想问一下，如果用林徽因生命中所出现过的男人来形容的话，舒老师，您觉得您自己比较像谁？"

这个问题一出，教室里沸腾了，旁边的同学甚至对我竖起了大拇指："高，太高了！这问题简直就是挖人隐私于无形啊。"

我有些哭笑不得。熟饭的隐私还需要我挖吗？

熟饭拍了拍手中的粉笔灰，身板挺拔得像一棵青松："金岳霖。"

我震撼了。金岳霖是林徽因的生命中另一个挚爱，她差点为了他而跟梁思成分手，不过最后，林徽因还是选择了梁思成，而金岳霖终身未娶，并且跟梁思成和林徽因这对夫妇当了一辈子的邻居。

熟饭不会是在说他自己如果不能和我在一起的话，也会终身不娶吧？我自认为自己连给林徽因提鞋都不配，当然也不配有人会为了我而孤独终身。

等不到我再开口问话，下面的同学早已炸开了锅。二十来岁的学生们正是视爱情为个人信仰的年纪，爱情是他们最爱听也最爱谈论的话题。熟饭作为他

"先回 C 城吧。"我的确该回家看看我的父母了，"到时候我会给你电话的。"

"你还会回来吗？"

我长长地叹了一口气："不知道。未来的事情，谁会知道呢？"

虽然安琪远在国外，无论我是在 C 城还是在本城，我们之间的距离都没有多大的差别，然而当我跟她说再见的时候，心里依然十分伤感。

我向李莎辞职的时候，她有点讶异，不过很快就恢复了平静："你想好了？"

"想好了。"

"什么时候走？"李莎一直很尊重别人的私生活，从来不问原因。

"今天。"

"不跟舒凡说再见吗？"

"不了。"我不知道该如何跟熟饭话别，我更怕自己在跟熟饭话别的时候，他会留都不留我一下。

"也好，彼此冷静一下。"李莎点点头，"我就当你出去度长假了，随时欢迎你回来！"

我拒绝了李莎送我，拎着一大一小两个行李箱，上了出租车，朝火车站的方向驶去。路过一片草坪的时候，我看到罗兰坐在长椅上，抱着头哭泣，紫色的高跟鞋被她脱了下来，赤脚踩在地面上，傲气全然不见，落魄得像个被人赶出家门的可怜女人。

出租车继续朝前驶，罗兰单薄的身影迅速被拉成了一个小黑点，消失不见。

她在哭泣什么？是否与我有关？我已经不在乎了。

当火车隆隆起动，带着我远离这个城市的时候，熟饭曾经说过的话在我的耳边回响："爱情，无论是生还是死，无论是争取还是放弃，无论是相守还是离开，无论是承认还是否认，这都是爱情。"